NO LLORES POR UN BESO

MARY HIGGINS CLARK

NO LLORES POR UN BESO

Traducción de
José Serra Marín

PLAZA JANÉS

Papel certificado por el Forest Stewardship Council®

MIXTO
Papel procedente de
fuentes responsables
FSC® C117695

Título original: *Kiss the Girls and Make Them Cry*
Primera edición: febrero de 2020

Printed in Spain – Impreso en España

ISBN: 978-84-01-02399-6
Depósito legal: B-357-2020

Compuesto en Comptex & Ass., S. L.

Impreso en Liberdúplex
Sant Llorenç d'Hortons (Barcelona)

L 0 2 3 9 9 6

Penguin
Random House
Grupo Editorial

En memoria de
John Conheeney,
mi extraordinario esposo

Agradecimientos

Una vez más, he escrito la palabra «Fin» en este nuevo libro.

Tratar de contar una buena historia es a la vez un reto y una alegría.

Mi deseo es que el lector se enganche desde el primer capítulo y se sienta satisfecho al concluir el epílogo.

Y ahora debo dar las gracias a todas aquellas personas indispensables que han hecho posible la escritura de este libro:

A Michael Korda, mi editor desde hace más de cuarenta años, que continúa siendo la luz que me guía. Gracias una vez más.

A Marysue Rucci, editora jefe de Simon & Schuster, cuyas observaciones y sugerencias siempre contribuyen a mejorar la historia.

A Kevin Wilder, por sus sabios consejos acerca de la labor de los investigadores y las fuerzas de la ley.

A mi hijo, Dave, que ha trabajado conmigo palabra a palabra hasta el final.

A mi nuera, Sharon, por su inestimable ayuda en la revisión de esta obra.

Y por último, aunque no por ello menos importante, a mis queridos lectores. Espero que disfruten leyendo este libro tanto como yo he disfrutado escribiéndolo.

Todo mi agradecimiento y mis mejores deseos,

MARY

Prólogo

12 de octubre

Gina Kane se arrellanó en su asiento de ventanilla. Sus oraciones habían sido escuchadas. Las puertas del Jumbo se estaban cerrando y los asistentes de vuelo se preparaban para el despegue. El asiento central que quedaba a su lado estaba vacío, y permanecería así durante las dieciséis horas que duraría el vuelo desde Hong Kong hasta el aeropuerto JFK de Nueva York.

Su segundo golpe de suerte fue el pasajero que se sentaba al otro lado del asiento vacío. Tras abrocharse el cinturón, se había tomado dos somníferos. Ya había cerrado los ojos y no los abriría en las próximas ocho horas. Aquello era perfecto para Gina. Necesitaba tiempo para pensar, no para una cháchara intrascendente.

Aquel era un viaje que sus padres llevaban planeando durante más de un año. La habían llamado muy emocionados para contarle que ya habían pagado una señal y que se habían «comprometido a ir». Recordaba a su madre diciendo, como solía hacer a menudo: «Queremos hacerlo antes de que seamos demasiado mayores».

La idea de que sus padres pudieran envejecer le parecía de lo más remota. Ambos eran practicantes entusiastas de actividades al aire libre y siempre estaban haciendo senderismo, dando largos paseos o montando en bicicleta. Sin embargo, durante un rutinario chequeo anual, a su madre le habían detectado «algo anormal». Fue todo un mazazo: un tumor cancerígeno inoperable. Su madre, que había sido la viva imagen de la salud, falleció en apenas cuatro meses.

Después del funeral, su padre sacó a colación el tema del viaje.

—Voy a cancelarlo. Me deprimiría mucho ir allí solo y ver juntas a las otras parejas del club de excursionismo.

Gina no se lo pensó dos veces.

—Papá, vas a ir, y no irás solo. Yo te acompañaré.

Pasaron diez días dando largas caminatas por las pequeñas aldeas de las montañas del Nepal y, tras volar juntos de vuelta a Hong Kong, su padre había tomado un vuelo directo a Miami.

Gina no tuvo la menor duda sobre lo que debía hacer. Su padre había disfrutado mucho del viaje, y ella también. En ningún momento había vacilado de la decisión que había tomado.

Pero ¿dónde estaba su capacidad de decidir y lanzarse cuando se trataba de Ted? Ambos tenían ya treinta y dos años. Él era un buen hombre y estaba absolutamente seguro de que Gina era la persona con la que quería pasar el resto de su vida. Y aunque no le había hecho mucha gracia la idea de tener que separarse de ella, fue él quien la animó a acompañar a su padre. «La familia es lo primero», una frase que Ted le había repetido a menudo cuando debían reunirse con su numeroso y variopinto círculo familiar.

Tanto tiempo para pensar y aún no tenía ni idea de lo que iba a decirle a Ted. Él tenía derecho a saber hacia dónde se encaminaba su relación. ¿Cuántas veces más podría decirle que necesitaba más tiempo?

Como de costumbre, sus reflexiones la llevaron a un callejón sin salida. Para distraerse, abrió su iPad e introdujo la contraseña de su correo electrónico. La pantalla se llenó al instante de nuevos mensajes, noventa y cuatro en total. Pulsó varias teclas para que los correos se ordenaran por el nombre del remitente. No había ninguna respuesta de CRyan. Un tanto frustrada y desconcertada, decidió enviarle un nuevo mensaje. Tecleó su dirección y empezó a escribir:

Hola, C:
Espero que recibieras el mensaje que te envié hace diez días. Me interesaría mucho que me contaras más cosas sobre tu «terrible experiencia». Por favor, ponte en contacto conmigo a la mayor brevedad posible.
Saludos,
Gina

Antes de darle a «Enviar», añadió su número de teléfono.
El único otro correo que abrió fue el de Ted. Estaba convencida de que le diría que había hecho planes para salir a cenar esa noche. Y también para hablar. Gina leyó su mensaje con una mezcla de alivio y decepción.

Hola, Gina:
He estado contando los días que faltaban para volver a verte, pero lamento decir que voy a tener que seguir contando. El banco me ha asignado un proyecto especial y tengo que marcharme esta misma noche. Estaré en Los Ángeles durante al menos una semana. No sabes lo decepcionado que me siento.
Te prometo que te compensaré cuando vuelva. Te llamo mañana.
Con todo mi amor,
Ted

Una voz anunció por megafonía que estaban listos para despegar y ordenó que apagaran todo los dispositivos electrónicos. Cerró el iPad, bostezó, y luego colocó la almohada entre el respaldo de su asiento y la pared de la cabina para apoyar la cabeza.

Mientras se iba adormilando poco a poco, no podía apartar de su mente el mensaje que había recibido diez días atrás, el mismo que iba a poner en peligro su vida.

PRIMERA PARTE

1

El apartamento de Gina se encontraba en la calle Ochenta y dos con la avenida West End. Sus padres se lo habían regalado cuando se jubilaron y se mudaron a Florida. Se trataba de una vivienda espaciosa, con dos habitaciones y una cocina de buen tamaño que era la envidia de sus amigos, ya que la mayoría vivían hacinados en diminutos estudios y apartamentos de un solo cuarto.

Dejó las maletas en su dormitorio y miró la hora: las once y media de la noche en Nueva York; las ocho y media en California. Decidió que era un buen momento para telefonear a Ted. Contestó al primer tono.

—Vaya, hola, desconocida —la saludó con una voz de profundo cariño que hizo que la invadiera una oleada de calidez—. No sabes lo mucho que te he echado de menos.

—Yo también te he echado de menos.

—No soporto la idea de tener que pasar una semana entera en Los Ángeles.

Charlaron durante unos minutos hasta que, al final, Ted dijo:

—Sé que acabas de llegar y debes de estar exhausta, y yo tengo mañana un montón de reuniones. Te llamaré cuando las cosas se hayan calmado un poco.

—Te tomo la palabra.

—Te quiero.

—Yo también te quiero.

Mientras colgaba, Gina pensó que el imprevisto viaje de Ted a California era una bendición a medias. Por una parte, estaba deseando verlo; por otra, era un alivio no verse obligada a mantener una conversación para la que no estaba preparada.

Cuando salió de la ducha a las cinco y media de la mañana, le sorprendió agradablemente sentirse tan bien. Había dormido casi ocho horas en el avión y otras cuatro al llegar a casa. No estaba experimentando el temido jet lag que mucha gente aseguraba sufrir después de un largo vuelo de oeste a este.

Estaba ansiosa por volver al trabajo. Tras graduarse en periodismo por el Boston College, Gina tuvo la suerte de encontrar un empleo como asistente en un periódico de las afueras de Long Island. Los recortes presupuestarios obligaron a prescindir de muchos de los redactores veteranos, y al cabo de un año ya estaba escribiendo algunos reportajes.

Sus artículos sobre el mundo empresarial y financiero captaron la atención del editor de la revista *Your Money*. Gina no dudó en dar el arriesgado salto profesional y disfrutó de cada minuto de los siete años que estuvo trabajando allí. Pero el decreciente interés por la prensa escrita y la consiguiente caída de los ingresos por publicidad pasaron factura. Desde que la revista cerrara hacía ya tres años, Gina se había convertido en periodista freelance.

Mientras que una parte de ella se complacía con la libertad de poder centrarse en las historias que le interesaban, otra parte añoraba el sueldo fijo y la cobertura sanitaria que proporcionaba estar en plantilla. Era libre de elegir los reportajes que quería escribir, pero era muy consciente de que alguien tenía que comprarlos.

Empire Review fue su salvación. Mientras estaba de visita en Florida, unos amigos de sus padres le contaron horrorizados la novatada a la que había sido sometido su nieto de dieciocho años para entrar en una fraternidad universitaria: con un hierro candente, le habían marcado a fuego las letras griegas de la hermandad en la parte de atrás del muslo, casi a la altura de la nalga.

Las quejas presentadas ante la administración universitaria no habían servido de nada. Muchos exalumnos habían amenazado con retirar sus copiosas donaciones si se ponían restricciones a la comunidad de fraternidades de la conocida como «Vida Griega».

Empire Review accedió de inmediato a comprarle la historia. Le dieron un sustancioso adelanto y un generoso presupuesto para costear el desplazamiento y los gastos. El reportaje tuvo una repercusión enorme. Recibió cobertura mediática de los informativos nocturnos a escala nacional y Gina llegó incluso a ser entrevistada en el programa *60 Minutes*.

El éxito de su reportaje sobre las fraternidades le proporcionó una gran notoriedad como periodista de investigación. Su correo electrónico se vio inundado de «soplos» de supuestos confidentes y de gente que afirmaba tener información de primera mano sobre grandes escándalos. Algunos de esos soplos fructificaron en historias que Gina acabaría investigando y publicando. El truco consistía en saber distinguir entre las pistas auténticas y las que provenían de chiflados, exempleados resentidos o aficionados a las teorías conspiratorias.

Echó un vistazo a su reloj. Tenía previsto reunirse con el editor jefe de la revista al día siguiente. Charles Maynard solía empezar la conversación con un «Y bien, ¿sobre qué quieres escribir esta vez?». Disponía de poco más de veinticuatro horas para encontrar una buena respuesta.

Se vistió rápidamente con unos tejanos y un jersey de cuello vuelto, se retocó el maquillaje y se miró en el espejo de cuerpo entero. Se parecía mucho a las fotos de juventud de su madre, que había sido reina del baile estudiantil en la Estatal de Michigan. Tenía los ojos grandes, más verdes que marrones, y unas facciones clásicas. La melena de cabello castaño rojizo que le caía sobre los hombros hacía que pareciera más alta de su metro setenta de estatura.

Satisfecha con su aspecto, metió un panecillo congelado en la tostadora y se preparó una taza de café. Cuando el desayuno estuvo listo, llevó la bandeja a la mesa situada junto a la ventana de la sala de estar. Desde allí contempló cómo el primer sol de la mañana empezaba a despuntar sobre el horizonte. Era a aquella hora del día cuando sentía con más fuerza la pérdida de su madre y experimentaba la sensación de que el tiempo corría demasiado deprisa.

Sentada a la mesa, su lugar favorito para trabajar, encendió el portátil y observó cómo en la pantalla se desplegaba una cascada de mensajes sin abrir. Echó un vistazo a los que habían llegado después de haber consultado el correo electrónico en el avión. Nada urgente. Y lo más importante: ninguna noticia de CRyan.

A continuación revisó los correos que había recibido durante la semana y media en que había estado en uno de los pocos lugares del planeta a los que no llegaba la señal de wifi.

- Un mensaje de una mujer de Atlanta que afirmaba tener pruebas de que el caucho reciclado que se utilizaba en el suelo de los patios escolares estaba provocando que los niños enfermaran.
- Una invitación para dar una conferencia el próximo mes en la sede de la Asociación Estadounidense de Periodistas y Autores.
- Un correo de un hombre que aseguraba estar en posesión del trozo de cráneo del presidente Kennedy que había desaparecido después de la autopsia.

Y aunque seguramente podría recitar su contenido de memoria, volvió a leer el mensaje que había recibido el día que se marchó de viaje al Nepal.

Hola, Gina:

Creo que nunca llegamos a conocernos mientras estudiábamos en el Boston College. Nos graduamos con algunos años de diferencia. Poco después de acabar la universidad, entré a trabajar en REL News, donde tuve una terrible experiencia con uno de mis superiores (y no me pasó solo a mí). Ahora temen que pueda irme de la lengua y me han hecho una propuesta para llegar a un acuerdo. No quiero extenderme más por correo. ¿Podríamos quedar para hablar?

Cuando vio el nombre de CRyan en la dirección de correo, Gina intentó recordar por qué le resultaba familiar. ¿No había coincidido con una tal Courtney Ryan en la universidad?

Lo releyó un par de veces, concentrándose para ver si se le había pasado algo por alto. REL News era una de las agencias de medios informativos con mayor proyección en Wall Street. Su sede central se encontraba en la calle Cincuenta y cinco con la avenida de las Américas, lo que la mayoría de los neoyorquinos seguía conociendo como la Sexta Avenida. En un período de veinte años se había expandido desde un pequeño grupo de cadenas de televisión por cable hasta convertirse en una poderosa corporación de ámbito nacional. Sus audiencias sobrepasaban a las de la CNN y se acercaban peligrosamente a las del líder del mercado, la Fox. Su eslogan era «REaL News: noticias reales, y no de otro tipo».

Lo primero que se le pasó a Gina por la cabeza fue que se trataba de un tema de acoso sexual. «Pero... un momento —se dijo—. Ni siquiera sabes si CRyan es un hombre o una mujer. Eres una reportera. No te precipites. Cíñete a los hechos.» Y solo había una manera de averiguarlo. Releyó la respuesta que le había enviado.

Hola, señor o señora Ryan:

Me interesaría mucho hablar con usted acerca de esa «terrible experiencia» a la que se refiere en su mensaje. Voy a estar fuera del país y sin acceso al correo electrónico, pero estaré de vuelta el 13 de octubre. Como seguramente ya sabrá, resido y trabajo en Nueva York. ¿Dónde vive usted? Espero tener pronto noticias suyas.

Saludos,

Gina

Le costaba concentrarse mientras repasaba por encima el resto de los correos. Confiaba en haber conseguido algo más que esto, se dijo mientras su mente divagaba hacia la reunión del día siguiente en la revista.

Pensó que tal vez le habría dejado un mensaje en el móvil. Recordó que en el correo que le envió le había dado su número de teléfono e intentó mostrarse optimista. Cuando embarcó en Hong Kong solo le quedaba una barra de batería, pero para cuando llegó a Nueva York ya se había agotado por completo.

Se dirigió a toda prisa a su dormitorio, desenchufó el móvil del cargador y fue con él a la cocina. Deslizó el dedo por la pantalla para activarlo. Una rápida ojeada reveló que había varios mensajes de voz, pero todos eran de números que le resultaban familiares.

El primero era de su mejor amiga, Lisa: «Hola, Gina. Bienvenida a casa. Estoy deseando que me cuentes cómo ha ido el viaje. Y espero que siga en pie la cena de esta noche. Tenemos que ir a un restaurante de mala muerte del Village que se llama el Bird's Nest. Tengo un nuevo caso entre manos: resbalón y caída. Mi cliente resbaló con unos cubitos de hielo que se le cayeron al barman mientras agitaba unos martinis y se rompió la pierna por tres sitios. Quiero echarle un vistazo al garito».

Gina no pudo evitar reírse mientras escuchaba a su amiga. Salir a cenar con Lisa siempre era garantía de diversión.

Los otros mensajes eran de publicidad, y los borró en el acto.

2

Gina recorrió las cuatro paradas de metro hasta la estación de la calle Catorce. Desde allí caminó las tres manzanas que la separaban del edificio Fisk. Las instalaciones de la revista ocupaban cinco plantas, de la tercera a la séptima.

—Buenos días —la saludó el vigilante mientras pasaba por el arco de seguridad.

Una reciente avalancha de amenazas había obligado a cambiar la política de acceso: «Todos los empleados y visitas deben pasar por el control de seguridad. Sin excepciones».

Gina entró en el ascensor y pulsó el botón que llevaba a la séptima planta, reservada para el personal ejecutivo y editorial. Al salir, fue recibida por una voz amistosa.

—Hola, Gina. Bienvenida. —Jane Patwell, la veterana secretaria de dirección, le tendió la mano. Era una mujer de unos cincuenta años, algo regordeta, y que constantemente se estaba quejando de su talla de ropa—. El señor Maynard te espera en su despacho. —Luego bajó la voz y añadió en un susurro conspiratorio—: Está acompañado por un desconocido muy atractivo.

Jane era una celestina nata, y a Gina la irritaba mucho que siempre intentara emparejarla con alguien. Estuvo tentada de decirle: «Podría ser un asesino en serie», pero se limitó a sonreír. Siguió a Jane hasta el amplio despacho situado en una esquina del edificio y que constituía los dominios de Charlie Maynard, el longevo editor jefe de la revista.

Charlie no se encontraba en su escritorio, sino que estaba sentado en su lugar favorito, la mesa de juntas situada al lado de la ventana, con el móvil pegado a la oreja. Medía un metro setenta y cinco y tenía una panza protuberante y un rostro de querubín. Llevaba el pelo canoso peinado hacia un lado sobre el cráneo, con las gafas de lectura subidas sobre la frente. En una ocasión, Gina presenció cómo un colega de Charlie le preguntaba qué hacía para intentar mantenerse en forma. Citando al humorista George Burns, Maynard respondió: «Me dedico a ir a los funerales de mis amigos que hacen *running*».

Al ver a Gina, le hizo un gesto para que tomara asiento en la silla que estaba frente a él. A su lado se encontraba el atractivo hombre al que Jane se había referido.

Mientras se encaminaba hacia la mesa, el desconocido se levantó y le tendió la mano.

—Geoffrey Whitehurst —se presentó con un ligero acento británico.

Debía de superar el metro ochenta de estatura. Sus facciones regulares estaban dominadas por unos penetrantes ojos marrón oscuro, con el cabello de la misma tonalidad. Su porte, combinado con su rostro y su constitución atlética, transmitía un aire de autoridad.

—Gina Kane —respondió ella, con la sensación de que él ya conocía su nombre.

Debía de estar cerca de los cuarenta, calculó Gina mientras se sentaba en la silla que él había retirado para ella.

Cuando el editor jefe puso fin a su conversación telefónica, Gina se giró hacia él y le dijo:

—Charlie, siento haberme perdido tu cumpleaños mientras estaba fuera.

—No pasa nada. Los setenta son los nuevos cincuenta. La

verdad es que lo pasamos muy bien. Veo que ya has conocido a Geoffrey. Voy a explicarte por qué está aquí.

—Pero antes, Gina —interrumpió Geoffrey—, déjame decirte que soy un gran admirador de tu trabajo.

—Gracias —contestó ella.

Se preguntó qué vendría a continuación. Y lo que llegó fue un auténtico bombazo.

—Después de más de cuarenta y cinco años en el negocio editorial, he decidido que ha llegado el momento de dejarlo. Mi mujer quiere que pasemos más tiempo en la costa Oeste con nuestros nietos, y yo he aceptado. Geoff va a ocupar mi puesto y a partir de ahora vas a trabajar con él. El relevo se anunciará la semana que viene. Mientras tanto, te agradecería que guardaras el secreto.

Hizo una pausa para dejar que Gina asimilara la noticia y luego añadió:

—Hemos tenido la suerte de arrebatarle a Geoff al grupo Time Warner. Hasta ahora ha desarrollado la mayor parte de su carrera en Londres.

—Felicidades a ambos, Charlie y Geoffrey —respondió Gina de forma automática, reconfortándose en el hecho de que el futuro editor jefe hubiera dicho que le gustaba su trabajo.

—Por favor, llámame Geoff —se apresuró a decir este.

Charlie volvió a tomar la palabra.

—Gina, tus investigaciones suelen durar varios meses, así que he invitado a Geoff a nuestra reunión preliminar. —Se aclaró la garganta y agregó—: Y bien, ¿sobre qué quieres escribir esta vez?

—Tengo un par de ideas y me gustaría saber vuestra opinión al respecto —respondió dirigiéndose a ambos y sacando un pequeño cuaderno de su bolso—. He intercambiado una serie de correos con una antigua ayudante de un exsenador del estado de Nueva York. Los dos están ya retirados. La ayudante afirma tener pruebas irrefutables de amaños en la concesión de contratos a cambio de dinero y otros favores. Pero tenemos un problema: la mujer quiere veinticinco mil dólares por adelantado para contar todo lo que sabe y hacer pública su historia.

Geoff fue el primero en intervenir:

—Según mi experiencia, la gente que exige un pago para explicar su historia no suele ser de fiar. Tienden a inflarla para hacerla más impactante y conseguir más dinero y publicidad.

Charlie soltó una risita.

—Creo que incluso los más ávidos partidarios de destapar las corruptelas de Albany empiezan a estar cansados del tema. Y coincido en que pagar a una fuente no suele ser una buena idea. —Hizo un gesto en dirección al cuaderno de Gina y preguntó—: ¿Qué más tienes?

—Muy bien —dijo ella, pasando de página—. Un veterano empleado de la oficina de admisiones de Yale se ha puesto en contacto conmigo. Según él, las universidades de la Ivy League están compartiendo información sobre la suma de dinero en concepto de ayudas que piensan ofrecer a cada solicitante.

—¿Y cuál es el problema? —preguntó Geoff.

—Pues que esa estrategia se encuentra al borde de las prácticas colusorias de fijación de precios. El estudiante es el que sale perdiendo. En cierto sentido, se trata de algo parecido a los pactos entre caballeros que acuerdan las compañías de Silicon Valley para no robarse los ingenieros unas a otras. Las grandes beneficiadas son las empresas, ya que no tienen que pagar más para conservar a sus mejores talentos, y los ingenieros ganan menos que si pudieran vender sus servicios al mejor postor.

—Creo que hay ocho universidades dentro de la Ivy League, ¿no? —preguntó Geoff.

—Sí —respondió Charlie—. Cada una cuenta con unos

seis mil alumnos, es decir, unos cuarenta y ocho mil frente a los veinte millones de universitarios de todo el país. No estoy muy seguro de que a nuestros lectores les interese mucho un puñado de estudiantes de élite que ven restringidos sus paquetes de ayuda. Si os interesa mi opinión, creo que están malgastando su dinero en esas universidades tan costosas y sobrevaloradas.

Charlie se había criado en Filadelfia y fue alumno de la Estatal de Pensilvania. Su fidelidad a las universidades públicas era inquebrantable.

«Vaya una manera de impresionar a mi nuevo jefe», pensó Gina mientras pasaba de página. Tratando de mostrarse más animada, siguió:

—La otra historia que tengo está prácticamente en pañales.

Y acto seguido les habló del correo electrónico que había recibido sobre la «terrible experiencia» en REL News y la respuesta que había enviado.

—Entonces ¿hace diez días que respondiste y aún no has recibido contestación? —preguntó Charlie.

—Sí, once contando con hoy.

—Esa tal CRyan que envió el mensaje... ¿has podido averiguar algo sobre ella? —inquirió Geoff—. ¿Te parece que es una fuente creíble?

—Comparto contigo la suposición de que CRyan es una mujer, aunque no podemos estar seguros al cien por cien. Naturalmente, lo primero que me vino a la mente al leer su mensaje fue que se trataba de un caso de acoso sexual, algo relacionado con el movimiento Me Too. Y no, no sé nada más acerca de la remitente, aparte de lo que escribió en el correo. Pero mi instinto me dice que valdría la pena investigar esta historia.

Geoff miró a Charlie.

—¿Tú qué opinas?

—Yo en tu lugar estaría muy interesado en averiguar qué tiene que decir esa tal CRyan —respondió Charlie—. Y será mucho mejor contactar con ella y conocer su historia antes de que llegue a algún tipo de acuerdo.

—Muy bien, Gina, ponte manos a la obra —concedió Geoff—. Averigua su paradero y ponte en contacto con ella; yo también estoy convencido de que se trata de una mujer. Quiero conocer tus impresiones personales acerca de ella.

Mientras se encaminaba por el pasillo en dirección al ascensor, Gina susurró para sí misma:

—Por favor, que CRyan no sea ningún psicópata...

3

Normalmente, Gina se habría tomado su tiempo para impregnarse y deleitarse con las vistas y los sonidos de la ciudad que tanto amaba. Al entrar en el vagón de metro, sonrió al recordar a su compañera de habitación de primer año de universidad. Marcie era de una modesta población de Ohio y le preguntó si había sido muy duro crecer en un lugar como Nueva York. La pregunta la dejó bastante sorprendida; desde los doce años, Gina conocía a la perfección la red de transporte metropolitano y disfrutaba de la libertad de moverse sola por la ciudad. Así pues, en contrapartida, le preguntó a Marcie si había sido muy duro crecer en un lugar donde siempre tenía que depender de sus padres para ir a cualquier parte.

Se detuvo en la pequeña tienda que había en la esquina con Broadway y compró leche y algo de fiambre para preparar sándwiches. Al pasar por el Starbucks que había al lado le sorprendió descubrir que no había cola, de modo que entró y pidió su café favorito, el expreso con leche y un toque de vainilla. Mientras recorría la manzana y media que la separaba de su apartamento, su mente no paraba de dar vueltas a la ingente tarea que tenía ante sí.

Guardó la compra, se instaló con su café en la mesa de la cocina y tecleó en el portátil para sacarlo del modo hibernación. Volvió a abrir el mensaje de CRyan. Había sido enviado desde una cuenta de Google, pero eso no serviría de nada. Después de los numerosos casos de violación de la privacidad de los usuarios, las compañías tecnológicas se hallaban sometidas ahora a una enorme presión para salvaguardarla. Estaba segura de que Google no movería un dedo para ayudarla a encontrar a CRyan.

Gina releyó la única parte del mensaje que ofrecía alguna pista: «Creo que nunca llegamos a conocernos mientras estudiábamos en el Boston College. Nos graduamos con algunos años de diferencia».

«Está claro que CRyan sabe en qué año me gradué —pensó Gina—, y que durante un período ambas coincidimos en la universidad. "Algunos" implica más de un año, pero tienen que ser menos de cuatro, porque de lo contrario nunca habríamos estudiado en la facultad al mismo tiempo. Eso significa que CRyan se graduó dos o tres años antes o después que yo.»

Se reclinó en la silla y tomó un sorbo de su café. Cuando investigaba la historia sobre el salvaje ritual para ingresar en la fraternidad, la Universidad del Sur de Florida no había hecho más que ponerle palos en las ruedas. Las autoridades universitarias habían obstaculizado todos sus intentos de obtener información sobre los miembros de la fraternidad o sus tutores académicos.

Pero ahora las circunstancias eran diferentes. El Boston College no era el objetivo de su investigación. Este asunto no iba sobre ellos. Lo único que quería pedirles era que la ayudaran a identificar al usuario de una dirección de correo electrónico.

Ojalá fuera tan sencillo. Si la universidad no tenía la dirección de correo de CRyan en sus archivos, se vería obligada a emprender una investigación mucho más exhaustiva. Y tal como estaba últimamente la normativa de privacidad...

—En fin —dijo en voz alta—. Solo hay una manera de averiguarlo.

4

—Departamento de exalumnos del Boston College, ¿en qué puedo ayudarle?

La voz masculina al otro lado de la línea sonaba nítida y eficiente. Gina supuso que debía de pertenecer a un hombre de unos cincuenta años.

—Hola, me llamo Gina Kane y me gradué en el Boston College hace diez años. ¿Puedo preguntar con quién hablo?

—Con Rob Mannion.

—Encantada de saludarle, señor Mannion...

—Por favor, llámame Rob.

—Gracias, Rob. Espero que puedas ayudarme a obtener cierta información.

—Si estás buscando las fechas de las próximas reuniones de antiguos alumnos, están colgadas en nuestra web. Puedo darte la dirección.

—No, no llamo por eso. Estoy intentando ponerme en contacto con alguien que estudió en la universidad más o menos a la vez que yo.

—Creo que podré ayudarte. ¿Cuál es el nombre de la persona y en qué año se graduó?

—Ahí es donde reside el problema —dijo Gina—. No tengo su nombre completo, tan solo su dirección de correo electrónico. Confío en que puedas...

—¿Por qué no le envías un correo a esa persona y le preguntas su nombre?

Gina trató de que su voz no delatara su frustración.

—Créeme, ya he pensado en eso. —No estaba segura de cuánto debía revelar en el transcurso de la conversación. Algunas personas se emocionaban ante la perspectiva de hablar con un periodista, pero otras se cerraban en banda—. Mi pregunta es: si te doy una dirección de correo electrónico, ¿podrías decirme si la universidad dispone de información sobre a quién pertenece?

—Nuestra política de privacidad no me permite proporcionar esa clase de información.

—Lo comprendo —le aseguró Gina—, pero no es eso lo que te estoy pidiendo. No quiero que me la des; solo necesito saber si disponéis de esa información.

—Es una petición muy inusual —dijo Rob—, pero lo comprobaré. Dame un momento mientras accedo a la base de datos. ¿En qué año se graduó la persona en cuestión?

—No estoy segura —respondió Gina—, pero tengo razones para creer que fue en alguno de estos seis años.

Y acto seguido le dio los años en los que era probable que CRyan se hubiera graduado.

—Tendré que revisar cada uno por separado —suspiró Rob, cuya irritación era cada vez más evidente.

—Te agradezco mucho lo que estás haciendo —añadió Gina en un tono de sincera calidez.

—Muy bien... empieza a aparecer en la pantalla. Nada en el primer año... nada en el segundo... nada en el tercero. Tampoco en el cuarto... ni en el quinto... ni en el sexto. Al parecer, no voy a poder ayudarte.

—Por norma general, ¿tenéis las direcciones de correo actuales de los exalumnos?

—Hacemos lo posible por mantener actualizada la información de contacto, pero dependemos de que los exalumnos

nos la proporcionen. No tenemos manera de saber si empiezan a usar una nueva dirección de correo y dejan de utilizar la antigua. Lo mismo se aplica a las señas domiciliarias y los números de teléfono.

—¿Tienes aún en pantalla el registro del último año que te he pedido?

—Sí.

—¿Puedes decirme cuántos estudiantes apellidados Ryan se graduaron ese año?

—Señorita Kane, un gran porcentaje de nuestros alumnos son de ascendencia irlandesa.

—Lo sé —repuso Gina—. Yo también lo soy.

—Esta llamada se está prolongando demasiado, señorita Kane.

—Por favor, llámame Gina. Aprecio realmente la paciencia que has mostrado conmigo. Y antes de colgar, Rob, me gustaría hablar contigo acerca de los correos que he recibido sobre la campaña de donaciones para este año.

Quince minutos más tarde, Rob le había enviado por correo electrónico los listados con los alumnos apellidados Ryan que se habían graduado en el Boston College durante los seis años en cuestión. Y una contribución de tres mil dólares había sido cargada a la MasterCard de Gina.

5

Gina repasó por encima los listados que Rob le había enviado. A la derecha del nombre de cada estudiante (ordenados por apellido, nombre de pila y segundo nombre), había una serie de columnas con distintos datos: fecha de nacimiento, dirección, lugar de trabajo, correo electrónico, número de teléfono y nombre del cónyuge. Verificó rápidamente que Rob tenía razón: ninguno de aquellos alumnos había dado como dirección de email el que ella estaba buscando.

Utilizando las herramientas de cortar y pegar, confeccionó un único listado con los graduados apellidados Ryan. Entre los seis años había un total de setenta y uno, con una presencia algo mayor de mujeres que de hombres.

A continuación eligió aquellos cuyo nombre de pila empezaba por C y los colocó al principio de la lista. Había catorce: Carl, Carley, Casey, Catherine, Charles, Charlie, Charlotte, Chloe, Christa, Christina, Christopher, Clarissa, Clyde y Curtiss.

Imprimió el listado y utilizó un rotulador fluorescente para destacar los nombres de mujeres. Como no estaba muy segura de «Casey», comprobó su segundo nombre: era «Riley». También resultaba ambiguo. Finalmente lo añadió al grupo de mujeres.

Interrumpió la tarea cuando de pronto la asaltó un pensamiento preocupante. La dirección de correo electrónico de su amiga Sharon era una S mayúscula seguida de su apellido. Pero Sharon era su segundo nombre; el de pila era Eleanor. Si estuviera buscando a su amiga en ese listado, lo estaría haciendo bajo el nombre equivocado.

—Por favor, que tu nombre de pila empiece por C, señorita Ryan —musitó para sí misma.

Gina se preguntó si Facebook la ayudaría a estrechar la búsqueda. Lo intentó con el primer nombre destacado en fluorescente de la lista: Carley Ryan. Como era de esperar, había decenas de mujeres y unos cuantos hombres con ese nombre. Luego tecleó: «Carley Ryan, Boston College». Obtuvo cuatro resultados, pero ninguno parecía coincidir con el rango de edad que estaba buscando. Lo intentó de nuevo, esta vez con «Carley Ryan, REL News». Nada.

Se disponía a probar con el siguiente nombre de la lista, Casey, cuando se detuvo. Según sus propias palabras, CRyan había tenido una «terrible experiencia» cuando trabajaba en REL News. Si algo parecido le hubiera ocurrido a Gina, ¿habría incluido una mención a la compañía en su cuenta de Facebook? Probablemente no. Alguien que hubiera pasado por algo así no querría hacerlo público. O tal vez fuera simplemente una persona a la que no le gustaba utilizar las redes sociales.

Consideró la idea de enviar un mensaje a cada una de las nueve mujeres de la lista, pero al final desistió. Por alguna razón, CRyan había decidido no responder al mensaje que Gina le había mandado hacía una semana y media. ¿Por qué iba a contestar ahora si le enviaba uno nuevo? De modo que cogió el móvil y empezó a marcar el número de Carley Ryan.

—¿Diga? —respondió una mujer que parecía ser de mediana edad.

—Sí, hola. ¿Hablo con la señora Ryan?

—Sí, soy yo.

—Me llamo Gina Kane y me gradué en el Boston College en el año 2008.

—¿Conoce a mi hija, Carley? Ella estuvo en la promoción del 2006.

—La verdad es que no me acuerdo de haber conocido a Carley. Estoy haciendo una investigación para un artículo sobre los estudiantes del Boston College de esa época que, después de graduarse, entraron a trabajar en el campo del periodismo informativo. ¿Su hija Carley ha trabajado para alguna cadena de noticias como REL News?

—Oh, no, mi Carley no —respondió la mujer con una risita—. Ella opina que ver la televisión es una pérdida de tiempo. Está trabajando como instructora para la organización Outward Bound. En la actualidad se encuentra en Colorado, de monitora de excursiones en canoa.

Después de borrar a Carley de la lista, Gina revisó los restantes nombres y números de teléfono. No había manera de saber si estos últimos pertenecían a las graduadas o bien a sus padres.

Volvió a marcar. Casey respondió al primer tono y le explicó que había estudiado en la facultad de Derecho y había sido contratada por un bufete de Chicago. Otra vía muerta.

Dejó un mensaje en el contestador de Catherine.

Charlie resultó ser un hombre, y trabajaba como contable.

El número de Charlotte tenía el prefijo 011, y en la columna de la dirección figuraba una calle de Londres. Gina echó un vistazo al reloj. La diferencia horaria con Inglaterra era de cinco horas. No era demasiado tarde para llamar. Respondieron al segundo tono. Una mujer de mediana edad con acento británico le explicó que, justo después de graduarse, su hija había aceptado un empleo en la compañía aseguradora Lloyd's de Londres y que trabajaba allí desde entonces.

Gina le dejó un mensaje a Chloe.

La madre de Clarissa le contó con extenuante detalle que

su hija se había casado con su novio del instituto, que tenían cuatro hijos preciosos y que solo había trabajado durante un año en Pittsburgh antes de convertirse en ama de casa a tiempo completo. Añadió que en su propio caso había sido totalmente distinto.

—Trabajé durante casi diez años antes de decidirme a formar una familia. A Clarissa no le ha ido mal, pero ¿no cree usted que una mujer debería trabajar al menos durante cinco años a fin de labrarse un futuro profesional y afianzar su autoconfianza antes de comprometerse en una relación matrimonial? Intenté explicárselo a Clarissa. ¿Cree que me escuchó? Pues claro que no. Yo...

Por suerte, en ese momento Chloe le devolvió la llamada, dándole a Gina una piadosa excusa para poner fin a la conversación. Chloe había estudiado en la facultad de Medicina y ahora trabajaba como residente en la Clínica Cleveland.

El número de Christa ya no existía.

Courtney respondió durante su pausa para el almuerzo y le contó que, tras graduarse, se había dedicado a la docencia.

Tratando de no sucumbir al desaliento, Gina miró los dos últimos nombres de la lista: Catherine y Christina. No estaba muy segura de qué hacer a continuación, así que se levantó y se preparó un sándwich.

6

Con fuerzas renovadas después de haber comido, Gina revisó la información referente al domicilio de las dos graduadas. La última dirección registrada de Christina correspondía a Winnetka, Illinois, una zona residencial muy exclusiva situada a unos veinticinco kilómetros de Chicago. Comprobó los prefijos telefónicos de Winnetka: 224 y 847. El número de Christina que aparecía en el listado empezaba por 224.

Sin perder todavía la esperanza, marcó el número. Una jovial voz respondió con un fuerte y claro saludo. A esas alturas, Gina ya tenía mucha práctica en explicar el motivo de su llamada.

Toda afabilidad se esfumó rápidamente cuando Christina empezó a despotricar en tono airado:

—Así que me llama para que la ayude a escribir un reportaje sobre lo fabuloso que es el Boston College, ¿no? Pues olvídese de su estúpida historia y escriba mejor sobre esto. Mis padres se conocieron cuando estudiaban allí. Créame, no encontrará unos exalumnos más leales: hacían donaciones todos los años y se ofrecían voluntarios para un montón de comités. Yo también seguí su ejemplo después de graduarme. Pero entonces, al cabo de cinco años, mi hermano pequeño presentó una solicitud de ingreso. Un alumno ejemplar: entre los diez mejores de su clase, capitán del equipo de lacrosse, implicado en todo tipo de actividades. Y van y lo rechazan. «Tenemos demasiados solicitantes cualificados de su zona.» ¡Después de todo lo que mis padres y yo habíamos hecho! Así que hágame un favor: olvídese de mi número.

El ruido del auricular al ser colgado bruscamente marcó el final de la llamada. Gina no pudo evitar reírse. Si Christina hubiera permanecido un poco más al aparato, podría haberle dado el número de Rob Mannion. Estaba segura de que habrían mantenido una conversación de lo más interesante.

Gina se quedó mirando por la ventana. Hasta el momento sus pesquisas no habían dado ningún resultado. Peachtree City, Georgia, era la dirección de Catherine Ryan que aparecía en el listado que Rob le había proporcionado. Pero cuando indagó en las bases de datos online de esa área, ninguna de las Catherine Ryan coincidía por edad con la que andaba buscando.

No estaba segura de qué hacer. Si Catherine Ryan era realmente la «CRyan» que buscaba, podría darle un poco más de tiempo para que respondiera al mensaje de voz que le había dejado. Pero algo le decía que debía insistir, buscar otro modo de ponerse en contacto con ella.

Recordó que Rob había dicho que la universidad actualizaba sus registros cuando los exalumnos les proporcionaban sus nuevas direcciones y números de teléfono. ¿Significaba eso que borraban la información antigua? ¿O acaso en los archivos del Boston College constaría todavía la dirección de los padres de Catherine?

Llamó a la universidad y le pasaron con la extensión de Rob, que contestó al primer tono. Cuando Gina se presentó, la voz del hombre se volvió cortante.

—Dentro de un minuto tengo una teleconferencia.

Gina fue directa al grano.

—La última dirección registrada de Catherine Ryan corresponde a Georgia, pero me ha sido imposible localizarla, así que me gustaría ponerme en contacto con sus padres. ¿Conserváis la dirección original, la de la casa donde vivía cuando era estudiante?

—Tendré que consultar una base de datos antigua. Déjame ver si consigo acceder antes de hacer la llamada.

Lo oyó teclear y deletrear por lo bajo el nombre de Catherine Ryan.

—Vale, ya la he abierto. Aquí está: 40 Forest Drive, Danbury, Connecticut. Y ahora tengo que colgar.

7

Gina accedió a una base de datos de internet y encontró una entrada para unos tal Justin y Elizabeth Ryan que vivían en Danbury. La dirección coincidía con la que le había dado Rob. Tenían sesenta y cinco y sesenta y tres años respectivamente. Su edad encajaba con la de unos padres de alguien de treinta y tantos. Su instinto de periodista le dijo que, en vez de llamarlos, sería mejor que fuera a verlos en persona.

El trayecto en coche resultó muy agradable. Era un fresco día otoñal y no encontró mucho tráfico. Agradeció contar con Waze mientras la aplicación de GPS guiaba su coche de alquiler fuera de la ciudad en dirección a una acomodada zona residencial al sur de Connecticut, con viviendas lujosas que se alzaban en extensas parcelas.

Cuando llamó al timbre de la dirección que buscaba, le abrió una anciana de pelo blanco que rondaría los setenta años. Al leer la tarjeta de Gina se mostró algo recelosa, pero luego se relajó y le contó que hacía menos de un año ella y su marido le habían comprado la casa a la familia Ryan. Por desgracia, no tenían su nueva dirección.

Menuda fiabilidad la de esas bases de datos, se dijo Gina. Pero, al dar media vuelta para marcharse, se fijó en que había un letrero de EN VENTA en el jardín de al lado. Se giró de nuevo hacia la anciana, que seguía en el umbral de la puerta.

—Una última pregunta —le prometió—. ¿Compraron esta casa a través de un agente inmobiliario?

—Así es.

—¿Y se acuerda de cómo se llamaba?

—Claro. Puedo darle su tarjeta.

Según el navegador Waze, la oficina del agente inmobiliario se encontraba a poco más de un kilómetro y medio. Confiando en que aún no se hubiera marchado, Gina se obligó a no superar el límite de velocidad mientras atravesaba a toda prisa la población.

La oficina inmobiliaria se ubicaba en una calle principal, rodeada por una tintorería, un salón de belleza, una tienda de productos gourmet y otra de artículos deportivos. En el escaparate se exhibían fotografías de las casas en venta o alquiler. Gina cruzó los dedos, probó el tirador de la puerta y sintió un gran alivio al comprobar que la oficina estaba abierta. Entró en el local al tiempo que un tipo de unos sesenta años, bajito, fornido y calvo, salía de una habitación del fondo.

El hombre pareció visiblemente decepcionado al descubrir que Gina no buscaba casa, pero cuando esta mencionó a los Ryan se mostró más abierto, incluso locuaz.

—Muy buena gente —comenzó el agente inmobiliario—. Conozco a la familia desde que los niños eran pequeños. Lamenté mucho que tuvieran que marcharse, pero la artritis de Elizabeth estaba empeorando. Al final decidieron que tenían que hacer algo al respecto y empezaron a buscar casa en otra zona. Dudaban entre Naples y Sarasota, pero acabaron decantándose por Palm Beach. Una buena decisión. Me enseñaron algunas fotos del apartamento que pensaban adquirir. Yo solo he estado por allí unas pocas veces, pero les dije que, a mi entender, habían comprado a muy buen precio. Recién reformado, con habitaciones amplias y un segundo baño junto al cuarto de invitados. ¿Qué más se puede pedir? Pero lamenté mucho que tuvieran que marcharse. Muy buena gente, si le interesa mi opinión.

El hombre se detuvo para tomar aire y Gina aprovechó para intervenir.

—¿Se acuerda por casualidad de cómo se llamaban sus hijos?

—Oh, déjeme pensar... Me estoy haciendo viejo. Antes los nombres me venían a la cabeza al momento. Ahora me cuesta más. —Permaneció callado durante unos instantes con el ceño fruncido—. Espere... Ya me acuerdo. El chico se llamaba Andrew. La chica, Cathy. Los dos muy guapos. Deben de estar ya cerca de los treinta. Eso es. Lo tengo. El hijo era Andrew. La hija, Catherine, pero la llamaban Cathy.

—¿Recuerda cómo se escribía el nombre, con C o con K?

—De eso sí estoy seguro. Era con C.

Y a continuación deletreó el nombre completo.

«"C" Ryan», pensó Gina. Al menos era la inicial correcta.

Tres minutos más tarde ya había conseguido la dirección de los Ryan en Palm Beach y su número de teléfono.

Gina salió de la oficina inmobiliaria y se montó en su coche. Giró la llave de contacto, pero no arrancó.

En vez de telefonear ahora, con el riesgo de escuchar mal por culpa del tráfico o de pasar por áreas con poca cobertura, Gina decidió esperar a llegar a casa para hacer la llamada. Esta vez el trayecto se le hizo más largo, ya que se había levantado muy temprano y había sido un día bastante ajetreado.

Eran las siete y cuarto cuando llegó a su apartamento. Agradecida por estar de vuelta en casa, se sirvió una copa de vino, se sentó a la mesita de la cocina y levantó el auricular del teléfono fijo.

—Residencia de los Ryan —respondió una voz masculina.

Gina repitió lo que le había contado al agente inmobiliario, que había ido al College Boston con Cathy y que deseaba poder hablar con ella. Se produjo un largo silencio antes de que Andrew Ryan preguntara:

—¿Era usted amiga de mi hermana?

—En realidad no, pero me gustaría poder hablar con ella.

—Entonces no sabe que Cathy murió la semana pasada en un accidente mientras estaba de vacaciones en Aruba.

Gina ahogó un gemido.

—No, no lo sabía. Lo siento muchísimo.

—Gracias. Todavía estamos en estado de shock. Era lo último que nos esperábamos. Cathy siempre había sido muy prudente, y además era muy buena nadadora.

—Me gustaría explicarle un poco mejor el motivo de mi llamada, pero entiendo que no es un buen momento. Si prefiere, puedo volver a llamarle cuando...

—No, ahora está bien. Y por favor, tutéame. ¿En qué puedo ayudarte?

Gina dudó unos segundos.

—Soy periodista y esperaba poder hablar con Cathy acerca de un reportaje para el que me estoy documentando. Antes de seguir adelante, ¿trabajó Cathy alguna vez en REL News?

—Sí.

—¿Cuánto tiempo estuvo allí?

—Tres años. Lo dejó para trabajar en un grupo editorial en Atlanta.

—¿Cuándo fue la última vez que viste o tuviste noticias de Cathy?

—Hace unas dos semanas. Era el cumpleaños de nuestra madre, así que los dos vinimos a Palm Beach para pasar el fin de semana y celebrarlo con ella.

—¿Qué día fue el cumpleaños?

Cuando Andrew Ryan le dijo la fecha, Gina hizo mentalmente un cálculo rápido.

—Recibí un correo electrónico de tu hermana el día del cumpleaños de vuestra madre. Permíteme que te lo lea.

Andrew escuchó mientras se lo leía. Gina le explicó que ese mismo día se marchaba de viaje, pero que le respondió instándola a ponerse en contacto a su regreso.

—¿Y no volvió a contactar contigo después de ese correo inicial?

—No, no lo hizo. Pero he removido cielo y tierra intentando localizarla.

Se produjo de nuevo un largo silencio. Al fin, Andrew dijo:

—La noche del cumpleaños intuí que le pasaba algo. Estaba muy callada. Me comentó que quería hablar conmigo de algo, pero luego dijo: «Ya hablaremos cuando vuelva de Aruba». Iba a estar allí cinco días.

—¿Sabes si se mantenía en contacto con alguno de sus antiguos compañeros de trabajo en REL News?

—Estoy bastante seguro de que seguía en contacto con algunos.

—¿Por casualidad conoces sus nombres?

—Había una compañera que vivía en el área de Nueva York. Ahora mismo no recuerdo su nombre. Tal vez pueda averiguarlo. Después del accidente fui a Aruba para recoger los objetos personales de Cathy, entre ellos su móvil y su portátil. Puedo revisar sus contactos. Seguro que reconozco el nombre cuando lo vea.

—Te lo agradecería mucho.

—Dame tu número. Te llamaré en cuanto sepa algo.

Intercambiaron sus números de móvil. Entonces, Andrew le preguntó en voz queda:

—¿Tienes alguna idea de a qué se refería mi hermana cuando te escribió sobre una «terrible experiencia»?

—Todavía no. Pero voy a averiguarlo.

8

Tras hablar con Andrew Ryan, Gina permaneció sentada un buen rato repasando mentalmente la conversación. Había muchas cuestiones que querría haberle preguntado. Cogió un cuaderno y empezó a tomar notas.

Cathy entró en REL News justo después de graduarse de la universidad. Tendría unos veintidós años. Su hermano había dicho que estuvo trabajando en la agencia durante tres años. Así que la «terrible experiencia» debió suceder cuando tenía entre veintidós y veinticinco años. Demasiado joven y vulnerable.

No había caído en la cuenta de preguntarle a Andrew acerca de los detalles del accidente. Había mencionado que su hermana era muy buena nadadora, así que probablemente la muerte habría ocurrido en el agua. El trágico suceso había tenido lugar en Aruba. ¿Con quién había ido Cathy allí? ¿Con un novio? ¿Con amigas? ¿Sola?

Aruba... ¿No era allí donde la familia de Natalee Holloway tuvo que enfrentarse a tantas dificultades y contratiempos con las autoridades locales para intentar averiguar qué le había ocurrido a su hija, desaparecida durante un viaje de graduación del instituto?

¿Se habría abierto una investigación? Si por lo que fuera no se había tratado de un accidente, ¿cómo podría hacer un seguimiento de las pesquisas?

De pronto, Gina echó la silla hacia atrás y se puso en pie. Acababa de acordarse de que había quedado con Lisa en el Bird's Nest dentro de veinte minutos.

Se dirigió a toda prisa a su habitación y se cambió rápidamente de ropa. Se puso un par de pantalones negros, una camiseta de tirantes blanca y su chaqueta favorita con estampado en blanco y negro y salió corriendo del apartamento.

El trayecto en metro hasta el West Village le llevó solo veinte minutos. Cuando entró en el restaurante, vio a Lisa sentada a una mesa situada enfrente de la barra.

Su amiga se levantó de un salto para recibirla.

—Cómo te he echado de menos mientras estabas de vacaciones... —la saludó con cariño—. Por si te lo estás preguntando, he escogido esta mesa porque quiero controlar al barman mientras prepara los cócteles. Quiero ver si se le cae algún cubito de hielo al suelo.

—¿Y se le ha caído alguno? —preguntó Gina.

—De momento no. Pero basta de hablar de cubitos. Cuéntame tu viaje a Nepal mientras nos tomamos una copa de vino.

—Haría falta una botella entera —repuso Gina—. Para empezar, te diré que ha sido una experiencia fabulosa. Creo que a mi padre le ha hecho mucho bien estar con sus viejos amigos. Todavía está destrozado por la muerte de mi madre.

—Es muy comprensible —dijo Lisa—. Yo adoraba a tu madre.

Gina tomó un sorbo de vino y, tras un instante de vacilación, empezó a explicarle lo que más le preocupaba en esos momentos.

—El día que me marché a Nepal recibí un correo electrónico que puede que se convierta en mi próximo reportaje.

Y le contó a su amiga todos los detalles.

—Un trágico accidente de ese tipo... —comentó Lisa—.

Por decirlo finamente, fue un golpe de suerte para quienquiera que intentara evitar que ella le pusiera una demanda. Tal vez demasiada suerte...

—Eso es lo mismo que he pensado yo. Por supuesto, podría tratarse de una coincidencia. Aunque, por otra parte, es muy raro que todo haya ocurrido tan deprisa después de enviarme ese mensaje.

—¿Y qué piensas hacer ahora?

—Tengo que recibir el visto bueno de mi nuevo jefe para viajar a Aruba e investigar lo ocurrido.

—¿Correrá la revista con los gastos?

—Lo sabré esta misma semana.

Lisa sonrió.

—En mi próxima vida me gustaría tener tu trabajo.

—Bueno, basta de hablar de mí. ¿Cómo te va a ti?

—Más de lo mismo. De picapleitos persiguiendo ambulancias. —Lisa le contó los últimos casos que le habían asignado desde que no se veían. Un cliente que iba caminando por la Quinta Avenida había sido golpeado en la cabeza por un trozo de material de obra arrastrado por el viento y había sufrido una contusión leve—. Las contusiones se pagan mucho mejor ahora gracias a toda la publicidad de los jugadores de fútbol americano. Este caso será pan comido. —Otro cliente estaba saliendo del andén del metro por una de las puertas giratorias de barrotes metálicos—. La puerta se había atascado, el tipo fue a pasar y se rompió la nariz. Insiste en que estaba sobrio, pero me pregunto qué habría estado haciendo por ahí hasta las tres de la madrugada si no había estado bebiendo.

Lisa echó un vistazo en dirección a la barra al oír el sonido de un cóctel agitándose.

—De momento, ningún cubito por los suelos —observó en tono sarcástico.

9

A las siete menos diez de la mañana siguiente, Gina se estaba desperezando en la cama, esforzándose por mantener los ojos abiertos, cuando su móvil empezó a sonar. El nombre que aparecía en la pantalla era el de Andrew Ryan.

—Espero no llamar demasiado temprano —se disculpó él—. Es que estoy a punto de tomar el vuelo de regreso a Boston y quería comentarte algunas cosas sobre nuestra conversación de ayer.

—Me va bien hablar ahora —le aseguró Gina, que echó mano al cuaderno que siempre tenía en la mesilla de noche—. Gracias por volver a llamarme tan pronto.

—Una de las personas de REL News con las que Cathy seguía en contacto era Meg Williamson.

—Meg Williamson —repitió ella mientras anotaba el nombre—. ¿Alguna información de contacto?

—No. Aún no he podido revisar el móvil ni el portátil de mi hermana. El nombre me ha venido a la cabeza mientras conducía hacia el aeropuerto. Cuando llegue a Boston, llamaré a mi madre y le pediré que intente averiguar algo más.

—Estupendo. Muchísimas gracias. ¿Has conseguido recordar algún nombre más de la gente de REL News con la que Cathy seguía relacionándose?

—Todavía no, pero hablaré con mi madre. Seguiremos intentándolo.

—Gracias de nuevo. Si dispones de algo de tiempo, tengo algunas preguntas que me han surgido después de nuestra conversación de ayer.

—Me quedan cinco minutos para embarcar. Adelante.

—¿Cathy fue a Aruba sola o con amigos?

—Fue sola.

—¿Sabes si pensaba encontrarse con alguien allí?

—No, que yo sepa. Me dijo que solo quería descansar y relajarse un poco por su cuenta.

—Aruba está bastante lejos para pasar solo unos días de vacaciones. ¿Tienes alguna idea de por qué escogió ir allí?

—No. Pero le encantaba practicar cualquier actividad relacionada con el agua: buceo, esnórquel, windsurf...

—Me dijiste que Cathy murió en un accidente.

—Sí, mientras iba en moto acuática.

—¿Cómo ocurrió?

—El día después del percance, la policía de Aruba llamó a mis padres. Les dijeron que la moto acuática de Cathy se había estrellado contra un barco en el puerto y que su cuerpo había salido disparado del vehículo.

—¿Se ahogó o murió a consecuencia del impacto?

—No está muy claro cuál fue la causa principal.

—Lamento tener que hacerte esta pregunta, pero ¿le practicaron la autopsia?

—No. Preguntamos al respecto, pero cuando nos dijeron que la cosa tardaría entre dos y tres semanas decidimos que no se la hicieran. Yo sabía que Cathy había sufrido un traumatismo craneal severo. Lo más probable es que quedara inconsciente a raíz del impacto. Y aunque llevaba puesto el chaleco salvavidas, su cuerpo permaneció boca abajo en el agua durante varios minutos antes de que llegara la ayuda.

—Una vez más, siento tener que preguntarte esto, pero ¿sabes si había presencia de alcohol en su organismo?

—Según el informe policial, su cuerpo presentaba un fuerte olor a alcohol.

—Por lo que tú sabes, ¿tenía Cathy algún problema con la bebida?

—En absoluto. Era una bebedora social. Cuando estaba con gente se tomaba una o dos copas. En alguna ocasión puede que tres. Pero nunca la vi borracha.

Gina tomó nota mental para hablar con un patólogo amigo suyo, a fin de que la ayudara a encontrar algún sentido a aquel informe policial.

—¿Iba ella sola en moto acuática o iba con un grupo?

—Era una excursión guiada. Iba con otras tres o cuatro personas y un guía.

—¿Sabes si la policía interrogó a los otros miembros del grupo?

—Dicen que sí lo hicieron. Según el informe, todos confesaron haber estado bebiendo durante la comida.

«Confesaron», pensó Gina para sus adentros. Hicieron que sonara como si estuvieran cometiendo algún delito.

—¿Habló la policía con la empresa que organizaba la excursión guiada?

—Sí. Como era de esperar, el propietario afirmó que todas sus motos se encontraban en perfecto estado.

—¿Hablaste personalmente con el propietario?

—Debo reconocer que no. Estaba muy conmocionado. Lo pasé muy mal teniendo que abrir cajones y armarios y volviendo a meter las pertenencias de mi hermana en su maleta. Lo último que quería era hablar con la persona que le alquiló la moto de agua.

—Lo entiendo muy bien. Y siento mucho tener que hacerte todas estas preguntas.

—No te preocupes. Continuemos.

—¿Tienes idea de si examinó alguien la moto de agua después del accidente?

—No se me ocurrió preguntar sobre eso. No sé si algún experto la examinó.

—En el informe policial, ¿se llega a alguna conclusión acerca de lo que sucedió?

—El accidente se atribuyó a un error humano. El informe dice que lo más probable es que Cathy le diera a todo gas al acelerador sin querer y que le entrara el pánico. Y que su miedo se acrecentara por haber ingerido una gran cantidad de alcohol en muy poco tiempo justo antes del accidente.

—¿Te entregaron una copia del informe policial?

—Sí.

—¿Te importaría pasarme una copia del mismo?

—Claro que no. Lo tengo escaneado. Ahora te estoy llamando desde mi móvil. Mándame un mensaje de texto con tu dirección de correo electrónico y te lo enviaré.

—Si también pudieras pasarme algunas fotografías recientes de Cathy, me sería de mucha ayuda.

—Veré lo que puedo encontrar y te lo enviaré junto al informe policial. ¿Crees de veras que la muerte de Cathy no fue un accidente?

—No sé muy bien qué pensar. Pero hay algo de lo que sí estoy segura: no me gustan las coincidencias. Una poderosa corporación está negociando, quizá presionando, para que alguien acepte un acuerdo. La persona en cuestión se muestra reacia y, de repente, muere en un accidente. En mi opinión, parece algo más que una simple coincidencia.

—¡Oh, Dios, pensar que alguien podría haber matado a mi hermana...! Perdona, me están llamando para embarcar. Confío en que volveremos a hablar.

—Seguro que sí. Que tengas un buen vuelo.

La conexión se cortó.

10

Después de ducharse y vestirse, Gina caminó con el portátil bajo el brazo hasta el Starbucks de la esquina y pidió su habitual expreso con leche y vainilla. Prefería la soledad y la quietud de su apartamento para escribir sus artículos, pero cuando tenía que responder mensajes e investigar disfrutaba del ruido de fondo de la cafetería.

Sentada a una mesa situada más o menos en el centro del local, encendió el ordenador y empezó a indagar sobre Aruba. Lo poco que sabía era producto de haber leído artículos y visto reportajes sobre el asesinato de Natalee Holloway.

Lo primero que hizo fue consultar Wikipedia. Mientras leía, iba tomando notas.

A veinticinco kilómetros al norte de Venezuela. Se suele referirse a ella como «el Caribe holandés». País miembro del Reino de los Países Bajos. Playas de arena blanca. Población de cien mil habitantes. Destino turístico popular por su clima soleado y poco lluvioso.

Como gran aficionada a la historia, un dato captó su atención.

En 1642, Peter Stuyvesant fue nombrado gobernador de la colonia, antes de ser enviado a su nuevo puesto en Nueva Amsterdam, que más tarde sería rebautizada como Nueva York.

Después entró en una página de viajes y buscó vuelos directos a Aruba desde el aeropuerto JFK. Encontró un billete de ida y vuelta por seiscientos sesenta y seis dólares, y el precio de la noche de hotel era bastante razonable. Tenía muy claro que quería alojarse en el mismo en que lo había hecho Cathy. Escribió una nota para acordarse de preguntárselo a Andrew.

Tomó un largo sorbo de su café, saboreando la sensación del líquido caliente descendiendo por su garganta. Estaba segura de que con lo que tenía bastaría para convencer al nuevo editor de que la enviara a Aruba, pero también le gustaría poder contarle cómo encajaba Meg Williamson en toda aquella historia, si es que tenía algo que ver.

Con un poco de suerte, ese mismo día conseguiría el número de Meg a través de la señora Ryan. Pero antes de llamarla, quería meditar cuidadosamente sobre lo que le preguntaría: ¿coincidió con Cathy en REL News durante los tres años en que esta trabajó allí? ¿Cómo de estrecha era o había sido su relación? ¿Sabía que Cathy había muerto hacía casi dos semanas? ¿Había sufrido también Meg una «terrible experiencia» en la empresa? En caso de que no fuera así, ¿le había contado Cathy algo de lo que le había ocurrido a ella? Y en el hipotético caso de que Meg sí hubiera aceptado el trato ofrecido por la compañía, ¿accedería siquiera a hablar con Gina?

Entró en su correo, abrió un mensaje nuevo y tras pulsar solo unas teclas apareció la dirección completa del nuevo editor jefe.

Escribió: «Hola, Geoff. Tengo información nueva sobre

el asunto de REL News que me gustaría comentarte. ¿Podemos reunirnos?».

Al cabo de medio minuto llegó su respuesta: «Estoy ocupado hasta las cuatro. ¿Puedes venir a esa hora?».

«Perfecto. Nos vemos a las cuatro.»

11

Una vez de vuelta en su apartamento, previendo la posibilidad de que Geoff le diera el visto bueno para el viaje, Gina sacó del armario varias prendas de verano y las dejó sobre la cama. Sabía que, si al final iba a Aruba, estaría allí dos o tres noches, así que no le costaría mucho hacer la maleta con lo que necesitara. Tomó nota mental de añadir protección solar.

Mientras hacía tiempo, entró en internet y repasó las noticias publicadas en su momento sobre el asesinato de Natalee Holloway. Se le ocurrió pensar que tal vez tuviera que tratar con los mismos policías que trabajaron en el caso de la muchacha. Lo que más le costaba entender era que los padres hubieran tenido que esperar tanto para saber lo que le había ocurrido a su hija y para que se practicara alguna detención. Cualquier duda sobre la implicación en el asesinato de Joran van der Sloot, un isleño al que Natalee conoció allí, se había esfumado unos años más tarde cuando el tipo mató a otra joven.

En ese momento llegó un mensaje de texto de Andrew Ryan: su madre había encontrado el número de teléfono de Meg Williamson.

«¡Genial!», pensó Gina mientras cogía su móvil y empezaba a marcar. Decidió adoptar el mismo enfoque que había utilizado cuando intentaba localizar a CRyan. Después de cinco tonos sin respuesta, una voz electrónica repitió el número que había marcado y la invitó a dejar un mensaje: «Hola, me llamo Gina Kane y soy periodista. Estoy escribiendo un artículo sobre mujeres que han trabajado en grandes canales de noticias en los últimos diez a quince años. Por lo que tengo entendido, usted trabajó en REL News, así que me gustaría que habláramos de ello. Por favor, llámeme. Mi número es...».

12

Esa mañana, Meg Williamson no había ido a trabajar a la empresa de relaciones públicas en White Plains, ya que había tenido que llevar a su hija de seis años al pediatra. Jillian había estado tosiendo toda la noche y tenía un poco de fiebre. Cuando regresaron a casa, Meg pulsó la tecla del contestador. Al escuchar el mensaje de Gina Kane, ahogó un gemido y volvió a ponerlo de nuevo.

La invadió el pánico, pero sabía lo que tenía que hacer. Por primera vez en casi dos años, marcó el número que le había dado Michael Carter. El hombre respondió al primer tono.

—¿Qué ocurre, Meg?

—Acabo de recibir un mensaje en mi contestador. Lo he anotado para asegurarme de que lo he entendido bien.

Acto seguido se lo leyó.

—Lo primero: repíteme su nombre y el número al que quiere que la llames. —Meg hizo lo que le pidió. Luego se produjo un largo silencio. Por fin, hablando muy despacio y en un tono cargado de intención, Carter dijo—: Sé cómo trabajan esos periodistas. Contactan con un montón de gente y al final solo entrevistan a unos pocos. Ignora por completo su llamada. Deja que entreviste a otras personas. Has hecho lo correcto. Si intenta volver a ponerse en contacto contigo, llámame.

—Por supuesto que lo haré —se apresuró a responder Meg—. Le prometo que...

Pero el hombre ya había colgado.

13

En la época del instituto y la universidad, a Gina no le preocupaba demasiado la puntualidad. Cuando la clase ya había empezado, ella siempre se colaba a hurtadillas en el auditorio y se sentaba en algún asiento de la última fila procurando no llamar la atención del profesor. Pero su trabajo como reportera le había hecho cambiar totalmente de actitud. Ahora no solo era puntual, sino que llegaba con antelación a las citas. A las cuatro menos cuarto ya se encontraba en el vestíbulo del edificio donde estaban las oficinas de *Empire Review*, y el guardia de seguridad anunció su llegada.

Cuando salió del ascensor en la planta séptima, Jane Patwell ya la estaba esperando.

—Qué bien que hayas llegado antes —le dijo—. La reunión de Geoff ha acabado pronto y está listo para recibirte. —Tras una pausa, añadió—: Gina, estás muy guapa. Me encanta ese traje pantalón. Deberías vestir siempre de azul, sobre todo esa tonalidad tan viva e intensa.

Gina era consciente de lo que estaba insinuando la secretaria. «Se cree que me he arreglado para Geoff —dedujo divertida—. ¿Será verdad que lo he hecho?», se preguntó con una sonrisa.

Jane llamó a la puerta del editor jefe y la abrió cuando él dijo:

—Adelante.

Al ver que se trataba de Gina, se levantó rápidamente y le hizo un gesto en dirección a la mesa situada junto a la ventana.

—Ahora que ya has tomado las riendas, ¿cómo va la cosa? —le preguntó ella mientras se sentaba.

—A un ritmo frenético, pero en general bastante bien. Y ahora cuéntame: ¿qué novedades hay sobre el asunto de REL News?

Gina le hizo un rápido resumen. Le contó que por fin había localizado a Cathy Ryan. Le habló de su conversación con Andrew Ryan y de la inoportuna muerte de la joven mientras conducía una moto acuática. También le explicó que estaba empezando a seguir una pista sobre una mujer que había trabajado con Cathy en REL News.

Geoff permaneció callado, sumido en sus pensamientos, hasta que al fin dijo:

—Tengo la impresión de que vas a decirme que el accidente con la moto acuática podría no haber sido tal.

—Exacto —contestó Gina—. Y la única manera de averiguar lo que realmente ocurrió es viajar a Aruba, alojarme en el mismo hotel y hablar con la persona que le alquiló la moto acuática y con los investigadores que trabajaron en su caso. Básicamente, hacer algunas indagaciones.

—¿Cuándo te marcharías?

—Mañana por la tarde sale un vuelo directo desde el JFK. Creo que necesitaré estar allí dos o tres días.

—¿Bastará con un adelanto de tres mil dólares para gastos?

—Sí.

—Pues reserva el vuelo. Yo me encargo del dinero.

Cuando ya se dirigía hacia la puerta, Geoff la llamó.

—Gina, si tu intuición es cierta, y creo que lo es, significa que alguien se tomó muchas molestias para hacer que la muerte de Cathy Ryan pareciera un accidente. Ten mucho cuidado.

14

«Nunca pensé que volvería a viajar tan pronto», se dijo Gina mientras embarcaba en el vuelo de JetBlue con destino a Aruba. Cuando el Airbus 320 estaba en el aire, empezó a leer las crónicas que había imprimido sobre el caso Holloway.

Durante un viaje de graduación del instituto a Aruba, la joven Natalee Holloway, de dieciocho años, desapareció.

La impresión que tenía Gina era que la policía local había obstaculizado todos los intentos del FBI por investigar la desaparición. Si habían puesto trabas a la agencia federal, no quería ni imaginar cómo la tratarían a ella.

La noche anterior había recibido el correo que le había prometido Andrew Ryan. Aparte del informe policial, había adjuntado varias fotos de Cathy, explicándole en el mensaje que eran las más recientes que había podido encontrar.

Gina examinó las imágenes. En una de ellas se hallaba en la playa. Una Cathy sonriente aparecía de pie junto a una tabla de surf tan alta como ella. Como estaba sola en la foto, resultaba difícil determinar su estatura. Un bañador azul de una pieza ceñía su figura esbelta y atlética. El largo cabello castaño oscuro le caía casi por los hombros. Su amplia sonrisa, acentuada por unos dientes de un blanco deslumbrante, formaba pequeños hoyuelos en sus mejillas. Sus rasgos un tanto redondeados le daban un aire ligeramente varonil.

La segunda foto mostraba a Cathy sentada a una mesa. En la parte inferior izquierda se veía una tarta con velas encendidas. Gina se preguntó si la imagen correspondería al cumpleaños de su madre, justo antes de que se marchara a Aruba. Cathy ofrecía una imagen muy diferente. Su sonrisa parecía forzada; las comisuras de la boca apenas se alzaban. Y aunque miraba a la cámara, daba la impresión de estar distraída, como si tuviera la mente en otra parte.

A continuación, Gina sacó el informe policial y lo leyó detenidamente. No iba a poder hablar con Peter van Riper, el agente que había acudido a la llamada que alertaba de que había ocurrido un accidente en el muelle. Le dijeron que estaba de vacaciones, pero eso no le preocupaba.

Le interesaba mucho más hablar con Hans Werimus, el detective que había dirigido la investigación y que concluyó que la muerte de Cathy había sido un accidente. Werimus había accedido a encontrarse con ella el jueves. Eso le daba el día de hoy y el de mañana para entrevistarse con las otras personas de su lista.

Aruba hizo honor a su reputación. Hacía un día soleado y una temperatura de veinticinco grados cuando Gina salió del aeropuerto y tomó un taxi para realizar el trayecto de veinte minutos hasta su hotel.

No mentían cuando describían la isla como un territorio semidesértico. Las suaves colinas redondeadas ofrecían unas tonalidades parduzcas. A raíz de sus investigaciones, sabía que las mejores playas y las instalaciones náuticas se encontraban en la zona noroeste de la isla, que era donde iba a alojarse. La otra parte estaba prácticamente sin urbanizar.

El hotel Americana presentaba mucha actividad durante esa semana de octubre. Gracias a la información que le había enviado Andrew, sabía que Cathy había ocupado la habitación 514. Mientras se registraba, preguntó si estaba disponible. La joven recepcionista la miró con gesto receloso.

—¿Hay alguna razón en especial por la que quiera alojarse en esa habitación?

Gina no quería mostrar sus cartas, así que respondió:

—Mi madre nació el 14 de mayo. Mis números de la suerte siempre han sido el cinco y el catorce.

—Bueno, pues continúan siéndolo. La habitación 514 está disponible.

Gina declinó la ayuda del botones. Solo tenía una pequeña maleta, y además con ruedas.

Sin saber bien qué esperar, insertó la tarjeta electrónica en la cerradura de la puerta. Cuando se encendió la lucecita verde, giró el pomo y entró en el espacioso cuarto en forma de L.

Se trataba de una amplia habitación esquinera con grandes ventanales de suelo a techo que ofrecían una magnífica panorámica del paisaje caribeño, y por los que se colaba una suave y salobre brisa marina. La cama de matrimonio, flanqueada por dos mesillas de noche, se hallaba orientada para disfrutar de la puesta de sol. La televisión estaba empotrada en la unidad modular de pared, y en la parte de abajo había tres juegos de cajones a cada lado. Encima de estos había un periódico y un folleto con el logo del hotel.

Gina trató de imaginar cómo debió de sentirse Andrew Ryan al entrar en esa habitación y recoger la ropa y los artículos personales de su hermana sin haber asimilado aún del todo la idea de su muerte.

Sacudió la cabeza para ahuyentar esos pensamientos. Deshizo la maleta y miró el reloj: las siete y media. Con razón estaba hambrienta. Se había saltado el almuerzo, y el tentempié del avión había sido más que escaso.

Se arregló un poco el pelo y se puso unos pantalones finos y una camisa de manga corta. Empezó a buscar en su bolsa de viaje el último número de *Empire Review*, pero al final optó por coger el periódico y el folleto del hotel. Sus amigos siempre le preguntaban si no se sentía mal saliendo a comer sola. «Todo lo contrario», respondía ella. Al ser hija única, no solo se sentía a gusto, sino que apreciaba mucho el disponer de tiempo para abstraerse en la lectura de un libro o un artículo periodístico. No había nada de solitario en la soledad; era más bien una oportunidad.

El comedor del hotel estaba medio lleno. El encargado de sala le sugirió que se sentara a una mesa situada en un rincón, y a ella le pareció bien. Mientras lo seguía, oyó por encima varias conversaciones en inglés. Una pareja de ancianos hablaba en un idioma distinto, que Gina pensó que podía ser holandés.

Enfrente de ella había dos mesas ocupadas por otras tantas parejas de treinta y tantos años. Una de las parejas entrechocó sus copas, y cuando él acabó su brindis, ella sonrió. La única palabra que Gina alcanzó a oír fue «comienzo». Los otros dos se inclinaron por encima de la mesa y se besaron, demorándose un momento antes de volver a reclinarse en sus sillas. Parejas de luna de miel, supuso.

Miró a través de las paredes acristaladas, más allá de la piscina, y contempló el suave y atemporal movimiento de las aguas azul turquesa del Caribe. Dejó que su mente vagara hacia el recuerdo de su foto favorita de sus padres. Fue tomada mientras estaban de luna de miel en el hotel Southampton Princess, en las Bermudas.

Después se puso a hojear el *Aruba Daily*, el único periódico en inglés de la isla. Ninguna noticia sobre crímenes cometidos recientemente en la isla.

Mientras cenaba, echó una ojeada al folleto que habían dejado en su habitación. «Puede reservar cualquier actividad en la recepción del hotel.» Había una excursión diaria para aficionados al buceo, así como lecciones para principiantes. También había tres salidas diarias para quienes quisieran practicar esnórquel, con travesía en barco hasta un arrecife mar adentro. La excursión «Aruba en un día» salía a primera hora de la mañana e incluía desayuno y almuerzo.

La siguiente actividad captó toda su atención.

¡Disfrute de las motos acuáticas! ¡Cuatro horas de diversión! Nuestro experto guía le conducirá durante un viaje de noventa minutos a lo largo de nuestra hermosa costa, haciendo diversas paradas para mostrarle los enclaves históricos y otros puntos de interés. Después, descanso de una hora para almorzar en el famoso restaurante Tierra Mar, situado en la misma orilla. Tras regresar a la playa, podrá disfrutar de otra hora de diversión por su cuenta pilotando nuestras motos acuáticas de última generación. Recuerde que debe ser mayor de dieciséis años.

«Cambio de planes», se dijo Gina. En un principio había pensado alquilar un coche para ir al lugar donde estaban las motos y luego al restaurante. ¿Por qué no experimentar por sí misma lo que Cathy había estado haciendo durante los últimos momentos de su vida?

De camino a su habitación, pasó por recepción e hizo una reserva para la excursión guiada del día siguiente. Un minibús del hotel proporcionaba transporte gratuito hasta las instalaciones de alquiler de motos. «Sí, claro —respondió el conserje a su pregunta—, si prefiere ir por su cuenta hay taxis disponibles.»

Gina se percató de que el hombre encontró muy extraño, incluso sospechoso, que ella quisiera acudir sola y antes que el resto.

Solo eran las nueve y media, pero decidió acostarse ya. Apagó las luces y dejó que sus ojos se acostumbraran a la oscuridad. El débil fulgor de la luz lunar iluminaba tenuemente las formas de los muebles, haciéndolos apenas visibles. Gina trató de imaginar qué pensamientos cruzarían por la mente de Cathy Ryan mientras intentaba conciliar el sueño por última vez en su vida.

15

Gina abrió los ojos y miró a su alrededor en la habitación. Por un momento se sobresaltó al no recordar dónde se encontraba. Todo resultaba muy distinto de los pequeños albergues y tiendas de campaña en los que había dormido durante su viaje al Nepal. «Ya no estás en Kansas, Dorothy», bromeó para sí misma mientras contemplaba por los ventanales cómo el sol se alzaba lentamente sobre el Atlántico.

Miró el pequeño despertador de la mesilla. Eran las 6.45.

Se puso ropa de deporte y una visera y salió a correr unos treinta minutos por la carretera principal. Cuando regresó a la habitación, se instaló con su portátil en el pequeño escritorio situado en el rincón acristalado. Había catorce mensajes nuevos, ninguno de Meg Williamson. El único que abrió fue el de Ted.

Hola. No te llamé anoche porque pensé que ya te habrías acostado y me daba miedo despertarte. No tengo palabras para expresar cuánto te echo de menos. Aunque lo intentara, me quedaría corto. ¡Es muy duro estar enamorado de una reportera! Ja, ja, ja. En Los Ángeles hace un calor infernal. Disfruta en Aruba, pero ten cuidado.

Te quiero a morir.

Ted

Gina suspiró y se levantó de la silla. «¿Por qué no puedo sentir por él lo mismo que él siente por mí? —se preguntó—. Sería todo mucho más sencillo si estuviera tan segura de lo nuestro como lo está él.» Entró en el cuarto de baño y abrió el grifo para ducharse. Antes de bajar a desayunar, quería pasarse por la oficina del hotel para imprimir las fotos de Cathy. Si llegaba al comedor cuando no hubiera mucha gente, tal vez los camareros dispusieran de más tiempo para charlar un poco.

El salón del desayuno se hallaba casi vacío cuando entró. Al parecer, solo había dos camareras de servicio. Una joven pareja, ataviada para un clima más frío, estaba acabando de desayunar. Gina pensó que seguramente se dirigirían al aeropuerto para tomar el avión de vuelta a casa.

Tenía la opción de servirse en el bufet o pedir de la carta. El primero presentaba un aspecto tentador, pero reduciría sus posibilidades de interactuar con las camareras. Se sentó a una mesa junto al ventanal, sacó de su bolsa de playa las fotografías de Cathy y las dejó sobre el mantel.

Mientras se preparaba para hablar con cualquiera que hubiera visto a Cathy dos semanas atrás, trató de centrarse en la información que podría serle de más utilidad. Según Andrew, su hermana había venido a la isla sola, pero tal vez les había ocultado que iba a encontrarse con alguien, quizá el negociador de REL News que le había propuesto llegar a un acuerdo. Sin embargo, ¿por qué esa persona iba a tomarse la molestia de viajar hasta Aruba cuando le sería mucho más sencillo encontrarse con Cathy en Atlanta?

Otra posibilidad era que el negociador se hubiera presentado por sorpresa. Si Cathy le había estado dando largas diciéndole que iba a ir unos días a Palm Beach y luego a Aruba, no le habría costado demasiado averiguar en qué hotel se alojaba. Como Gina bien sabía, a la gente de la prensa se le daba muy bien contactar con sus fuentes para conseguir información confidencial.

Una camarera, vestida con una camisa blanca de manga corta y unos pantalones negros ceñidos, se acercó a su mesa con una jarra. «Anna», se leía en la placa identificativa que llevaba prendida en la pechera. Gina aceptó su ofrecimiento de servirle café y luego señaló las fotos de Cathy que estaban sobre la mesa.

—Mi amiga se alojó en este hotel hace dos semanas. ¿Por casualidad la reconoce o se acuerda de ella?

—Por aquí pasan muchos huéspedes —empezó a decir. Pero luego, al echar un vistazo a las fotos, su expresión se tornó de pronto más seria—. Es la joven que murió en un accidente. Lo siento mucho.

—Gracias. Yo también lo siento —repuso Gina—. Creo que mi amiga, Cathy, podría haberse encontrado con alguien aquí justo antes de su... accidente. Estoy intentando averiguar de quién podría tratarse. ¿Recuerda haberla visto con alguien?

—No. Iba como usted, sola. Le serví una noche durante la cena. Era muy agradable, muy educada. Recuerdo que me pidió una mesa apartada del resto de los clientes. Sacó una revista, pero no la vi leerla en ningún momento. Tan solo miraba el mar por la ventana.

—Si recuerda algo más sobre ella, llámeme, por favor —le pidió en voz baja, y le pasó su tarjeta.

—Claro, lo haré —prometió Anna—. Fue muy triste lo que le pasó a su amiga. Era tan joven y tan guapa...

—Sí, lo era. ¿Puede hacerme un último favor? ¿Puede pedirle a su compañera que venga a tomarme nota? Me gustaría preguntarle por Cathy.

Sin embargo, la otra camarera no recordaba haberla visto por allí.

Tardó unos cinco minutos en llegar en taxi al local de alquiler de motos acuáticas. Al bajar, le dijo al taxista que no necesitaría que la llevara de vuelta.

Desde la zona de aparcamiento, Gina enfiló por un sendero zigzagueante de tablones de madera hasta una sencilla oficina. En las paredes se alineaban fotos de antiguos clientes, presumiblemente usuarios satisfechos. Según el panel que colgaba detrás del mostrador, Paradise Rentals ofrecía un poco de todo: aparte de las motos de agua, también se alquilaban pequeñas embarcaciones y tablas de paddle surf.

Cuando la pareja que iba delante de Gina acabó de pagar por el alquiler de un velero, el hombre de detrás del mostrador se giró hacia ella.

—Buenos días, ¿tiene hecha alguna reserva?

Parecía tener unos sesenta años. Su rostro intensamente bronceado estaba surcado de arrugas. Llevaba el escaso pelo canoso peinado hacia atrás, con mechones que sobresalían por debajo de una gorra de béisbol. Gina supuso que sería el propietario, ya que aparecía en la mayoría de las fotos colgadas en la pared.

Y como propietario, decidió Gina, probablemente sospecharía de cualquiera que preguntara por un accidente relacionado con uno de sus vehículos de alquiler.

—Sí —contestó Gina—, estoy con el grupo del hotel Americana.

—Llega usted pronto —dijo él, mirando su reloj.

—Lo sé. Pensé que estaría bien venir un rato antes para que alguien me ayudara a familiarizarme un poco con las motos. Nunca me he montado en una.

El hombre suspiró.

—Al salir, gire a la derecha y baje hacia la zona de repostaje. Klaus le dirá lo que debe hacer.

Gina salió de la oficina, miró hacia su derecha y vio a un joven inclinado sobre una de las motos, echando gasolina. Al acercarse, el chico alzó la vista muy despacio, demorándose en sus largas y torneadas piernas. El espeso cabello rubio le caía sobre las orejas. En su hermoso rostro destacaban unos ojos de un azul intenso. Un escueto bañador Speedo era lo único que cubría su esbelto y musculado cuerpo.

—¿Eres Klaus? —preguntó Gina.

—Sí —respondió él en un inglés con un marcado acento alemán.

—Tu jefe me ha dicho que podrías ayudarme. Antes de salir en la excursión de las once, me gustaría aprender un poco cómo funcionan estas motos.

—No se preocupe. Son muy fáciles de conducir. ¿Es usted del grupo del Americana? Yo seré su guía.

—¿Eres el guía de todas las excursiones?

—Antes me repartía el trabajo con Peter, hasta que lo dejó el mes pasado. Ahora tengo que hacer de monitor en todas hasta que contraten a alguien más.

—Tengo entendido que, hace dos semanas, una mujer llamada Cathy Ryan murió en un accidente durante una de estas excursiones.

Klaus agachó la cabeza y miró de soslayo hacia la oficina, de la que en ese momento salía el propietario para acompañar a una familia en dirección a los veleros. Luego dijo en voz baja:

—Hay un bar llamado el Silly Parrot a un kilómetro al sur de su hotel. Esta tarde a las seis y media. Allí podremos hablar. —Al ver que su jefe se acercaba hacia ellos, alzó de nuevo la voz—: No se preocupe. Muchos principiantes aprenden enseguida a pilotar nuestras motos. Tan solo tiene que recordar unas reglas básicas y todo irá bien.

16

El minibús del hotel llegó un cuarto de hora más tarde. Dos parejas que parecían rondar la treintena y un cincuentón bajaron del vehículo y se dirigieron hacia el cobertizo de los botes. Una vez verificadas las reservas, llegó el momento de las presentaciones. Los jóvenes eran dos parejas de luna de miel procedentes de Minneapolis y Cleveland. El hombre, que dijo llamarse Richie, preguntó:

—¿Así que has venido sola, Gina?

«Esto es lo último que necesito —pensó ella—. Una mentirijilla inocente cortará de raíz cualquier intento de aproximación.»

—Sí, de momento. Mi prometido llegará mañana.

—Qué suerte la suya —replicó Richie, esforzándose por ocultar su decepción.

Klaus se acercó, se presentó como su guía y les pidió que lo siguieran. Se subió a una moto acuática mientras los demás permanecían de pie en el muelle.

—Todos los objetos que no deseen que se mojen pueden guardarlos aquí —dijo, señalando una pequeña alforja colocada detrás del asiento—. Y aunque van a conducir algunos modelos distintos, los mandos se encuentran todos en el mismo lugar. —Accionó un interruptor para arrancar el motor—. Ahora está en punto muerto. Cuando hayan metido la marcha, tienen que girar el mango derecho para acelerar y soltarlo para aminorar. Y ahora unas cuantas reglas básicas para la travesía...

—¿La moto tiene frenos? —preguntó la joven de Minneapolis.

—No —respondió Klaus sonriendo—. En cuanto dejen de darle gas, el agua les frenará rápidamente.

Un cuarto de hora más tarde, el grupo surcaba a toda velocidad el mar a lo largo de la costa. Klaus encabezaba la expedición. Al cabo de un rato, levantó una mano para indicarles que aminoraran la marcha. Señaló hacia los restos de un fuerte y les habló sobre los tiempos de los primeros colonos holandeses y cómo fue su relación con los indios caiquetíos de la tribu arawak de Venezuela.

Gina estaba disfrutando de la experiencia. Por un breve instante sintió una pequeña punzada de culpa, sabiendo que iba a cargar los gastos de la excursión a la revista como parte de su investigación.

Después de otras tres paradas, se detuvieron en un muelle junto al restaurante Tierra Mar. Algunas barcas de pesca y varios yates de distintos tamaños cabeceaban suavemente en sus amarres.

Gina recordó haber leído en el folleto que aquel era el lugar donde iban a almorzar. Pensó en Cathy Ryan atracando su moto acuática y entrando en el restaurante para disfrutar de la que sería su última comida.

Cogieron sus objetos personales de las alforjas de los vehículos y siguieron a Klaus al interior del local. Había una mesa reservada para siete. Se hallaba situada a la derecha de la barra, desde donde se disfrutaba de una magnífica vista de la franja costera y de las aguas azul turquesa. Richie se apresuró a sentarse junto a Gina. Por lo visto, decirle que estaba prometida no había transmitido el mensaje deseado.

El camarero insistió en que debían probar sus famosísimas piñas coladas. Tras alguna vacilación, acabaron aceptando. Klaus fue el único que optó por tomar una Coca-Cola.

Todos los integrantes del grupo pidieron pescado, y veinte minutos más tarde dieron su entusiasta aprobación, afirmando que estaba muy bueno. El camarero volvió a acercarse a la mesa y, sin que nadie se lo pidiera, empezó a rellenar sus copas de piña colada. Gina puso una mano sobre su vaso y pidió que le trajeran un té helado. Los recién casados se miraron entre sí, se encogieron de hombros y aceptaron su segunda ronda de cócteles.

—De perdidos, al río —dijo Richie, que observaba cómo el líquido blanco y cremoso llenaba poco a poco su copa.

—¿Siempre os reservan esta mesa para las excursiones? —le preguntó Gina a Klaus.

—Cuando el grupo es de seis personas, casi siempre nos guardan esta mesa —respondió el joven guía.

Tras el almuerzo, Klaus los condujo de vuelta a Paradise Rentals.

—Nos hemos alargado un poco en la comida —anunció—. Ahora pueden dar una vuelta por su cuenta. Por favor, devuelvan las motos dentro de cuarenta y cinco minutos.

Los cuatro recién casados emprendieron una carrera hacia mar abierto. Gina decidió desembarcar. Necesitaba algo de tiempo para estar a solas. Se sintió aliviada cuando, tras vacilar un poco, Richie decidió alejarse con su moto en dirección contraria al resto del grupo. Si había esperado que ella le siguiera la corriente, se había llevado una gran decepción.

17

Se respiraba un ambiente muy tranquilo durante la vuelta al hotel en el minibús. El largo día bajo el ardiente sol y las dos piñas coladas habían pasado factura a los recién casados. Aunque el trayecto duraba apenas diez minutos, parecían haberse adormilado un poco. La pareja de Minnesota estaba sentada enfrente de Gina. Él apoyaba la cabeza contra la ventanilla mientras ella descansaba la suya sobre el hombro de él. La nuca y la parte superior de la espalda del joven presentaban una rojez intensa. Debería haberse puesto más loción protectora en esa piel vikinga.

De vuelta en su habitación, puso la alarma de su iPhone a las cuatro y media. En cuestión de minutos, estaba profundamente dormida...

Se dirigía rumbo a mar abierto. La moto acuática surcaba veloz y sin esfuerzo las aguas calmas y cristalinas. A su derecha se encontraba Klaus, la melena rubia ondeando. Él la saludó con la mano y ella le sonrió. A su izquierda y un poco rezagado, estaba Ted. Al girar la cabeza para mirarlo, vio la angustia reflejada en su rostro. Le estaba gritando algo, pero no podía oírlo. Lo único que pudo distinguir fue «Salta». Volvió a mirar hacia delante y ya no vio a Klaus a su derecha. Justo enfrente de ella, a apenas veinte metros, había un pequeño yate. Iba a chocar contra él. Pensó en saltar de la moto, pero ya no había tiempo. Con el corazón desbocado y la boca muy abierta, gritó con todas sus fuerzas...

Gina abrió los ojos. Sus manos convertidas en puños se aferraban a la almohada. Le costaba respirar, como si acabara de dar una vuelta completa alrededor de Central Park. Pequeñas gotas de sudor perlaban su frente. Permaneció inmóvil durante un minuto, dando las gracias por encontrarse a salvo en la seguridad de su habitación de hotel. Deseó que Ted hubiera estado allí con ella. O su padre. Alguien a quien abrazar y que la abrazara.

En ese momento empezó a sonar la alarma del móvil.

18

El conserje llamó a Gina cuando esta cruzaba el vestíbulo del hotel.

—Veo que va a salir. ¿Quiere que le pida un taxi?

—No, gracias —respondió—. Solo para asegurarme... Voy a tomar una copa con un amigo en el Silly Parrot. Puedo llegar caminando desde aquí en unos quince minutos, ¿no?

—Sí, de diez a quince minutos —puntualizó el hombre, señalando hacia su derecha—. Puede seguir por la carretera, pero ir paseando por la playa resulta mucho más agradable.

—Pues eso haré —repuso ella, poniéndose las gafas de sol y encaminándose hacia la salida.

El conserje esperó a que Gina se perdiera de vista y luego se dirigió a la pequeña oficina que había detrás de la consigna. Sacó una hojita de papel de su cartera y, por segunda vez ese día, empezó a marcar el número anotado en ella.

Respondieron al primer tono. El saludo fue el mismo que por la mañana:

—Cuenta.

—En el desayuno, Gina Kane le preguntó a la camarera por Cathy Ryan...

—Eso ya me lo has dicho —le interrumpió la voz—. Cuéntame algo que no sepa.

—Bien. Después, la señorita Kane fue a la excursión guiada en moto acuática. Y ahora va a encontrarse con alguien en un bar de por aquí cerca, el Silly Parrot.

—Mantenme informado —fue la escueta respuesta, antes de poner fin a la conversación.

El conserje sonrió mientras deslizaba en su cartera la hojita con el número de teléfono. No resultaba difícil aguantar la grosería de aquel norteamericano al otro lado de la línea cuando sabías que te iba a transferir dos mil dólares a tu cuenta bancaria.

19

Con su bolsa colgada del hombro, Gina caminaba por la arena blanca y suave sumida en sus pensamientos. Estaba atravesando lo que parecía ser una playa pública. Los padres habían extendido las toallas y clavado las sombrillas cerca de la orilla para poder vigilar a sus hijos. Dos chavales de unos trece años demostraban su destreza lanzándose un Frisbee. Un grupo de jóvenes, dos parejas a cada lado de la red, se lo pasaban en grande jugando al vóley-playa.

Gina pensaba en sus padres. Fueron novios desde la época del instituto. Él había ido a un centro católico masculino en Oradell, New Jersey, y su madre a una escuela de monjas. Se encontraban en los bailes «mixtos», como ellos los llamaban, supervisados siempre por algunos padres que ejercían de carabinas.

Gina nunca se cansaba de oír a su padre contar la historia de cómo se conocieron:

—Tenía dieciséis años y estaba con un grupo de amigos del equipo de atletismo. Miré al otro lado del gimnasio y vi a una chica muy guapa hablando con sus amigas. Nuestras miradas se cruzaron solo un momento, pero ella me sonrió y luego siguió charlando. Hasta el día de hoy, sigo sin saber de dónde saqué el valor para acercarme a ella y presentarme.

—Y siempre añadía, riendo—: Si le hubiera estado sonriendo

a algún chico que estaba detrás de mí, habría hecho el ridículo más espantoso. Pero por suerte no fue así.

La respuesta de su madre era siempre la misma:

—Yo sí que tuve suerte, cariño. El primer chico al que besé resultó ser un príncipe. ¡Me ahorré todas las ranas!

Un poco más adelante, Gina divisó sobre una techumbre de paja una gran figura de madera: un loro de plumaje rojo que guiñaba un ojo. Debajo había una larga barra con altos taburetes, además de algunas mesas a cubierto para aquellos que preferían la sombra y otras sobre la arena para quienes aún no habían tenido suficiente sol. La mitad de las mesas estaban ocupadas.

Una camarera en biquini se acercó a ella.

—¿Mesa para uno? —preguntó.

—No, he quedado con alguien.

—¿Prefiere sentarse en la barra?

Gina miró a su alrededor. Vio una mesa vacía junto a la piscina, rodeada por otras también sin ocupar. Señaló hacia allí y preguntó:

—¿Puedo sentarme en aquella?

—Claro —contestó la camarera, y la condujo hasta la mesa—. ¿Sabe ya lo que quiere beber?

—Un agua con gas, de momento. Pediré algo más cuando llegue mi amigo.

Gina sacó de la bolsa de playa el pequeño cuaderno que siempre llevaba encima y garabateó un poco con su bolígrafo para asegurarse de que escribía bien.

En ese momento vio a Klaus entrando en la zona de la barra desde el lado de la calle. Gina levantó un brazo para hacerle señas. El joven asintió con la cabeza y se dirigió hacia su mesa.

—Ha venido —dijo él—. Gracias.

—Soy yo la que debería darte las gracias —replicó ella. Al ver acercarse de nuevo a la camarera, añadió—: ¿Qué quieres tomar? Invito yo.

Distraído momentáneamente por el biquini de la chica, Klaus pidió una Heineken. Sus ojos se demoraron más de la cuenta en la figura de la joven cuando regresaba hacia la barra.

—No te preocupes —bromeó Gina—. Volverás a verla cuando nos traiga las bebidas.

—¿Tanto se me ha notado? —preguntó él, avergonzado.

—Sí, pero si no quisiera que la miraran no llevaría ese modelito.

Un tanto aliviado, el chico se echó a reír.

—Y bien, Klaus, ¿tienes apellido? —inquirió Gina con una sonrisa.

—Sí. Webber, con dos bes.

—¿De dónde eres?

—De Hamburgo, Alemania.

—Tu inglés es excelente. ¿Lo hablas desde pequeño?

—Mi madre trabajaba como traductora y siempre me hablaba en inglés. Decía que algún día me sería de gran ayuda a la hora de escoger una carrera profesional. Y estaba en lo cierto.

—¿Cuántos años tienes?

—Diecinueve.

—Me parece que eres muy joven para saber ya a lo que te quieres dedicar.

—En Alemania las cosas son diferentes. En Estados Unidos parece que todo el mundo tiene que ir a la universidad, tanto si es lo que realmente quieren como si no. En Alemania, si vas a un buen instituto técnico y te gradúas con una nota alta, puedes conseguir un trabajo muy bueno.

—¿Te refieres a tu empleo en Paradise Rentals?

Su amplia sonrisa reveló dos perfectas hileras de dientes blanquísimos.

—Por supuesto que no. Usted es estadounidense, ¿no?

—Así es. De Nueva York.

—Y conoce la BMW, la empresa fabricante de coches alemana, ¿verdad?

—Claro.

—BMW tiene su sede estadounidense en Woodcliff Lake, New Jersey, muy cerca de Nueva York. Cada año contratan a aprendices de muy diversa procedencia para formarlos. Les enseñan a reparar y diseñar sus productos y luego los envían a países de todo el mundo. Algunos de esos aprendices son licenciados universitarios; otros, como yo, graduados de institutos técnicos.

—Me parece algo estupendo. En Estados Unidos, muchos jóvenes universitarios están asfixiados por las deudas de los créditos estudiantiles, que en ocasiones ascienden a cientos de miles de dólares, y luego ni siquiera encuentran trabajo. En fin... Y en BMW, ¿vas a formarte en la reparación de coches?

—No, mi especialidad son las motos. Las conduzco desde los catorce años, y yo mismo construí mi primera moto. Los japoneses son los líderes del mercado, pero BMW y Harley-Davidson son los mejores fabricantes.

—Muy bien. Así que fuiste al instituto técnico en Hamburgo y ahora vas a trabajar para BMW. ¿Cómo es que has acabado en Aruba?

—El programa de formación no empieza hasta principios de año, y siempre me han interesado mucho las motos acuáticas. Para mí son como las normales, pero en el agua. Compré un par de motos viejas, las desmonté y volví a montarlas para averiguar cómo funcionaban. Un día, hojeando una revista especializada, me fijé en los anuncios que vienen al final. En uno de ellos pedían un técnico para trabajar en Paradise Rentals. Presenté una solicitud, me contrataron y comencé en este empleo hace dos meses. Pero fui sincero con ellos: les dije que me marcharía a finales de año.

—Klaus, me alegro mucho de saber que eres un experto en

estos temas. Puede que seas la persona que necesito para ayudarme.

—¿Ayudarla a qué?

—Cuando nos conocimos en el muelle de repostaje y te pregunté por Cathy Ryan, no quisiste hablar conmigo allí. ¿Por qué?

—Antes de responder, ¿puedo preguntarle si es usted de la policía estadounidense?

—No.

—¿De la policía de Aruba?

—No. Soy periodista.

—¿Y está detrás de algo?

Gina no estaba segura de cuánto debería revelarle.

—Podría decirse así. Estoy investigando a una compañía estadounidense. Varias de sus empleadas tuvieron malas experiencias cuando trabajaban allí, y quiero localizarlas y averiguar qué ha sido de ellas.

—¿Y Cathy Ryan era una de esas empleadas?

—Sí. Supongo que tú eras el guía el día que Cathy hizo la excursión en moto acuática.

Klaus asintió.

—Cuéntame todo lo que recuerdes de ella.

—Por Paradise Rentals pasa mucha gente, pero de ella me acuerdo muy bien.

—¿Por qué?

—Porque, a diferencia de usted, ella era una piloto experta.

—¿Cómo lo sabes?

—Habrá observado que en el local contamos con motos de diferentes marcas.

—No, pero sigue.

—Después de dar las instrucciones de pilotaje al grupo de Cathy, ella se fijó en el último modelo de Kawasaki que habíamos adquirido recientemente para nuestra flota. Me dijo que ya había conducido las otras motos y pidió si podía probar la Kawasaki.

—¿Y qué le dijiste?

—Que sí. A los otros miembros del grupo no les importaba qué motos se les asignaran.

—Aparte de su conocimiento sobre las motos, ¿recuerdas algo sobre su estado de ánimo, si se la veía feliz o triste?

—Era una persona agradable, pero se mostraba reservada. No sonreía mucho. Me recordaba un poco a usted.

—¿A mí? —preguntó Gina, sorprendida.

—Sí. En su grupo había tres tipos de treinta y tantos años que intentaban iniciar una conversación. No fue grosera con ellos, pero les dejó muy claro que no quería compañía.

—¿Fueron a comer al restaurante Tierra Mar, el mismo que nosotros?

—Sí.

—¿Y se sentaron a la misma mesa?

—Sí. ¿Es importante?

—Podría serlo. Klaus, será todo mucho más sencillo si te cuento lo que intento averiguar. ¿Puedo confiar en que lo que hablemos no saldrá de aquí?

El chico asintió.

—Las autoridades de Aruba llevaron a cabo una investigación sobre la muerte de Cathy. —Señaló hacia su bolso y prosiguió—: He leído el informe policial. No tardaron mucho en concluir que el accidente fue provocado por un error de pilotaje y que Cathy estaba bebida en el momento de la colisión. En otras palabras, que toda la culpa fue de ella. Pero tengo razones para creer que podría no haberse tratado de un accidente.

Klaus dio un largo trago a su cerveza.

—La ayudaré en todo lo que pueda.

—¿Presenciaste el accidente?

—Vi un poco. Fui el último en salir del restaurante. Siempre me quedo un rato más, comprobando con el encargado que los nombres que aparecen en las reservas son los mismos que los de los miembros del grupo. Cuando estaba saliendo oí gritar a alguien. Miré y vi cómo la moto de Cathy se estrellaba contra el yate.

—¿Y qué hiciste?

—Me monté en la moto y fui a toda prisa para intentar ayudar.

—¿Viste si la gente del yate hacía algo?

—Vi a un hombre y una mujer, pero eran muy mayores, debían de tener unos setenta y cinco años. No podían hacer nada y me pidieron que llamara a la policía.

—¿Dónde estaban los otros miembros del grupo?

—Ya habían emprendido la vuelta. Como sabe, las motos hacen mucho ruido. A menos que se giraran para mirar, no se habrían enterado de nada.

—¿Qué ocurrió después?

—Cuando llegué donde estaba Cathy, la encontré inconsciente. Flotaba boca abajo en el agua porque llevaba puesto el chaleco salvavidas. La subí al asiento de la moto y la conduje hasta el muelle. Enseguida llegó un coche de policía, seguido por una ambulancia. Trataron de reanimarla con un masaje cardíaco. —Su rostro adquirió una expresión angustiada—. Luego la tumbaron en una camilla, le pusieron una mascarilla y la montaron en la ambulancia. Pero estaba claro que pensaban que ya era demasiado tarde.

—Mientras estuviste junto a ella, ¿recobró en algún momento la conciencia?

—No.

—Según el informe policial, a Cathy le entró el pánico. Siguió acelerando hasta que chocó contra el yate.

—Me extraña mucho.

—¿Por qué lo dices?

—Porque tenemos a muchos principiantes que alquilan

motos, y a muchos idiotas que lo único que quieren es correr y hacer carreras. Y Cathy era una piloto experimentada y muy cuidadosa. No era de las que se dejan llevar por el pánico.

—Klaus, cuando hoy estábamos comiendo, no podía ver las motos desde nuestra mesa. Si alguien quería que Cathy sufriera un accidente, ¿podría haberle hecho algo a su moto?

—¿Te refieres a sabotearla?

—Sí.

Klaus respiró hondo.

—La moto está diseñada para perder potencia cuando aflojas el agarre del mango derecho. Podrían haber colocado una pequeña funda en ese mango, con un muelle que lo bloqueara y mantuviera la potencia a todo gas aunque soltaras el agarre.

—¿Qué harías tú en el caso de que tu moto continuara avanzando a toda velocidad aunque soltaras el agarre?

—Es una situación muy extraña. Lo más seguro, y lo más sensato, sería saltar de la moto. El impacto contra el agua sería muy fuerte, pero no ocurriría nada grave. En mi caso, antes de saltar, seguramente me pasaría unos segundos intentando averiguar por qué se había atascado el mango.

—¿Estarías mirando el mango?

—Probablemente.

—¿Y no estarías mirando al frente?

—Supongo que no.

—¿Sabes lo que ocurrió con la moto después del accidente?

—Quedó gravemente dañada. Vi algunos trozos en el agua cuando me dirigía a donde estaba Cathy.

—¿Sabes si alguien examinó la moto después?

—No lo sé. La policía estuvo hablando conmigo unos minutos en el muelle antes de que la ambulancia se llevara a Cathy. Me dijeron que volviera a Paradise Rentals y esperara allí. Un inspector iría más tarde para interrogarme.

—¿Y tú...?

—Antes de dejar el muelle, la policía me ordenó que llamara a la oficina. Le conté al jefe lo que había pasado, y que me habían pedido que les dijera a los otros miembros del grupo que esperaran allí. El inspector también quería hablar con ellos.

—¿El inspector os interrogó a todos juntos?

—Al principio no. Primero habló con el jefe y conmigo. Quería saber si la moto que pilotaba Cathy había dado problemas antes del accidente. Por supuesto, le dije que no.

—¿Y luego interrogó a los otros miembros del grupo?

—Sí. Ninguno de ellos había visto nada. Ya se habían marchado cuando ocurrió todo. El inspector se mostró muy interesado en saber qué había sucedido durante la comida y cuánto había bebido cada uno.

—¿El encargado del restaurante les animó a beber sus «famosísimas piñas coladas», como a nosotros hoy?

Klaus sonrió.

—Sí. Igual que hoy.

—El informe policial afirma que todos los miembros del grupo, incluida Cathy, bebieron mucho durante la comida, y que probablemente esa fuera una de las causas que provocaron el accidente.

—Eso no es cierto. Yo no bebí nada de alcohol, y Cathy tomó muy poco.

—La cuenta del restaurante que se cargó a su habitación de hotel muestra que se tomó dos piñas coladas. Es lo que pone en el informe policial.

—Cuando el camarero se acercó a servir la segunda ronda, ella aún tenía la copa medio llena. Antes de poder negarse, se la volvió a llenar. Pero cuando ya nos marchábamos después de comer, me fijé en que seguía casi intacta.

Klaus apuró la cerveza y echó un vistazo a su reloj.

—No sabes lo agradecida que te estoy —dijo Gina—. Has sido de mucha ayuda. —Buscó en su bolsa de playa y sacó una tarjeta—. Aquí están mi número de móvil y mi dirección de correo electrónico. Si te acuerdas de algo más...

—Me pondré en contacto con usted. Y gracias por la cerveza.

20

De vuelta en su habitación del hotel, Gina estaba demasiado preocupada como para apreciar la belleza de la puesta de sol. La brillante esfera anaranjada había desaparecido bajo la línea del horizonte, y un fulgor amarillento iluminaba las esponjosas nubes antes de difuminarse poco a poco en la suave luz crepuscular.

Había quedado con el inspector Werimus a las diez y media de la mañana siguiente. Según Google Maps, el trayecto hasta la comisaría central era de unos veinticinco minutos.

En un principio, su plan de investigación incluía localizar y entrevistar a cada uno de los integrantes del grupo que participó en la excursión guiada el día del accidente. Sus nombres figuraban en el informe policial. Cuatro eran de Estados Unidos y uno de Canadá, así que no sería difícil dar con ellos.

Sin embargo, ¿qué esperaba averiguar de ellos que no supiera ya por Klaus? Si Cathy hubiera albergado la menor sospecha de que pudiera estar en peligro, era muy improbable que se lo hubiera comentado a nadie de ese grupo, ni tampoco a nadie del hotel.

Cuando volvió de su encuentro con Klaus, Gina habló con el conserje. Después de comentar que no debería compartir información sobre los huéspedes, el hombre acabó explicándole que Cathy tenía reservadas dos noches más en el hotel, pero que no tenía ni idea de qué planeaba hacer la joven durante el resto de su estancia. La única actividad que había contratado era la excursión guiada en moto acuática.

Solo había otra persona en la isla que podría serle de ayuda en su investigación: el propietario de Paradise Rentals. Gina se recriminó no haberle preguntado a Klaus qué habían hecho con la moto siniestrada después del accidente. Era muy probable que lo ignorara, pero el propietario sin duda lo sabría.

Tras meditarlo un poco, descartó la idea de hablar con él por la mañana antes de ir a la comisaría. Tal vez después de su reunión con el inspector dispondría de más datos para interrogarlo.

Por enésima vez en lo que iba de día, miró su móvil esperando encontrar un mensaje de voz o de texto de Meg Williamson. Sin sucumbir al desaliento, abrió su portátil y esperó a que se descargara el correo. Tras echar un rápido vistazo, la invadió de nuevo la frustración: no había ninguna respuesta de Meg. «El que no llora no mama», se dijo en voz alta, y acto seguido volvió a dejarle otro mensaje en el contestador y le envió un nuevo correo electrónico.

Se animó un poco al leer el mensaje que le había mandado su padre. Había ido al cine, y también le habló entusiasmado sobre un restaurante que acababan de abrir en la zona.

Gina se sintió aliviada. En sus anteriores correos y llamadas telefónicas, él siempre le preguntaba cómo estaba ella, en qué reportaje trabajaba y cómo iban las cosas con Ted. Después de ponerle al corriente, Gina le decía: «Bueno, papá, basta de hablar de mí. ¿Qué has estado haciendo?». Y él solía responder vagamente: «No te preocupes por mí. Estoy bien». A media voz, Gina susurró una plegaria de agradecimiento porque su padre tuviera tantos amigos en Florida que lo incluyeran en sus planes para distraerlo.

21

La comisaría central de Aruba se encontraba en el corazón de Oranjestad, una ciudad de treinta mil habitantes. Se trataba de un edificio cuadrado de estilo colonial, con un revestimiento exterior de suave color beis. Tras cruzar la entrada, Gina enfiló por un pasillo flanqueado a ambos lados por tres hileras de asientos. Al fondo, vio a un policía de uniforme sentado a un imponente escritorio de madera.

Cuando Gina se plantó frente a él, el agente siguió enfrascado en la lectura del periódico que tenía delante. Pasaron veinte segundos. No sabía muy bien cómo atraer su atención, así que carraspeó con más fuerza de lo necesario. Funcionó.

Ahora pudo leer el nombre que aparecía en su placa. Knudsen levantó la cabeza y empezó a disculparse. Antes de que pudiera continuar, ella se le adelantó:

—Me llamo Gina Kane, tengo una cita con el inspector Hans Werimus.

El policía empujó una tablilla sujetapapeles en su dirección y le pidió que firmara.

—He quedado con él a las diez y media —añadió ella.

—Por favor, tome asiento. Le diré que está aquí.

Gina dio media vuelta, se dirigió hacia la primera hilera de asientos y se sentó. A Knudsen le llevó varios minutos acabar de leer el por lo visto apasionante artículo que tenía delante.

Se planteó carraspear una vez más con fuerza, pero decidió esperar un poco. Su paciencia se vio por fin recompensada cuando el agente levantó el auricular y empezó a marcar.

Transcurrió media hora. No tenía sentido volver a repasar el informe policial. Se lo sabía prácticamente de memoria. Echó un vistazo a su reloj. Eran casi las once. Las cosas de palacio....

Sonó el teléfono del escritorio de Knudsen. Respondió y colgó casi en el acto. «Señorita Gina Kane», la llamó, mirándola por primera vez a los ojos. El agente le indicó que rodeara su mesa y siguiera hacia la izquierda. Un hombre la esperaba al final de un largo pasillo. Debía de medir al menos un metro ochenta y cinco. Recordó haber leído en algún lugar que los holandeses se encontraban entre la gente más alta del mundo; la estatura media de los varones superaba el metro ochenta.

—Sígame, por favor —le pidió el hombre.

Tras doblar una esquina, llegaron a una amplia sala con ocho cubículos separados por particiones a la altura del hombro. Por las voces que alcanzó a oír, era evidente que varios de ellos estaban ocupados.

El inspector entró en el segundo cubículo, giró la silla de su mesa para mirar de cara a Gina y le hizo un gesto en dirección a una silla más pequeña.

—Por favor, siéntese —le dijo—. Lamento que no tengamos demasiado espacio aquí.

—Le agradezco que haya accedido a hablar conmigo, inspector Werimus. Me gustaría hacerle algunas preguntas acerca de...

—Antes de que continúe, señorita Kane, debería aclarar un posible malentendido. Soy el inspector Andrew Tice. El inspector Werimus ha tenido que ausentarse por un caso urgente y no estará disponible durante los próximos días.

—Francamente, esto me parece de lo más frustrante —protestó ella, dejando caer su cuaderno sobre el regazo—. He volado nada menos que desde Nueva York para reunirme con él.

—Le pido perdón por las molestias, pero estas cosas a veces no se pueden evitar. Tal vez yo pueda responder a sus preguntas.

—Tal vez —replicó Gina, con un patente deje de sarcasmo en su voz.

Tice abrió un cajón de su mesa y sacó un expediente.

—Señorita Kane, me gustaría saber por qué está tan interesada en este caso. Le dijo a mi colega que es escritora, ¿no es así? —preguntó, echando un vistazo al archivo.

—Así es.

—¿De ficción?

—No. ¿Importa mucho a lo que me dedique?

—Podría ser —contestó el inspector con una sonrisa condescendiente—. Dígame, ¿es usted abogada?

—No.

—Dice que es escritora...

—Soy escritora —respondió Gina, devolviéndole la sonrisa de condescendencia.

—Muy bien. Entonces... ¿es una escritora que trabaja para un bufete de abogados?

Gina decidió cambiar de táctica.

—Inspector Tice, no tengo ninguna relación con ningún bufete de abogados. Pero si continúa haciéndome preguntas de este tipo, puede que me vea obligada a recurrir a alguno. Y ahora, ¿podemos centrarnos en mis preguntas?

—Lo siento, señorita Kane. Los estadounidenses son muy dados a interponer demandas siempre que ocurre algún problema, y las demandas generan mala publicidad. Aruba es un país pequeño que depende básicamente del turismo, en su mayoría procedente de Estados Unidos. Estaré encantado de responder a sus preguntas.

En el taxi de regreso al hotel, Gina miraba por la ventanilla con aire ausente. Lamentaba la pérdida de tiempo que había supuesto ir a la comisaría. Tice apenas sabía nada, aparte de lo que ponía en el informe. Ella había cuestionado que el agente que se personó en el muelle afirmara que el cuerpo de Cathy presentaba «un fuerte olor a alcohol».

—Cathy Ryan había estado boca abajo en el agua durante unos dos minutos. ¿Puede explicarme cómo pudo ese agente haber detectado la presencia de alcohol en esas circunstancias?

—No. Pero no lo habría puesto en su informe si no lo hubiera observado en el lugar de los hechos.

—Así que el agente Van Riper declaró que el cuerpo presentaba «un fuerte olor a alcohol» basándose en lo que vio en el muelle. ¿Hizo esa observación antes o después de enterarse de que Cathy Ryan había estado bebiendo en el restaurante?

—No sabría responderle a eso. Lo siento.

«Yo también», pensó Gina.

Tice se había centrado básicamente en la parte del informe que afirmaba que Cathy había tomado dos copas durante la comida. Gina tenía una información diferente al respecto, pero optó por no sacar a relucir el nombre de Klaus. No quería meterlo en esto todavía. Tal vez lo necesitara más adelante.

Tice tan solo le había sido de cierta ayuda en una cosa: contándole lo que había ocurrido con la moto siniestrada.

—El examen pericial concluyó que la moto de agua estaba en perfectas condiciones antes del accidente, y que este había sido causado por un error humano —le explicó—. Después fue devuelta a su propietario, el dueño de Paradise Rentals.

—¿Así que la policía transportó la moto desde el muelle donde ocurrió el accidente hasta su local?

—No. No somos un servicio de reparto. El propietario es

responsable de recuperarla y transportarla a donde crea conveniente.

—¿Y sabe lo que hizo después el propietario con la moto?

—No. ¿Por qué debería saberlo?

«Puede que a usted no le interese descubrir lo que ocurrió con la moto de Cathy Ryan —pensó Gina—, pero a mí sí.»

—Perdone. —Levantó la voz para captar la atención del taxista. El hombre bajó la radio—. Un pequeño cambio de planes —añadió, y le dio la dirección de la tienda de alquiler náutico.

22

El propietario estaba hablando por teléfono cuando Gina regresó a la pequeña oficina de Paradise Rentals. El hombre tomaba nota de una reserva de cuatro kayaks para la tarde del día siguiente. Antes de entrar, Gina miró hacia el muelle, a la zona de repostaje. No había rastro de Klaus y las motos no se hallaban en sus amarres. Probablemente habría salido para la excursión del día.

Tras colgar, el propietario se volvió hacia ella.

—¿Puedo ayudarla?

—Sí, señor...

—De Vries —respondió, señalando la licencia enmarcada que colgaba en la pared detrás del mostrador.

—¿Este negocio es suyo, señor De Vries?

—Desde hace veinticinco años —contestó el hombre con una sonrisa.

—Hace dos semanas, más o menos, una joven llamada Cathy Ryan murió mientras conducía una moto acuática que alquiló aquí.

—¿Es usted abogada? —preguntó. Su sonrisa fue rápidamente reemplazada por una expresión de ira.

Otra vez la misma canción. Se pasó los siguientes dos minutos asegurándole que no trabajaba para ningún bufete, que no pensaba poner ninguna demanda y que estaba convencida de que la moto se hallaba en perfectas condiciones en el momento en que Cathy la alquiló.

—Solo quiero averiguar qué pasó con la moto después del accidente. La policía me ha contado que se la devolvieron. ¿La trajo usted aquí?

—Pues claro que no —replicó—. ¿Se cree que soy idiota?

—Era de su propiedad...

—Sé muy bien a quién pertenecía. Usted estuvo en la excursión guiada de ayer, ¿verdad?

—Sí.

—¿Y qué impresión se habría llevado si hubiera visto una moto destrozada en el muelle? Me habría preguntado: «¿Qué ha pasado aquí?». Y yo le habría dicho: «Ah, nada. Una joven nos la alquiló hace un par de semanas y se mató al chocar contra un yate en el puerto. Pero seguro que hoy disfrutará usted de una agradable excursión».

—Vale —accedió Gina—. Comprendo que no quisiera traerla de vuelta aquí. ¿Qué hizo con ella?

—Llamé a un servicio de transporte para que la llevaran al desguace.

—¿No quiso que alguno de sus empleados le echara un vistazo para ver si...?

—¿Para ver qué? La policía me contó que a la joven, que por cierto iba borracha, le entró el pánico y provocó el accidente. ¿Qué quería que mirase?

—¿Sabe a qué desguace la llevaron?

—Solo hay uno por la zona, pero no encontrará la moto allí.

—¿Por qué no?

—Porque eso ocurrió hace más de dos semanas. Ya la habrán aplastado y convertido en chatarra.

23

Así era como se sentía Gina a la mañana siguiente, como si la hubieran aplastado y chafado, mientras se abrochaba el cinturón para el trayecto de casi cinco horas desde el aeropuerto de Aruba al JFK. Para no dejar ningún cabo suelto, había alquilado un coche y había hecho el recorrido de treinta y cinco minutos hasta el desguace que operaba en la parte central de la isla. El ruido de los camiones yendo y viniendo se veía acrecentado cada diez minutos por el estridente chirrido de la prensa compactadora.

Uno de los supervisores le dijo que todos los objetos de metal —coches, electrodomésticos y, sí, motos de agua— pasaban por la compactadora para ser luego vendidos como chatarra. Normalmente transcurrían unos tres días desde que llegaba el material hasta que era prensado. Por tanto, no quedaría ya nada de una moto de agua que había entrado hacía ya dos semanas.

El Airbus 320 aceleró por la pista e inició su ascenso sobre las aguas azul turquesa que se extendían más abajo. Un zumbido hidráulico indicó que las ruedas del tren de aterrizaje se habían introducido en las entrañas de la nave. Gina miró por la ventanilla, sumida en sus pensamientos. «Punto muerto» eran las palabras que acudían a su mente, aunque el instinto le decía que iba por buen camino. Alguien quería acabar con la vida de aquella joven y había hecho que pareciera un accidente. Pero la pista de Cathy Ryan, al menos en Aruba, había llegado a un callejón sin salida. Gina no tenía más remedio que depositar sus esperanzas en Meg Williamson, aunque por alguna razón no respondía a los mensajes que le había dejado.

Le había mandado un correo a Geoff para concertar una cita a fin de informarle de lo que había averiguado durante su estancia en Aruba. La respuesta del editor la sorprendió. Iba a estar de viaje durante la primera parte de la próxima semana. Si no estaba muy cansada, ¿podían quedar esa misma tarde? Gina aceptó.

Tenía ante sí una tarea bastante complicada: encontrar una manera de convencer a Geoff de que la historia de REL News tenía fundamento, en un momento en el que no estaba segura de cómo seguir adelante con la investigación.

«Al menos esta noche tengo un buen plan.» Lisa le había propuesto una salida de viernes por la noche que llevaban un tiempo postergando. «Después de los días que he pasado en Aruba me irán bien unas cuantas risas», se dijo mientras empezaba a tomar notas para la reunión de esa tarde en la revista.

24

Geoff la esperaba a las tres y media. Eso le proporcionó algo de tiempo para dejar la ropa de verano sobre la lavadora y sacar los productos de aseo del neceser. También le dio la oportunidad de llamar a su padre. Antes de salir para Aruba había intentado hablar con él, pero le saltó el contestador y no le había devuelto la llamada. Sintió una vaga sensación de intranquilidad al escuchar su mensaje: «Hola. Siento no poder atenderte en este momento».

Ahora su padre sí respondió, y su voz sonó más animada de lo que había esperado. Algo que la alegró, pero también la sorprendió. Su «Hola, papá» fue interrumpido al instante por un «¿Qué tal por Aruba?».

—Con mejor tiempo que en Nueva York. ¿Y qué tal por Florida?

—Aquí lleva unos días lloviendo.

—Qué pena. ¿Y qué has hecho para distraerte?

—Ah, he ido a ver algunas películas.

Gina sabía que su padre odiaba ir solo al cine.

—¿Con quién has ido?

—Con alguien nuevo del vecindario a quien le encanta el cine.

—Me alegro.

—¿Cómo va tu último reportaje?

Le informó brevemente acerca de sus progresos, o de la falta de ellos. Como de costumbre, no mencionó el nombre de la compañía que estaba investigando. Charlaron durante unos minutos más. Solo después de colgar cayó en la cuenta de que su padre tampoco le había dicho el nombre del nuevo vecino. Alejó el pensamiento de su cabeza mientras se ponía una chaqueta de invierno y se anudaba una bufanda al cuello. Tenía que coger ya el metro para ir a reunirse con Geoff.

Media hora más tarde, cuando llegó a las oficinas de *Empire Review*, fue recibida como siempre por Jane.

—Me alegro de verte —la saludó—. El jefe me ha dicho que te haga pasar en cuanto llegues.

Aunque sabía que se había presentado un poco antes de la hora acordada, apretó el paso en dirección al despacho de Geoff. Llamó a la puerta y abrió cuando él dijo:

—Adelante, Gina.

Estaba sentado de nuevo a la mesa junto a la ventana. Gina se preguntó si, al igual que Charles Maynard, prefería aquella mesa a su escritorio para mantener un contacto más directo.

—Háblame sobre tus vacaciones en Aruba.

Gina lo miró conmocionada. ¿De verdad consideraba su viaje como unas vacaciones?

Entonces el editor enarcó las cejas y añadió:

—Mi sutilísimo sentido del humor británico... Perdóname. Y ahora, háblame de lo que has estado haciendo allí.

Gina le explicó su intento de reproducir la estancia de Cathy Ryan en Aruba, alojándose en la misma habitación de hotel y realizando la misma excursión en moto acuática. Le resumió cuidadosamente las conversaciones que había mantenido, incluyendo su visita al desguace.

—Geoff, la clave de todo está en el acelerador del mango de la moto. ¿Fue manipulado mientras Cathy comía con el resto del grupo? Según Klaus, el guía, resultaría muy fácil de hacer. —Prosiguió con su argumentación—: Al parecer, la policía de Aruba está decidida a presentar la muerte de Cathy como un desafortunado accidente. Y, de forma deliberada o no, permitieron que se destruyeran las pruebas.

—¿Qué piensas hacer ahora?

—El hermano de Cathy mencionó el nombre de una amiga de REL News con la que seguía en contacto. Se llama Meg Williamson. Le he dejado varios mensajes y estoy esperando a que me conteste.

—Diría que parece un buen punto de partida —comentó el editor con cierta ironía.

Se levantó. A Gina le quedó claro que la reunión había terminado.

—Me pondré a ello de inmediato —añadió—. ¿Hay algún lugar tranquilo donde pueda hacer una llamada?

—Le diré a Jane que te lleve a la sala pequeña de juntas.

—No te preocupes. Conozco el camino.

Dos minutos más tarde, Gina cerró la puerta tras de sí y, cruzando los dedos, marcó el número de Meg Williamson. Al cuarto tono, saltó el contestador.

25

—Mami, ¿por qué no coges el teléfono? —preguntó Jillian.

De forma inconsciente, Meg se llevó un dedo a los labios pidiéndole silencio, y luego sonrió un tanto avergonzada.

—Seguro que es una llamada de esas para venderte algo —le explicó, pese a que había reconocido el número de Gina Kane de anteriores mensajes.

—O para decirte que has ganado algo, aunque luego no sea verdad —replicó Jillian mientras salía de la sala de estar y se dirigía a la biblioteca para hacer los deberes.

Meg siguió a su hija de seis años con la mirada. «No se le escapa nada —pensó con una mezcla de orgullo y cariño—. Y por eso no quiero que esté por aquí cerca cuando él llame.»

Le había hablado sobre los mensajes telefónicos de Gina. Él le había ordenado que no les hiciera caso. Meg había seguido sus instrucciones, pero las llamadas continuaban de forma insistente. ¿Cuánto tiempo iba a durar aquello?

26

Tras intentar contactar por teléfono con Meg Williamson, Gina salió de la sala de juntas y se marchó a casa. Había quedado para cenar con Lisa, pero no habían fijado el lugar ni la hora.

Telefoneó a su amiga, que respondió al primer tono.

—Hola, Lisa. ¿Alguna sugerencia de dónde podemos ir?

—A cualquier sitio donde al barman no se le caigan los cubitos de hielo. El tipo que se rompió la pierna acaba de descubrir que también se lesionó el cuello cuando se cayó.

Gina se echó a reír.

—Ya me lo contarás todo tomando una copa.

—Y ya me contarás tú tus días de sol y diversión en Aruba. He hecho una reserva en Villa Cesare para las siete y media.

Situado en la calle Ochenta y seis, Villa Cesare era uno de esos restaurantes populares que estaban siempre abarrotados. Gina y Lisa eran habituales, y el dueño y la mayoría de los camareros las llamaban por su nombre.

—Pues nos vemos allí —confirmó Gina.

Mientras colgaba el teléfono, se alegró de tener una buena amiga de las de verdad. Y cuando la amistad se remontaba a hacía tanto tiempo, era incluso mejor.

Conoció a Lisa durante la peor cita a ciegas de toda su vida. Había quedado con el hermano mayor de una de las estudiantes de su residencia universitaria. Era un chico de Harvard totalmente pagado de sí mismo. La mayor parte de la cita transcurrió en la barra de un bar, cuando el tipo se encontró con otros compañeros de Harvard y se puso a hablar con ellos. Y no pararon en toda la noche. Fue entonces cuando conoció a Lisa. Por una de aquellas casualidades, la joven, que cursaba su segundo año en la Universidad de Boston, también estaba en su primera cita con uno de aquellos compañeros de Harvard, y se aburría tanto como ella. Empezaron a charlar y se rescataron mutuamente de una velada desastrosa. Se hicieron amigas casi al instante.

Entonces, ambas tenían diecinueve. De aquello hacía ya trece años. Ella nunca había querido casarse joven. «Pues bueno, misión cumplida», como solía decirle su padre. A sus treinta y dos años ya no podía considerarse precisamente joven.

Desechó ese pensamiento. Lo más importante ahora era intentar contactar de algún modo con Meg Williamson. La había llamado tantas veces que podría denunciarla por acoso.

Cuando llegó al restaurante, Lisa ya estaba sentada a la mesa, dando sorbos a su martini de manzana.

—Tienes mala cara, amiga —dijo Gina al tomar asiento—. ¿Pasa algo?

—Nada grave. Estaba pensando en que un pequeño problema como que se caigan unos cubitos de hielo puede provocar grandes inconvenientes —comentó, y se echó a reír—. Bueno, cuéntame. ¿Qué tal por la soleada Aruba?

Gina suspiró.

—Supongo que la mejor manera de describirlo es «complicado». No quiero aburrirte con los detalles.

—Nada podría ser más aburrido que la declaración de siete horas que he tenido que tragarme hoy. Venga, cuéntame qué ha pasado.

Tal como había hecho con Geoff cuatro horas antes, Gina relató las entrevistas que había mantenido en la isla, así como sus conversaciones con Andrew Ryan.

—El instinto me dice que algo muy grave está ocurriendo en REL News —concluyó—, pero no quiero caer en la trampa de ver una conspiración detrás de cada coincidencia.

—Como te dije la última vez que hablamos de esto, cuando alguien se está planteando demandar a una gran corporación y de pronto muere en un accidente, me parece que la cosa no huele muy bien. Y si esa tal Meg Williamson se niega a hablar contigo, me huele aún peor. ¿Decía algo Cathy Ryan en su correo sobre las otras víctimas?

Gina se apresuró a recitar de memoria:

—«Tuve una terrible experiencia con uno de mis superiores. Y no me pasó solo a mí.»

—Así que este asunto empieza y acaba con Ryan, y quizá también con Williamson, o...

Gina acabó la frase por ella:

—O esto es solo la punta del iceberg. Hay más víctimas, tal vez muchas más.

SEGUNDA PARTE
Dos años antes

27

Ocurrió hacía casi dos años, un viernes sobre las cinco y media de la tarde. Las oficinas del personal de REL News se encontraban en un edificio situado enfrente del que albergaba los estudios y la redacción de informativos. Michael Carter, un abogado del departamento de Recursos Humanos, se había quedado hasta tarde para acabar un proyecto antes de marcharse para disfrutar del ansiado fin de semana.

Llamaron a la puerta con suavidad. Lauren Pomerantz se presentó escuetamente. Era una joven menuda de metro sesenta, con el pelo castaño rojizo y unos brillantes ojos marrones. Carter estaba seguro de que no se conocían de antes, pero su rostro le resultaba familiar de la cafetería de la empresa. Se acordaba de que parecía muy nerviosa. Tuvo que convencerla para que se sentara.

«Ya estamos de nuevo», pensó Carter. La última vez que uno de aquellos empleados veinteañeros llamó a su puerta fue para quejarse de que no había suficiente variedad de alimentos sin gluten en el menú de la cafetería. Se preguntó qué querría aquella.

—Señor Carter —empezó la joven—, me encanta trabajar en REL News. Nunca me he quejado cuando he tenido que hacer los turnos de noche, así que odio la idea de tener que dejar mi empleo. Después de que me sucediera aquello hice lo correcto, pero hasta el momento nadie ha hecho nada al respecto. —Las lágrimas afloraron a sus ojos y empezaron a deslizarse por sus mejillas—. Y ahora me han asignado al equipo que tiene que ir con él a la convención.

Empezó a sollozar convulsamente y hundió la cara entre las manos.

—Tranquila, no pasa nada. Quiero ayudarla —dijo él mientras esperaba a que recobrara la compostura.

Su primer impulso fue tratar de calmarla con unos suaves toquecitos en los hombros o en las manos, pero su instinto profesional le advirtió que no lo hiciera.

—¿Le importa si me siento a su lado? —preguntó, acercando una silla.

Ella negó con la cabeza.

—Lauren, de entrada me alegro de que haya confiado lo suficiente en mí como para venir a verme. Quiero ayudarla. Debe de resultarle muy doloroso hablar de ello, pero necesito saber lo que ha pasado.

—No va a creerme.

—Antes de decidir cómo voy a reaccionar o a actuar, le pido que me dé un voto de confianza.

—Muy bien —accedió Lauren, asintiendo con la cabeza—. Hace unas cuatro semanas, me encontraba en mi mesa cuando recibí una llamada de Evelyn Simms. —Carter reconoció el nombre de la secretaria de Brad Matthews—. Me dijo que el señor Matthews quería darme las gracias personalmente por el reportaje que había ayudado a editar sobre las votaciones para legislar el control de armas. Me preguntó si podría pasarme por su despacho después del informativo de esa noche. Por supuesto, le dije que sí.

—¿Y fue a verle? —preguntó Carter.

Lauren asintió.

—De camino a su despacho, entré en la sala de maquillaje.

Rosalee no estaba ocupada, así que le pedí que me retocara un poco.

—¿Por qué fue allí antes?

—No lo sé. Todavía me lo sigo preguntando. Aunque ya estoy en plantilla, sentía como si fuera a una entrevista de trabajo. Lo reconozco: quería tener el mejor aspecto posible.

—Continúe.

—Al principio todo fue bien. El señor Matthews comenzó a hablarme de cuando empezó a trabajar en una pequeña cadena por cable de Detroit. Yo ya conocía la historia, pero dejé que la contara. Mientras hablaba, se levantó, se acercó a la puerta y la cerró.

—¿Puso alguna objeción a que lo hiciera?

—No. Era su despacho. Y él es Brad Matthews. ¿Qué iba a decirle?

—¿Qué ocurrió después?

—Habló sobre el trabajo en equipo, sobre la importancia de que todos formemos parte del mismo equipo dentro de cualquier organización, de que haya química y todos nos ayudemos y apoyemos unos a otros. Me preguntó si estaba de acuerdo.

—¿Y qué...?

—¿Qué iba a decirle? Pues claro que sí. Entonces comentó algo de que los dos podríamos ser amigos. Yo no respondí. Luego se acercó a la ventana y miró afuera. Me dijo que nunca se cansaba de contemplar las hermosas vistas del East River. Señaló algo y me hizo un gesto para que me aproximara a donde estaba.

Los ojos de Lauren volvieron a llenarse de lágrimas. A fin de darle tiempo para tranquilizarse, Carter se levantó y rodeó su escritorio para coger dos botellitas de agua de una pequeña nevera. Ella aceptó una, la abrió y tomó un sorbo.

—Así que se colocó junto a él frente a la ventana...

—Miré para ver lo que estaba señalando. De repente, se

puso detrás de mí con las manos en mis caderas. Luego sus dedos subieron hasta mi frente y empezaron a bajar por mi cara. —Su respiración se aceleró mientras trataba de mantener el control—. Lo sentía frotándose contra mí. Su mano descendió por mi cuello, bajo la blusa, sobre mis pechos...

—¿Le pidió que parara?

—Al principio tuve miedo. Entonces le dije: «¿Qué está haciendo?». Él me contestó: «Ser tu amigo». Y luego me lamió por el cuello y por toda la cara —recordó con una mueca de dolor y asco.

Carter estaba anonadado. Brad Matthews era el Walter Cronkite de su generación. Algunas encuestas lo situaban como el hombre que inspiraba mayor confianza y credibilidad de todo Estados Unidos. Si lo que estaba escuchando era cierto, sería un gran escándalo. Pero tenía que asegurarse bien.

—Siento obligarla a revivir lo sucedido, pero tengo que saber todo lo que ocurrió.

—Empezó a lamerme por segunda vez, pero en ese momento sonó el teléfono de su mesa.

—¿Él cogió la llamada?

—Se comportó como si no hubiera pasado nada. Se apartó, se acercó a la mesa y levantó el auricular. Era el senador McConnell. Sus primeras palabras fueron: «¡Hey, Mitch! ¿Qué pasa?».

—¿Le pidió que se quedara o que se fuera?

—Ni siquiera me miró a la cara. Era como si nunca hubiera estado allí. Así que me marché del despacho. Él se despidió con la mano cuando salía.

Carter permaneció en silencio durante varios segundos. Lauren lo miró fijamente y le preguntó:

—Dígame, ¿usted me cree?

El abogado respiró hondo. Si hubiera podido contestar libremente, habría dicho: «No, no te creo. Pienso que eres una embustera total, pero eso sí, debo reconocer que tienes una imaginación de lo más fértil. Estás intentando hacerte un nombre acusando falsamente a uno de los hombres más reconocidos y dignos de confianza de todo el país». Pero Carter no podía decirle eso.

—Señorita Pomerantz, voy a serle sincero. Lo que yo crea no tiene importancia. Mi trabajo es tomarme en serio lo que usted me ha contado. Según su relato, lo que afirma que ocurrió entre ustedes dos tuvo lugar a puerta cerrada. No había testigos. El señor Matthews tiene derecho a dar su propia versión. Su reputación está en juego...

—Reputación... —espetó ella, despectiva—. ¿Es su manera de decirme que nadie creerá en mi palabra contra la suya?

—Lauren, yo no he dicho eso...

—No tiene por qué hacerlo. Lo ha dicho sin decirlo.

—¿Tiene alguna prueba que corrobore su versión? ¿Algún correo o mensajes de texto entre el señor Matthews y usted?

—Tengo algo incluso mejor que eso, señor Carter.

Sacó su iPhone y pulsó varias teclas. Al cabo de unos segundos, se oyó la inconfundible voz de barítono de Brad Matthews diciendo: «Lauren, entra y siéntate». Durante los siguientes minutos, Carter escuchó la grabación que confirmaba lo que Pomerantz había contado.

—¿Tiene por costumbre grabar sus conversaciones?

—Solo cuando tengo una buena razón.

—¿Está grabando esta conversación?

—No. ¿Debería?

—¿Cuál era su «buena razón» para grabar su... —hizo una pausa para encontrar la palabra apropiada— visita al despacho del señor Matthews?

—No fue una visita. Yo solo soy una empleada que fue llamada a una reunión con un superior. Diría que fui «convocada». Y mi razón para grabar la conversación... Verá, las mujeres hablan, señor Carter. Hablan entre ellas de cómo son tratadas, sobre todo por los hombres con los que trabajan o para los que trabajan.

Carter se quedó mirando a Lauren. Era una mujer formidable. Y dura. E inteligente. Debía de ser consciente de que cualquier prestigioso bufete de abogados salivaría por tenerla como cliente y por disfrutar de la publicidad que conseguiría destruyendo la reputación de alguien como Brad Matthews. Pero allí estaba ella, hablando con él. ¿Por qué?

—Lauren, le aseguro que REL News se tomará su queja muy en serio. Hay que proceder a...

—No, no lo hará.

—Por favor, escúcheme, Lauren. Hace solo un cuarto de hora que me he enterado de este asunto y ya presupone que no voy a hacer nada.

—Usted no es la primera persona con la que hablo.

—¿Ah, no?

—El día después de que ocurriera aquello, fui a ver a alguien que estaba convencida de que tendría el poder y las agallas para hacer algo al respecto. Pero no pasó nada. Cuando lo llamé una semana más tarde para preguntarle cómo estaba la cosa, lo primero que me dijo fue: «¿Te gusta trabajar aquí?». Y luego me advirtió de que debería centrarme más en mi trabajo.

—¿Con quién habló?

—Con Frederick Carlyle Jr.

Carter se reclinó en su silla. El hijo del fundador de la compañía era un directivo con una carrera ascendente. Aunque solo tenía cuarenta y cinco años, muchos creían que estaba destinado a ser el sucesor del presidente ejecutivo, Dick Sherman. Así pues, dos futuros profesionales del más alto nivel estaban en juego. Y posiblemente un tercero, si jugaba bien sus cartas.

El suyo propio.

«Establece un vínculo personal con ella —se dijo—. Averigua qué es lo que quiere.»

—Lauren... confío en que no te importe que te llame por tu nombre.

—Ya lo ha estado haciendo. Está bien.

—Lamento sinceramente lo que te ha ocurrido, y lo último que querría es que te sintieras aún más victimizada. ¿Cómo te gustaría que acabara todo este asunto?

Ella empezó a llorar de nuevo.

—Me encanta mi trabajo. Adoro la televisión. Pero no quiero convertirme en la próxima Monica Lewinsky. Sé que la analogía es inexacta, pero no me haría ninguna gracia que mi esquela comenzara diciendo que fui la mujer que acabó con la carrera del gran Brad Matthews. Lo que de verdad querría es continuar llevando una vida normal y seguir trabajando en lo que más me gusta.

Carter apenas podía contener su excitación al pensar en la oportunidad que Pomerantz le estaba brindando: la de codearse como un igual con las más altas esferas de REL News. Podía verse ya en el despacho mucho más amplio que ocuparía en un futuro no muy lejano.

—Lauren, no hay nada que pueda hacer para revertir el daño que ya has sufrido, pero si acudes a un bufete externo, tu nombre acabará saliendo a la luz. Es algo que siempre ocurre. Y tu fotografía aparecerá en la primera plana del *New York Post*. Sin embargo, existe una manera de que se te haga justicia y seguir siendo una persona anónima.

Diez minutos más tarde, Pomerantz abandonó el despacho. Pero antes de marcharse, Carter le había pedido que le enviara el archivo de audio de su encuentro con Brad Matthews.

Con los pies sobre la mesa y las manos detrás de la cabeza, Carter sonreía ampliamente mientras escuchaba la grabación por tercera vez.

28

Desde que Michael Carter entró a trabajar en REL News, solo había coincidido con Richard Sherman en contadas ocasiones. La última la semana anterior, cuando se cruzó con el presidente de la compañía en uno de los pasillos. «Hola, señor Sherman», saludó Carter en su tono de voz más amistoso. Pero Sherman respondió con un brusco «¿Qué tal?», sin alterar el paso ni detenerse a escuchar la respuesta del abogado. Era evidente que no tenía ni idea de quién era Carter. «Eso va a cambiar», se dijo para sus adentros.

Pese a que solo había ascendido a sargento, Carter se enorgullecía de su capacidad para pensar como un general. Lo primero y más importante: la acusación —llamémoslo por su nombre, la confirmación— de que el venerable Brad Matthews era un acosador sexual, tenía que ser silenciada. Y no iba a resultar fácil. Después de todo, REL News era una gran corporación informativa. Lo peor que podría pasar era que otra cadena de noticias sacara a la luz el escándalo. REL News perdería la oportunidad de arrogarse la autoridad moral de haber actuado con celeridad en cuanto tuvo conocimiento del asunto.

Carter pensó que el viejo proverbio, ese que afirma que cuando más de dos personas saben algo deja de ser un secreto, tenía mucho de verdad. Si seguía el protocolo de actuación, tendría que presentar el caso de Pomerantz ante su superior de Recursos Humanos. Este lo elevaría al consejero jefe de la firma, un abogado de setenta años al que le faltaban unos pocos meses para jubilarse. Y para evitar que un escándalo así salpicara el final de su carrera, buscaría el asesoramiento de alguno de los muchos bufetes externos a los que solía recurrir la compañía. Todo esto ocurriría sin que Dick Sherman supiera nada de lo que estaba sucediendo, aunque en última instancia era él quien tendría que decidir cómo REL News debía gestionar la crisis.

O... Sherman podía enterarse de todo directamente por boca del abogado que había pergeñado un plan que no solo permitiría mantener bajo control la situación, sino que reduciría al mínimo el número de personas que tenían conocimiento del problema. Y que convertiría a Michael J. Carter en una pieza indispensable en el futuro de REL News.

El primer paso parecía muy simple, pero cuanto más pensaba en ello, más complejo se volvía. Si algo salía mal, Sherman, como buen presidente ejecutivo, negaría haber autorizado su plan, pero le resultaría difícil justificar todas las reuniones y conversaciones mantenidas con Carter que serían necesarias para implementar dicho plan. Los correos electrónicos dejaban un rastro. Las llamadas de teléfono y los mensajes de texto, también.

Si enviaba una nota a Sherman a través del correo interdepartamental, no podía estar seguro de que su secretaria no la abriera antes de hacérsela llegar. El escritorio de la secretaria estaba justo en la antesala de su despacho. Era ella quien llevaba su agenda. Si le preguntaban más adelante, la mujer podría revelar el nombre de todos aquellos que se hubieran reunido con el presidente en su despacho, incluidos aquellos que no hubieran concertado una cita. Carter quería mantener su primer encuentro con Sherman en el más absoluto anonimato. Pero ¿cómo podría hacerlo?

Esa noche, tras revisar el expediente personal de Sherman, ideó una estrategia que creía que funcionaría. Mientras cenaba con su mujer, Beverly, esta comentó:

—Pareces muy distraído esta noche. ¿Qué te ronda por la cabeza?

Carter estuvo tentado de decirle: «Nada, cariño. Solo estoy dándole vueltas a la que probablemente sea la decisión más importante de mi vida». En lugar de eso, respondió:

—Perdona. Estaba pensando en algunos proyectos del trabajo. Nada importante.

Después de que su esposa se acostara, entró en la habitación de su hijo, le dio un beso en la frente y encendió el ordenador del muchacho para consultar el horario de trenes del sábado desde la terminal de Grand Central hasta Greenwich, Connecticut. A nadie se le ocurriría examinar el ordenador de su hijo.

Luego fue a la cocina. Abrió su maletín, sacó un cuaderno y lo dejó sobre la mesa. Empezó a anotar las tareas que debía realizar a fin de prepararse para la reunión que confiaba que tuviera lugar al día siguiente. En la segunda página estaban los puntos en los que insistiría para que su plan fuera aprobado.

«Craso error», se recriminó a sí mismo mientras observaba su pulcra letra cursiva sobre la página. Su caligrafía... Abrió el portátil, mecanografió lo que había escrito y luego lo imprimió.

Satisfecho con la planificación, lo guardó todo en su maletín, fue a la sala de estar y encendió el televisor.

En ese momento empezaba el informativo de las diez de REL News.

29

Consciente de que mañana sería un gran día para él —un día grandioso—, Michael Carter se acostó a las once, una hora antes de lo habitual. No sirvió de mucho. Permaneció despierto para ver cómo el suave resplandor de su despertador marcaba las doce... la una... las dos... Su mente daba vueltas a un ritmo tan vertiginoso que anulaba cualquier sensación de fatiga que pudiera ayudarle a conciliar el sueño. Resistió la tentación de tomarse un somnífero. Lo último que necesitaba al día siguiente era tener que lidiar con una resaca inducida por los medicamentos.

Al volver a abrir los ojos, vio que había luz en la habitación. Supuestamente, debería encontrarse aún a oscuras. Su mujer tampoco estaba en la cama junto a él. Miró el despertador: ¡las ocho menos cuarto! Se levantó de un salto y salió corriendo hacia el cuarto de baño para ducharse. Agradecido por haber podido dormir un poco más, se obligó a tranquilizarse. Tenía tiempo de sobra para hacer todo lo que necesitaba.

Se vistió con rapidez. Escogió una camisa fina, tejanos y zapatillas deportivas. No quería llamar demasiado la atención, sino parecer lo que realmente era: un joven profesional que tenía que ir a hacer unas horas extra en sábado.

Cuando entró en la cocina, su hijo Zack ya estaba sentado a la mesa dando buena cuenta de la tostada francesa que desayunaba todas las mañanas. Beverly estaba ante los fogones.

—¡Vaya! Buenos días, dormilón —saludó ella en un tono exageradamente efusivo.

Zack soltó una estruendosa risotada, miró a su padre y gritó:

—¡Eres un dormilón! —Se giró hacia su madre y repitió—: ¡Papá es un dormilón!

Madre e hijo se echaron a reír aún más fuerte ante su recién adquirido mote.

«¿Cómo pude casarme con esta pánfila?», se preguntó Carter mientras se servía un zumo de naranja. «¿Y cómo puedo evitar que Zack se convierta en otro idiota? Ya lo pensaré mañana», murmuró para sí, citando la famosa frase de Scarlett O'Hara en *Lo que el viento se llevó*. Ya tenía bastante en lo que pensar para un día.

—Papá, ¿vas a venir a verme al partido de fútbol?

—Espero que sí —dijo Carter, cayendo en la cuenta de que lo había olvidado por completo—. ¿A qué hora es?

—Es el último partido del día —contestó Beverly—. A las dos y media en Central Park.

—Ayer surgió algo urgente en el despacho y tengo que ir a trabajar esta mañana. —Echó un vistazo a su reloj—. Si salgo ahora, podré acabarlo a tiempo para ir a ver el partido.

—¿No quieres desayunar nada? —preguntó ella.

—Ya compraré algo de camino a la oficina —respondió, inclinándose para besar a Zack.

Luego le dio a su mujer el beso de rigor en la frente y cinco minutos más tarde salía por la puerta.

Su primera parada fue en el Starbucks que quedaba a dos manzanas de su casa. Eran las nueve menos cuarto. Sherman ya estaría despierto a estas horas.

Aunque durante la semana la cafetería solía estar abarrotada, los sábados por la mañana había muy pocos clientes.

Habría unas diez personas, todas aparentemente solas, sentadas a las mesas situadas en el centro del local. Leían el periódico o miraban sus portátiles mientras daban sorbos a sus bebidas. Carter no tardó en identificar a su víctima.

—Siento mucho molestarte, pero es que he perdido el móvil. ¿Podrías prestarme el tuyo un momento para hacer una llamadita rápida?

Al acabar su petición, dejó un billete de cinco dólares sobre la mesa de un joven estudiante con una sudadera de la NYU, que levantó la vista de su portátil.

—No vas a salir de la cafetería, ¿verdad? —le preguntó con un marcado acento extranjero.

—Estaré ahí mismo —respondió Carter, señalando hacia un rincón tranquilo.

—No tienes que pagarme nada —dijo el estudiante, y le pasó el móvil.

—No, de verdad, está bien —insistió Carter, y se dirigió hacia el rincón.

Tras echar una última mirada alrededor para asegurarse de que nadie se estaba fijando en él, marcó el número que se sabía de memoria.

—¿Diga? —respondieron al otro lado de la línea, en un tono claramente irritado.

—¿Hablo con el señor Richard Sherman?

—Sí. ¿Quién diablos es?

—Me llamo Michael Carter. Soy abogado del departamento de Recursos Humanos de REL News...

—Nunca he oído hablar de usted. Más vale que tenga una buena razón para llamarme a casa en sábado.

—La tengo, señor. —Había ensayado su discurso varias veces—. A menos que se tomen las medidas oportunas de forma inmediata, REL News va a ser demandada por una joven empleada que tiene pruebas de que Brad Matthews la ha acosado sexualmente en su despacho. Todavía existe una pequeña posibilidad de mantener la situación bajo control. No quiero decir más por teléfono. ¿Dónde podemos quedar?

Siguió un silencio de varios segundos.

—¿Puede venir a Greenwich?

—Dígame cuándo y dónde.

—¿Sabe dónde está la estación?

—Voy a ir en tren.

—Estaré en un Mercedes S550 negro estacionado en el extremo norte del aparcamiento. A las doce. Sea puntual.

Sherman colgó antes de que Carter pudiera decir nada. El abogado respiró hondo: había salvado el primer escollo. Sin pensar, se guardó el teléfono en el bolsillo y empezó a caminar hacia la puerta. Al mirar a su alrededor, vio al joven estudiante haciéndole señas y mostrándole su mano vacía. «¡Céntrate!», se exigió Carter mientras le devolvía el móvil.

30

Apenas había gente en la estación de Greenwich. Michael Carter salió por la puerta principal y miró hacia el extremo norte del aparcamiento, que se hallaba prácticamente vacío. Al no ver lo que buscaba, decidió que no tenía sentido quedarse allí fuera como un pasmarote. Volvió a entrar y se sentó.

Trató de concentrarse sin éxito en el artículo que estaba leyendo. A las 11.57 se levantó, salió de la estación y caminó despacio hacia un solitario Mercedes. Carter se encontraba a solo unos metros cuando el cristal de la ventanilla del conductor empezó a bajar.

—¿Carter? —preguntó Richard Sherman.

—Sí, señor Sherman. Yo...

—Entra —ordenó, haciéndole señas para que rodeara el coche.

31

Michael Carter rodeó el coche y se sentó en el asiento del copiloto. Cerró la portezuela y dejó el maletín a sus pies. Sherman llevaba un chándal azul oscuro y unas zapatillas deportivas grises. De todos era sabido que el presidente ejecutivo se enorgullecía de su forma física. Carter pensó que seguramente acababa de estar con su entrenador personal, o que iba de camino a encontrarse con él.

No sabía muy bien cómo proceder a continuación. A pesar de haberse preparado a fondo, estaba muy nervioso. ¿Debía dejar que Sherman empezara la conversación o debía ser él quien tomara la iniciativa? Sherman se limitaba a mirarle, aunque sería más apropiado decir que lo fulminaba con la mirada.

Carter se aclaró la garganta y le tendió la mano.

—Señor Sherman, le agradezco que haya accedido a verme habiéndole avisado con tan poca antelación.

El otro no hizo ademán de estrechársela.

—Muy bien —prosiguió Carter, esforzándose por hacer que su voz denotara mayor seguridad de la que en realidad sentía—. Hacia las cinco de la tarde de ayer, una asistente de producción llamada Lauren Pomerantz vino a verme y me contó el encuentro que había mantenido a puerta cerrada en el despacho de Brad Matthews.

Sherman escuchó atentamente mientras Carter le relataba la historia de Pomerantz. Su reacción fue la esperada.

—Es una simple cuestión de «Mi palabra contra la tuya» —gruñó.

—Es justo lo que pensé yo —replicó Carter, que sacó su móvil, deslizó el índice por la pantalla y pulsó varias teclas—, hasta que escuché esto.

Carter sostuvo el teléfono en alto entre ambos. Ninguno de ellos dijo nada hasta que acabó la grabación.

—¡Santo Dios! —fueron las primeras palabras de Sherman. Luego preguntó—: ¿Qué sabemos de esa tal Pomerantz?

Carter sacó un expediente de su maletín, que ahora tenía abierto sobre el regazo, saboreando el hecho de que el presidente lo hubiera incluido al hablar en plural.

—Por desgracia para nosotros, se trata de una empleada ejemplar. Lleva trabajando en la compañía tres años y medio. Todas sus evaluaciones anuales han sido excelentes y ha mostrado una clara progresión. De hecho, ha conseguido un par de ascensos.

—Tú eres abogado —le espetó Sherman—. Este asunto de grabar a la gente en su despacho sin su consentimiento, ¿es siquiera legal?

—Buena observación, señor. Anoche estuve documentándome un poco al respecto. Puede que, técnicamente, Pomerantz haya infringido la política de confidencialidad de la empresa tal como se refleja en el Manual del Empleado, pero eso no nos sería de mucha ayuda. No está del todo claro si podría ser despedida por lo que ha hecho, aunque tengo la impresión de que de todos modos piensa dejar la compañía.

—Pues que le vaya muy bien.

—Pomerantz podría argüir otra línea de defensa o justificación para haber grabado el encuentro. El hecho de que el presentador y editor del informativo de mayor audiencia del país pudiera haber abusado sexualmente de una empleada de su propia cadena sería sin duda un bombazo. Pomerantz habría hecho lo que haría cualquier periodista en su situación para conseguir una buena historia.

Sherman pegó un puñetazo sobre el volante, una reacción que Carter observó encantado.

—Si me permite el atrevimiento, señor, los letrados podrían discutir durante horas sobre si la grabación sería admitida o no como prueba en un juicio.

—Kennedy y Edelman tendrían material más que de sobra con eso —señaló Sherman, refiriéndose al popular programa de REL News en el que los dos abogados defendían posturas opuestas sobre diversos casos judiciales.

—Puede apostar a que sí. Pero si se llegara a ese punto, el daño para la compañía ya estaría hecho. —Carter hizo una pausa antes de continuar—. A menos, claro está, que la situación pueda mantenerse bajo control.

Sherman lo miró fijamente. Por primera vez, se dirigió al abogado en un tono respetuoso:

—Entonces ¿hay alguna manera de conseguir que esto no trascienda?

—La hay porque lo hemos pillado a tiempo. Por lo que he podido averiguar, no existe ningún rastro: no se ha enviado ningún mensaje o correo que incrimine a Matthews. Y desde que Pomerantz salió de mi despacho, he estado trabajando en un plan. Lo único que se necesita es que usted dé su aprobación para ponerlo en marcha.

—¿De qué se trata?

—Por lo que yo sé, fuera de este coche solo hay cuatro personas que estén al tanto del comportamiento de Matthews: el propio Matthews, Pomerantz y la persona que advirtió a esta de que grabara lo que pudiera suceder en el despacho.

—¿Y la cuarta?

—Pomerantz me contó que, justo después del incidente, fue a informar sobre lo ocurrido a Frederick Carlyle Jr.

—¿Freddie, el niñito de papá, el tonto del pueblo? —comentó despectivamente Sherman—. ¿Y qué hizo al respecto?

—Según Pomerantz, nada. Le recordó que tenía suerte de tener un empleo en REL News y le aconsejó que volviera al trabajo.

Se produjo un largo silencio. Carter esperó a que Sherman lo rompiera.

—¿Pomerantz mantendrá la boca cerrada?

—Estoy seguro de que lo hará si le damos lo que quiere.

—Dinero, ¿no?

—Eso también. ¿Conoce a sus homólogos de la CNN, la Fox y las demás grandes cadenas informativas?

—Esa es una pregunta estúpida.

—Perdone. Después de dejar REL News, Pomerantz quiere seguir trabajando en el sector. Tal vez en Nueva York, o en Houston, de donde es ella. ¿Podría conseguirse con una simple llamada telefónica?

—Por supuesto. ¿Y cómo sabemos que la persona que advirtió a Pomerantz no va a hablar?

—No lo sabemos, pero la buena noticia es que hasta ahora ha guardado silencio. Sea quien sea, un sustancioso ingreso en su cuenta bancaria debería ser suficiente para que continúe manteniendo la boca cerrada.

—¿Y si hay otras?

—Seguramente las haya, sí, y las trataremos a todas del mismo modo. En lugar de quedarnos de brazos cruzados, temiendo el día en que una o varias de ellas convoquen una rueda de prensa con sus abogados, nosotros... o debería decir mejor yo, las encontraré una por una y negociaré directamente con ellas.

—¿Qué quiere decir «directamente»?

—¿De verdad quiere conocer todos los detalles?

—No, supongo que no.

Carter podía sentir la excitación creciendo en su interior.

Había logrado despertar el interés de Sherman. Ahora solo tenía que cerrar el trato.

—Lo único que podemos hacer para controlar la situación es reducir al máximo el número de personas que estén al corriente de la conducta inapropiada de Matthews. Eso significa mantener al margen a los abogados de REL News y no buscar ningún tipo de asesoramiento externo.

—Continúa.

—Empezaré con Pomerantz. La convenceré para que firme un acuerdo de confidencialidad.

—¿Y crees que lo firmará?

—Por dos millones de dólares, seguro que lo hará.

—¡Dos millones es mucho dinero!

—Lo sé. Pero a cambio nos dirá también quién más sabe lo de Matthews. Y pongamos todo esto en perspectiva. ¿Cuánto dinero genera anualmente Matthews para las arcas de la cadena? ¿Cincuenta millones de dólares?

—Más o menos —murmuró Sherman, consciente de que la cifra real se aproximaba más a los setenta millones.

—Además, para hacer el trabajo que debo realizar no pueden vernos hablando ni manteniendo ningún tipo de contacto. Y tampoco puedo continuar ocupando mi puesto en Recursos Humanos. —Sacó un documento de su maletín y se lo entregó a Sherman—. Va a contratar los servicios de la empresa de consultoría Carter & Asociados. El depósito inicial será de un millón de dólares, más doscientos mil dólares mensuales para gastos. A continuación, se hará una transferencia de doce millones a la cuenta fiduciaria de la firma. Ese dinero, más los posibles fondos que pueda necesitar más adelante, serán utilizados para compensar a las víctimas de Matthews.

—¿Por qué necesitas tanto dinero cuando solo tenemos conocimiento de unas pocas mujeres? —exigió saber Sherman.

—¿Quiere que cada vez que aparezca una nueva víctima vuelva a contactar con usted para pedirle más dinero?

Sherman entendió su lógica.

—Es una cantidad muy alta para poder sacarla de las cuentas generales sin dar explicaciones.

—Usted es el presidente ejecutivo. Le dejo que se encargue de esa parte.

Carter rebuscó en su maletín y sacó dos bolsas que contenían el material que había comprado esa mañana. Había extremado las precauciones. Todos los 7-Eleven y las farmacias Rite Aid disponían de cámaras de seguridad que grababan a los clientes y lo que estos adquirían. Comprar seis móviles en una sola tienda podría haber levantado sospechas; comprar un móvil en seis tiendas distintas, no.

—Si surge algún problema, nos interesa que no haya registro de ningún contacto entre nosotros: ningún correo electrónico, ninguna llamada de despacho a despacho, ninguna comunicación telefónica. ¿Sabe lo que es un móvil desechable?

—¿Te refieres a esos modelos de Samsung que se calientan mucho y se incendian y hay que tirarlos?

Carter estuvo a punto de echarse a reír, pero luego se dio cuenta de que era muy posible que el presidente no estuviera bromeando.

—No, no, eso es otra cosa completamente distinta. Los móviles desechables no dejan ningún rastro. Cada aparato tiene una capacidad de memoria de unos treinta minutos. Cuando hablemos, lo haremos de forma breve y escueta, solo para ponerle al corriente de lo que he averiguado y en qué estoy trabajando.

—¿Y cómo conseguiré más memoria cuando se agote?

—No tendrá que hacerlo. Solo tiene que deshacerse del móvil y coger el siguiente. Para empezar, he comprado tres aparatos para cada uno. Conseguiré más si es necesario. Usted tendrá tres números distintos. Los números de mis teléfonos están anotados en este papel —le informó, pasándole una hoja.

—Carter, estabas muy seguro de que iba a aceptar tu plan, ¿verdad?

—Francamente, no sabía cuál iba a ser su decisión. Pero pensé que, si iba a aceptar, sería mejor que empezáramos a poner el plan en marcha después de un solo encuentro en lugar de dos.

Sherman se quedó mirando al frente, sintiendo cómo la rabia crecía en su interior. «No tengo ni idea de quién es este tipo —pensó—, pero tengo que fiarme de él.»

—Muy bien, Carter, estamos juntos en esto. Dame tiempo hasta el martes o el miércoles para hacerte llegar el dinero.

—Aún no he acabado —prosiguió Carter con suavidad—. Existe la posibilidad de que alguien de fuera pueda escuchar nuestras conversaciones. Para protegernos, hablaremos en código. El nombre de cada víctima será una marca de coche, un Ford, un Chevy, un Mercedes, etcétera. Y cuando hablemos de dinero, cada millón de dólares será un talego. El código está anotado en el mismo papel con los números de teléfono.

—¿Eso es todo?

—Tres cosas más, para terminar. Primero, aquí tiene una copia de la carta de renuncia que presentaré el lunes. Segundo, a medida que vaya teniendo conocimiento de los nombres de las víctimas, necesitaré acceso a sus archivos personales. Llame a alguien del departamento de personal a fin de que Carter & Asociados pueda disponer libremente de ellos. También hará una llamada para asegurarse de que, entre las condiciones de mi salida de la compañía, se incluya que mi familia seguirá teniendo cobertura médica durante dos años.

«Si le rebano el cuello a este capullo y lo arrojo al estrecho de Long Island, ¿cuánto tardarían en encontrar su cuerpo?», se preguntó Sherman lleno de ira.

—¿Y la última cosa?

—La única persona que sabe a ciencia cierta cuántas víctimas hay es Brad Matthews. Usted o yo tendremos que hablar con él para averiguarlo. Y de paso, pedirle amablemente que deje de aumentar la lista. Piense en cómo prefiere gestionar esto último.

—Muy bien. Te llamaré dentro de un par de días con uno de estos malditos móviles. Y ahora, largo.

Sherman observó cómo Carter salía del coche y se encaminaba hacia las puertas de la estación. Reflexionó sobre el valor de las acciones que recibiría cuando la compañía saliera finalmente a bolsa. Luego apretó el acelerador y partió a todo gas del aparcamiento.

32

Sherman tuvo que esforzarse mucho para no sobrepasar el límite de velocidad mientras recorría los cinco kilómetros que separaban la estación de Greenwich de su casa. Tenía que entrar cuanto antes en su ordenador. Se maldijo por el modo en que había salido del aparcamiento, haciendo chirriar los neumáticos. Poco después de aminorar la marcha, un coche patrulla apareció doblando la esquina. En esos momentos no estaba de humor para tener un encontronazo con la policía.

«Estoy poniendo toda mi carrera en las manos de ese Carter y no tengo ni la más puñetera idea de quién es», masculló para sus adentros. Recordó el nombre de una agencia de detectives que un amigo suyo había contratado cuando sospechaba, con toda la razón, que su mujer tenía un amante. Al ser pillada in fraganti, esta había accedido a llegar a un acuerdo de divorcio bastante razonable a cambio de que su aventura extramatrimonial no saliera a la luz.

«Pero si hago que investiguen a Carter, ¿qué espero encontrar? ¿De qué me servirá saber si era el alumno más tonto o más brillante en la facultad de Derecho? Debe de tener un historial impecable, o de lo contrario no lo habrían contratado en REL News. Estoy pillado con ese abogado en todo esto, pero ¿puedo confiar en él?»

Sherman metió el coche en el garaje y accionó el mando

para cerrar la puerta. Se apresuró a entrar en la casa por el estudio, donde su mujer estaba sentada en el sofá leyendo una revista.

—¿Has acabado ya tu entrenamiento? —le preguntó ella sin levantar la vista.

No quería que le importunara con su cháchara, así que hizo lo que solía hacer más a menudo. Sin molestarse siquiera en responder, siguió caminando hasta su despacho y cerró la puerta a su espalda.

«Por favor, que sea diferente a como lo recuerdo», suplicó para sus adentros mientras revisaba los últimos correos que le había enviado Frederick Carlyle Jr. Repasó los más recientes hasta que dio con el que buscaba. En el asunto, Carlyle había escrito: «Que quede entre nosotros».

Sherman lo abrió.

Dick:
Una joven asistente de producción ha venido a verme hoy. Asegura que Brad Matthews la ha acosado sexualmente en su despacho. Su descripción ha sido muy gráfica. Le he dicho que lo investigaría. ¿Cómo quieres manejar la situación?
Fred

Sherman entrelazó los dedos detrás de la cabeza. Miró la fecha del mensaje para confirmar lo que ya sabía: había llegado a su bandeja de entrada en la época en que su abogado estaba terminando de negociar su último contrato. La cantidad asignada para su jubilación era de treinta millones. Esa cifra podría duplicarse si la rumoreada salida a bolsa llegaba a producirse. Sesenta millones de dólares... ¡Megarrico! Incluso si se divorciaba y tenía que darle la mitad a su mujer, seguiría teniendo suficiente dinero para disfrutar de un retiro de lujo.

Pero ahora todo estaba en el aire. Habían transcurrido tres

meses desde que recibió el correo de Junior. Lo cual, sin duda, haría que le plantearan la pregunta de rigor: ¿cuánto sabía y desde cuándo lo sabía?

«Me crucificarán por haber dejado pasar tanto tiempo», se dijo.

33

Michael Carter apenas notaba el suave traqueteo del tren sobre las vías durante el trayecto de vuelta a Grand Central. Echó un vistazo al cuaderno que tenía delante. Su lista de cosas que hacer llenaba la primera página. Todo parecía tan surrealista...

Mentiría si dijera que estaba totalmente seguro de que Sherman aprobaría su plan, aunque era evidente que tenía buenas razones para hacerlo. Lo que Carter no había previsto experimentar era la oleada de euforia que le había invadido al saber que el presidente ejecutivo de REL News había puesto el destino de la compañía en sus manos.

El caso más difícil era siempre el primero. Si conseguía llegar a un acuerdo con Pomerantz... «Olvida el condicional», se reprendió. Cuando llegara a un acuerdo con Pomerantz, podría utilizar las lecciones aprendidas durante la negociación para aplicarlas a los casos que seguirían. Porque habría más. Cuántos, no tenía manera de saberlo. Los tipos depravados como Matthews no hacían estas cosas de forma esporádica. El presentador tenía poder y acceso a una gran cantidad de mujeres jóvenes y vulnerables. «Con un poco de suerte habrá muchas víctimas —caviló Carter—, y mucho trabajo para mí.»

Sus años en el ejército le habían enseñado que muchas victorias se decidían antes de que se disparara el primer tiro en el campo de batalla. El bando que disponía de un servicio de inteligencia superior, el contendiente que contaba con mayor información, era siempre el que triunfaba. A Carter no le cabía la menor duda de que Pomerantz, con la grabación de su encuentro con Matthews bajo la manga, tenía la mejor mano en la negociación que iban a entablar. «Mi mejor baza es impedir que ella se dé cuenta de que tiene todas las de ganar», decidió.

Abrió su maletín y sacó el expediente personal de Lauren Pomerantz. Echó un vistazo a su alrededor para comprobar que nadie podía oírle en el vagón casi vacío.

Empezó a marcar su número en uno de los móviles desechables, pero se detuvo y lo cerró. La joven ya estaba muy nerviosa. ¿Por qué iba a asustarla aún más llamándola desde un número oculto?

Cogió su iPhone y marcó. A mitad del tercer tono, Pomerantz respondió con una voz tenue, casi frágil.

—Lauren, soy Michael Carter. Hablamos ayer en mi despacho. Antes que nada, ¿cómo te encuentras?

—¿Qué espera que le diga, señor Carter? ¿Que estoy genial? Pues no lo estoy. Y no creo que me llame un sábado al mediodía para preguntarme por mi salud. ¿Qué es lo que quiere?

Carter no estaba acostumbrado a que una mujer joven le hablase en un tono tan desagradable. Tuvo que esforzarse por alejar cualquier deje de irritación de su voz.

—Muy bien, iré directo al grano. La primera vez que informaste sobre el incidente a alguien de la compañía no recibiste ninguna respuesta. Pero ahora, cuando no han pasado ni veinticuatro horas desde de que acudieras a mi despacho, estoy en disposición de poder llegar a un acuerdo confidencial contigo. Parte de ese acuerdo incluye la garantía de que se te ofrecerá un puesto similar en una cadena de informativos de la ciudad que elijas.

Se produjo un largo silencio al otro lado de la línea. Por un momento, Carter pensó que tal vez se hubiera cortado la comunicación.

—Lauren, ¿sigues ahí?

—Sí —respondió en voz baja.

—Bien. Necesitaré mañana y el lunes para acabar de ultimar algunos detalles. ¿Te va bien quedar el martes? Te enviaré un mensaje con el lugar y la hora.

—Señor Carter, me gustaría que me acompañara una amiga. No es abogada, pero me sentiría mejor si...

—Lauren, escúchame bien. La autorización que he recibido para llegar a un acuerdo especifica que solo puedo tratar directamente contigo. Eso es innegociable. Míralo de la siguiente manera. Nosotros nos reunimos el martes, solos tú y yo, y no te presionaré de ningún modo para que firmes nada. Tan solo trataremos de aclarar lo que ambas partes necesitamos para alcanzar un acuerdo satisfactorio. ¿Te parece bien?

—Supongo que sí.

—Perfecto. Creo que te he demostrado que puedes confiar en mí. Prométeme que no hablarás con nadie sobre el incidente antes de que nos reunamos el martes.

—Lo prometo —respondió a regañadientes.

—Seguiremos en contacto. Adiós.

Carter colgó cuando el tren aminoraba la marcha hasta detenerse en la estación de Grand Central.

34

Dick Sherman había tenido un fin de semana espantoso. Con el tiempo había aprendido a desconectar de los inanes comentarios de su esposa y a no dejar que le afectaran sus estúpidas sugerencias sobre las cosas que deberían hacer juntos, pero ese fin de semana no había podido evitar hablarle con brusquedad e incluso gritarle. El asunto Carter-Matthews no dejaba de rondarle por la cabeza. Se disponía a dar el primer paso para intentar mantener la situación bajo control y experimentaba una emoción que le resultaba ajena: estaba nervioso.

Sonó el intercomunicador de su escritorio.

—¿Señor Sherman? El señor Myers ha venido a verle.

—Hazlo pasar —gruñó.

Durante los últimos once años, Ed Myers había sido el jefe de finanzas de REL News Corporation. Myers constituía el complemento perfecto a las aptitudes empresariales de Sherman. Mientras que este era un genio eligiendo el tipo de programas y las figuras televisivas que atraerían a las audiencias, Myers sabía cómo hacer que los números cuadraran. En numerosas ocasiones, el *Wall Street Journal* y *Forbes* habían elogiado la manera en que REL News había adquirido cadenas por cable regionales a precio de ganga hasta acabar conformando una gran corporación de ámbito nacional.

Nadie como Myers sabía mantener los gastos empresariales bajo estricto control. Y no resultaba exagerado decir que, sin necesidad de consultar ningún archivo informático, era capaz de recordar cómo se gastaba hasta el último centavo de la compañía. Ese era el punto fuerte del director financiero, pero sin duda hoy supondría un gran quebradero de cabeza para Sherman.

—Pasa, Ed —lo saludó el presidente ejecutivo mientras rodeaba su mesa para estrecharle la mano—. ¿Cómo estás? Siéntate.

Myers pareció un tanto desconcertado, como si no recordara la última vez que Sherman le había preguntado cómo estaba y sospechara que allí pasaba algo raro.

—Estoy bien, Dick. Gracias.

—Ed, tú y yo llevamos mucho tiempo trabajando juntos. Hemos tenido que afrontar grandes retos, pero al final siempre hemos encontrado la manera de salir airosos.

—Sí, así es —repuso Myers, preguntándose por qué Sherman, que nunca encomiaba el buen trabajo de nadie, se estaba deshaciendo en elogios hacia él.

Un pensamiento rondó por su cabeza: «¿Va a despedirme?».

—Ed, ¿confías en mí?

—Por supuesto. ¿He hecho algo que te haga pensar lo contrario?

—No, no, para nada. Es importante que confiemos el uno en el otro, porque necesito que hagas algo por mí sin plantear demasiadas preguntas.

—¿El qué?

—Necesito que transfieras doce millones de dólares a esta cuenta bancaria —dijo, al tiempo que le entregaba una hoja—. El dinero tiene que estar ingresado en las próximas veinticuatro a cuarenta y ocho horas.

—Estás de broma, ¿no?

La expresión de Sherman reveló que iba muy en serio.

—Eso es mucho dinero como para que pase inadvertido. Tendré que clasificarlo como gasto de algún tipo. ¿Podrías contarme al menos...?

—Ed, no te lo pediría si no fuera de vital importancia para la compañía. Créeme, más vale que no sepas de qué se trata. Además, si tú lo apruebas, nadie pondrá en entredicho ese desembolso. ¿Podrás hacerlo?

Myers exhaló mientras revisaba las instrucciones escritas.

—Muy bien. Mejor que no pregunte quiénes son Carter & Asociados. —Se quitó las gafas, se sacó un pequeño paño del bolsillo y empezó a limpiarlas. Se quedó mirando por la ventana totalmente abstraído—. En estos momentos estoy ultimando las cifras que los banqueros inversores utilizarán para calcular la valoración de la compañía en bolsa. Doce millones es mucho dinero. ¿Va a ser un único desembolso o habrá más?

Era una cuestión que Sherman no había anticipado. Pero no era el momento de aparentar inseguridad.

—Solo uno —replicó, tratando de transmitir firmeza.

—Entonces puedo meterlo en el presupuesto de F y A.

—¿Cómo? —preguntó Sherman. Sabía que se refería al departamento de Fusiones y Adquisiciones.

—No voy a contarte nada que tú no sepas. Cuando compramos una cadena por cable, gastamos un montón de dinero en diligencias previas. La mayoría de ese dinero va a parar a entidades externas: bancos de inversión, bufetes de abogados y empresas de asesoría. Se dedican a revisar en detalle las cuentas para determinar si la cadena es tan rentable como asegura ser, para detectar cualquier escollo legal, y luego emiten su valoración sobre si la adquisición de dicha cadena encajaría dentro de los parámetros de REL News.

—¿Y podrás incluir esos doce millones como un gasto invertido en la compra de una de esas cadenas?

—De hecho, justo lo contrario. A veces se hace todo el trabajo de investigación, se evalúa la posibilidad de compra, y se decide que tal o cual compañía no es una buena inversión. Y aunque al final no se realice la adquisición, ya se ha gastado un montón de dinero en las diligencias previas. Mientras nadie se dedique a indagar muy a fondo, creo que podré incluir los doce millones ahí.

—¿Y si los analistas de Wall Street averiguan que gastamos todo ese dinero en compañías que al final no compramos?

—La mayoría de los analistas de la industria no tienen ni idea de nada de esto. Y si alguno dice algo, probablemente nos alabará por ser tan cautos con nuestras adquisiciones.

—Sabía que podía contar contigo, Ed. Hazlo.

35

Michael Carter miró su reloj: las 10.50. Suponiendo que fuera puntual, Lauren Pomerantz llegaría dentro de diez minutos.

La actividad había sido frenética desde que la joven entró en su despacho hacía ya cinco días. Apenas una hora antes, su agente bursátil en Schwab le había llamado para confirmar la llegada de los doce millones a las arcas de Carter & Asociados. Sherman había cumplido su palabra y se las había ingeniado para conseguir el dinero.

Carter confiaba en disponer de unos cuantos días para buscar unas oficinas apropiadas para su nuevo nivel de responsabilidad, para su nuevo estatus personal y profesional, pero no había habido tiempo. En vez de eso, la mañana anterior había contactado por internet con un proveedor de espacios de trabajo temporales. Una hora más tarde había acudido a unas instalaciones situadas en el Midtown y había firmado un contrato de arrendamiento por un mes.

El despacho era más reducido de lo que le habría gustado, con un mobiliario moderno aunque con cierto tufo a baratillo. Había una pequeña ventana esquinera que daba a un rascacielos, por lo que la sala apenas contaba con luz natural y tenía un aspecto un tanto lúgubre. Carter había escogido una de las oficinas más amplias, con espacio suficiente para una modesta mesa de juntas, aunque solo iba a necesitar dos de las cuatro sillas. Entre los servicios compartidos se encontraba una joven y atractiva recepcionista, Beatrice, que le avisaría por teléfono cuando llegara Pomerantz.

Mientras echaba un vistazo a su alrededor, Carter pensó que aquel lugar era más que apropiado para mantener la reunión. Si recibiera a Pomerantz en un entorno más opulento, sus exigencias económicas podrían aumentar. Era algo intrínseco a la naturaleza humana. Aquella era otra de las ventajas de no derrochar en gastos más de lo necesario, al menos al principio.

Carter había recurrido también a dos colegas del ejército con los que aún seguía en contacto. Ambos trabajaban en seguridad: uno en una agencia crediticia y el otro en la compañía de telefonía Verizon. La información que le proporcionaron había demostrado ser muy valiosa, pero no precisamente barata. Y cuando firmó el contrato de alquiler de la oficina el día anterior, había utilizado su tarjeta de crédito personal para depositar la fianza.

Cuando envió su carta de renuncia a REL News y empezó a hacerse cargo de los gastos, se vio asaltado por un pensamiento de lo más preocupante: ¿y si Sherman cambiaba de opinión y no cumplía con su parte del trato? El presidente ejecutivo podía negar que se hubieran reunido. Además, Carter había extremado las precauciones para que no quedara ningún rastro de su encuentro. Si Sherman se echaba atrás, sería él quien tendría que correr con todos los gastos y suplicar para volver a recuperar su trabajo. No obstante, la llegada de la transferencia había puesto fin a todos sus temores.

Esa mañana, de camino al nuevo despacho, entró en una confitería, compró algunos pasteles y pidió que se los cortaran. A cambio de un pequeño pago, la recepcionista había accedido a llevarles café cuando se lo pidiera.

Sin saber muy bien qué más hacer, echó un nuevo vistazo

a la página de Facebook de Pomerantz. No había subido nada en los últimos cinco días.

En ese momento sonó el teléfono de su mesa.

—Señor Carter, una tal señorita Pomerantz ha venido a verle.

—Enseguida voy.

Antes de salir del despacho, se miró en el espejo del dorso de la puerta. Había investigado las opciones de indumentaria que podrían serle de más ayuda a la hora de negociar. Prescindir de la corbata le haría más accesible. Por lo visto, el azul claro de su jersey con cuello de pico sugería fiabilidad y honestidad; hacía que uno pareciera más honrado. Sus pantalones de un tono tostada transmitían pasividad y calma. Carter no estaba muy seguro de creer en todas esas tonterías de la comunicación a través del color, pero ¿por qué no probar? Tal vez Pomerantz sí creyera en todo eso. «Que empiece el espectáculo», se dijo mientras se atusaba el pelo de las sienes, abría la puerta y se encaminaba hacia la recepción.

Lauren Pomerantz no dijo nada mientras seguía a Carter por el pasillo. Mejor para él, que prefería que toda la conversación tuviera lugar tras la puerta cerrada de su despacho. La joven llevaba un jersey gris sobre una camisa a rayas abotonada hasta el cuello. Carter recordó lo que había leído sobre ese color: la persona que vestía de gris quería pasar inadvertida, ser «invisible». El abogado estaba más que dispuesto a complacer su deseo.

—Por favor, siéntate —la invitó Carter con un gesto en dirección a la mesa de juntas—. Si quieres, puedo hacer que nos traigan café. ¿Te apetece una...?

—No. Gracias.

—Sírvete un pastelito.

—Ya he desayunado.

—¿Agua?

—De acuerdo —respondió ella con expresión pétrea.

Carter sacó dos botellitas de Poland Spring de la neverita ubicada detrás de su escritorio. Pomerantz había elegido una silla situada de espalda a la pared. Él se sentó enfrente y depositó una de las botellas delante de ella.

—¿Por qué estamos aquí? —inquirió de pronto la joven.

A Carter lo descolocó la pregunta.

—Estoy aquí para hacer cuanto esté en mi mano para arreglar tu situación, para...

—No me refiero a eso. ¿Por qué estamos aquí y no en el edificio de REL News?

—Lauren, intento que todo este asunto resulte lo menos desagradable posible para ti. Lo último que querría es que te toparas con la persona que te ha causado tanta angustia.

Pomerantz no dijo nada. Miró a su alrededor sin establecer contacto visual con Carter. Este abrió la carpeta que había traído de su escritorio y fingió leer la documentación que contenía. La naturaleza humana no soporta el silencio. El abogado buscaba que fuera ella quien lo rompiera.

—Señor Carter, no sé lo que va a proponerme, pero no pienso firmar nada hoy.

—Respeto tu decisión, Lauren. Ya me lo dijiste por teléfono. Estamos aquí para discutir los términos de un posible acuerdo. ¿Puedo empezar?

—Adelante.

—Ante todo, el objetivo de este acuerdo es proteger tu privacidad. Asimismo, incluye una sustanciosa compensación económica en un único pago y la garantía de que conseguirás un puesto similar en una cadena de informativos. Soy muy consciente de la preocupación que expresaste en mi despacho: no quieres convertirte en la próxima Monica Lewinsky.

—¿Y qué se espera de mí a cambio?

—Tan solo tu silencio. ¿Estás familiarizada con el término «acuerdo de confidencialidad y no divulgación»?

Ella asintió.

—Bien. Se trata de un contrato blindado. Eso implica que si comentas una sola palabra de este acuerdo con alguien, tendrás que devolver inmediatamente el dinero que se te ha pagado. Tengo claro que eso nunca ocurrirá, pero en el hipotético caso de que se llegara a juicio, tú tendrías que pagar las costas legales de ambas partes.

—Imagino que este es el momento en que me va a decir a cuánto asciende la cantidad.

—Así es. Después de que firmes el acuerdo, estoy autorizado a hacerte una transferencia de dos millones de dólares. Por lo general, una operación de este tipo suele hacerse efectiva en veinticuatro horas. Si firmas hoy, mañana tendrás el dinero en tu cuenta.

—He dicho que no pensaba firmar nada hoy.

—Ya te he oído. Tan solo quería que supieras lo rápidas que son esta clase de transacciones.

Carter volvió a abrir la carpeta y extrajo un documento. Lo deslizó sobre la mesa hasta colocarlo delante de la joven.

—Yo no soy el típico abogado. En lo posible, trato de evitar toda la maraña legal. Como ves, el acuerdo consta solo de tres páginas. —Consultó su reloj—. Ahora tengo que responder a algunos correos. Me llevará solo unos minutos. ¿Por qué no le echas un vistazo rápido?

Sin esperar respuesta, Carter se acercó a su escritorio, abrió el portátil y empezó a teclear. Mientras simulaba revisar lo que tenía delante, miraba furtivamente a Pomerantz. La táctica estaba funcionando. Tras su reticencia inicial a leer el documento, ahora lo estaba examinando con detenimiento.

Carter había hecho grandes esfuerzos para no emplear palabras o frases que pudieran resultar poco inteligibles. Transcurrieron cinco minutos. Finalmente, la joven acabó de leer y levantó la cabeza. El abogado pulsó algunas teclas más y regresó a la mesa.

—Discúlpame. Te agradezco la paciencia.

—¿Esto será considerado como un ingreso normal? ¿Tendré que declarar los dos millones de dólares?

Carter se quedó impresionado. Estaba claro que Pomerantz era muy inteligente y no debía ser subestimada. Según su expediente laboral, tenía una doble titulación por la Universidad Metodista del Sur, en ciencias de la información y económicas.

—En este momento, no. El dinero que recibirás no está sujeto a impuestos.

—¿Qué significa «en este momento no»?

—La legislación del estado de Nueva York está debatiendo un proyecto de ley que cambiaría las condiciones de este tipo de acuerdos. En el caso de que se apruebe, el dinero estipulado en un acuerdo que incluya una cláusula de confidencialidad será considerado como un ingreso para el receptor. Un proyecto de ley parecido se está tramitando también en el Congreso. Es evidente que a esa gente no le importa mucho la privacidad de las víctimas. Pero está claro que cualquiera que se disponga a cerrar un acuerdo de confidencialidad haría bien en firmar cuanto antes.

Dejó que sus palabras flotaran en el aire. No mencionó que el propósito de esos proyectos de ley era conseguir que a las compañías les resultara más difícil, o al menos más caro, proteger a los posibles acosadores sexuales que hubiera dentro de sus filas. Si se aprobaban esas leyes, las grandes corporaciones ya no podrían deducir los gastos de dichos acuerdos de confidencialidad.

—Señor Carter, le agradezco mucho todo lo que está haciendo. Lo que he leído me parece bastante claro y conciso. Pero tengo la impresión de que no estamos en igualdad de condiciones. Matthews y REL News cuentan con un abogado, usted, para representarlos. Y resulta obvio que tiene mucha experiencia —señaló los papeles que tenía delante— en este tipo de situaciones.

—Créeme, ser abogado no te hace más inteligente.

Ella hizo caso omiso de su pretendida gracia.

—Le diré lo que quiero hacer. No voy a contratar a un abogado. Solo quiero enseñarle el documento a una amiga mía que resulta que es abogada, para pedirle que lo lea y asegurarme de que lo entiendo bien todo y no tengo ningún problema con las condiciones.

Carter negó con la cabeza.

—Lo siento, Lauren, pero eso no es posible.

—¿Qué quiere decir? ¿Por qué no?

—Las órdenes que he recibido son muy claras. Mi cliente exige que el número de personas que estén al tanto del incidente sea el mínimo posible. Y creo que eso es lo que tú también quieres. Si implicas a una tercera persona, la oferta económica del acuerdo se reducirá a un millón de dólares.

—Solo pretendo que mi amiga lea esto y dedique diez minutos a responder a mis preguntas...

—Créeme, Lauren, como letrado te digo que eso no será así. Cualquier abogado intentará convencerte de que contrates sus servicios. Y en casos como este, se llevará un tercio de la compensación económica. En vez de los dos millones originales, la oferta se reducirá a un millón. Y tras pagar a tu abogada, lo que podrían haber sido dos millones de dólares se convertirán en seiscientos sesenta y seis mil. Aunque cuenten con un fondo de contingencia, a los abogados les gusta alargar las cosas. Y en vez de recibir el dinero mañana mismo, tendrías que esperar un año o dos para conseguirlo, y eso con suerte.

»Las acciones dilatorias de tu abogada darían tiempo al estado de Nueva York y al Congreso a aprobar los proyectos de ley de los que te he hablado antes. Y cuando eso ocurra, tendrás que pagar una sustanciosa cantidad de impuestos, lo cual te dejaría con apenas cuatrocientos mil dólares. No me gusta decir esto, Lauren, pero tengo que hacerlo. Resultaría tentador enseñarle este documento en secreto a un abogado y confiar en que yo no me enterase nunca de que lo has hecho. Pero ahí está la trampa. Si decides firmar el acuerdo que tienes delante, estarás jurando que no has comentado el incidente con nadie después de venir a mi despacho la semana pasada. Y las penas por perjurio en el estado de Nueva York son muy severas.

—No soy una mentirosa —exclamó desafiante.

—Sé que no lo eres. Lauren, ¿sabes cuál sería la parte más triste de todo este asunto?

Pomerantz lo miró, pero no respondió.

—Lo que puedo asegurarte con total certeza es que tu privacidad resultará violada. Esa amiga tuya, la abogada, es miembro de un bufete, ¿verdad? Sus socios querrán saber de qué va ese caso que podría ser tan importante. Cogerán las tres páginas que tienes delante y las convertirán en treinta. Pondrán a trabajar a varios abogados en el caso. Los asistentes legales imprimirán numerosas copias del documento. ¿Puedes confiar en que toda esa gente mantendrá la boca cerrada?

—Señor Carter, no tengo nada que ocultar. Y puede que la abogada con la que hable me diga que debería recibir más dinero a cambio de mi silencio.

—Quiero ayudarte. Por favor, no me obligues a hacer esto.

—¿Hacer qué?

Tratando de aparentar su desagrado por tener que recurrir a aquello, Carter regresó a su escritorio, sacó una carpeta del cajón central y se sentó. Le gustaba que esa silla fuera más alta que las de la mesa de juntas: le permitía mirar a su interlocutora desde arriba.

—¿Sabes lo que significa «consensuado»?

—¡Tiene que estar bromeando!

—Alguien te advirtió de que no te vieras a solas con Matthews, y aun así fuiste. ¿No es así?

—Ya se lo he explicado.

—Lo sé. Pero, ya que hablamos de todo esto, recuérdame otra vez por qué te pasaste por la sala de maquillaje antes de ir a verle. Querías estar atractiva, ¿verdad?

—Quería presentar el mejor aspecto posible.

—¿Atractiva? ¿El mejor aspecto posible? Seguro que no tendrás ningún problema en explicar la diferencia entre ambos términos.

—Está tergiversando mis palabras. Ya le conté lo que ocurrió.

—Eso es cierto. Me contaste justo lo que le dirás a tu abogada, quien te preparará a fondo para la primera de las numerosas declaraciones en las que tendrás que relatar tu versión de los hechos ante los letrados que representarán a REL News y Matthews.

—¡No es mi versión!

—Es tu versión, y estoy convencido de que la explicación que ofrecerá el señor Matthews de lo sucedido diferirá sustancialmente de la tuya.

—Señor Carter, no se olvide de que tengo la grabación.

—Puede ser.

—¿Qué significa eso?

—Estoy seguro de que el señor Matthews no dio su consentimiento para que grabaras el encuentro en su despacho. La grabación podría no admitirse como prueba.

—Eso es absurdo. La gente graba constantemente las conversaciones telefónicas.

—Las conversaciones telefónicas no son lo mismo que una grabación en un espacio privado. Cuando una persona está en su despacho, se espera que disponga de total intimidad, y tú has violado esa presunción. Mira, no tiene sentido que estemos aquí en un tira y afloja, empantanándonos en cuestiones legales muy delicadas. Tan solo intento evitar que tengas que pasar por una situación francamente desagradable.

—No tengo nada que ocultar.

—¿En serio? ¿Qué te parece si te hago un pequeño adelanto de lo que te espera si decides entrar en guerra con el señor Brad Matthews y REL News? Porque puedes creerme, será la guerra. ¿Quieres que empiece, Blue Skies?

—¿Cómo me ha llamado? —preguntó ella, mirándolo estupefacta.

—Venga, Lauren, ese es el nombre que utilizas en la aplicación de contactos Tinder. También lo usabas hace dos años cuando estabas en Bumble. Corrígeme si me equivoco: ¿no es esa la página de citas en la que las mujeres dan el primer paso? ¿Siempre has sido tan agresiva a la hora de abordar tus relaciones?

Carter había tenido que pagarle dos mil quinientos dólares a su antiguo compañero del ejército, el que trabajaba en la agencia de información crediticia, para que le enviara el extracto de la MasterCard de Pomerantz de los últimos cinco años. El exmilitar también le había dado el nombre de alguien que podía acceder al registro de los usuarios con los que la joven se había comunicado a través de las páginas de citas. Ese segundo tipo exigió mil quinientos dólares, ya que lo consideró como un trabajo urgente.

—¿No respondes a la pregunta? Déjame intentarlo con esta otra. Después de intercambiar una serie de mensajes con el señor Douglas Campbell, que reside en el 524 de la calle Ochenta y seis Este, dejaste de usar Bumble y te pusiste fuera de circulación. ¿Es este el número de móvil del señor Campbell? —Se lo leyó—. Si hiciéramos una búsqueda de los mensajes de texto que le enviaste, ¿encontraríamos algunos muy subidos de tono? Y espero por tu bien que no le enviaras ninguna foto de contenido explícito. Solo Dios sabe lo embarazoso que podría llegar a resultar.

Su antiguo compañero del ejército que trabajaba en Verizon le había proporcionado el historial del móvil de Pomerantz de los últimos tres años. Por norma general, cuando los amantes no están juntos, suelen llamarse entre las diez y las doce de la noche. La información de los registros telefónicos le había costado otros mil quinientos dólares.

—Eso no tiene nada que ver con lo que Matthews me hizo —contraatacó la joven—. Además, no soy estúpida. No se puede utilizar mi pasado en un juicio.

—Tienes toda la razón, Lauren, no estaría permitido si se tratara de un juicio penal. Y si ese fuera el camino que hubieras querido seguir desde el principio, ahora no estarías hablando conmigo, sino con la policía. Dios quiera que las cosas no tengan que llegar tan lejos. En un caso civil existe más permisividad por ambas partes. Mucha más. Tus abogados usarán toda la munición que puedan encontrar para presentar al señor Matthews como un monstruo. Y los nuestros, el mejor y más costoso equipo legal que puedas imaginar, pondrán tu vida personal bajo el microscopio en busca de cualquier cosa que pueda destrozarte. Yo no soy más que un abogado laboralista normal y corriente. A pesar de trabajar por mi cuenta, tardé solo unos días en descubrir todo esto.

»Seguro que seguiste el circo que se montó en torno al caso de Brett Kavanaugh: todo el mundo en los bares, o cenando en sus casas, discutiendo sobre quién decía la verdad y quién mentía... ¿Es así como quieres ser recordada? Aunque acabes ganando, saldrás perdiendo.

Lauren Pomerantz intentó sin éxito reprimir las lágrimas y se llevó las manos a la cara.

—No sé qué hacer —balbuceó entre sollozos.

En el tono más suave que pudo adoptar, Carter dijo:

—Es el momento de empezar a sanar las heridas, de hacer

desaparecer el dolor. Beatrice, la recepcionista que te ha recibido fuera, también es notaria. Después de que respondas a una última pregunta, le diré que pase para que sea testigo de cómo estampamos nuestras firmas en el acuerdo.

Diez minutos más tarde, Carter estaba arrellanado en su silla con los pies sobre la mesa, contemplando los papeles firmados que tenía ante sí. Tras reflexionar un poco, había decidido que aquel despacho era suficiente. Sin duda, podría dar un mejor uso al dinero que se había ahorrado en gastos de imagen corporativa. Además, Beatrice, la joven de veintinueve años de ojos marrones y pelo azabache recogido en una prieta coleta, con un jersey blanco que resaltaba sus hermosas curvas, había accedido a cenar esa noche con él.

Echó un vistazo a la hoja que estaba sobre el vade de su escritorio. Pomerantz había escogido la ciudad de Dallas para proseguir con su carrera profesional. Tendría que decirle a Sherman que usara sus contactos allí para encontrarle trabajo en alguna cadena.

Debajo de «Dallas», había anotado el nombre de quien iba a convertirse en su próximo objetivo. La mujer que había advertido a Lauren Pomerantz de que tuviera mucho cuidado con Brad Matthews era una antigua empleada de REL News llamada Meg Williamson.

36

Como de costumbre, Dick Sherman iba por el carril izquierdo de la carretera 95 mientras atravesaba la zona del Bronx de camino a casa desde el trabajo. Lo que no era habitual era que fuera él quien conducía. La noche anterior, durante la cena, su mujer le había contado que pensaba ir con su propio coche a la ciudad y quedarse a dormir en casa de su hermana, ya que a primera hora de la mañana ambas tomarían un vuelo a las Bermudas desde el JFK. Sherman no estaba muy al tanto de lo que hacía su esposa, ni tampoco le importaba; lo que sí le afectaba es que se había comprometido a llevar su coche de vuelta a Greenwich, así que le había dado la noche libre a su chófer.

Acababa de escuchar un podcast del informativo nocturno de REL News. Matthews, con su característico estilo franco y cercano, parecía el tipo más sensato y ecuánime del mundo mientras relataba cómo demócratas y republicanos se habían pasado las dos horas de la última sesión del Congreso gritándose los unos a los otros. El presentador cerró su alocución con su habitual nota de humor: «Nuestra nación fue fundada por unos genios para que pudiera ser gobernada por unos idiotas».

Sherman habría estado de mejor humor si no fuera por el imbécil del Toyota que tenía delante. Circulaba tan despacio que había dejado un espacio de más de diez coches entre el suyo y el siguiente. Sherman llevaba un par de kilómetros prácticamente pegado a él, e incluso le había puesto las largas en dos ocasiones, pero el conductor no se daba por aludido.

Habían pasado ya cuatro días desde su reunión con Carter en la estación de Greenwich. Nunca le habían gustado los móviles, y ahora tenía que llevar el suyo y, encima, el que le había dado el abogado.

Ed Myers había hecho lo que le había pedido, pero eso no aliviaba su preocupación. Cuando se cruzaban por los pasillos, el jefe de finanzas apenas lo miraba. Sherman se acordó de una ocasión, años atrás, en que lo habían arrastrado a una estúpida cena de boy scouts en honor a Myers, que en su juventud alcanzó el rango de Águila. Fue una auténtica tortura estar allí sentado escuchándolos recitar los doce puntos de la Ley Scout. «Espero que recuerde el que se refiere a obedecer», se dijo Sherman para sus adentros. Cuando se viera sometido a presión, ¿podría confiar en que mantuviera la boca cerrada?

Sus cavilaciones se vieron interrumpidas por un sonido desconocido. Por un momento le pareció que procedía de la radio, pero luego cayó en la cuenta de que se trataba del móvil desechable.

El Toyota se cambió por fin al carril central. Sherman tuvo que dar un pequeño volantazo mientras hurgaba en su bolsillo derecho para sacar el teléfono, que ya iba por el cuarto tono. Se acordó de la advertencia de Carter de hablar en código y no usar nombres por si alguien los escuchaba. El coche se desvió ligeramente hacia la mediana cuando respondió:

—Hola. ¿Qué pasa?

—Tras darle algunas vueltas, al final he llegado a un acuerdo por un Ford. El precio está bien. Dos talegos.

—Buen trabajo —contestó Sherman, antes de plantearse

si aquella era una respuesta apropiada para alguien que le estaba comunicando que se había comprado un coche. Entonces añadió—: Me alegro por ti.

—Todavía sigo en el mercado. Le he echado el ojo a un Chevy.

—Eso está bien —siguió Sherman, tratando de encontrar la manera de introducir el siguiente tema. Había decidido que quería que Carter estuviera presente cuando se enfrentara a Matthews. ¿Cuál era el código para eso? «La próxima vez que quede con Carter voy a acabar con esta estupidez de los códigos», se prometió. No se había dado cuenta de que ahora era él quien estaba reteniendo el tráfico al circular a menor velocidad por el carril izquierdo. De pronto se le ocurrió una idea—. Me gustan los trenes. Mismo día y misma hora.

—De acuerdo —dijo Carter, y colgó.

Sherman continuó con el móvil pegado a la oreja mientras soltaba un suspiro de alivio, pero la sensación no le duró mucho. Una destellante luz azul se reflejó en su salpicadero. Al mirar a su derecha, vio en el carril central un coche azul y blanco de la patrulla de tráfico de Nueva York. El agente le estaba haciendo señas para que parara.

—¡Maldita sea! —masculló, tirando el teléfono al suelo.

Nueve minutos más tarde, en el asiento del copiloto había una citación judicial por conducción temeraria y uso ilegal de un dispositivo móvil al volante de un vehículo motorizado.

37

—Lo siento, cariño, estaba distraído. ¿Qué has dicho?

—Muy bien, ¡ya no lo aguanto más! Vamos a hablar ahora mismo —exclamó Diane Myers. Acto seguido cogió el mando que se hallaba en el extremo de la mesa junto a su marido y apagó el televisor y el partido de fútbol americano que estaban emitiendo—. Ni se te ocurra protestar. Seguro que ni siquiera sabes cómo van.

Myers empezó a replicar, pero entonces se dio cuenta de que su mujer tenía razón. No sabía cómo estaba el marcador, ni qué equipo iba ganando. No había modo de justificar que estuviera viendo el partido.

—De acuerdo, querida. ¿De qué quieres hablar?

—De ti, de nosotros, y de qué diablos está pasando.

—Diane, no sé de qué me estás...

—¡Ed, basta ya! Te gusta bromear diciendo que la paciencia nunca ha sido mi fuerte. Pues bien, cualquier reserva de paciencia que pudiera tener ya se ha agotado contigo. Algo ha cambiado y quiero saber qué es.

Myers suspiró.

—No sé de qué me estás hablando.

—¿De veras? Estás totalmente ido. Hace tres días te olvidaste de llamar a Tara por su cumpleaños, y eso que te telefoneé a tu despacho para recordártelo. —Su hija estaba cursando primer año en Fordham—. Anoche, en la cena estabas tan distraído que llegaste a resultar maleducado. Cuando te levantaste de la mesa para ir al baño, Art y Ali me preguntaron si te pasaba algo. —Los Groom habían sido sus amigos desde que las hijas mayores de ambas parejas empezaron a ir juntas al colegio—. Y no me lo tomes a mal, pero tienes un aspecto horrible. Tú nunca has tenido problemas para dormir, pero durante la última semana no has hecho más que dar vueltas y más vueltas en la cama, y eso se te nota en la cara.

—Diane, no sé qué decirte. Últimamente estoy teniendo mucha presión en el trabajo.

—Eso sí que no me lo trago. Ni por asomo. Venga ya, Ed. Cuando entraste en REL News justo después de que nos casáramos, me dijiste que la situación financiera de la compañía era un absoluto desastre. Venías a casa y me decías bromeando que si al día siguiente no me llamabas era porque os habían cortado la línea telefónica por impago. Pero nunca dejaste que eso te afectara. Cuando entrabas por la puerta al final de la jornada, desconectabas por completo. Y ahora que a la compañía le va estupendamente, ¿estás estresado?

—No es eso...

—Ed, dime la verdad: ¿estás teniendo una aventura?

—Oh, Dios, no. Te prometo que no es eso. —Suspiró—. Tienes razón. Tenemos que hablar. ¿Puedes servirnos un whisky a los dos?

Diane escuchó atentamente cómo su marido le relataba la extraña petición que Sherman le había hecho dos semanas atrás y cómo él había acabado cediendo.

—Acabo de aprobar el estado de cuentas para el tercer trimestre —concluyó—. Lo que más me preocupa son las implicaciones que se puedan derivar de ello.

—¿A qué te refieres?

—Doce millones no es una cantidad que pueda desaparecer sin más. La compañía... mejor dicho, yo, tengo que justificar en qué se ha gastado ese dinero.

—Acabas de decir que lo has incluido como parte de los proyectos de Fusiones y Adquisiciones que no han llegado a buen puerto, ¿no?

—Sí. Y si fuera cierto, ese dinero sería un gasto deducible. Fin de la historia.

—¿Y si no fuera cierto?

Myers dio un largo trago a su whisky.

—En primer lugar, olvídate del «si...». Sabemos que no es verdad. Pero lo que desconocemos es en qué se ha empleado ese dinero, si se trata de un gasto que podría ser deducible o no.

—¿No puedes preguntárselo a Sherman?

—Pensándolo en retrospectiva, debería haberlo hecho. Hay muchas cosas que debería haber hecho de otra forma. Pero Sherman me dejó muy claro que no debía hacer preguntas. Supuse que esos doce millones iban a ser empleados de manera legítima y que podrían declararse como un gasto deducible.

—¿Y eso qué significa?

—Significa que, como director financiero de la compañía, yo he firmado los presupuestos de REL News. Si ese dinero no se ha utilizado con fines legítimos, habré infringido varias leyes, incluyendo fraude fiscal.

—¿No puedes dar vuelta atrás y deshacer lo que has hecho?

—Si fuera tan sencillo... Surgirían un montón de preguntas. ¿Cómo iba a explicarlo? ¿El presidente ejecutivo de la compañía me pidió que hiciera tal cosa, y yo la hice sin preguntarle ningún detalle de la operación? ¿Quiénes son Carter & Asociados? ¿Por qué di el visto bueno a transferirles esa cantidad? Aun cuando pudiera volver a meter al genio en la botella, ¿podrían Carter y quienesquiera que sean sus asociados devolver el dinero, o ya lo han gastado, o simplemente ha desaparecido?

—¿Tienes alguna idea de para qué se ha utilizado ese dinero?

—Ni la más remota. Algunas compañías tienen que salvar financieramente a sus presidentes por haber realizado malas inversiones a nivel personal, o por culpa de adicciones al juego o a algunas sustancias. ¿Es ese el caso de Sherman? No tengo ni idea.

Diane tomó la mano de su marido entre las suyas.

—Tienes que hablar con alguien. Explicarle lo que pasa y afrontar las posibles consecuencias. Cuanto más tiempo permanezcas callado, peor será para ti si todo esto sale a la luz.

—Lo sé, pero ¿a quién puedo recurrir?

—¿Hay alguien en la junta directiva con quien puedas hablar?

—Todos han sido elegidos a dedo por Sherman. Si este niega haberme pedido que hiciera la transferencia, todos le creerán. Seré yo al que despidan y el que cargue con toda la culpa.

—¿No podrías hablar con el señor Carlyle?

—Ya no está tan implicado en la compañía como antes. En el caso de que fuera capaz de emprender alguna acción, lo primero que haría sería llamar a Sherman y preguntarle al respecto.

—¿Y con su hijo?

Myers tomó otro largo trago de whisky.

—Sería una posibilidad. Él y Sherman no se llevan bien. De hecho, se odian.

—Prométeme que hablarás con él mañana.

—Lo haré. Y gracias. Te quiero.

38

Michael Carter no podía ocultar su enfado mientras se dirigía por segundo día consecutivo a Greenwich, Connecticut, esta vez en domingo. Sherman lo había llamado a mitad de semana para pedirle una reunión «mismo lugar, misma hora», y habían quedado el día anterior en la estación de trenes de Greenwich. Francamente, Carter pensaba que el presidente ejecutivo debería haber mostrado algo más de gratitud por el gran trabajo que había hecho convenciendo a una reticente Lauren Pomerantz para que firmara el acuerdo. Rememoró el encuentro mientras conducía. Sherman no hizo el menor comentario sobre los astutos métodos que había empleado para indagar en la vida personal de la joven. Carter le entregó el currículum de Pomerantz y le recordó su compromiso de encontrarle un trabajo.

—Ha escogido Dallas —le dijo.

—Te estoy pagando mucho dinero. ¿Qué piensas hacer ahora?

—Estoy investigando el historial de Meg Williamson. Empezaré a negociar con ella en los próximos días.

Sherman continuó mirando al frente. Carter intuyó que estaba tratando de decidir algo que le rondaba por la mente y optó por no interrumpir sus pensamientos.

—Hay que hablar con Matthews. Hay que obligarle a poner fin a todo esto y a que revele si hay otras mujeres.

—Estoy de acuerdo —reconoció Carter con voz calmada.

—He pensado que debería hablar con él a solas.

—Es su decisión, pero discrepo.

—¿Por qué? —le espetó Sherman.

—Ya he lidiado con este tipo de situaciones cuando estaba en el ejército. Cuando se acusa a alguien de haber cometido actos graves, reacciona de dos maneras: negando y mintiendo. Y cuando se le pilla en un renuncio, primero se siente humillado y después furioso. Es como si la conversación no tuviera que ver con lo que él les hizo a las mujeres, sino con lo que usted le está haciendo a él. Saldrá de la reunión odiándole por cómo lo ha tratado. Y luego tendrá que ir detrás de él para hacerle entrar en razón. ¿Quiere que todos esos sentimientos se dirijan contra usted o contra mí?

—Tienes razón —admitió Sherman.

A Carter le dio la impresión de que aquellas eran dos palabras que rara vez pronunciaba. Tuvo que hacer un esfuerzo para ocultar su satisfacción. El presidente ejecutivo de REL News iba a recurrir a él para darle un buen tirón de orejas a uno de los hombres más reputados y dignos de confianza de todo el país.

—La reunión no puede ser en el despacho. Tampoco me gustan los hoteles para este tipo de encuentros. Y quedaría muy raro que nos vieran a los tres hablando en un coche. Así que ¿dónde nos vemos?

—¿Vive el señor Matthews por esta zona?

—En Stamford. Un poco más al norte.

—¿Y ustedes dos son miembros de alguno de los clubes de campo que hay por aquí?

—Ya sé lo que podemos hacer. —Sherman cogió su móvil, entró en la agenda de contactos y pulsó una tecla—. ¿Brad? Soy Dick Sherman. Ha surgido algo relacionado con la salida a bolsa. Me gustaría hablar contigo de ello, pero no por teléfono. —Hizo una pausa mientras escuchaba—. No, no te preocupes. Todo está bien. Quedamos mañana a las nueve para desayunar en el club. Te veo allí.

Colgó y se giró hacia Carter.

—Todo arreglado, pues. Mañana en el Club de Campo de Greenwich. Ven a las diez.

Al abogado no se le escapó que no le había preguntado si a él le iba bien.

—Creí que había dicho a las nueve.

—Así es. Primero desayunaré con él. Tú vendrás a las diez. Dile a alguien de recepción que te acompañe al restaurante del club. Pediremos los cafés e iremos a una de las salas de reuniones privadas, donde tú podrás cumplir con tu cometido. —Miró desdeñosamente los tejanos de Carter—. ¿Perteneces a algún club de campo?

—No.

—Me lo imaginaba. Entra en la web del club y busca en la sección de «Invitados». Asegúrate de ir presentable. —Miró el reloj del salpicadero—. Se acabó la reunión. Llego tarde a la sesión con mi entrenador personal.

39

Carter giró por Doubling Road y enfiló con el coche entre los pilares de piedra que conformaban la entrada al Club de Campo de Greenwich. Majestuosos robles, prácticamente despojados ya de sus hojas, flanqueaban el camino de entrada. Le había salido caro alquilar el gran sedán BMW que conducía, pero si Sherman preguntaba, en el hipotético caso de que se fijara, tenía una explicación preparada: «Desentonaría mucho si me presento en el club de campo con un Honda Accord».

Lo que hasta ahora no había sido más que una bruma fría se había convertido en una pertinaz llovizna. La temperatura a aquella hora de la mañana dominical de primeros de noviembre no llegaba a los cinco grados. Detuvo el coche delante del edificio principal, donde fue recibido por un aparcacoches de aspecto aburrido que se esforzaba por combatir el frío.

—Soy un invitado de Dick Sherman. Tengo que reunirme con él en el restaurante del club.

Carter descendió un tramo de escaleras. Recordando lo que había leído en la web, silenció el móvil. Entró en un salón casi vacío con unas veinte mesas. Dos paredes completamente acristaladas ofrecían una amplia panorámica del campo de golf. A lo largo de otra de las paredes aparecían pintadas sobre pan de oro las figuras de los pasados ganadores del torneo, que se remontaban hasta el año 1909. A su izquierda había una barra de caoba bruñida, que en ese momento estaba desatendida.

En una mesa redonda situada en un rincón, cuatro hombres que rondaban los ochenta años jugaban al gin rummy. Uno de ellos anotaba los puntos en un cuaderno mientras otro barajaba las cartas. Por lo visto, se consideraba vulgar tener el dinero sobre la mesa. Más tarde ajustarían cuentas. En el otro extremo del comedor, junto a los ventanales, estaban Sherman y Matthews. Sus platos con restos de huevo y sus vasos de zumo estaban vacíos. Carter comprobó la hora en su reloj: las nueve y cincuenta y nueve. «Vamos allá», se dijo, tratando de aparentar seguridad mientras cruzaba el salón con paso tranquilo.

Sherman fue el primero en verlo y le hizo señas para que se acercara.

—Brad, te presento a Michael Carton. Es el tipo del que te he hablado. Quiere comentarte algunos puntos relacionados con la salida a bolsa.

Carter no se molestó en corregirle sobre su apellido.

Matthews le tendió la mano.

—Encantado de conocerte, Michael. Siéntate.

Sherman llamó a la camarera.

—Marlene, tráenos tres cafés en vasos para llevar.

—¿No podemos hablar aquí? —preguntó Matthews, haciendo un gesto en dirección al salón casi vacío.

—Ya conoces el viejo dicho: las paredes tienen oídos —replicó Sherman.

Marlene regresó con los cafés y Sherman se puso en pie.

—Seguidme —pidió, y echó a andar sin mirar atrás.

—Supongo que tendremos que hacerle caso —le dijo Matthews a Carter, levantándose y dirigiéndole aquella sonrisa que los televidentes encontraban tan irresistible.

Carter miró a la camarera y luego a los jugadores de gin rummy. Si tenían alguna idea de lo que iba a pasarle al miembro más prominente del club, no dieron muestras de ello.

Sherman los condujo por un estrecho pasillo. Fotografías en blanco y negro enmarcadas, en las que aparecían diversos golfistas y hoyos del campo, se alineaban en las paredes. El presidente ejecutivo giró a la izquierda para entrar en una sala con varios sofás de piel oscura y butacas tapizadas frente a una gran chimenea. La cabeza de un alce contemplaba con aire desdichado el conjunto, un vestigio del importante papel que la caza desempeñaba en los primeros tiempos del club.

—Podemos hablar aquí —dijo Sherman, acomodándose en una de las butacas.

Carter esperó a que el presentador tomara asiento para sentarse frente a él.

—Michael, creo que sé por qué estamos aquí —empezó Matthews. Carter y Sherman intercambiaron miradas de sorpresa. Antes de que pudieran decir nada, prosiguió—: Cuando despedí el informativo este viernes, hablé de la gente tan estupenda que trabaja en REL News y de lo orgulloso que me siento de formar parte destacada de una corporación tan prestigiosa. Yo siempre he sido un hombre de informativos. No estoy muy familiarizado con los aspectos de carácter más empresarial. Y soy consciente de que, en un momento en que la compañía está considerando su salida a bolsa, no debería hacer comentarios de este tipo. Si he infringido alguna norma, lo siento. Pero os aseguro que lo dije todo de corazón.

Su parlamento fue seguido por lo que al *New York Times* le gustaba calificar como «la sonrisa de los diez mil vatios». La sonrisa se demoró durante unos segundos, como solía ocurrir al final de cada informativo. Era como si esperara a que el regidor detrás de la cámara le comunicara que ya no estaban en el aire.

Sherman guardó silencio. Estaba claro que prefería adoptar el papel de espectador.

—Señor Matthews —comenzó Carter—, estoy aquí para hablarle de la salida a bolsa de la cadena y del enorme valor que ha tenido su persona, y sigue teniendo, para REL News. La compañía no sería lo mismo sin usted.

—Si os preocupa que pueda jubilarme, no tenéis por qué. Y por lo que respecta a mi salud, acabo de ver a mi médico y...

—La verdad, señor Matthews, no podría importarme menos lo que le haya dicho su médico. No estamos aquí por eso.

El presentador se giró bruscamente hacia Sherman.

—¿Quién se cree que es este tipo, hablándome así? ¿Qué diablos está pasando aquí?

Empezó a levantarse. Carter se plantó frente a él y, alzando la voz, le soltó:

—¡Matthews, si no quiere pasarse el resto de su vida bebiendo cerveza y jugando al golf con Bill O'Reilly, Matt Lauer y Charlie Rose, siéntese y cierre la boca!

Matthews se quedó anonadado. Sherman señaló hacia su butaca.

—Brad, por favor, escucha lo que tiene que decirte.

El presentador fulminó a Carter con la mirada y volvió a tomar asiento.

Carter se sentó también y mantuvo los ojos clavados en los de Matthews mientras alcanzaba el vaso de café que tenía delante. Dio un largo sorbo y lo dejó de nuevo sobre la mesa, disfrutando del placer de estar haciendo sufrir a tan ilustre personaje. Había quedado más que claro quién estaba al mando de la situación.

—¿Conoce el significado del término «abuso sexual»?

—No insultes mi inteligencia.

—Lo tomaré como un sí. Pero antes quiero asegurarme de que todos sabemos de lo que estamos hablando. La Asociación Estadounidense de Psicología define esa clase de abuso como «una actividad sexual no deseada, en la que el agresor utiliza la fuerza, profiere amenazas o se aprovecha de víctimas que no son capaces de dar su consentimiento».

—¡No me des sermones!

—¿Entiende la definición que acabo de darle?

—¡Ve al grano, Carton!

—Cuatro mujeres le han acusado de abordarlas sexualmente de forma no consentida.

Sherman lo miró fijamente, sorprendido al escuchar que eran cuatro.

—En mi vida me he comportado de manera inapropiada con una mujer —bramó Matthews—. Y he recibido numerosos galardones de organizaciones feministas...

—Ahórreme los recortes de prensa. Le garantizo que a nadie le importará que sea usted un tipo tan reconocido.

—No sé quién eres, Carton, pero te aseguro que estás llegando al límite de mi paciencia. Yo nunca...

—¿Conoce a una joven llamada Lauren Pomerantz? —preguntó Carter, alcanzando de nuevo su vaso de café.

Matthews dio un leve respingo en su asiento y se giró hacia la chimenea.

—El nombre me resulta familiar, pero no estoy seguro.

«Ni siquiera los embusteros más experimentados son capaces de mantener el contacto visual cuando mienten», pensó Carter. Optó por dejar que siguiera hablando.

—REL News ha crecido mucho en los últimos años. Intento acordarme de los nombres de todos los que trabajan en el departamento de informativos, pero me resulta imposible. Lauren... ¿cómo has dicho que se apellidaba?

—Pomerantz. ¿Se lo deletreo?

Sin apartar la mirada de Matthews, Carter se llevó la mano al bolsillo interior de su americana, sacó su teléfono y lo dejó sobre la mesa.

—Sé que estoy infringiendo la política sobre móviles del

augusto Club de Campo de Greenwich, pero estoy seguro de que en estas circunstancias tan poco habituales podremos hacer una excepción. Última oportunidad, Matthews: ¿se produjo un encuentro entre Pomerantz y usted en su despacho?

—No tengo ni idea de lo que me estás hablando —respondió el presentador en un tono de voz que carecía de su anterior firmeza.

—Si no se escucha lo bastante alto, hágamelo saber —dijo Carter mientras pulsaba una tecla.

La voz de Matthews diciendo «Lauren, acércate» llenó la habitación. Los tres hombres escucharon en silencio hasta el final.

Carter se quedó mirando a Matthews, que ahora estaba inclinado hacia delante y se agarraba las rodillas con las dos manos.

—Esa grabación puede haber sido manipulada —se defendió con voz débil—. Últimamente utilizan métodos que pueden engañar incluso a los peritos más expertos.

Carter se reclinó en la butaca, adoptando la postura de un director de escuela tratando con un alumno problemático.

—Señor Matthews, tal vez no me crea, pero estoy aquí para ayudarle.

El presentador pareció desconcertado. Se giró hacia Sherman, que le habló con voz calmada:

—Es cierto, Brad. Por el interés de todos, es importante que tus... indiscreciones no se hagan públicas. Ya hemos llegado a un acuerdo con Pomerantz.

La cara de Matthews pareció recuperar cierto color.

Carter volvió a llevarse la mano a la americana y sacó un pequeño cuaderno y un bolígrafo.

—Necesito los nombres, señor Matthews. Es la única manera de que pueda encontrarlas, convencerlas para llegar a un acuerdo y conseguir que guarden silencio.

El presentador se encorvó hacia delante.

—Ya tenéis a Pomerantz. Las otras tres son Mel Carroll, Christina Neumann y Paula Stephenson.

Carter y Sherman intercambiaron una rápida mirada. Estaba claro que, al omitir el nombre de Meg Williamson, Matthews no estaba siendo del todo sincero. No obstante, el abogado decidió que ya lo había presionado bastante por ese día. Tenía que hablar con Sherman sobre cómo deberían proceder a partir de ahora. Puede que los doce millones no fueran suficientes.

—Señor Matthews, quiero darle las gracias. Todos hemos hecho cosas de las que no nos sentimos orgullosos. Hace falta mucho valor para afrontarlas como ha hecho usted hoy. Es probable que tengamos que volver a reunirnos más adelante. Mientras tanto, el señor Sherman y yo vamos a hacer todo cuanto esté en nuestra mano para solucionar el problema, pero necesitaremos su colaboración.

El presentador alzó la cabeza, expectante.

—No nos lo ponga más difícil de lo que ya es. Por favor, no más víctimas.

Matthews asintió.

—Muy bien —intervino Sherman—. Eso es todo.

Los tres hombres abandonaron la sala, salieron del edificio y esperaron a que el aparcacoches les trajera sus vehículos sin intercambiar una sola palabra.

40

Sosteniendo con una mano dos cafés en precario equilibrio, Ed Myers llamó a la puerta entornada del despacho de Frederick «Fred» Carlyle Jr. De todos era sabido que el ejecutivo dedicaba muchas horas a su trabajo. Con frecuencia era el primero en llegar por la mañana y el último en marcharse por la noche. A esa hora tan temprana ya estaba sentado a su escritorio, leyendo un periódico.

—¡Ed, pasa! —exclamó, sorprendido por tan inesperada intrusión.

—Gracias, Fred. Confiaba en pillarte antes de que llegaran las secretarias y el personal administrativo. Y he pensado que quizá te apetecería un café —dijo, tendiéndole una taza.

—Ya me he tomado uno, pero no me irá mal otro —respondió Carlyle, aceptando el ofrecimiento—. Siéntate —añadió, señalando una de las butacas de piel situadas frente a su amplio escritorio de caoba.

Junior, como se le conocía en la empresa, había tomado posesión del enorme despacho de su padre cuando el año anterior este había dejado de acudir regularmente a la compañía. La maniobra había sorprendido a muchos. Dick Sherman había expresado sin tapujos su intención de apropiarse de aquel despacho cuando «el Viejo», el fundador de la compañía, se jubilara. No obstante, el presidente ejecutivo había mostrado un grado inusual de contención al no enzarzarse en disputas territoriales con Junior.

Los rumores sobre «el Viejo» habían empezado a circular de forma casi inmediata. Al principio, todos lo habían atribuido a fatiga o a simples distracciones. Myers recordaba un incidente en particular. Durante una junta financiera, Carlyle planteó una pregunta un tanto irrelevante sobre los ingresos generados por los afiliados de la zona de Los Ángeles. Sherman le respondió y continuó con su presentación. Quince minutos más tarde, el Fundador le había interrumpido para hacerle exactamente la misma pregunta. Myers, de pie frente a la mesa de juntas, pudo ver el gesto de preocupación en el rostro de todos los ejecutivos presentes en la sala.

Unas semanas más tarde, Myers estaba en el despacho de Sherman cuando John Shea, el director de relaciones públicas, llamó a la puerta. Les explicó que esa misma mañana había estado preparando al Fundador para una próxima reunión con analistas de la industria. En un par de ocasiones, Carlyle había confundido los nombres de los presentadores de los principales informativos de REL News, e insistió en que durante ese año los mayores ingresos por publicidad de la cadena habían procedido de las empresas automovilísticas, cuando todos sabían que ese crédito correspondía a las farmacéuticas.

Los directivos de la compañía no estaban muy seguros de cómo debían actuar. ¿A quién le correspondía decirle al gran jefe que ya no podía cumplir con sus funciones al frente de la corporación? El hecho de que Carlyle fuera viudo complicaba aún más las cosas. Vivía solo en una majestuosa mansión en Scarsdale, con la única compañía de un mayordomo-cocinero.

Fue Junior quien ayudó a resolver el dilema, entregando en persona una carta a la junta directiva anunciando la jubilación de su padre. Aquello solucionó el problema, pero dio pie a otro mayor. Dado que el anciano poseía la mayoría de las acciones, era él quien controlaba la compañía. ¿Quién se encargaría ahora de ejercer el mando, la junta o Junior?

Al mirar a su alrededor, Myers cayó en la cuenta de lo poco que había estado en aquel despacho desde que se jubiló el Fundador. Carlyle disfrutaba convocando reuniones improvisadas. A menudo llamaba a un grupo de ejecutivos y les decía: «Venid a comer a mi despacho». Sobre la mesa de juntas había un surtido de sushi o chuletitas de cordero y otros aperitivos. Les contaba batallitas de abuelo de los primeros tiempos de la compañía y de cómo en varias ocasiones había estado al borde de la quiebra. Al mismo tiempo, el Fundador sabía escuchar. Si se enteraba de que la esposa de alguien estaba enferma, siempre se interesaba por ella. Y cuando alguno de los miembros de la junta era bendecido con la llegada de un hijo o un nieto, no tardaba en recibir un regalo junto con una nota de felicitación escrita a mano por el propio Carlyle.

En muchos aspectos, Junior era todo lo contrario a su padre. El Fundador era un comerciante nato. Rara vez invitaba a un grupo de patrocinadores a un almuerzo de copa y puro sin asegurarse de que se comprometían a hacer una aportación extra al presupuesto de REL News. Sobre su escritorio siempre se amontonaban montañas de papeles. Resultaba poco menos que milagroso que lograra encontrar el documento que buscaba. La indumentaria no era algo que le importase demasiado. A menudo, cuando salía a toda prisa para ir a alguna reunión, su secretaria debía recordarle que se abotonase bien la camisa o que se enderezase la corbata, que pocas veces iba a juego con el resto del conjunto.

Aunque afable a su manera, Junior era mucho más formal. Había cursado la secundaria en el colegio privado Exeter, y su padre se sentía muy orgulloso de que se hubiera graduado en Cornell, una universidad de la Ivy League que estaba a años luz de lo que él había podido permitirse en su juventud: apenas dos años en la Estatal de Nueva York, en Binghamton.

Junior era apreciado por muchos, pero querido por nadie. Meticuloso con su aspecto personal, escogía cuidadosamente las camisas y corbatas que le harían lucir mejor sus trajes de Paul Stuart. Incluso en los días más ventosos, era muy raro verle con un solo cabello fuera de su sitio.

Su padre habría insistido en que se sentaran a la mesa de juntas del rincón, pensó Myers. Junior permaneció tras su escritorio. Le gustaba poder mirar desde arriba a su director de finanzas.

—Y bien, Ed, ¿qué es tan importante que has pensado que tendrías que traerme una taza de café antes de contármelo? —preguntó con una sonrisa forzada.

—Fred, si supiera expresarme mejor podría explicarte con más claridad las circunstancias que me han traído hoy aquí. Pero como no sé, voy a ir directamente al grano: la he cagado.

Durante los siguientes diez minutos, Myers le hizo la crónica del encuentro en el despacho de Sherman, de la transferencia de doce millones y del posible fraude en la presentación de las cuentas. Mientras hablaba, trataba de calibrar la reacción de Carlyle. En vano. Junior mantuvo todo el tiempo su cara de póquer. Solo le interrumpió una vez.

—Y esos Carter & Asociados a los que transferiste el dinero, ¿tienes alguna idea de quiénes son?

—No.

—¿Y has intentado averiguarlo?

Myers suspiró. No le gustaba el rumbo que estaba tomando el interrogatorio.

—No, no lo he hecho. Me planteé hacerlo, pero me preocupaba que disponer de más información pudiera implicarme aún más. Si averiguara algo sobre Carter, ¿de qué me serviría? ¿Cómo podría utilizarlo?

Junior se reclinó en la silla y entrelazó las manos sobre el escritorio. Por segunda vez en menos de un mes, Myers tuvo la sensación de que iba a perder su empleo. Un inquietante pensamiento cruzó por su mente: «Si me despide y me veo metido en problemas judiciales por lo que he hecho, ¿se encargará REL News de costear mi defensa o tendré que cargar yo solo con las culpas?».

Cuando Junior habló por fin, lo hizo con una voz metódica y desprovista de emoción.

—Ed, has hecho lo correcto acudiendo a mí. Seguramente no debería contarte esto, pero tienes derecho a saberlo: durante varios años he sospechado que Dick Sherman se ha estado enriqueciendo a expensas de la compañía. Y este último incidente no hace más que confirmar mis sospechas.

Myers se quedó pasmado.

—Santo Dios, Carlyle, mi trabajo es controlar el dinero de la compañía. Si se me ha pasado algo por alto, no sabes cuánto lo lamento.

Junior agitó la mano, restándole importancia.

—Es algo de lo que tú no podías estar al tanto. Como bien sabes, Brad Matthews, aparte de ser el presentador del informativo estrella de REL News, es el editor jefe. Es él quien tiene la última palabra sobre el tratamiento y el tono que se da a las noticias. Y es bien sabido que las acciones de algunas compañías, dependiendo de la cobertura que Matthews les dé en su programa, suben o bajan al día siguiente.

»Sherman vio la oportunidad y lo reclutó para sus planes. A través de una empresa fantasma, los dos han estado comprando acciones de compañías antes de que su precio subiera a raíz del tratamiento favorable recibido en REL News. Incluso han percibido dinero de algunas empresas a cambio de que les dieran una buena cobertura. Me sorprende que la Comisión de Bolsa y Valores aún no les haya echado el guante.

—Si no es indiscreción, Fred, ¿cómo te has enterado de todo esto?

Junior miró a su alrededor, como si no supiera muy bien cómo continuar.

—No estoy seguro de que deba contarte más, pero me resulta muy difícil cargar con esto solo. Por lo visto, una de esas compañías debió de pensar que mi padre estaba implicado en la trama. El presidente de la empresa en cuestión lo llamó a casa para quejarse de que ellos ya habían pagado el dinero estipulado, pero que REL News no había cumplido con su parte del trato.

—¿Y tu padre te lo contó?

—No. Lo más probable es que no quisiera involucrarme en nada de esto. Creo que, hacia el final de sus días en REL News, mi padre fue consciente de que estaba perdiendo la memoria y empezó a grabar las llamadas para poder recordar todo lo que se había hablado. Tengo en mi poder la grabación de la conversación que mantuvo con el presidente de Statewide Oil.

—¡Uau! No sé qué decir —exclamó Myers.

—Ed, esto es estrictamente confidencial y no se lo puedes contar a nadie. He emprendido una investigación en secreto sobre todo este asunto. Lo único que quiero que hagas es que, si Sherman vuelve a pedirte más dinero para Carter o para algo que te huela un poco mal, me lo comuniques de inmediato.

—Te doy mi palabra.

—Por otro lado, transferir dinero a Carter & Asociados fue un error de juicio por tu parte, pero es comprensible, dadas las circunstancias, y puede arreglarse.

—Gracias, Fred —suspiró Myers, invadido por una inmensa oleada de alivio.

Cuando se levantó para marcharse, se dio cuenta de que no había tomado un solo sorbo de su café.

41

Mientras tomaba su segunda taza de café, preparada en la nueva cafetera Keurig que había adquirido para su despacho, Michael Carter terminó de repasar la sección de mercado inmobiliario del *New York Times*. Había rodeado con un círculo varias opciones en el Upper East Side. Aunque hacía apenas un mes se hallaban totalmente fuera de su alcance, gracias a su nueva situación económica estaba convencido de que podría conseguir algo mucho mejor por la zona. Sin embargo, las juntas de propietarios de esos edificios, ya fueran condominios o cooperativas, sometían a un severo escrutinio a los posibles compradores o arrendatarios. Estaban muy alertas contra los nuevos vecinos que pudieran resultar problemáticos o, peor aún, malos pagadores de sus cuotas mensuales. Y con las leyes municipales que beneficiaban a los inquilinos, resultaba extenuante y muy costoso desalojar a los morosos.

Sonrió al imaginarse presentándose ante la junta de propietarios. «Para empezar, señor Carter, díganos a qué se dedica», le preguntarían.

Ataviado con un flamante traje de Paul Stuart, él respondería: «Me gusta verme a mí mismo como alguien que trabaja al servicio del público. Hago posible que los espectadores de todo el país puedan seguir disfrutando de su presentador de informativos favorito, cuando en realidad debería estar en prisión».

Obligándose a ponerse serio, tuvo que admitir que le costaría mucho dar con una explicación satisfactoria de cuál era su ocupación real. Pero tenía tiempo para darle vueltas. Tal como estaban las cosas, si algo tenía de sobra era tiempo.

El día anterior se le había presentado una nueva fuente potencial de ingresos. Uno de sus antiguos compañeros del ejército, Roy, le había llamado al móvil. Había sido despedido injustamente de su puesto como jefe de seguridad, y el dueño de la empresa no tenía intención de pagarle las once semanas de vacaciones que tenía acumuladas.

—Sé que no ejerces la práctica privada —le había dicho Roy—, pero ¿conoces a un buen abogado laboralista?

Carter tomó la decisión en el acto.

—Tengo al hombre que necesitas, Roy. ¡Yo mismo!

¿Por qué no? En su nueva relación profesional con REL News no había ninguna cláusula que le impidiera tener otros clientes. El dinero extra le iría muy bien, y si se presentaba ante una junta de propietarios podría dar una mejor respuesta a la pregunta de a qué se dedicaba. Sherman no tenía por qué saberlo, y si se enteraba, no era asunto suyo.

Carter sintió la rabia crecer en su interior al recordar la reunión en la que le contó cómo en un solo encuentro había logrado convencer a una reacia Lauren Pomerantz de que firmara el acuerdo. En vez de mostrarse impresionado y agradecido por la eficiente labor, Carter tuvo la impresión de que Sherman pensaba que le estaba pagando de más por un trabajo demasiado fácil. Así pues, procuraría no volver a cometer ese error.

Lauren Pomerantz le había confesado que Meg Williamson era la persona que le advirtió de que tuviera cuidado con Matthews. Localizarla había resultado sencillo, ya que no había cambiado de número de móvil después de dejar REL News.

Williamson se había marchado antes de encontrar otro trabajo. Eso siempre dificultaba las cosas, ya que los posibles nuevos empleadores solían sospechar que te habían despedido o te habías visto forzada a dejar el empleo.

Carter utilizó una maniobra distinta para convencer a Williamson de que se reuniera con él. Le dijo que habían cometido un error al calcular las retenciones de su finiquito y que la compañía le tenía que devolver dinero. La mujer se presentó al día siguiente en su despacho, llevando de la mano a una preciosa niña de cuatro años.

La presencia de la pequeña, que permaneció sentada tranquilamente en el regazo de su madre durante la primera parte de la reunión, jugó a favor de Carter. Meg observó complacida cómo este le hacía preguntas graciosas a la niña y esta las respondía con una amplia sonrisa. La joven madre le comentó que cualquier entrada de dinero extra supondría una bendición. Acababa de divorciarse y no podía contar con su ex para nada.

—Meg —comenzó diciendo Carter—, lamento no haber sido del todo sincero sobre el verdadero motivo de nuestro encuentro de hoy, pero estoy convencido de que lo que tengo que decirte te interesará.

A continuación le aseguró que una prolongada batalla legal contra Brad Matthews resultaría terriblemente angustiosa para ella y, añadió mirando a su hijita, para Jillian.

A sugerencia de Carter, Beatrice se llevó a la pequeña a recepción. Ahora los dos podrían hablar con total franqueza.

El abogado fingió interés mientras una llorosa Meg se desahogaba describiendo los tocamientos de Matthews y las difíciles circunstancias por las que estaba atravesando en la actualidad. Un cuarto de hora más tarde, Beatrice estampaba el sello notarial en los documentos ya firmados. Meg, más calmada, tenía de nuevo a su hija en el regazo. Tras superar su reticencia inicial, admitió que tenía conocimiento de otras dos víctimas. Carter no dejó entrever que ya sabía quién era Lauren Pomerantz, ni que era la primera vez que oía el nombre de Cathy Ryan.

Cerrar el acuerdo con Meg Williamson resultó también pan comido, pero eso no fue lo que le contó a Sherman. En su último encuentro en la estación de Greenwich, Carter agregó unos cuantos detalles. La técnica del «inflado», como le gustaba llamarla a un publicista amigo suyo: añadir exageraciones inofensivas para vender un producto o servicio.

—El caso de Williamson ha supuesto toda una labor de acoso y derribo. Tuve que llamarla muchas veces hasta convencerla de que se reuniera conmigo. Acababa de concertar una cita con un terapeuta para hablar de lo que le había ocurrido con Matthews. Tuve que recurrir a todo mi poder de persuasión para lograr que la cancelara. Y al igual que Pomerantz, al principio insistió en llevar a una amiga a la reunión para que le diera apoyo moral. También tuve que convencerla para que desistiera de la idea. Cuando me dijo que en esos momentos estaba con una amiga en Hackensack, New Jersey, salí a toda prisa para encontrarme con ella allí. Pero me dio plantón: su cría se había puesto enferma y no pudo conseguir una canguro. Al final volví a llamarla y le dije que, si no firmaba cuanto antes, corría el riesgo de que el dinero se considerara bienes gananciales. Si su marido se enteraba, le correspondería la mitad. Así que tuve que hacer otro viajecito hasta la encantadora Hackensack, y por fin logré que firmara.

—¡Sigue así! —fue el cumplido a regañadientes de Dick Sherman.

42

Jacob Wilder y Junior se habían conocido en las pistas de squash del New York Athletic Club. Ambos estaban en mitad de los cuarenta y eran excelentes jugadores, y durante años habían competido juntos en torneos de dobles. De modo que, cuando Junior necesitaba a un abogado de REL News para llevar a cabo una investigación discreta, la decisión resultaba sencilla.

—Para que una entidad empresarial pueda empezar a operar —explicó Wilder—, tiene que registrarse en la División de Corporaciones del Departamento de Estado de Nueva York, en el Registro Estatal y en el Código Uniforme de Comercio.

—Supongo que también debe incluir una dirección.

—Así es, pero Carter & Asociados utiliza un apartado de correos.

—¿La información sobre la titularidad de ese apartado es confidencial?

—En teoría, sí. Por cincuenta dólares, no —dijo Wilder, entregándole una hoja por encima del escritorio.

—Buen trabajo, Jacob. Asegúrate de que te paguen los cincuenta dólares —repuso Junior, sonriendo.

—No te preocupes, jefe. Ya se me ocurrirá algo. Y una cosa más. Hasta hace un par de meses teníamos trabajando en

Recursos Humanos a un abogado con el mismo apellido, Carter. Por pura curiosidad, decidí revisar su expediente.

—¿Y?

—La dirección del titular del apartado postal coincide con la dirección del Upper East Side en la que Carter residía cuando trabajaba en REL News.

—Excelente. ¿Puedes conseguirme una copia de...?

—Supuse que te gustaría echarle un vistazo al expediente —dijo, pasándole una carpeta—. ¡Que te diviertas leyendo!

43

Paula Stephenson no sabía qué hacer. Miró las facturas que se amontonaban sobre su mesa. Se había retrasado cuatro meses en el pago de los gastos de la comunidad. Para más inri, el precio de la propiedad se había devaluado desde que la compró. También había una carta amenazándola con embargarle el coche. Su mutua sanitaria la había dado de baja por impago. En su cuenta bancaria quedaban apenas unos pocos miles de dólares.

¿Cómo había podido gastarse dos millones de dólares?, se recriminó, furiosa consigo misma.

Todo había empezado con la bebida, se dijo mientras miraba la botella de vodka y el vaso, que eran su constante —y casi única— compañía, a pesar de que se había prometido que lo evitaría a toda costa. Sus padres habían sido alcohólicos. Ella odiaba la bebida, pero siempre había querido encajar. «Cuando los demás beben y tú no, les haces sentir incómodos. Creen que les estás juzgando.»

No quería sentirse como una marginada, así que llegó a una solución de compromiso. Se tomaría una sola copa, normalmente de vino o a veces una cerveza, pero nunca más de una. Tendría esa copa en la mano durante toda la velada, y al final de la noche todavía quedaría algo de líquido en ella.

Torció el gesto mientras daba otro largo trago de vodka y

saboreaba la sensación ardiente del líquido bajando por su garganta. Empezó a relajarse.

Todo cambió después de lo que pasó con Matthews, recordó mientras daba una profunda calada a su cigarrillo.

Había trabajado como chica del tiempo en una pequeña cadena por cable de Cincinnati. Cuando esta fue adquirida por REL News, le pidieron que se trasladara a Nueva York. Los horarios eran terribles, trabajaba turnos de noche y fines de semana, pero estaba viviendo su sueño. A sus veinticinco años, era una periodista que salía en televisión y a la que le encantaba su vida en la gran ciudad.

El sueño duró un año. Luego vinieron seis meses de pesadilla. Él se fijó en ella durante una fiesta de Navidad. Paula se sintió de lo más emocionada cuando el gran Brad Matthews la llamó por su nombre. «¡Sabe quién soy!»

Había mucho que celebrar. REL News estaba acabando el año con otra impresionante subida en las audiencias. Las encuestas revelaban que los telespectadores consideraban su cobertura informativa muchísimo más moderada y objetiva que las de la CNN y la Fox. Cuando el camarero se acercó para ofrecerles champán, Matthews cogió una copa para él y otra para ella. Tras brindar, el presentador dijo: «Tenemos que continuar trabajando en esta línea para ganarnos la confianza de los estadounidenses».

Ella tenía que encajar. El champán sabía extraño, pero al mismo tiempo agradable. El resto de la velada transcurrió como en una bruma. Otra copa de champán, otra más en la barra, un ofrecimiento de llevarla a casa en su coche con chófer, que por alguna razón tuvo que parar antes en el despacho de Matthews. Paula se sirvió otro vaso de vodka mientras recordaba asqueada cómo él se le echó encima en el sofá. Y cómo lloraba en el taxi cuando regresó sola a casa.

Poco después empezaron las llamadas. Quería verla en su despacho, antes o después del informativo. Ella acudió con un aspecto impecable, con el maquillaje y el pelo perfectos para dar bien en pantalla. El sonido de la puerta al cerrarse... Él le ofreció un vaso lleno de un líquido transparente y le comentó lo mucho que le había gustado conocerla en la fiesta de Navidad. Aquella fue la primera vez que Paula probó el vodka.

Normalmente él salía primero del despacho. Eso le daba un poco de tiempo para adecentarse. Cuando dejaba de llorar, pasaba de nuevo por maquillaje para retocarse. En REL News insistían en que la gente que aparecía en pantalla, sobre todo las mujeres, debían ofrecer su mejor imagen.

Al final no pudo soportarlo más. Odiaba a Matthews y se detestaba a sí misma por permitir que le hiciera aquello. Quería marcharse de Nueva York. Después de un año y medio, dejó la compañía y aceptó el primer empleo que le ofrecieron, como reportera televisiva en la cadena WDTN de Dayton. Pero tras lo ocurrido con Matthews algo había cambiado en ella, y para peor. Había perdido la confianza en sí misma. Antes de aquello, experimentaba una oleada de excitación cuando el regidor iniciaba la cuenta atrás con los dedos para indicarle que estaba en el aire. Ahora, la sensación de ver encenderse el piloto de la cámara le resultaba aterradora. Y eso se notaba en pantalla.

Gracias a Matthews, había aprendido lo que debía hacer para tranquilizarse. Le bastaba con un buen trago de vodka antes de que se encendiera el piloto de la cámara, al menos al principio. Sin embargo, la inquietud y el nerviosismo seguían atenazándola y aterrándola. Y decidió que a grandes males, grandes remedios.

Los productores y algunos espectadores no tardaron en darse cuenta. En un programa se atrancó varias veces pronunciando «Cincinnati».

Dio otro trago de vodka mientras recordaba la humillación que supuso aquello. Una reunión en su pequeño despacho con el productor ejecutivo y un abogado de la compañía. Sus enérgicas negativas, seguidas por el hallazgo en un cajón de su mesa de un botellín de vodka a medias. Aceptar ausentarse durante una temporada alegando motivos personales. ¿A quién trataban de engañar? La estaban despidiendo.

Se convenció de que no necesitaba ir a ningún estúpido centro de rehabilitación. Era normal ponerse un poco nerviosa cuando salías en televisión. Todo iría mucho mejor después de tomarse algún tiempo para recuperarse anímicamente tras lo sucedido en REL News. Además, estaba harta de pasar tanto frío en Ohio.

Y entonces Michael Carter la localizó. Después de una reunión que duró menos de una hora, se encontró con la estupenda noticia de que iba a recibir dos millones de dólares en su cuenta a cambio de guardar silencio sobre lo ocurrido con Matthews. «Hace tan solo un año tenía dos millones en mi cuenta», pensó ahora con amargura.

Tras recibir el dinero acordado, estuvo viajando durante tres meses. Cruceros por Italia y Grecia. Excursiones a Vail para esquiar. La mayoría de la gente de su edad no podía permitirse ese tipo de viajes, así que solía ir sola. Y en esas circunstancias era fácil conocer a gente, sobre todo en los bares.

Solo una semana después de mudarse a Carolina del Norte conoció a Carlo, un atractivo italiano que había sido contratado para trabajar en una de las muchas compañías tecnológicas que operaban en lo que se conocía como el Research Triangle Park, cerca de las ciudades de Raleigh, Durham y Chapel Hill.

Era la primera vez en mucho tiempo que Paula se sentía tan bien con un hombre. Era muy agradable con ella y, a diferencia de los otros, no puso reparos a su afición a la bebida. Iniciaron una relación seria. Carlo había desarrollado un software muy prometedor y decidió que ya era hora de dejar su empleo y establecerse por su cuenta para labrar un futuro para ambos. Con el respaldo económico adecuado, su empresa empezaría a dar beneficios en unos pocos meses.

Esos pocos meses se convirtieron en seis, y luego en nueve. Paula no podía arriesgarse a perder los setecientos mil dólares que había invertido, así que tuvo que seguir poniendo más dinero. Y luego más. Y antes de darse cuenta, un millón trescientos mil dólares de su indemnización habían desaparecido. Junto con la empresa. Y junto con Carlo.

¿Cómo podía haber sido tan estúpida? Era una pregunta que no paraba de repetirse en los últimos días y semanas. Pero su estupidez no se limitaba solo a la inversión en la empresa de Carlo. Abrió la carpeta que tenía sobre la mesa con la etiqueta «Me Too» y volvió a echar un vistazo a los artículos que había bajado de internet e imprimido. La mujer que había recibido veinte millones de dólares de compensación de una agencia de noticias. El magnate televisivo que llegó a un acuerdo por tres casos de acoso distintos, pagando unas cantidades que oscilaban entre los nueve millones y medio y los diez millones. Una mujer que trabajaba en una cadena de televisión y que percibió nueve millones. Otras dos que esperaban recibir incluso más cuando se resolvieran sus casos.

Lo que REL News le había pagado era una cantidad irrisoria comparada con lo que habían cobrado esas mujeres. «¡Veinte millones de dólares! Eso es diez veces más de lo que me dieron a mí. Lo que aquel tipo le hizo a esa mujer no pudo haber sido mucho peor que lo que Matthews me hizo a mí. Y además, me engañaron para que no contratara a un abogado», pensó con amargura.

No se molestó en repasar el acuerdo de confidencialidad que estaba sobre la encimera de la cocina. Lo había releído decenas de veces durante la última semana. Si intentaba pedir más dinero, REL News exigiría que les devolviera los dos millones que ya había recibido.

Miró el número de teléfono de Carter & Asociados que

aparecía en el membrete del documento. Después de firmar el acuerdo, solo había vuelto a hablar una vez más con aquel tipo asqueroso, cuando ella le llamó para confirmarle que había llegado la transferencia. Él le dijo que no volverían a hablar nunca más, salvo con una excepción. En el caso de que alguien, especialmente un periodista, tratara de ponerse en contacto con ella para preguntarle por su etapa en la compañía, debería llamarle en el acto a ese número.

Paula sabía muy bien lo que debía hacer, pero no se atrevía a dar el primer paso. Era como si el piloto de la cámara volviera a encenderse ante ella. Un nuevo trago de vodka la ayudó a centrarse. Necesitaba desesperadamente hablar con alguien que la entendiera. Solo conocía a otra víctima de Matthews: Cathy Ryan. Pero estaba claro que, al haberse negado a firmar el acuerdo en el acto, buscaba conseguir una cantidad mucho mayor.

Había otra persona a la que podía llamar. Alguien realmente decente y considerado que seguía trabajando en REL News. Empezó a marcar su número, pero colgó. Le iría muy bien desahogarse con alguien tan compasivo, pero no le apetecía recibir más consejos, por cariñosos que fueran, sobre que debería buscar ayuda para solucionar su problema con la bebida.

Abrió una segunda carpeta y echó un vistazo al artículo que había recortado del *Wall Street Journal*. Trataba sobre la salida a bolsa de REL News. «Esto no podría haber llegado en mejor momento —pensó—. Puede que mi suerte esté empezando a cambiar. Quizá sea realmente posible darle un segundo mordisco a la manzana», se dijo, con la vista clavada en el número de Carter & Asociados.

44

Michael Carter respiró el fresco aire nocturno mientras caminaba las dos manzanas desde el metro hasta su apartamento. Ya había iniciado la investigación preliminar sobre las víctimas que había confesado Matthews. Ahora que podía decidir su propio horario, había encontrado tiempo para ir al gimnasio casi a diario. La incipiente tripita que había empezado a asomar por encima de su cinturón se había reducido considerablemente.

Su esposa había desistido de preguntarle una y otra vez por lo que hacía las noches que llegaba tarde a casa. Beverly había aceptado su explicación de que, ahora que trabajaba en unos «proyectos especiales» para REL News, su horario sería bastante irregular. Esto le había sido muy útil la noche anterior, cuando llevó a Beatrice a cenar por tercera vez. Sonrió al recordar cómo se besaron y acariciaron durante el trayecto a Brooklyn en el asiento trasero de un Uber. Era solo cuestión de tiempo que accediera a acompañarle a un hotel.

Su ensoñación se vio interrumpida por una profunda voz de barítono.

—¿Michael Carter?

—Sí —respondió sobresaltado.

Al girarse, descubrió plantado junto a él a un corpulento

negro que le sacaba por lo menos una cabeza. Sintió su enorme manaza posándose sobre su hombro.

—Acompáñeme —le pidió, señalando hacia un Lincoln Navigator negro que estaba aparcado a su izquierda con el motor en marcha.

No era una petición; era una orden. El hombre le dio un suave empujón en dirección al coche.

—Escuche, si es dinero lo que quiere puedo...

Haciendo caso omiso, el tipo abrió la portezuela trasera.

—Entre.

Desde donde estaba, Carter vislumbró a alguien sentado en el otro extremo del asiento trasero. Podía verle los antebrazos y las piernas, pero no la cara. Aquello no era un atraco, sino algo al más puro estilo mafioso, pensó para sus adentros. ¿Encontrarían su cuerpo al día siguiente flotando boca abajo en el East River?

Sintió que una mano le empujaba hacia delante.

—Vale —accedió—. Ya entro.

Se inclinó y se deslizó en el asiento trasero. Nervioso, miró a la figura que estaba sentada al otro lado.

—Oscar, déjanos un rato para poder hablar a solas —ordenó una voz autoritaria.

—Envíeme un mensaje cuando me necesite —respondió Oscar antes de cerrar la puerta con firmeza.

Al principio, Carter no sabía de quién se trataba, pero la voz se lo confirmó. Mirándolo sin decir palabra estaba Frederick Carlyle Jr.

Al cabo de un momento, Junior rompió el silencio.

—¿Prefieres que me dirija a ti como Michael Carter o como Carter & Asociados?

—Señor Carlyle, si me da unos minutos para explicarme...

—Carter, voy a darte todo el tiempo que necesites para explicar por qué Dick Sherman y tú habéis robado doce millones de la compañía de mi familia. Si no me satisface la explicación, Oscar y yo te llevaremos personalmente a la comisaría de policía, donde presentaré cargos contra ti. Déjame advertirte algo —añadió, abriendo una carpeta sobre su regazo con el expediente personal del abogado—. Ya sé mucho sobre ti.

Carter permaneció en silencio mientras sopesaba sus opciones. Podía negarse a responder a sus preguntas, abrir la puerta y salir corriendo. Eso, suponiendo que el seguro para niños no estuviera echado. Ya se veía tirando frenéticamente de la manilla mientras Carlyle lo miraba con gesto desdeñoso. Y si conseguía salir del coche, ¿estaría Oscar esperándolo por allí cerca? Visualizó su enorme manaza agarrándolo del cuello y levantándolo un palmo del suelo. ¿Estaba Carlyle tirándose un farol al amenazarlo con presentar cargos contra él? No tenía manera de saberlo.

—De acuerdo, señor Carlyle, voy a contarle la verdad.

—Eso estaría muy bien.

Carter le explicó cómo Lauren Pomerantz se había presentado en su despacho para hablarle del abuso sexual que había sufrido a manos de Brad Matthews, y cómo él había acudido a Sherman con un plan para poder controlar la situación. Junior lo interrumpió solo una vez:

—¿Quién más está al tanto de lo que le ocurrió a Pomerantz?

«Esto es una partida de ajedrez —se dijo Carter—. Ganará quien sea capaz de anticiparse a los movimientos del otro.» Cuando le contó que Pomerantz fue a verle a su despacho, había omitido el detalle de que ella acudió antes a verle a él, a Carlyle, pero que este no hizo nada al respecto. «Junior me está sondeando para saber si estoy al corriente de esa visita anterior —se dijo—. No me irá mal guardarme un as en la manga para más adelante.»

—Por lo que yo sé, obviamente Matthews, Sherman, yo, y ahora usted.

—Continúa. Cuéntame todo lo demás.

Durante los siguientes quince minutos, Carter le hizo la crónica de los acuerdos alcanzados hasta la fecha, sus progresos en las negociaciones con otras víctimas y el encuentro mantenido en el Club de Campo de Greenwich con Matthews y Sherman.

—Entonces ¿crees que puede haber más mujeres de las que aún no sabemos nada? —preguntó Junior.

—Eso creo. Cuando presioné a Matthews para que me diera todos los nombres, omitió de manera flagrante el de Meg Williamson. En estos momentos no tengo ni idea de cuántas víctimas más se habrá negado a admitir.

—Carter, mi opinión sobre ti acaba de cambiar drásticamente. Al principio pensé que no eras más que un vulgar ladrón, aunque sin duda uno muy inteligente. No es sencillo apropiarse de doce millones sin que nadie se dé cuenta, pero Sherman y tú lo conseguisteis.

—Con todos mis respetos, señor Carlyle, si la sustracción de ese dinero hubiera pasado inadvertida, ahora no estaría hablando conmigo.

—Cierto —repuso Junior con una sonrisa—. Pero no importa cómo lo he averiguado. Lo que quiero que hagas es lo siguiente: continúa con tu misión. Mantenme informado de todos los pasos que des: con quién estás negociando, los acuerdos alcanzados, los nombres de las posibles nuevas víctimas... Quiero saberlo todo.

Le entregó un papel en el que había anotado un número de teléfono y una dirección de correo electrónico.

—Dos cosas más, Carter. REL News dispone de una extensa red de fuentes situadas en puntos estratégicos que nos ayudan a adelantarnos a la competencia a la hora de conseguir noticias. Esos individuos reciben unos sustanciosos honorarios a cambio de sus informaciones. Supongo que puedo contar contigo para facilitar esas transacciones.

—Por supuesto —respondió.

—Y por último, hace ya varios años que controlo los movimientos de Dick Sherman. No quiero aburrirte con los detalles, pero él y Matthews han estado utilizando sus cargos en REL News para enriquecerse de manera ilegal. Estoy seguro de que te habrás preguntado por qué Sherman accedió tan rápidamente a aprobar tu plan para salvarle el pellejo a Matthews.

—Esto me pilla un poco por sorpresa —respondió Carter, aunque en el fondo sabía muy bien que no era así.

También había supuesto que Sherman era un hombre leal a la compañía que haría lo que fuera por conservar a su gallina de los huevos de oro, Brad Matthews.

—Una última advertencia: no puedes confiar en Sherman, pero tampoco puedes prescindir de él. No le cuentes ni una palabra, ni a él ni a nadie, sobre nuestro encuentro de hoy y sobre nuestra nueva relación profesional. ¿Ha quedado claro?

—Cristalino —le aseguró Carter, repitiendo su respuesta favorita de la película *Algunos hombres buenos*.

—Ya puedes marcharte —ordenó Junior, que cogió su móvil y le envió un mensaje a Oscar.

45

Dick Sherman detuvo su Mercedes en la ya familiar plaza de aparcamiento de la estación de Greenwich. La leve acidez estomacal que llevaba sintiendo desde hacía semanas se había convertido en un auténtico infierno. «Debería haber hecho caso a mi instinto —masculló para sí mismo—. En aquel primer encuentro, debería haber estrangulado a Carter y arrojado su cuerpo al estrecho de Long Island.»

Sherman no estaba acostumbrado a sentirse incómodo con nadie, y mucho menos con sus subordinados. Si alguien no le caía bien, conseguía que lo despidieran en el acto o le hacía la vida imposible hasta que acababa renunciando a su puesto. Ahora, cuando veía a Matthews por los pasillos, apenas se saludaban. Tras un rápido y casi inaudible «hola», el presentador seguía su camino sin detenerse. Y se había fijado en que Myers también hacía lo posible por evitarle. Salvo en las juntas empresariales, casi no habían cruzado palabra en el último mes.

Pero era aquel abogaducho de tres al cuarto quien lo había empezado todo. Carter había vuelto a llamarle con uno de aquellos estúpidos teléfonos móviles para decirle que necesitaba otra transferencia. Sherman le había cortado de inmediato, vociferando: «Mismo lugar y misma hora para ver pasar los trenes».

Sherman respiró hondo en un vano intento de calmarse. Una terrible sensación le corroía por dentro: la sospecha de que Carter le estaba tomando por tonto. ¿Qué garantía tenía de que el abogado estaba llegando a algún acuerdo con aquellas mujeres? Solo tenía su palabra. ¿Cómo sabía que cada una de ellas estaba recibiendo los dos millones de dólares? Eso era lo que él decía. Y ahora Carter aseguraba que había más víctimas, que había que cerrar más acuerdos y que había que transferir más dinero. ¿Y a quién? Pues a Carter & Asociados, claro. «Si se cree que me puede estafar, no sabe con quién se la está jugando.»

Michael caminaba muy despacio por el aparcamiento en dirección al Mercedes negro. Aquel iba a ser su primer encuentro cara a cara con Sherman después de su reunión en el asiento trasero del coche de Carlyle Jr. La verdad, estaba más que harto de que lo tuvieran todo el día arriba y abajo. Debería haberse plantado y arreglado aquel asunto con Sherman por teléfono. Su mujer no había hecho más que quejarse desde que le anunció que se perdería el último partido de la temporada de su hijo. Zack había expresado su descontento de una manera muy distinta: se había encerrado en su cuarto y se había negado a salir para despedirle cuando se marchó. «Estoy haciendo todo esto para resolver los problemas de los demás —se dijo al entrar en el coche—, y lo único que recibo a cambio es desprecio.»

—Cambio de planes, Carter. Hace unos meses te entregué doce millones de dólares... ¿y ahora vas y me dices que necesitas más? ¿Te crees que soy idiota o qué? A partir de este momento quiero tener constancia de todos los movimientos que has realizado. Quiero copias de los acuerdos que has firmado y de las transferencias que has enviado a las víctimas. Quiero saber con quién estás negociando y el registro de todos los pagos externos que has efectuado. Y cuando tenga todo eso, podremos empezar a hablar de si considero conveniente o no entregarte más dinero.

La primera impresión de Carter fue que aquella conversación se parecía extrañamente a la que había mantenido con Junior en su coche. ¿Por qué?, se preguntó. «Pues porque Sherman se cree que le estoy robando dinero, por eso es», se respondió. ¡Qué irónico! Según Junior, Sherman estaba confabulado con Matthews para enriquecerse a expensas de REL News, y ahora a Sherman le preocupaba que alguien se estuviera embolsando dinero que pertenecía a la compañía.

Una partida de ajedrez, se recordó a sí mismo. Debía anticiparse a sus movimientos. Podía mandar a Sherman al carajo, pero ¿y luego qué? Si Sherman lo despedía y se buscaba a otra persona para cerrar los acuerdos, entonces ya no sería de ninguna utilidad para Carlyle Jr. Y este acababa de pedirle que se encargara de hacer los pagos a sus fuentes confidenciales. Un trabajo que podría prolongarse en el tiempo.

—Me parece justo —respondió Carter—. Le haré llegar todos los documentos relativos a cómo se ha gastado hasta el último centavo. Y ya que estamos aquí, le haré un rápido repaso de lo que he estado haciendo últimamente. Como ya sabe, Pomerantz firmó el acuerdo, y además me contó que fue Meg Williamson quien le aconsejó que grabara su encuentro con Matthews. Cuando cerré el trato con Williamson, esta me dio otro nombre: Cathy Ryan. He intercambiado algunos mensajes con ella, pero la cosa está yendo un poco lenta.

—¿Firmará también?

—Al final lo hará, pero no sabría decirle cuánto tardará. Cuando estuvimos en el club de campo, Matthews mencionó a Paula Stephenson. Después de nuestro encuentro fui a Ohio y logré que firmara. Matthews nos dio otros dos nombres: Christina Neumann y Mel Carroll. Acabo de localizar a Neumann. Está casada y vive en Montana. Todavía no hay rastro de Carroll, pero la encontraré.

»Me ha pedido que le explique por qué voy a necesitar más dinero. —Carter empezó a contar con los dedos para dar énfasis a su enumeración—. Pomerantz, Williamson, Ryan, Stephenson, Neumann y Carroll: un total de seis víctimas a dos millones por cabeza. Así que los doce millones que me envió ya están comprometidos y es necesaria una nueva transferencia de dinero. Y aparte de eso, están mis honorarios y el importe de los gastos. Además, cuando encuentre a las mujeres que faltan, probablemente me darán más nombres. No hay que olvidar que Matthews ya nos mintió al respecto. En algún momento tendremos que apretarle bien las clavijas para que nos dé la lista completa.

—¿Hay alguna posibilidad de que podamos cerrar alguno de esos acuerdos por menos de dos millones?

—Si lee los periódicos o ve las noticias, se dará cuenta de que dos millones es un precio muy barato. Francamente, me sorprende que no estén pidiendo más.

—¿Cuánto más crees que necesitarás? ¿Y cuándo?

—Otros seis millones dentro de un mes. Con eso bastará de momento.

—Muy bien —accedió Sherman con un suspiro—. Haré que te lo envíen. Ya puedes marcharte.

—No, aún no —replicó Carter—. Si quiere estar al corriente de todo lo que estoy haciendo, necesitaremos otro sistema de comunicación. Cómprese en efectivo uno de esos portátiles baratos y abra una nueva cuenta de correo, por supuesto sin usar ninguna parte de su nombre. Utilice el nuevo ordenador para contactar conmigo en esta dirección de correo electrónico —añadió mientras terminaba de anotarla en un papel que acto seguido le pasó a Sherman—. Cuando todo esto haya acabado, lance el portátil al estrecho de Long Island o a algún río. El agua destruye cualquier dispositivo electrónico. Luego cancele la cuenta de correo. Así nadie sabrá nunca lo que hemos estado haciendo.

«Eso me ahorrará algo de tiempo —pensó Carter—. Ya que tanto Junior como Sherman quieren estar al tanto de todos mis movimientos, podré enviarles los mismos correos a ambos.»

—Una última cosa —continuó, mirando al presidente ejecutivo directamente a los ojos—. La próxima vez que nos reunamos, será a la hora que a mí me convenga y en el lugar que yo elija. Y ahora no quiero que haga esperar más a su entrenador personal. Ya puede marcharse.

Mientras Carter salía del coche y se encaminaba hacia la entrada de la estación, Sherman tuvo que resistir la abrumadora tentación de arrollarlo con su coche alemán de dos toneladas.

Estaba convencido de que un abogado menos haría de este mundo un lugar mejor.

46

Michael Carter se acomodó en su asiento de primera clase para emprender el vuelo de vuelta desde Billings, Montana, hasta el JFK de Nueva York, con una escala de cuarenta y cinco minutos en Minneapolis. Christina Neumann, una de las víctimas que había nombrado Matthews, vivía actualmente en Billings.

Desde que no era más que un crío, a Carter le habían fascinado los dinosaurios, de modo que había aprovechado el viaje para hacer una excursión por el parque nacional Yellowstone y visitar el Museo de las Rocosas y su impresionante colección de fósiles.

Le había costado mucho conseguir que Neumann le respondiera. Por fortuna, la mayoría de la gente nunca cambia de número de móvil. Tras el desembolso de rigor, su contacto en Verizon le había confirmado que Neumann seguía teniendo el mismo número que cuando estaba en REL News y le había proporcionado su nueva dirección de facturación.

La mujer había ignorado los tres primeros mensajes que le había enviado. Al final, rompió su silencio después de que, en el cuarto mensaje, Carter la amenazara con presentarse en su casa sin anunciarse. Neumann le llamó ese mismo día.

No, le había dicho él, no le convencía que ella le asegurara que ya se había reconciliado con lo que le había ocurrido y había seguido adelante con su vida. Su trabajo, le explicó, consistía en cerrar acuerdos y dejarlo todo bien atado. Alguien que en la actualidad pensaba que el pasado, pasado está, podría cambiar de opinión en el futuro por muy diversas razones: la pérdida de un trabajo, un divorcio costoso, un progenitor que padece alzhéimer y necesita cuidados muy caros... Esas cosas pasan, y de pronto, desenterrar el pasado para intentar cobrar un buen dinero no parece tan mala idea.

Seguía sin entender por qué la gente tenía la costumbre de revelar sus puntos más débiles a sus adversarios. Neumann le confesó que no le había contado nada a su marido de lo ocurrido. Carter le dijo que, si ella se negaba a reunirse con él, tal vez su marido fuera más accesible. De inmediato fijaron una fecha en la que este estaría de viaje de negocios.

Sonrió al recordar su encuentro con Christina Neumann, una rubia pequeñita pero de hermosa figura. Había sido la negociación más sencilla hasta la fecha: habían tardado menos de treinta minutos en entrar y salir de la pequeña oficina que Carter había alquilado para la ocasión. Neumann le aseguró que no tenía conocimiento de otras víctimas, y que su mayor preocupación era que su marido se enterase de lo ocurrido en REL News. La mujer leyó el documento muy por encima antes de firmarlo. Y estaba claro que no necesitaba el dinero, ya que pidió que enviaran los dos millones de dólares a la ASPCA, la Sociedad Estadounidense para la Prevención de la Crueldad contra los Animales. A Carter eso le pareció una tontería, y si preguntó si la mujer controlaría siquiera que el dinero llegara a su destino.

Como decía un antiguo compañero del ejército, aquello había sido tan fácil como pescar peces en un barril. Carter estaba convencido de que, aunque no la hubiera obligado a firmar, Neumann nunca habría revelado nada. Pero no había necesidad de que Sherman y Junior se enteraran de eso.

Abrió su portátil y empezó a escribir el mensaje que iba a enviarles explicando los tres días de arduas negociaciones que habían hecho falta para convencer a Christina Neumann de que cerrara el acuerdo.

47

Michael Carter suspiró con aire frustrado mientras hacía una nueva anotación en la segunda página de su cuaderno. Persuadir a las mujeres de que firmaran no siempre era tan sencillo. En su primera conversación con Cathy Ryan, esta le había dicho literalmente que se fuera a paseo. Pero estaba seguro de que podría intimidarla y acabar con su resistencia como había hecho con las otras. Localizar a las mujeres y emprender las negociaciones siempre había sido coser y cantar... hasta ahora.

Volvió a mirar el expediente personal de Mel Carroll. Matthews le habría facilitado muchísimo el trabajo si se hubiera limitado a acosar solo a mujeres estadounidenses.

Carroll había sido becaria del programa de intercambio internacional. Llegó a la sede central de REL News con solo veintitrés años, después de trabajar durante un año en la filial de Sudáfrica.

Los nombres que Carroll había dado como contactos de emergencia no le resultaron de ninguna ayuda. Se trataba de dos mujeres de nacionalidad sudafricana que vivían en Nueva York, pero no tenían ni idea de adónde se había marchado después de dejar la compañía.

El consulado sudafricano trató de ayudar en lo que pudo. Le proporcionaron una copia de su certificado de nacimiento, en el que figuraban los nombres de sus padres.

Carroll había nacido en Genadendal, y había algunas evidencias de que había regresado allí. Cuando presentó su renuncia, once meses atrás, dejó instrucciones escritas de que le enviaran el pago de su finiquito a un banco de su localidad natal, una pequeña población a noventa minutos de Ciudad del Cabo. No existía ninguna garantía de que residiera en esa área, pero era un punto de partida.

Carter se rio entre dientes al imaginar la reacción de Sherman cuando le contara que debía viajar a Sudáfrica a expensas de la compañía. «Que se vaya al infierno», pensó. Tenía un trabajo que hacer y pensaba hacerlo bien. Si de paso podía divertirse un poco, eso era asunto suyo. Abrió el ordenador y tecleó en la pantalla de búsqueda: «Los mejores safaris en Sudáfrica».

48

«Houston, tenemos un problema», escribió Michael Carter al comienzo del correo que iba a enviarles a Sherman y Junior. Desde el principio, había sido consciente de que existía una posible fisura en su plan de comprar el silencio de las víctimas de Matthews. Era una contingencia que nunca les había planteado a ninguno de los dos porque no tenía una buena respuesta sobre cómo manejar la situación. A decir verdad, lo que les iba a proponer, más que una solución, era un remedio provisional, como poner una tirita. Ahora, veinte meses después de cerrar el primer acuerdo con Lauren Pomerantz, se veían finalmente obligados a abordar el problema de frente.

Carter continuó tecleando:

Después de llegar a un acuerdo hace un año y medio con Paula Stephenson, esta ha vuelto a ponerse en contacto conmigo. Quiere más dinero. Tras marcharse de REL News fue contratada como chica del tiempo en una cadena por cable de Dayton. Al cabo de unos meses dejó el puesto. En realidad, fue despedida por aparecer borracha en pantalla. Más tarde se mudó a Durham, donde se compró un apartamento en propiedad. Y poco después perdió una gran suma a raíz de una inversión fallida en una compañía de software.

Está muy retrasada en el pago de los gastos de la comunidad, el préstamo del coche, las tarjetas de crédito, etc. En nuestras conversaciones ha mencionado las grandes cantidades que algunas víctimas amparadas por el movimiento Me Too han cobrado por parte de otras agencias de noticias y corporaciones televisivas. Y aunque no ha querido dar nombres, asegura que otras víctimas de Matthews corroborarían su historia si se decidiera a hacerla pública.

Si esto acabara sucediendo, sus acusaciones podrían ser desestimadas como los desvaríos de una alcohólica. Pero si, aparte del documento firmado que obra en su poder, el rastro de los dos millones que recibió condujera hasta Carter & Asociados, y de ahí a REL News, su historia resultaría muy creíble.

Stephenson ha accedido a guardar silencio hasta reunirse conmigo este lunes en Durham. Mi idea es proponerle una solución de compromiso provisional: pagarle durante el próximo año una cantidad mensual de cincuenta mil dólares. Eso nos evitaría problemas antes de la inminente salida a bolsa y nos daría más tiempo para pensar. También impediría que Stephenson pudiera volver a caer en la tentación de malgastar tanto dinero en tan poco tiempo.

Consideraré su silencio como un visto bueno a mi plan.

Tras enviar el mensaje, Carter se reclinó en su silla. Tenía un mal presentimiento con respecto a su próximo encuentro. Las negociaciones con las otras víctimas habían sido batallas de ingenio, partidas de ajedrez en las que cada bando mostraba sus puntos fuertes y débiles. Pero en el caso de Stephenson intuía un abierto desafío. Recordó aquella frase de la canción de Bob Dylan: «Cuando no tienes nada, no tienes nada que perder». A pesar de ser una alcohólica y estar arruinada, Paula Stephenson tenía todas las cartas en su mano.

49

Carter tenía el portátil abierto sobre la mesa de la pequeña oficina que había alquilado por unas horas en Durham. Leyó por última vez el documento que iba a presentarle a Paula Stephenson. Pulsó una tecla y oyó un ruido chirriante a su espalda que le indicaba que la conexión entre su ordenador y la impresora había funcionado.

Unos minutos antes, la recepcionista le había informado de que la notaria ya había llegado. ¿Por qué se molestaba siquiera? El hecho de que estuviera hoy allí era una demostración de la escasa fuerza que tenían esos acuerdos. Al redactarlos, había usado la fórmula legal estándar «ahora y para siempre», a fin de dejar constancia de que el firmante se adhería a las condiciones estipuladas en el contrato. En el caso de Paula Stephenson, «para siempre» había durado menos de quince meses.

Ni Sherman ni Matthews habían respondido a su correo. Su silencio le sorprendió y le alivió. Había previsto que Sherman se pondría hecho una furia ante la perspectiva de tener que volver a pagar a alguien que ya había firmado y cobrado. Y también pensó que al menos uno de ellos preguntaría por qué iba a esperar cinco días para reunirse con Stephenson.

La respuesta no habría gustado a ninguno de los dos. Tras acceder a representar a su excompañero del ejército en su demanda por despido improcedente, Carter había conseguido negociar un rápido y lucrativo acuerdo. Y aquel triunfo había hecho que le llegaran nuevos casos. Si su relación profesional con REL News tocaba a su fin, podría dedicarse a la abogacía laboralista a tiempo completo.

Stephenson quería que se reunieran cuanto antes, pero él había postergado su encuentro porque tenía programadas dos jornadas de toma de declaraciones para uno de aquellos casos.

—¿Dónde te has metido, Paula? —preguntó en voz alta mientras miraba su reloj.

Pasaban treinta y cinco minutos de la cita acordada a las once. La mujer no había respondido al mensaje de texto que acababa de enviarle, y al llamarla había saltado el buzón de voz. Volvió a mirar su móvil. Stephenson no había intentado contactar con él.

Habían concertado aquella reunión por teléfono. ¿Cabía la posibilidad de que ella no hubiera entendido bien la información sobre la hora y el lugar? Lo dudaba. Ella le había pedido que se lo repitiera varias veces y sonaba razonablemente sobria. Aunque hubiera anotado mal el lugar y la hora, ¿por qué no respondía ahora a sus mensajes?

A mediodía volvió a sonar el intercomunicador de su mesa. ¿Quería que la notaria siguiera esperando?

—No, hágala pasar.

Le pagó por el tiempo perdido y luego la recepcionista le dio el nombre de un restaurante chino cercano donde podía pedir algo de comer.

A las dos tomó una decisión. No iba a conseguir nada quedándose allí sentado y tampoco quería perder el vuelo directo de las seis y media a Newark. Buscó en su portátil la dirección del apartamento de Paula Stephenson. Según el navegador Waze, podría estar allí en veinte minutos. Si había cambiado de opinión sobre el nuevo acuerdo, ¿qué sentido tenía esperar? Había otro escenario posible: que después de una noche de borrachera, siguiera en la cama durmiendo a pierna suelta. No perdía nada por intentarlo, decidió mientras abría la aplicación de Uber.

—No pare aquí. Bajaré un poco más adelante —le ordenó al conductor, que había empezado a frenar junto a la acera frente al edificio de Stephenson.

Dos coches de policía, con sus luces azules destellando, flanqueaban la entrada principal. Entre ambos vehículos, un técnico sanitario abría las puertas traseras de una ambulancia. Otros dos hombres con bata blanca salían del edificio empujando una camilla sobre la que yacía una figura humana completamente inmóvil, cubierta por una sábana.

Tratando de pasar desapercibido, Carter avanzó despacio por el camino de entrada y se situó detrás de un grupo de curiosos. Confiaba en averiguar lo que había pasado sin tener que hacer ninguna pregunta.

—A veces simplemente no puedes soportarlo más —suspiró una mujer—. Por lo que tengo entendido, la junta de propietarios la estaba presionando para que se pusiera al día con los pagos.

—¿De verdad se ha suicidado? —preguntó otra.

—Cuando llegó la policía, yo estaba trabajando en su planta —dijo un hombre vestido con una camisa y unos tejanos manchados de pintura—. Les he oído decir que se ha colgado. Qué manera tan espantosa de morir...

La camioneta del pintor, con el logo de su empresa en un costado, estaba aparcada un poco más abajo.

—¿Se sabe quién es? —preguntó Carter, tratando de no parecer demasiado interesado.

—Se llamaba Paula Stephenson —respondió una mujer—. Vivía en un apartamento de la cuarta planta.

Carter se apartó del grupo y empezó a retroceder por el camino de entrada. En ese momento, su mirada se cruzó con la de un policía, que se la sostuvo fijamente. La bolsa de viaje que llevaba en la mano le hacía sentirse muy violento. Era como si el agente intuyera que en su interior había algo relacionado con lo que le había ocurrido a la fallecida. Carter le dirigió una leve sonrisa, dio media vuelta y empezó a alejarse. A cada paso que daba esperaba oír a su espalda el toque de un silbato y una voz potente que le ordenaba que se detuviera. Llegó hasta la calle y giró a la derecha. Su mente daba vueltas a un ritmo vertiginoso. Necesitaba algo de tiempo para intentar aclararse las ideas.

«Problema resuelto.» Ese fue su primer pensamiento al enterarse de que Paula Stephenson estaba muerta. Un cabo suelto menos, y esta vez sin que REL News tuviera que desembolsar ningún dinero. No habría que preocuparse más por aquella borracha descarriada. Pero cabía la posibilidad de que la situación no fuera tan halagüeña como parecía. La policía indagaría hasta encontrar a sus padres, a un hermano o a algún pariente, que se encargarían de ir a recoger sus efectos personales. Y a plena vista, encima de una mesa o de la encimera de la cocina, estaría el acuerdo de confidencialidad con su nombre en el membrete. ¿Qué pasaría si alguno de sus familiares se tomaba la molestia de leerlo? ¿Por qué ese grupo, Carter & Asociados, le había entregado dos millones de dólares?

Había una firme determinación en la voz de Stephenson cuando habló con ella hacía solo cinco días. Sus intentos de intimidarla para que cumpliera las condiciones del acuerdo original no habían servido de nada, más bien al contrario. Se había echado a reír, replicando con sorna: «Si contrato a un abogado, ¿qué va a hacer, señor Carter? ¿Demandarme?». Después había mencionado tres prestigiosas firmas legales de Nueva York que habían conseguido sustanciosas compensaciones para sus clientas víctimas de abusos sexuales. Insistió en recitar la cantidad que había cobrado cada una. «Si no arreglamos esto rápido, voy a llamar a uno de esos bufetes.» Irónicamente, las últimas palabras de Paula Stephenson cuando acordaron quedar a las once habían sido: «Sea puntual».

Aquello no tenía sentido. Lejos de mostrarse asustada, Stephenson había adoptado una actitud beligerante. ¿Cómo era posible que, en cuestión de solo cinco días, una persona tan dispuesta a presentar batalla acabara colgándose?

Carter se detuvo en seco cuando un pensamiento aterrador cruzó por su mente. «Oh, Dios mío», dijo en voz alta. ¿Y si alguien le había puesto la soga al cuello? Resultaría muy conveniente para REL News que una mujer que había amenazado con acusar públicamente a la compañía se hubiera quitado la vida.

Hacía solo unos minutos le preocupaba la posibilidad de que algún familiar se hiciera con el documento firmado. Ahora experimentó una sensación aún más angustiosa al pensar que la policía pudiera encontrar el contrato y considerara la hipótesis de que Stephenson había sido asesinada. Carter tenía un móvil para matarla. El billete de avión y la reserva de hotel estaban a su nombre, así que resultaría fácil verificar que había estado en Durham el mismo día de su muerte. La recepcionista y la notaria podrían confirmar que había permanecido esa mañana en la oficina alquilada, pero eso no le serviría de nada si Stephenson había sido asesinada de madrugada.

Se reprendió a sí mismo por haber tomado un vuelo a Durham a primera hora del día anterior para poder visitar el Museo de Vida y Ciencia. Si hubiera volado esa misma mañana, podría justificar fácilmente todo lo que había hecho durante su estancia.

«Un momento —se dijo—. Sé que yo no la he matado. Entonces... ¿quién?» Solo había una posibilidad: Sherman. Al principio no quiso saber nada de la misión de Carter, pero después cambió de opinión y ahora quería estar al tanto de todos sus movimientos. Así pues, lo habría planeado todo para convertirlo en el chivo expiatorio si la policía empezaba a investigar. Sherman era demasiado inteligente como para cometer él mismo el asesinato. Estaría en Connecticut, asegurándose una sólida coartada, mientras algún sicario se encargaba de acabar con la vida de Stephenson.

Le asaltó otro terrible pensamiento. Los asesinos experimentaban una morbosa fascinación observando a la policía investigar el homicidio que habían cometido. A menudo regresaban a la escena del crimen, impulsados por la poderosa sensación de ser los únicos que sabían lo que de verdad le había ocurrido a su víctima. Si la policía comprobaba los registros de Uber, descubriría que Carter había acudido al edificio justo a tiempo de ver cómo se llevaban el cuerpo. A su mente volvió una vez más la imagen de aquel agente mirándolo fijamente.

«Cálmate —se ordenó—. Déjate de psicología barata.» Un montón de factores podrían haber provocado que Stephenson se quitara la vida después de haber hablado con él. Lo más importante ahora era intentar cubrirse bien las espaldas.

50

Dick Sherman se encontraba en su despacho de la segunda planta de su mansión de Greenwich. Se sentía feliz de tener la casa para él solo esa noche.

Sacó el portátil que guardaba en un archivador bajo llave y leyó el correo que le había enviado Carter resumiéndole su viaje a Durham. «Paula Stephenson está muerta, al parecer se ha suicidado.» Perfecto. Esa mujer podría haber sido un auténtico incordio para él y para la compañía. Ahora estaba en un cajón del depósito con la boca como debía tenerla: cerrada. Sherman no soportaba a la gente que incumplía sus acuerdos. Así que... ¡buen viaje!

Pero el viaje de Stephenson al más allá no resolvía todos sus problemas. Ni de lejos.

La arrogancia de Matthews le ponía furioso. En lugar de mostrar gratitud y cooperación, «el presentador de América» no hacía nada por ayudar a arreglar el desastre que había provocado. «Debería haber dejado a ese paleto en la cadena del sur de Virginia donde lo encontré hace veinte años», se reprochó.

Sherman seguía sin confiar en Carter, pero tampoco podía prescindir de él. No tenía más remedio que seguir recurriendo a ese picapleitos de tres al cuarto. Si lo despedía y contrataba a otro para acabar el trabajo, Carter seguiría sabiendo demasiado y no podía confiar en que mantuviera la boca cerrada. ¿No eran los abogados los profesionales con mayor índice de suicidios? ¿O eran los dentistas?

Y con Myers tenía un problema aún mayor. Al primer indicio de problemas, ese boy scout se vendría abajo y empezaría a cantar sobre las transferencias realizadas a Carter & Asociados. Y aunque tenía a la junta directiva de su parte, si Myers y Carter empezaban a contar la misma historia, su confianza se desmoronaría a toda velocidad.

Apartó con brusquedad el portátil que utilizaba solo para comunicarse con Carter y abrió el que usaba habitualmente. Clicó en el mensaje que le había enviado Junior hacía casi dos años y que había trastocado su vida por completo. Lo releyó por enésima vez.

> Dick:
> Una joven asistente de producción ha venido a verme hoy. Asegura que Brad Matthews la ha acosado sexualmente en su despacho. Su descripción ha sido muy gráfica. Le he dicho que lo investigaría. ¿Cómo quieres manejar la situación?
> Fred

Nervioso, Sherman se levantó y empezó a dar vueltas por su despacho. Junior tenía tanto que perder como él. Era un secreto a voces que esperaba suceder a su padre como presidente de la junta directiva. Incluso después de la salida a bolsa, la familia Carlyle tendría suficientes acciones para lograr que eso sucediera, a menos que...

—A menos que comprenda que esto también podría acabar con él —dijo en voz alta.

Después de que Pomerantz hablara con Junior, este le envió un correo a Sherman. Cuando la joven fue a verlo por segunda vez, él le dijo básicamente que lo dejara estar y se centrara en su trabajo. Si eso fue todo lo que ocurrió, Junior podría salir airoso. Pero si ella le hizo escuchar la grabación y él se limitó a enviarle un correo a Sherman, podría verse metido en serios problemas. Las mujeres constituían el 57,3 por ciento de la audiencia de REL News y no dudarían en pedir su cabeza.

Volvió a sentarse y empezó a teclear un mensaje para Frederick Carlyle Jr. ¿Podían quedar al día siguiente para hablar de un asunto privado?

51

Frederick Vincent Carlyle Jr. se arrellanó en la ostentosa butaca de piel detrás del escritorio de caoba y miró a su alrededor. El despacho en una esquina del edificio estaba prácticamente igual que cuando lo ocupaba su padre. De las paredes colgaban fotografías del Fundador con los seis anteriores presidentes de Estados Unidos, así como con jefes de Estado de gobiernos extranjeros y con miembros de la realeza hollywoodiense. Un mapa del mundo protegido tras un cristal mostraba la ubicación de las sedes y las filiales de REL News alrededor del planeta. Catorce doctorados honorarios adornaban también los muros. En el centro, destacaba la cubierta de la revista *Time* nombrándolo Persona del Año.

Junior, como sabía que la mayoría de los empleados de la compañía lo llamaban a sus espaldas pero nunca a la cara, era realista. Su padre sería siempre el ejemplo de superación propio de los libros de Horatio Alger, el emprendedor que había alcanzado el éxito profesional partiendo desde cero y recordaba a la gente que Estados Unidos seguía siendo la tierra de las oportunidades.

Junior comprendía y aceptaba que, hiciera lo que hiciese, nunca lo verían como a su padre. Heredar algo grande y hacerlo aún más grande nunca tendría el mismo glamour que empezar de la nada y construir un imperio. Como hacía a menudo, pensó en la metáfora beisbolística que solía asociarse al presidente George W. Bush: «Nació en la tercera base, pero se cree que ha bateado un triple». Un analista de la industria había escrito que el único logro reseñable de Junior había sido entrar en la lista de los solteros más codiciados de Nueva York.

Pero se había prometido a sí mismo que los reconocimientos acabarían llegando. Siete años atrás había empezado a hablarle a su padre de las ventajas de hacer la transición desde la empresa de propiedad privada hasta la corporación de ámbito público.

—¿Por qué? —preguntó su padre—. ¿Qué tiene de malo nuestra forma de llevar la compañía?

—Pues que ahora no podemos permitirnos el lujo de expandir nuestra marca alrededor del mundo —fue la respuesta de Junior. Se acercó al mapa de la pared que mostraba la ubicación de las sedes y las filiales de REL News y señaló Europa y otros pocos puntos—. Aquí es donde estamos actualmente. —Luego hizo un amplio gesto que abarcaba grandes zonas de Asia, el mundo árabe y África, y añadió—: Pero en estas áreas tenemos una presencia mínima o nula. La CNN ya ha llegado a todos estos lugares, y la Fox y otras agencias europeas también están abriéndose camino en ellos, mientras que nosotros nos hemos dormido en los laureles centrándonos solo en Estados Unidos. Tenemos dos opciones —planteó—: podríamos pedir prestada una ingente cantidad de dinero para potenciar nuestra presencia internacional, suponiendo que los bancos nos respaldaran; o podríamos conseguir el capital necesario haciendo que la compañía salga a bolsa.

Hasta la fecha, los preparativos para llevar a cabo su plan habían dado resultados excelentes. El banco de inversiones contratado para realizar la gira de presentación del proyecto enviaba informes que apuntaban a que había un fuerte interés por parte de los grandes inversores. Algunos directivos le habían comentado a Junior la posibilidad de que sucediera a Sherman como presidente ejecutivo, o a su padre como presidente de la junta. Si evitaban dar pasos en falso durante las próximas semanas, el plan que Junior había puesto en marcha siete años atrás llegaría por fin a buen puerto.

Un zumbido procedente del teléfono de su escritorio interrumpió sus pensamientos.

—Señor Carlyle, el señor Sherman está aquí.

—Hazlo pasar.

Se levantó para estrechar la mano de Sherman, que declinó su ofrecimiento de café. Junior señaló hacia la mesa de juntas y tomó asiento frente al presidente ejecutivo. A este nunca se le había dado bien la cháchara de cortesía, pero aun así lo intentó:

—¿Cómo está tu padre?

—Tiene días buenos y malos. Ya casi no me reconoce, pero su asistente lo cuida muy bien. Habla con bastante lucidez de su época de juventud, pero se queda totalmente en blanco cuando le menciono lo de la salida a bolsa.

—En fin... Dile que he preguntado por él.

En cuanto lo dijo, los dos hombres cayeron en la cuenta de lo absurdo de la petición. Era evidente que el anciano no tendría ni idea de quién era Sherman.

—Lo haré, Dick. Gracias.

—Fred, no sé si te he comentado alguna vez el gran trabajo que has hecho... que estás haciendo... gestionando todo este asunto de la salida a bolsa.

—Creo que nunca lo has hecho. Pero es bueno oírlo. Te lo agradezco.

—La compañía, y todos los que formamos parte de ella, tenemos mucho que ganar si el proyecto sale adelante, y mucho que perder si no es así.

—No podría estar más de acuerdo.

Sherman se devanó los sesos intentando encontrar las palabras apropiadas para introducir el tema.

—Fred, ¿te suena el nombre de Lauren Pomerantz?

—Sí.

—¿Te acuerdas de que vino a tu despacho y te contó que había ocurrido algo entre ella y Matthews?

—Sí.

—¿Hizo algo más aparte de hablar?

—No estoy seguro de a qué te refieres.

—¿Te mostró alguna prueba que corroborara lo que te contó acerca de lo que le hizo Matthews?

—No, que yo recuerde. ¿Por qué lo preguntas?

—Este asunto de Pomerantz podría convertirse en un grave problema para ambos.

—¿Qué quieres decir con «para ambos»?

—Los dos tuvimos conocimiento de una situación irregular y ninguno hicimos nada para arreglarlo.

—Yo no lo veo así, Dick. En cuanto me enteré de lo ocurrido, le envié un correo al presidente ejecutivo de la corporación. Si alguien ha cometido un error en todo esto, eres tú.

—No es tan simple...

—Sí, es así de simple. El Manual del Empleado de REL News señala con claridad que cuando alguien tenga conocimiento de una acusación de esta naturaleza debe comunicarlo de inmediato a su superior. Y eso es justamente lo que hice. Tú eres mi jefe. Y te envié un correo explicándote la situación.

—No hiciste ningún seguimiento del asunto.

—No tengo por qué justificarme o defenderme ante ti, pero justo después de enviarte el mensaje me marché de viaje a Asia durante cuatro semanas para reunirme con posibles nuevos afiliados. Confié en que tú gestionarías la situación. ¿Me equivoqué?

—No. La situación ha sido gestionada, pero de una manera, digamos... poco convencional.

Durante los siguientes veinte minutos, Sherman le explicó cómo se había reunido con Carter por primera vez y cómo había aceptado poner en marcha su plan para mantener la situación bajo control. Cuando mencionó lo de la grabación, observó la cara de Junior para intentar captar alguna reacción. Ni la más mínima.

Junior le hizo algunas preguntas sin variar el gesto de su cara. Desde que se había reunido con Carter, nada de aquello resultaba nuevo para él. Sin embargo, reaccionó con vehemencia cuando Sherman le informó de que Paula Stephenson había muerto.

—Dick, ¿no te das cuenta de que esto es demasiada coincidencia? ¿Una mujer que amenaza con hacer pública su historia y que, de manera muy conveniente para nosotros, se suicida? Pagar a las víctimas para que guarden silencio ya es malo, pero al menos no somos los únicos. Muchas grandes corporaciones hacen lo mismo. Pero ¿y si Stephenson no se...? —Hizo una pausa y luego prosiguió—: ¿Qué sabemos de ese tal Carter?

—Unos cuarenta años. Abogado. Trabajó para nosotros en Recursos Humanos.

Junior se levantó y se acercó a la ventana. Por primera vez parecía realmente alterado.

—No me interesa su currículum. Lo que te estoy preguntando es si lo conoces bien.

—Sé que estuvo en el ejército —respondió Sherman, tratando de aparentar convicción.

—Eso no me tranquiliza mucho. Hitler también estuvo en el ejército. ¿Me estás diciendo que le hiciste una transferencia de doce millones de REL News a un tipo del que no sabes prácticamente nada?

—La compañía realiza un exhaustivo proceso de selección antes de contratar a alguien —contestó Sherman con voz débil.

Nervioso, Junior empezó a pasear por el despacho sin dignarse responder a su comentario.

—Dick —dijo al fin—, si la historia de los abusos de Matthews y de la manera en que gestionamos, o no gestionamos, la situación acaba saliendo a la luz, estaremos metidos en serios problemas. Y si a ese tal Carter se le ha ido la cosa de las manos, ¿entiendes que tú podrías ser acusado de cómplice de asesinato?

—Déjame a Carter a mí —repuso Sherman, recuperando la confianza en su voz—. Ya he contratado a una agencia de detectives para que hurguen en el pasado de nuestro negociador y para que lo tengan bajo control.

Sabía muy bien que nada de aquello era cierto, pero no quería concederle ningún mérito a Junior por inspirarle la idea.

—Y... —Sherman se contuvo justo cuando iba a llamarle «Junior»—, Fred, no creas ni por un momento que enviarme aquel correo te servirá como coartada para librarte de la cárcel. Te voy a dar un pequeño consejo: si todo esto acaba saliendo a la luz e intentas defenderte citando el Manual del Empleado, quedarás como un completo idiota.

—¿Qué es lo que quieres, Sherman?

—Yo puse en marcha el plan para salir bien librados de esto y pienso llevarlo hasta el final —afirmó el presidente ejecutivo. Acto seguido se levantó—. Si alguien viene a preguntarte por las transferencias de dinero a Carter & Asociados, le dirás que fuiste tú quien dio la aprobación. ¿Entendido, Junior?

Los dos hombres se dirigieron una mirada asesina antes de que Sherman diera media vuelta y se encaminara hacia la puerta.

52

Michael Carter se levantó y empezó a dar vueltas por su despacho. Sobre su escritorio estaba abierto el *Wall Street Journal* que acababa de leer. Destacado en primera plana aparecía otro artículo acerca de REL News, añadiendo más leña a los rumores que rodeaban a su inminente salida a bolsa y a las predicciones sobre el precio de venta de las acciones.

Carter no estaba nada satisfecho con sus progresos en el caso de Cathy Ryan. Y lo más importante, tampoco lo estaban Sherman ni Junior.

Volvió a sentarse y observó la pantalla de su ordenador. El correo iba dirigido al presidente ejecutivo, con copia oculta al hijo del fundador de la compañía.

He mantenido otra conversación telefónica con Cathy Ryan. La estoy presionando, pero se niega a concertar un encuentro. Asegura que no está preparada para hablar sobre lo que ocurrió. Me ha dicho que se marcha de vacaciones y que no volverá hasta dentro de seis días.

Lo primero que he pensado es que mentía, pero una de mis fuentes tiene acceso al extracto de sus tarjetas de crédito. Ha comprado un billete de ida y vuelta a Aruba. Sale el 3 de octubre y regresa el 9. Ha reservado habitación en el hotel Americana. Al menos sabemos que dice la verdad.

He investigado a su familia. Sus padres están jubilados y residen en Palm Beach. Son gente adinerada. Y tiene un hermano que vive en Boston.

Ryan posee un apartamento en Atlanta y trabaja para un grupo editorial de revistas. En su fondo fiduciario cuenta con más de tres millones de dólares. No necesita nuestro dinero, lo cual la hace aún más peligrosa. Continuaré informando.

Más satisfecho con lo que había escrito que con sus avances en el caso, pulsó «Enviar».

53

Carter acababa de cenar temprano con su mujer y su hijo. «Se está bien en casa...», pensó para sus adentros. Beatrice empezaba a causar más problemas que otra cosa. Ya no le bastaba con una buena cena y un ratito en un hotel. Insistía en que después fueran a Brooklyn a bailar hasta medianoche en alguna de las discotecas que frecuentaba. La gente que iba a esos locales era idiota, y la música sonaba tan atronadora que le preocupaba sufrir una pérdida de audición. Beatrice había conseguido lo imposible: que añorara estar con su mujer.

Carter se había ofrecido incluso a lavar los platos. Su hijo se encerró en su cuarto para hacer los deberes y su esposa se sentó en el sofá de la sala de estar para ver el informativo nocturno de REL News. Ella le había pedido que la acompañara, pero él le dijo que no. Ya había tenido más que suficiente de Brad Matthews.

Se sentó a la mesa de la cocina, sacó el portátil y lo encendió. Los temores que le asaltaron tras la muerte de Paula Stephenson habían empezado a remitir. La policía de Durham no había emprendido ninguna investigación, ni tampoco habían llamado a su puerta a horas intempestivas para interrogarlo. Se había convencido de que todo había sido una jugarreta de su imaginación desbocada. Por alguna razón, Stephenson se había suicidado. Fin de la historia.

«The beat goes on», canturreó por lo bajo la canción de Sonny y Cher, recordándose que el ritmo debía continuar, que las cosas tenían que seguir su curso. ¿Cómo reaccionaría ella si se presentara allí de improviso?, se preguntó, pensando en Cathy Ryan. Sabía que estaba en Aruba y en qué hotel se alojaba. Para empezar, seguramente ella exigiría saber cómo la había localizado. Y no podía decirle la verdad: que había estado controlando los movimientos de su tarjeta de crédito. ¿Habría alguna razón plausible para que él se encontrara en Aruba, aparte, claro está, del sol y las playas?

Buscó en internet los periódicos de la isla, intentando dar con alguna excusa para viajar allí. En el *Aruba Today* ojeó por encima algunos artículos sobre festivales florales y eventos sociales. Clicó en el icono de noticias locales, donde le llamó la atención un titular: «Turista muere en accidente de moto acuática». Llevado por la curiosidad, abrió el enlace.

Catherine Ryan, de veintiséis años, ha muerto en un accidente cuando la moto acuática que pilotaba se ha estrellado contra una embarcación en el puerto de Arenas Blancas. Ryan, de nacionalidad estadounidense, formaba parte de una excursión guiada que acababa de comer en un restaurante del lugar. La policía aún no ha confirmado ni desmentido si el consumo de alcohol fue una de las causas probables del trágico accidente.

Carter se echó hacia atrás en la silla, anonadado. Se levantó, se acercó a un armario y sacó una botella de vodka. Se sirvió un generoso trago y volvió a sentarse a la mesa. Sintió cómo se tranquilizaba un poco al notar el líquido quemándole en la garganta y descendiendo hasta su estómago.

«Lo he vuelto a hacer», se recriminó. Se lo había puesto en bandeja. Le había proporcionado a Sherman toda la información que necesitaba para ir a Durham, o enviar a alguien, y deshacerse de Paula Stephenson. Y ahora había hecho exactamente lo mismo con Cathy Ryan, hasta le había dado el nombre del hotel donde se alojaba.

Se preguntó por qué no se había enterado antes de lo ocurrido, por qué aquello no había aparecido en los medios. La respuesta era obvia. Corea del Norte estaba haciendo más pruebas con misiles, Arabia Saudí e Irán se encontraban al borde de un nuevo conflicto armado, la guerra comercial con China se aceleraba a pasos agigantados y otro Boeing se había estrellado. La noticia de una turista estadounidense muerta en el extranjero se había perdido en medio de toda aquella vorágine.

Se le cruzó por la cabeza la idea hablar con un abogado penalista. La idea en sí le resultó irónica. Se había pasado la mayor parte de los dos últimos años tratando de convencer a mujeres para que no buscaran asistencia legal. Y ahora, al primer indicio de un problema real, Carter quería recurrir a los servicios de un abogado que no fuera él mismo, claro.

Se preguntó si había infringido alguna ley. Cerrar acuerdos para comprar el silencio de las víctimas de abusos sexuales de Matthews podría haber permitido a este seguir con su comportamiento depravado. Pero ¿podía considerarse delito? No. Tan solo negociación pura y dura.

No obstante, la policía querría saber cómo se había enterado de dónde se alojaba Cathy Ryan durante su estancia en Aruba. Investigarían hasta el último movimiento monetario de las cuentas de Carter & Asociados. ¿Cuántas veces le había pagado a su excompañero de la agencia crediticia para que le proporcionara extractos de tarjetas bancarias? ¿Ocho, quizá diez? ¿Y cuántas veces había pagado para conseguir los registros telefónicos de algunas de las víctimas? Eso sí eran delitos.

Una investigación más exhaustiva también revelaría que había cargado una extensa lista de gastos personales a nombre de REL News. No es que esas cantidades supusieran un grave perjuicio para una gran corporación de tal magnitud, pero al utilizar el dinero de la compañía para ese tipo de gastos había incurrido en un delito de fraude fiscal.

¿Y qué decir de los paquetes de dinero en efectivo que Junior le había encargado que entregara a sus fuentes anónimas? Decir que solo era el chico de los recados podría funcionar como excusa para uno de esos repartidores que iban en bicicleta. Como abogado, era consciente de que a él no le serviría como defensa.

Y si perdía su licencia, eso supondría el final de su actividad paralela defendiendo a clientes despedidos de forma improcedente. ¿Cómo iba a mantenerse a sí mismo y a su familia?

No tenía más remedio que seguir adelante, pero debía hacerlo de una manera que no le proporcionara más poder a Sherman.

54

Meg Williamson estaba sentada en el sofá con los pies apoyados sobre el puf del tresillo. Eran las nueve y acababa de apagar el televisor. Solo unos minutos antes, mientras zapeaba, había aparecido en pantalla el informativo de REL News. Y también... él. Su sonrisa afable. La americana azul, la camisa blanca y la corbata azul y roja que eran su marca distintiva.

La invadió una inmensa oleada de repugnancia al pensar en sus sucias manos sobre su cuerpo. Fue a la cocina, se sirvió una copa de chardonnay y regresó al sofá. «Leche materna», solía llamar su abuela a las dos copas de vino que se tomaba cada noche.

Meg dio un largo trago y se obligó a calmarse. Apenas una hora antes había hecho lo que durante los últimos años constituía el punto álgido de su jornada. Se acurrucaba con Jillian en su camita y anunciaba: «Hora de elegir un cuento». La pequeña salía a toda prisa hacia la estantería y simulaba considerar todas sus opciones. Entonces, como hacía noche tras noche, elegía siempre alguno de sus relatos favoritos. La reconfortaba y complacía saber lo que iba a ocurrir en la página siguiente. De tal palo, tal astilla, se dijo Meg. A ninguna de las dos les gustaban las sorpresas.

Desde que Jillian empezó la escuela primaria hacía seis semanas, el ritual diario había cambiado un poco. Ahora era la niña quien intentaba leer sola el cuento y Meg solo la ayudaba cuando era preciso, mientras acariciaba los rubios cabellos color miel de su hijita. Había tres clases de primer curso en la escuela Ponterio Ridge Street. Dos de las maestras eran muy buenas, pero la tercera, la señora Silverman, era toda una institución. A sus cincuenta y ocho años, llevaba treinta y tres dando clases. Sus primeros alumnos, convertidos ahora en padres, se ponían de lo más pesados con sus insistentes peticiones a la junta escolar para que su retoño entrara en la clase de la señora Silverman. Jillian lo había conseguido a pesar de que Meg no tenía ningún enchufe. «Esta es la única vez que he tenido suerte en la vida.»

En ese instante le sonó el móvil, que tenía junto a ella en el sofá. La pantalla mostraba que se trataba de un número «no identificado». «Por favor, que sea una llamada de publicidad ofreciéndome alguna tarjeta de crédito», rezó para sus adentros al responder. Pero no: era él.

—Cambio de planes, Meg. Coge algo para anotar lo que voy a decirte.

—Un segundo —contestó ella secamente mientras se acercaba al escritorio para buscar algo donde apuntar. Su grosería nunca dejaba de sorprenderla. ¿Es que no podía presentarse alguna vez con un «¿Cómo estás?» o preguntar si le iba bien hablar en ese momento?—. Ya estoy.

—Vas a hablar con esa reportera, Gina Kane...

—Pero usted dijo...

—Ya sé lo que dije. Calla y escucha.

—Vale —espetó ella torciendo el gesto.

—Tomaste la decisión de dejar REL News porque tenías una niña pequeña y querías un horario de trabajo más normal y flexible. Si te pregunta, nunca has oído hablar de ningún caso de acoso sexual o de comportamiento inapropiado en la compañía. Toda la gente con la que trabajabas, sobre todo tus compañeros masculinos, se mostró siempre muy educada y profesional. ¿Lo estás anotando todo?

—«Educada y profesional» —repitió Meg, casi escupiendo las palabras.

—Te preguntará si cuando trabajabas en REL News conociste a Cathy Ryan. Antes de que te diga qué y cómo debes responderle, puede que no sepas que Cathy murió en un accidente en Aruba...

—¿Cathy ha muerto? —preguntó, ahogando un gemido.

Las dos habían entrado a trabajar en la compañía al mismo tiempo, recién graduadas de la universidad, y se hicieron amigas rápidamente. En su mente apareció la imagen de la joven de largo cabello oscuro y brillantes ojos marrones.

Carter seguía hablando.

—Di que la conocías y que sentiste mucho enterarte de su fallecimiento. Y esto es lo que quiero que le cuentes a esa reportera sobre cómo era Cathy Ryan cuando trabajaba en REL News...

Meg apenas era capaz de contener los sollozos mientras tomaba nota. Como si fuera una niña pequeña, Carter insistió en que le leyera las instrucciones que había escrito.

Encontrando un coraje que ignoraba que tuviera, Meg le plantó cara.

—El acuerdo que firmé solo me obliga a guardar silencio. No dice nada sobre tener que mentir a ningún periodista.

La voz de Carter sonó gélida.

—Meg, sé buena chica y coopera. Y reconoce lo afortunadas que habéis sido Jillian y tú. Muy pocas niñas de primero pueden tener una maestra tan buena como Rachel Silverman.

TERCERA PARTE

55

Después de salir a cenar con Lisa, Gina se acostó y durmió hasta las nueve y media de la mañana siguiente. Estaba en la cocina preparando café cuando sonó el teléfono. Comprobó asombrada que se trataba de Meg Williamson.

—Señorita Kane, siento no haber contestado antes a sus llamadas.

—Bueno, le agradezco que lo haga ahora. Estoy trabajando en...

—Lo sé. He escuchado los mensajes.

—Muy bien. Por lo que tengo entendido, durante un tiempo fue empleada de REL News.

—Así es —respondió tras un momento de vacilación.

—Le agradecería mucho que pudiéramos quedar para vernos. Me gustaría hablar sobre su experiencia mientras estuvo trabajando en los medios informativos.

Meg titubeó de nuevo; su mente trabajaba a toda velocidad. Carter le había dicho que solo tenía que hablar con ella, no que tendrían que quedar en persona.

—Creo que eso va a ser muy difícil —repuso. Esforzándose por encontrar las palabras, añadió—: Trabajo a jornada completa y además tengo una niña pequeña de la que ocuparme.

Gina también tuvo un momento de vacilación. No iba a

permitir que volviera a darle largas. «Tengo que conseguir que se comprometa a quedar ahora. Esta podría ser mi única oportunidad.»

—Me amoldaré por completo a su horario —le aseguró—. Por lo que veo, su prefijo es el 914. ¿Eso es por la zona de Westchester?

—Sí. Vivo en Rye y trabajo en White Plains —respondió Meg, que al momento se arrepintió de haberle dado más información de la necesaria.

—Perfecto. Yo vivo en Nueva York, puedo ir a verla cuando y donde a usted le vaya bien.

—No quiero hablar de todo esto con mi hija delante.

—Lo entiendo. ¿Podemos quedar cerca de su trabajo, tal vez a la hora de comer?

—Tengo un horario muy apretado. Siempre como algo rápido en mi mesa.

—Si de lunes a viernes no le va bien, ¿qué le parece que nos veamos el fin de semana? —insistió Gina.

—No lo sé. El fin de semana estoy con mi hija. —«Él me dijo que solo tenía que hablar con ella», volvió a repetirse Meg—. ¿No podemos hacer esto por teléfono?

Gina tenía que tomar rápidamente una decisión. Sabía que corría el riesgo de perder su única oportunidad, pero pensó que valía la pena jugársela.

—No. Tiene que ser en persona.

A Meg le entró el pánico. Carter le había ordenado que hablara con ella. Casi balbuceando, acertó a decir:

—El sábado a la una dejaré a mi hija en una fiesta de cumpleaños.

—Entonces pasaré por su casa a la una y media —afirmó Gina, tratando de no parecer demasiado ansiosa.

Meg acabó aceptando y Gina anotó la dirección que le dio.

56

Como era de esperar, el sábado Gina encontró muy poco tráfico mientras conducía hacia el norte por la autopista Henry Hudson. Pasó bajo el puente George Washington y al cabo de un cuarto de hora había cruzado el Bronx y entraba en el condado de Westchester. Gracias a su red de carreteras y su sistema de transporte interurbano, Westchester se había convertido en una de las zonas preferidas de quienes trabajaban en Manhattan pero querían criar a sus hijos en una zona residencial. Solo unos años antes había recibido la dudosa distinción de ser el condado con los impuestos sobre la propiedad más altos de todo el país.

La voz electrónica del navegador Waze le indicó que se estaba acercando a su destino. Aún era muy pronto, así que decidió dar una vuelta por el centro de Rye. Tiendas y restaurantes de aspecto lujoso se alineaban a ambos lados de Purchase Street. La ciudad parecía haber escapado a los efectos devastadores de Amazon sobre el pequeño comercio. No se veía ningún local que hubiera tenido que echar el cierre. Y los Mercedes-Benz, BMW y Lexus eran más habituales que sus homólogos más baratos.

Gina dejó de hacer turismo y siguió las indicaciones del navegador hasta una pequeña calle flanqueada de árboles, no muy lejos del centro. El 27 de Pilgrim Street era una encantadora casa colonial de estilo Cape Cod. En el camino de entrada semicircular había aparcado un BMW último modelo. En el jardín de la vivienda de enfrente, un niño y una niña de unos diez años jugaban dando patadas a un balón de fútbol.

Un reportero que había sido su mentor al principio de su carrera le había dado algunos consejos sobre cómo proceder a la hora de interrogar a una fuente potencialmente reacia a colaborar. «Aparca siempre en la calle —le dijo—. La gente se siente más amenazada cuando invades su espacio aparcando en el camino de entrada. Tienen la sensación de que los estás acorralando.» Gina quería hacer todo lo posible para que Meg Williamson no se sintiera así, de modo que dejó el coche junto al bordillo, delante de la casa.

Miró el reloj: la una y veintisiete. Se había planteado preguntarle a Meg si podía grabar la entrevista, pero al final decidió no hacerlo. Demasiado intimidante. Cuaderno en mano, recorrió el camino de entrada y llamó al timbre. La puerta se abrió en menos de medio minuto.

—Tú debes de ser Gina. Por favor, pasa.

Meg era deslumbrantemente atractiva, con el pelo de un tono rubio oscuro y unos grandes ojos azules. Gina supuso que tendría treinta y pocos años.

La siguió hasta la sala de estar, donde no pudo por menos de admirar tanto la espaciosa estancia como la hermosa decoración. Meg tenía buen gusto y dinero para costearlo, pensó mientras aceptaba su invitación a tomar asiento.

Fotografías enmarcadas de una niñita muy guapa —la mayoría sola, en algunas junto a una Meg sonriente— reposaban sobre el piano, las mesitas auxiliares y la de café. Llamaba la atención que en ninguna de ellas apareciera el padre, ni tampoco los abuelos.

Meg se sentó en el borde de un sillón cerca de ella. No se acomodó, sino que permaneció muy erguida, como sugiriendo que aquel sería un encuentro muy breve. Pero, ya que había conseguido llegar hasta allí, Gina tenía intención de aprovechar su tiempo al máximo.

—Señorita Williamson...

—Por favor, llámame Meg.

—Gracias. Antes de empezar, ¿te importaría traerme un vaso de agua?

Era una estrategia que Gina había aprendido del mismo reportero que le había recomendado no aparcar en el camino de entrada: «Puede que necesites algo de tiempo para pensar cómo formular una pregunta del modo más apropiado, o para desviar la conversación hacia cuestiones más delicadas. Tomar un sorbo de agua, tragar y volver a dejar muy despacio el vaso sobre la mesa te dará unos diez segundos para reflexionar y evitará que se produzca un silencio incómodo».

—Claro. Perdona por no haberte ofrecido nada —se disculpó Meg mientras se dirigía a la cocina.

Regresó al cabo de un momento, le entregó el vaso a Gina y volvió a sentarse en el borde del sillón.

—Quiero darte las gracias por haber logrado sacar tiempo para que podamos vernos. ¿Vives aquí con tu hija y con...?

—Solo con mi hija, Jillian.

—¿Y el padre de la niña?

—Nos divorciamos hace tres años. Ya no... —Hizo una pausa—. Ya no forma parte de nuestras vidas.

—Entiendo. Verás, Meg, estoy interesada en las historias de mujeres como tú. Mujeres que en los últimos diez años han trabajado en el campo del periodismo televisivo, pero que decidieron dejarlo para dedicarse a otras profesiones. ¿Cómo entraste a trabajar en REL News?

—Estudié en la Estatal de Iowa. En la universidad tenían su propia emisora de televisión, y en segundo año empecé a trabajar en ella... bueno, como voluntaria. Allí aprendí mucho. Al cabo de poco tiempo ya estaba redactando algunas noticias, haciendo entrevistas o ayudando a editar reportajes.

—¿Estudiabas periodismo?

—Al principio me matriculé en psicología, pero disfrutaba tanto con aquello que me apunté también a periodismo y acabé sacándome las dos carreras.

—¿Cómo contactaste con REL News?

—Gracias a un reclutador de la compañía que vino al campus cuando cursaba último curso. Yo estaba sustituyendo a uno de los reporteros que había pillado la gripe, y al parecer al hombre le gustó lo que vio. Me dijo que una de las prioridades de REL News era contratar a gente con la versatilidad necesaria para trabajar tanto detrás como delante de la cámara.

—Debió de ser un gran cambio, de Iowa a Nueva York.

—Lo fue. Nunca había viajado al este de Saint Louis.

—¿Cuánto tiempo estuviste en REL News?

—Tres años y medio.

—¿Disfrutaste trabajando allí?

—Estuvo bien. Era un trabajo.

—¿Aparecías delante de la cámara?

—Algunas veces, al principio.

A Gina no se le escapó que sus respuestas acerca de REL News eran breves y escuetas, mientras que al hablar de sus años de universidad se había mostrado mucho más locuaz.

—Así que, tres años y medio después, decides dejarlo. ¿Cuál fue el motivo, Meg?

—Trabajaba demasiadas horas. Como estaba muy abajo en el escalafón tenía que hacer los turnos de noche, de modo que me costaba mucho regular el sueño. Y lo más importante: tenía una hija de dos años. ¿Qué podía hacer? No podía permitirme una niñera interina. Y cuesta mucho conseguir una canguro fija cuando tus horarios de trabajo cambian constantemente.

—¿Se quejaba el padre de Jillian de que tus jornadas laborales fueran tan largas?

—Le traía sin cuidado —respondió con desdén—. Era batería y tan solo trabajaba muy de vez en cuando. En ocasiones lo contrataba alguna compañía de teatro itinerante. Pero cuando no estaba trabajando, que era casi todo el tiempo, se marchaba a Nashville para intentar que lo descubriera algún cazatalentos.

—Así que los horarios cambiantes y los problemas para encontrar a alguien que cuidara de tu hija fueron las principales razones para dejar REL News, ¿no es así?

—Sí.

Gina guardó silencio, esperando a que desarrollara su respuesta, pero Meg se quedó mirándola sin decir palabra.

—Cuando hablamos por teléfono, dijiste que trabajas en White Plains. ¿A qué tipo de actividad te dedicas?

—Soy supervisora de contabilidad en una agencia de relaciones públicas, Hannon and Ramsey. Es una empresa pequeña. La mayoría de sus clientes pertenecen al campo de la asistencia sanitaria.

—¿Entraste allí justo después de dejar REL News?

—Sí.

—Verás, Meg, una de las personas a las que esperaba entrevistar era Cathy Ryan.

Gina estuvo segura de ver un gesto de dolor en su rostro.

—¿Sabes que acaba de morir?

Meg asintió.

—Cathy trabajó en REL News más o menos a la vez que tú —continuó Gina—. ¿Os conocíais?

—Entramos a trabajar en la compañía con unas semanas de diferencia. Las dos éramos recién graduadas y acabábamos de mudarnos a Nueva York.

—¿Os hicisteis amigas?

—Nos llevábamos bien. Nos veíamos mucho en el trabajo, pero apenas fuera de él.

—Hay algo más que tenéis en común: tú dejaste la compañía al cabo de tres años y medio; Cathy, después de tres años. ¿Es solo una coincidencia?

—No entiendo a qué te refieres.

—Tú te marchaste porque tenías una hija pequeña y aspirabas a conseguir un empleo y un estilo de vida con unos horarios más estables. ¿Te contó Cathy alguna vez por qué dejó la empresa?

Meg parecía estar conteniendo las lágrimas. ¿Se trataba de la pena por la amiga fallecida o había algo más? Recobró la compostura.

—No me gusta hablar mal de una persona que era amiga mía, o con la que al menos tenía un trato amistoso, pero Cathy no era muy apreciada por la mayoría de sus compañeros.

—¿En serio? —dijo Gina, sinceramente sorprendida.

—Desde el principio quedó claro que no resultaba fácil trabajar con ella. Era bastante irresponsable. Solía culpar a los demás de los errores que cometía. Me duele decirlo, pero era una persona problemática.

—Por la descripción que estás haciendo, me cuesta entender que durara tres años en la compañía. —Gina tomó un sorbo de agua, ganando tiempo para introducir con cuidado la siguiente cuestión—. Poco antes de que Cathy muriera, recibí un correo suyo. En él hablaba de una «terrible experiencia» que había sufrido mientras trabajaba en REL News. ¿Tienes alguna idea de a qué podía referirse?

—No tengo ni idea. Todo el mundo en REL News, sobre todo sus compañeros masculinos, se comportaron en todo momento de forma muy educada y profesional. Me parece otro ejemplo más de cómo Cathy siempre intentaba buscar problemas.

Gina trató de asimilar aquella información antes de continuar.

—¿Tienes conocimiento de alguna empleada que, tras dejar REL News, llegara a un acuerdo económico con la compañía?

Planteó la pregunta mientras paseaba una mirada cargada de intención por los costosos muebles que decoraban la estancia.

—Pues claro que no —respondió Meg con vehemencia, poniéndose en pie—. Creo que ya va siendo hora de poner fin a la entrevista.

—Solo una pregunta más —dijo Gina sin moverse de su asiento—. ¿Seguiste en contacto con Cathy después de que se marchara de REL News?

—Muy poco. En realidad, no.

—¿Cómo te enteraste de que había muerto?

—Eh... Lo leí en internet. No recuerdo dónde. Bueno, ya hemos acabado. Te acompaño a la puerta.

57

Gina devolvió el coche alquilado y caminó las ocho manzanas que la separaban de su apartamento. Su mente trabajaba a un ritmo frenético, pensando en las pesquisas que debía realizar y en la gente con la que tenía que hablar antes de reunirse con Geoff. Le envió un mensaje de texto: «Grandes avances en la investigación de REL News. ¿Cuándo podemos quedar?». La respuesta llegó en menos de un minuto: «Regreso el martes por la noche. ¿El miércoles a las diez?». Ella volvió a teclear: «Nos vemos entonces».

Sumida en sus pensamientos, cogió una botella de agua de la nevera y se sentó a la mesa junto a la ventana. Siguiendo su táctica habitual, anotó las preguntas que le habría planteado a Meg Williamson de habérselo permitido:

¿Cuándo fue la última vez que Meg habló o contactó con Cathy?

Meg había descrito a Cathy como una persona «problemática» cuando trabajaba en REL News. ¿Eligió marcharse por su cuenta o fue despedida?

¿Intentó Meg ponerse en contacto con la familia de Cathy tras enterarse de que había muerto en un accidente?

Su concentración se vio interrumpida por el sonido del móvil. Era Ted.

—Hola —respondió Gina con emoción sincera en su voz.

—Menos mal que tengo fotos tuyas en mi teléfono. Estoy empezando a olvidar cómo eres.

Los dos se echaron a reír al unísono con una risa llena de nostalgia.

—Bueno, no soy yo la que está de picos pardos por la soleada California —repuso ella—. ¿Cuándo tendré el placer de volver a disfrutar de tu compañía?

—Lamento decir que no volveré hasta el miércoles a última hora de la tarde. Por favor, dime que estás libre para cenar esa noche.

—Lo estoy. Reservaré en algún sitio.

—Escoge uno que sea muy bueno, porque tenemos algo que celebrar.

—¿Ah, sí? ¿Y de qué se trata? —preguntó Gina.

—Soy consciente de que te aburro mucho con mis historias de banquero.

—No me aburren. Me gustan.

—¿Recuerdas que te conté que cuando una compañía privada planea salir a bolsa, es decir, poner a la venta pública sus acciones, contrata a un banco de inversión para hacer una gira de presentación del proyecto?

—Te refieres a cuando van por las principales ciudades presentando los planes de la compañía a los grandes inversores, ¿no?

—Exacto. Pues nuestro banco ha sido elegido para encargarse de la que probablemente sea la operación bursátil más importante y prestigiosa del año.

—¿Y estás autorizado a contarme de qué compañía se trata?

—El anuncio se hará público el lunes, pero creo que puedo confiar en que mantengas el secreto.

—Los labios de esta reportera están sellados.

—Pues bien, REL News ha elegido nuestro banco para gestionar su salida a bolsa, y yo formo parte del equipo encargado de la gira de presentación del proyecto.

Gina sintió que las rodillas le flaqueaban. ¿Le había mencionado a Ted el correo de Cathy sobre REL News? Creía que no. De forma instintiva, tomó un sorbo de agua.

—Eso es genial. No sabes lo contenta y sorprendida que estoy.

—Para mí también fue toda una sorpresa. Me seleccionaron por delante de otros empleados de mayor rango. Esto es lo que siempre he querido hacer. Y siento que todo empieza a encajar en mi vida. En nuestra vida.

—Tenemos mucho que celebrar el miércoles —convino ella.

—Y espero que tengamos algo más que celebrar.

Gina sabía a lo que se refería. Antes de marcharse a Nepal, él había comentado algo sobre ir a Tiffany a comprarle un anillo. Un anillo de compromiso.

—Bueno, basta de hablar de mí —dijo Ted—. ¿Qué has estado haciendo tú? Ni siquiera te he preguntado en qué reportaje estás trabajando.

Si él supiera... pensó Gina para sus adentros. Odiaba mentirle a Ted, pero en ocasiones era mejor aplicar la teoría del mal menor.

—Hay un nuevo editor jefe en *Empire Review*, y es bastante duro. Le he propuesto algunas ideas, pero aún no se ha decidido por ninguna.

—Pues es una pena. Charlie me caía muy bien. —Las dos parejas, Gina y Ted y Charlie y su esposa, se habían sentado juntas en un par de cenas de la industria editorial—. Estoy seguro de que cuando el nuevo editor te conozca mejor, estará tan encantado contigo como lo estaba Charlie.

—Eso espero.

—Ahora tengo que irme a una reunión. Mi banco no entiende de fines de semana. Estoy deseando que llegue el miércoles. Te quiero.

—Yo también te quiero.

Mientras Gina contemplaba por la ventana las grises aguas del río Hudson, su mente vagaba muy lejos de allí. No podía dejar de pensar en que de repente su vida se había vuelto de lo más complicada. Cogió el móvil y envió otro mensaje de texto a Geoff: «¿Puedes pedirle a alguno de los abogados de la empresa que esté presente en la reunión del miércoles?».

El editor respondió al momento: «Lo haré. Supongo que tienes una buena razón para ello».

Y tanto que la tenía.

58

—¿Por qué dejaste que fuera a tu casa? —vociferó Michael Carter por el teléfono.

—Usted me pidió que contactara con ella —se justificó Meg.

—Te dije que hablaras con ella, no que os reunierais. Si no tenías más remedio que quedar con ella, ¿por qué no la citaste en un Starbucks o en un Barnes & Noble?

—No quería correr el riesgo de que alguien nos oyera y pudiera enterarse de algo.

—Estoy seguro de que ella ya se ha enterado de muchas cosas sobre ti al ver tu casa de Rye.

—No había ninguna restricción sobre cómo debía gastarme el dinero de nuestro acuerdo, y usted lo sabe. Señor Carter, por favor, tranquilícese. Recuerde que es una reportera, y cualquier periodista con dos dedos de frente podría averiguar sin apenas esfuerzo cuánto pagué por mi casa.

—Supongo que tienes razón —admitió a regañadientes—. ¿Le dijiste lo que te ordené que le contaras sobre Cathy Ryan?

—Palabra por palabra.

—¿Y cuál fue su reacción?

—Se quedó desconcertada. Era evidente que no encajaba con la imagen que tenía de Cathy.

—Al menos eso juega a nuestro favor.

—¿Qué quiere que haga a continuación?

—¿A qué te refieres con «a continuación»?

—Es una reportera. Seguro que intenta ponerse de nuevo en contacto conmigo.

Probablemente aquella fue la primera vez que Michael Carter no se mostró tan arrogante ni seguro de sí mismo. No tenía ni idea de qué responder.

—Volveré a llamarte —dijo al fin.

El círculo rojo en la pantalla de su iPhone indicó que la conversación había terminado.

59

El miércoles, Gina ya estaba despierta cuando sonó el despertador a las seis y media de la mañana. Durante los dos últimos días había estado ensayando mentalmente lo que iba a decirle a Geoff. A veces, en la soledad de su apartamento se sorprendía enumerando en voz alta los hechos que a ella le resultaban tan convincentes.

En la reunión de hoy con el editor jefe no estaba solo en juego la posibilidad de seguir adelante con la historia de REL News. Una cosa era que Geoff le hubiera dicho que era un gran admirador de su trabajo, pero eso no eran más que palabras, un cumplido fácil de hacer. Para que Geoff accediera a jugarse el prestigio de la revista con un asunto como el de REL News, Gina tenía que convencerle no solo de que la historia tenía fundamento, sino también de que ella era capaz de llevar a cabo la investigación hasta sus últimas consecuencias.

Sus pensamientos se remontaron a una experiencia que tuvo durante sus inicios como periodista, en su primer puesto de trabajo en un periódico. Rememorar aquello siempre la enfurecía. Gina había acompañado a una amiga de la universidad a visitar a la abuela de esta, que se encontraba internada en una residencia en Long Island. La anciana sufría demencia senil y su mente divagaba entre las penurias sufridas por su familia durante la Gran Depresión y las quejas actuales por los deficientes cuidados que recibía en el centro.

La amiga creía que el descontento de su abuela estaba causado por sus constantes dolores y su desvarío mental. Sin embargo, Gina no estaba tan segura. Con el permiso de su amiga, volvió en repetidas ocasiones a visitar a la anciana. En el aparcamiento de la residencia habló con familiares de otros internos, que tampoco se habían tomado muy en serio las quejas de estos acerca del trato recibido por el personal.

Cuando Gina presentó sus hallazgos ante los miembros del consejo de redacción, estos opinaron que la historia era buena y que podría ser importante para el periódico. Tan importante, que decidieron enviar a su reportero más experimentado a investigarla. Aquello acabaría convirtiéndose en un extenso y galardonado reportaje de denuncia, pero en ningún momento se mencionó el nombre de Gina ni la labor que había realizado.

Mientras se encaminaba hacia la ducha, resonó en su mente el consejo que su padre solía darle: «Vive en el presente, cariño. Es lo único que tienes».

Tras un desayuno ligero, Gina se plantó delante del armario. En la revista se vestía de forma práctica e informal. Geoff tenía una americana colgada en un rincón del despacho, pero nunca le había visto con ella puesta. A petición suya, habría un abogado en la reunión. ¿Iría vestido como... bueno, como un abogado? Gina volvió a reprocharse la cantidad de tiempo que pasaba —malgastaba— tratando de decidir la ropa apropiada que ponerse. Al final escogió un traje de chaqueta azul marino con una blusa blanca.

Después de arreglarse aún le quedaban veinte minutos antes de salir de casa, así que le envió un correo a Meg Williamson dándole las gracias por haberle dedicado su tiempo de forma tan generosa. «Seguramente yo sea la última persona de la que quiera tener noticias», se dijo Gina. Luego echó un vistazo a la bandeja de entrada y abrió un mensaje que le había enviado su padre. Sonrió al ver que se dirigía a ella con el nombre con el que la llamaba de pequeña.

Hola, Gigi:

Solo quería informarte de que a tu padre le va bastante bien por aquí abajo. Ayer tomé el barco hasta Marco Island y me comí una buena langosta. Mañana iré en coche hasta el lago Okeechobee para hacer una excursión guiada en barco. Estoy deseando ver algunos manatíes.

Me estoy convirtiendo en un adicto al gimnasio. Voy cuatro o cinco veces a la semana.

Los amigos me han contado que se lo pasaron en grande en Costa Rica. Estoy considerando seriamente hacer un viajecito allí.

¿No podrías sacar unos días para venir a verme? Hay alguien a quien me gustaría mucho que conocieras.

Te quiere,

Papá

Eso explicaba el tono mucho más animado de las últimas veces y las salidas al cine y a cenar. «Papá tiene una amiguita.» Sonrió al pensar que su padre era feliz. Uno menos del que preocuparse. Pero, al mismo tiempo, no pudo evitar sentir un nudo en la garganta al echar de menos a su madre.

Gina miró el reloj. Hora de marcharse. Especialmente hoy, no podía permitirse llegar tarde.

60

Cuando se abrieron las puertas del ascensor, Jane Patwell la estaba esperando para recibirla. La secretaria la miró de arriba abajo.

—Estás muy guapa, querida —le dijo en tono de aprobación—. Un pequeño consejo: deberías llevar falda más a menudo.

Gina soltó una risita. Si aquel comentario lo hubiera hecho otra persona se habría enojado, pero sabía que Jane lo decía como un cumplido.

Mientras la joven la seguía por el pasillo, la secretaria le advirtió:

—Puede que lo encuentres un poco gruñón. Su vuelo se retrasó y no llegó hasta las dos de la madrugada.

—Gracias por avisarme.

Jane llamó a la puerta del despacho de Geoff y luego abrió. El editor jefe estaba sentado a la mesa de juntas. A su lado se hallaba un hombre de pelo canoso que debía de tener unos sesenta y tantos años, ataviado con un traje oscuro de tres piezas y una corbata azul claro. Frente a ellos había sendas tazas de café y cuadernos para tomar notas. Ambos se levantaron cuando entró Gina.

Esta rechazó el ofrecimiento de café. Jane se marchó, cerrando silenciosamente la puerta tras ella. Gina se fijó en que las tazas de los dos hombres estaban casi vacías. Era evidente que llevaban un buen rato reunidos.

Geoff le estrechó la mano por encima de la mesa.

—Quiero presentarte a Bruce Brady, nuestro asesor jefe. Le he pedido que nos acompañe.

Tras intercambiar las cortesías de rigor, los tres tomaron asiento y Geoff prosiguió:

—En este último cuarto de hora he estado poniendo a Bruce al corriente de la situación. Ahora estamos deseando oír cómo te ha ido con Meg Williamson.

Gina abrió su maletín y sacó varias carpetas.

—En el primer correo que me envió Cathy Ryan... bueno, el único, me contaba que, tras sufrir una «terrible experiencia» en REL News, le hicieron una propuesta para llegar a un acuerdo. Y luego añadió: «Y no me pasó solo a mí». Perdimos la oportunidad de hablar con Cathy después de su... desgraciada muerte en Aruba. Pero su familia me proporcionó la información de contacto que me permitió reunirme con Meg Williamson cuatro días atrás.

»Meg Williamson, de veintinueve años, está divorciada y tiene una hija de seis. Entró a trabajar en REL News justo después de graduarse de la universidad, tras ser contactada por un reclutador de personal de la compañía. Fue contratada más o menos al mismo tiempo que la difunta Cathy Ryan, y se marchó de REL News —echó un vistazo a sus notas— tres meses después de que lo hiciera Ryan, aunque por motivos distintos. Williamson afirma que dejó la compañía para entrar en una empresa de relaciones públicas, ya que necesitaba un horario laboral más estable y no podía permitirse una niñera interina. Según su testimonio, Cathy Ryan era una persona problemática con la que resultaba muy difícil trabajar. No está claro si Ryan renunció a su puesto o si la obligaron a marcharse.

—Si lo que Williamson asegura acerca de Cathy Ryan es

cierto —intervino Geoff—, eso podría dar un nuevo giro a la situación.

—O puede que eso sea lo que REL News quiere que creamos —apuntó Brady—. ¿Has averiguado algo acerca de cómo se comportaba en otros puestos de trabajo?

—He podido hablar con su jefe en el grupo editorial de Atlanta en el que entró a trabajar después de dejar REL News.

—Por lo general esa gente no suele comentar mucho acerca de sus antiguos empleados —observó Brady.

—Pues en este caso no fue así —le aseguró Gina, buscando la información en sus papeles—. Milton Harsh, el editor adjunto, se deshizo en alabanzas sobre el trabajo de Ryan en la compañía. Me contó lo mucho que les había afectado su fallecimiento y que la echaban mucho de menos.

—No parece que fuera una empleada problemática —comentó Geoff.

—Esa es también mi impresión —convino Gina—. Pero, volviendo a Meg Williamson, supongamos que ella también fue víctima de lo que fuera que sucedió en REL News. Cathy Ryan no llegó a ningún acuerdo y acabó muerta. ¿Qué puede indicarnos eso de Williamson?

—Que ella sí firmó el acuerdo —especuló Brady.

—O que sigue negociando con ellos —sugirió Geoff.

—Las dos opciones son posibles, pero, de acuerdo con las pesquisas que he realizado, todos los indicios apuntan a que Williamson aceptó el trato. —Gina sacó dos hojas de una de las carpetas—. Supongo que habéis oído hablar de Zillow, la compañía de bases de datos inmobiliarios online.

Ambos asintieron.

—Este es un informe de la venta de la casa donde actualmente reside Williamson —prosiguió Gina, pasándoles los documentos—. Se vendió hace menos de cuatro años por novecientos noventa mil dólares.

—¿En los registros de Zillow consta si la casa está hipotecada? —preguntó Brady.

—No, pero tener un amigo que trabaja en el sector inmobiliario resulta muy útil en estos casos. Un agente que sea miembro del Servicio de Listado Múltiple puede acceder al sistema y averiguar el nombre del propietario de una vivienda y si esta está hipotecada. Según mi amigo, Meg Williamson es la única propietaria y la casa está libre de hipoteca.

—Supongo —siguió Geoff— que has investigado si podría haber conseguido por otros medios el dinero para comprar una casa de un millón de dólares.

—Lo he hecho —respondió Gina—, y no he encontrado nada. Hay que tener en cuenta que se trata de alguien que aún no ha cumplido los treinta. Son muchos los jóvenes que quieren trabajar en los medios cuando salen de la universidad, y por tanto las compañías no tienen que pagarles mucho. Recordemos que, cuando se planteó la posibilidad de buscar una niñera para su hija, Meg dijo que no podía permitírsela.

—¿Podría haber conseguido el dinero para la casa gracias a su nuevo empleo? —inquirió Brady.

—Para nada —repuso Gina—. Hannon and Ramsey es una modesta empresa de relaciones públicas con una reducida clientela, la mayoría pequeñas compañías de asistencia sanitaria. Una compañera con la que me gradué en la universidad trabaja en Hill and Knowlton, una de las mayores empresas de relaciones públicas del mundo. Según ella, una supervisora de contabilidad de una agencia pequeña tendría suerte si ganara cien mil dólares al año. Como mucho.

—Así que no ha podido comprar la casa con su sueldo —constató Geoff—. Has dicho que está divorciada. ¿Podría haber recibido una gran compensación económica?

—Todo lo contrario —replicó Gina—. Meg me contó que su exmarido era un músico que apenas trabajaba. —Abrió una carpeta y extrajo un documento—. Fui a los juzgados del condado de Nueva York y conseguí una copia del acuerdo de divorcio. Él no le pasaría ningún tipo de pensión a cambio de renunciar a la custodia y a los derechos de visita.

—¿La familia de Williamson tiene dinero?

—También lo he comprobado. Antes de morir de un ataque al corazón hace cinco años, su padre trabajaba como profesor de instituto en una pequeña población de Iowa. Su madre era auxiliar de enfermería. Se volvió a casar cuando aún no había transcurrido un año.

Gina pasó una página de su cuaderno.

—Algo de lo que me dijo Meg Williamson me desconcertó bastante. Cuando le pregunté cómo se había enterado de la muerte de Cathy Ryan, pareció aturullarse un poco. Me contestó que lo había leído en algún sitio en internet. Para alguien que aún no ha cumplido los treinta debe ser un shock enterarse de la muerte de una amiga de su misma edad. Estoy segura de que, si estuviera diciendo la verdad, recordaría exactamente dónde lo había leído.

—Estoy de acuerdo contigo, Gina, y eso me lleva a la pregunta que no ha parado de rondarme por la cabeza —dijo Brady—. Si Williamson aceptó firmar un acuerdo con REL News y no quería que nadie se enterara de ello, ¿por qué accedió a reunirse con una reportera de investigación?

—¿Y por qué no contestó a ninguno de mis primeros correos y mensajes telefónicos, y luego, al cabo de diez días, decidió ponerse en contacto conmigo? La verdad, no tengo respuesta para eso.

Geoff estaba abstraído en sus pensamientos. Pareció reprimir un bostezo; las pocas horas de sueño de la noche anterior empezaban a hacer mella en él.

—Existe otra posibilidad que no hemos considerado. Descríbeme a Meg Williamson.

—Cerca de metro setenta, pelo rubio, ojos azules, delgada, constitución atlética...

—¿Es atractiva?

—Mucho.

—¿Cabe la posibilidad de que sea una mantenida, que tenga lo que se suele llamar un «papaíto», un viejo ricachón?

Gina respiró hondo.

—La verdad, no había pensado en eso. A bote pronto, diría que no. No parece ser de esa clase de mujeres. Tiene un trabajo a jornada completa y una niña pequeña de la que cuidar por las noches. No creo que tenga tiempo para ser además la amante de alguien.

Geoff se arrellanó en su silla.

—Muy buen trabajo, Gina. Estoy convencido de que la muerte de Cathy Ryan no fue un accidente. Y aún lo estoy más de que Meg Williamson es una víctima que aceptó una cuantiosa suma de dinero a cambio de guardar silencio sobre alguna conducta inapropiada en el seno de REL News. Lo que me desconcierta es por qué todo se ha precipitado de un tiempo a esta parte. La terrible experiencia de Cathy Ryan ocurrió hace un par de años. ¿Por qué se ha convertido ahora en una amenaza para la compañía, hasta el punto de llevarles a simular un accidente para silenciarla?

—Creo que yo puedo responder a eso —intervino Brady—. REL News acaba de anunciar su salida a bolsa. No les interesa que se descubra que han ocultado hechos relevantes que podrían desembocar en demandas, procesos judiciales y sanciones elevadas. Y si Cathy Ryan siguiera vivita y coleando, podría haberles causado muchos problemas.

—Señor Brady —intervino Gina—, acaba de introducir un tema que tiene mucho que ver con la razón por la que he solicitado su presencia en esta reunión. Lamento tener que robarle tiempo de sus otras tareas.

Brady restó importancia a sus palabras con un gesto de la mano.

—Llámame Bruce. Y te aseguro que lo que estamos abordando aquí durante los últimos veinte minutos es infinitamente más interesante que el aburridísimo informe legal en el que llevo trabajando los dos últimos días.

Gina sonrió.

—Muy bien, Bruce. Voy a contaros algo que me preocupa. Como acabas de mencionar, REL News está emprendiendo su salida al parquet bursátil y ha contratado a dos bancos de inversión para asesorarles durante el proceso. El hombre con el que salgo desde hace un año y medio trabaja para uno de esos bancos y forma parte del equipo que está presentando el proyecto a los futuros inversores.

—Oh, Dios —exclamó Bruce, sacudiendo la cabeza—. ¿Le has comentado algo acerca de tu investigación sobre REL News, o incluso que estás considerando llevar a cabo una investigación? ¿Sabe tu novio algo al respecto?

—Ni media palabra.

—Eso está bien. Te dará más opciones. Siento ser indiscreto, pero ¿tú y tu novio, esto...?

—Ted.

—¿Tú y Ted vivís juntos?

—No —respondió Gina, tratando de disimular su incomodidad.

Brady entrelazó las manos delante de su cara.

—Eso es una ventaja, pero aun así esta situación sigue planteando un terrible dilema para ambos.

—Estoy segura de que Ted comprenderá si le digo que no puedo revelar nada sobre el reportaje en que estoy trabajando. De ese modo, no podrá ser responsable de algo que desconoce.

Brady negó con la cabeza.

—Ojalá fuera tan sencillo. Si la historia que estás investigando saca a la luz evidencias de comportamiento delictivo en el seno de REL News, afectará muy negativamente al valor de la compañía. Y cuando los inversores se enterasen de que Ted no solo era miembro del equipo que les vendía las excelencias de invertir en ella, sino que también estaba saliendo con la periodista que destapó el escándalo, nadie iba a creerle cuando asegurase que desconocía por completo en lo que tú estabas trabajando.

—Pero sería la verdad —exclamó Gina en tono enfático.

—Durante un juicio, la verdad no suele ocupar el mejor asiento en la sala.

Gina pareció de pronto muy nerviosa.

—Pero a Ted no le pasaría nada, ¿no?

—Estás muy equivocada —la corrigió Brady—. Lo más probable es que lo despidieran de manera fulminante. Y luego se pasaría varios años tratando de defenderse ante unos inversores enfadadísimos que habrían denunciado al banco. Ted podría demandar al banco por despido improcedente, pero sería un proceso largo y desagradable.

—No sé qué hacer —suspiró Gina.

Brady se inclinó hacia delante en su asiento.

—¿Cuándo fue la última vez que viste a Ted?

—Entre mis viajes y los suyos, no nos vemos desde hace tres semanas. He quedado para cenar con él esta noche.

—Gina, piénsalo detenidamente. ¿Le has comentado algo a Ted sobre REL News, ya sea por teléfono, en un correo o en un mensaje de texto?

—No he parado de darle vueltas. Estoy segura de que la única vez que ha salido el tema ha sido este fin de semana, cuando me contó que su banco había sido elegido para hacer la gira de presentación del proyecto.

Brady la miró con expresión consternada.

—Gina, solo hay una manera de que puedas salir airosa de esta situación sin perjudicar la carrera de Ted.

—¿Qué puedo hacer?

—Ted no debería haber compartido esa información contigo antes de que se hiciera el anuncio oficial. Pero es comprensible; estoy seguro de que la mitad de los banqueros se lo habrán contado a sus cónyuges y seres queridos. Pues bien, te diré lo que tienes que hacer. De forma inmediata y sin dar explicaciones, debes poner fin a la relación. Niégate a quedar con él. Envíale un correo o un mensaje de texto diciendo: «He decidido tomar un rumbo diferente. Adiós».

Los ojos de Gina se llenaron de lágrimas. Geoff se acercó a su escritorio, cogió una caja de pañuelos de papel y la puso delante de ella. Después rompió el silencio.

—Bruce, estoy pensando en voz alta. No sé si las ideas que me cruzan por la mente tienen algún sentido. Supongamos que, con el permiso de Gina, le asigno el reportaje a otro periodista. Si se retira de la investigación, ¿quedaría al margen de todo este asunto?

Gina notó una punzada de dolor en el estómago. Una vez más se repetía la historia de la residencia de ancianos. Ella desarrollaba todo el trabajo y otra persona se llevaba el reconocimiento.

—Me temo que eso no es posible —replicó Brady—. Gina está estrechamente involucrada en esta investigación. No dejará de saber lo que ya sabe solo porque otro periodista se encargue de proseguir con su labor.

Gina se sintió abrumada por el inesperado giro que habían dado los acontecimientos. Durante las últimas semanas se había estado cuestionando los motivos de su reticencia a comprometerse con Ted. Sabía que lo amaba profundamente, pero la asustaba tener que tomar la decisión de pasar el resto de su vida con él. Y ahora se veía forzada a tener que plantearse la vida sin Ted. ¡El pensamiento le resultaba inconcebible!

No obstante, sentía que tenía que seguir investigando aquella historia. Una serie de mujeres jóvenes, más o menos de su misma edad, habían sido víctimas de acoso sexual, y probablemente otras lo estaban sufriendo aún. Además, estaba convencida de que una de ellas había sido asesinada. «Si lo dejo ahora —pensó—, ¿cuánto tardarán en asignarle el reportaje a alguien? Y esa persona, ¿se comprometerá con la investigación del mismo modo en que yo lo he hecho? ¿Habrá más víctimas de las que aún no sabemos nada? Esta historia es mía, y Ted también lo es. Encontraré la manera de no perder a ninguno de los dos», se prometió.

—He tomado una decisión —anunció, sorprendida por la firmeza que transmitía su voz—. Voy a romper con Ted. —Y mirando a Geoff añadió—: Esta es mi historia y pienso llegar hasta el final.

—De acuerdo, Gina —dijo Geoff tras unos momentos de silencio—. Y ahora que Cathy Ryan está muerta y Meg Williamson se muestra reacia a hablar contigo, ¿qué piensas hacer a continuación?

—Aún me queda una carta que jugar con Meg Williamson: ella no sabe que su amiga Cathy Ryan fue asesinada.

61

«Conmocionada» habría sido una buena palabra para describir el estado de Gina mientras salía de las oficinas de *Empire Review* y se encaminaba hacia el metro. Como una autómata, introdujo el pase mensual y las puertas se abrieron. Miró abstraída por la ventanilla del vagón, subió con paso rígido las escaleras en dirección a la salida y caminó hasta su apartamento. Todo aquel tiempo pasado en Nepal, en Aruba, a bordo de los aviones, se había estado debatiendo sobre lo que iba a decirle a Ted, sobre cómo responder a su pregunta. Quién le habría dicho entonces que Ted iba a recibir su respuesta en un correo o un mensaje de texto dictado palabra a palabra por, nada más y nada menos, que un abogado.

Devolvió con aire ausente el saludo al portero, pero entonces se detuvo. ¿Por qué no empezar ahora mismo con esto?

—Miguel, ya no voy a verme más con mi amigo Ted. Si viene por aquí, no lo dejes subir. Y si llama, no le digas si estoy o no en casa.

Mientras salían por su boca, las palabras le sonaban extrañas a sus propios oídos.

—Oh, señorita Gina, lo siento mucho. Usted y el señor Ted hacían tan buena pareja... Descuide, no le daré ninguna información.

Una vez en su apartamento, caminó aturdida hasta la cocina y dejó su bolso en la encimera. Ya era casi la hora de comer, pero no tenía hambre. Pensar en comida solo le recordaba que esa noche no cenaría con Ted. Llamó al restaurante y anuló la reserva.

—Gracias por avisar —le respondió un hombre con un marcado acento.

Ojalá Ted se tomara la noticia tan bien como lo habían hecho en el restaurante, pensó mientras colgaba el teléfono.

—Tiene que haber una mejor manera de hacer esto —dijo en voz alta mientras abría el portátil.

Empezó a teclear lo que le había sugerido el abogado tal como lo recordaba: «Querido Ted: He decidido tomar un rumbo diferente. Adiós».

Se quedó mirando la pantalla. Aquellas eran las palabras exactas de Brady, salvo por el «Querido Ted». «Se supone que yo soy la escritora profesional —se dijo—. Puedo hacerlo mucho mejor.»

No la consolaba mucho saber que el dolor que iba a infligirle a Ted era por su propio bien. El dolor siempre era dolor, no importaba con qué intención se causara. Si la situación hubiera sido a la inversa, ¿habría resultado menos dolorosa? ¿Cómo se sentiría ella si Ted le comunicara que la dejaba sin darle ninguna explicación? ¿O sin siquiera decirle que ponía fin a su relación porque había otra persona?

Tecleó de nuevo: «Querido Ted: Siento tener que decirte esto en un correo. He conocido a alguien y quiero... —borró el "quiero" y lo reemplazó por "necesito"—... necesito tomar un rumbo diferente. Adiós».

Leyó y releyó lo que había escrito y al final negó con la cabeza. Esta nueva versión suscitaba más preguntas de las que respondía. ¿Cuándo había tenido tiempo de iniciar una relación con otra persona? ¿Cambiarías toda tu vida tras conocer a alguien que iba sentado a tu lado en un avión, o tras conversar con alguien en la barra de un bar? No, no arriesgarías todo lo que tienes a menos que estuvieras razonablemente seguro de que la nueva situación te iba a hacer más feliz. Y eso solo podrías saberlo si te vieras con esa persona varias veces, y después de cada encuentro quisieras más.

«Y si yo pienso esto, Ted también lo pensará. Así que no voy a contarle nada en el correo. No importa lo que pueda decirle; él creerá que le he engañado, que le he estado engañando todo este tiempo en que le pedía que tuviera un poco de paciencia.»

Respiró hondo, obligándose a reconocer que no había manera de suavizar el daño que causaría. Empezó a escribir un nuevo mensaje: «Ted: He decidido tomar un rumbo diferente. Adiós. Gina».

Cuando pulsó «Enviar», las lágrimas corrían por sus mejillas.

62

Michael Carter no podía evitar tener un mal presentimiento. Debía admitir que había cierta ironía en su dilema. Sus esfuerzos por proteger a una de las cadenas de noticias más importantes del país estaban siendo socavados por una reportera, periodista o como quisiera llamarse. ¿Cómo se había enterado Gina Kane de la existencia de Meg Williamson? Para tratar de averiguarlo, Carter había vuelto a llamar a Lauren Pomerantz, que fue quien le dio el nombre de Meg. Lauren le aseguró que no había incumplido su acuerdo de confidencialidad y él la creyó, al igual que había creído a Meg. ¿Podrían haberse puesto Paula Stephenson o Cathy Ryan en contacto con la periodista? No tenía manera de saberlo. ¿Habría sido otra de las víctimas la que había hablado con ella? ¿O quizá alguna otra de la que aún no tenían conocimiento?

Tras haber visto la casa de Meg Williamson en Rye, Gina Kane tenía que saber que Meg había aceptado el acuerdo. Pero ¿era todo lo que sabía? Aparte de hacer preguntas sobre la etapa en que Cathy Ryan estuvo trabajando en REL News, ¿habría empezado a indagar acerca de lo que le ocurrió en Aruba?

Se planteó no informar sobre las investigaciones de Gina Kane, pero al final cambió de opinión. ¿Por qué iba a ser él el único que se preocupara por la periodista? De modo que abrió el portátil y empezó a teclear un mensaje a Sherman, con la habitual copia oculta a Junior: «Houston, tenemos otro problema...».

63

Esa tarde, Gina estuvo releyendo las notas que había tomado una semana y media atrás, durante su viaje a Aruba, sus «vacaciones», como lo había descrito Geoff, y las que tomó después de su encuentro con Meg Williamson. Agradecía los escasos intervalos de tiempo —diez minutos ahora, quince un rato antes— en los que su mente conseguía centrarse en otra cosa que no fuera Ted. «Tienes un trabajo que hacer —se recordó—. No puedes dejar que tu vida personal interfiera en ello.»

Tenía que tomar dos decisiones con respecto a Williamson. ¿Debía contarle que estaba segura al cien por cien de que Cathy Ryan había sido asesinada? Estaba prácticamente segura de que alguien había manipulado su moto acuática, así que era «casi verdad». Gina sonrió al notar cómo se rebelaba la periodista en su interior. Podía oírla preguntar: «¿Me puedes explicar qué significa eso de "casi verdad"?».

La otra cuestión era cómo volver a ponerse en contacto con ella. Gina estaba convencida de que la habían aleccionado para que le contara que durante su etapa en REL News Cathy había sido una empleada problemática con la que resultaba difícil trabajar. Si la telefoneaba o le enviaba un mensaje para volver a quedar con ella, eso les proporcionaría tiempo para darle nuevas instrucciones sobre lo que debía decir esta vez. Suponiendo, claro está, que Meg accediera a mantener un segundo encuentro. Aún recordaba la manera tan abrupta y vehemente en que había puesto fin a la entrevista en su casa.

Otra posibilidad era presentarse por sorpresa. Pero presentarse... ¿dónde? Ir a su casa mientras su hija estaba allí sería un error. Meg era una madre muy protectora. Sería incapaz de centrarse en lo que Gina tenía que decirle si estaba todo el rato pendiente de la pequeña.

Supuso que Meg tendría un horario de trabajo convencional. Acabaría su jornada sobre las cinco o cinco y media, y lo más probable es que tuviera una canguro para cuidar de la niña después de la escuela. Eso les daría un poco de tiempo para hablar. Si Meg se excusaba diciendo que debía irse corriendo para recoger a su hija, Gina tendría su respuesta preparada.

Un sonido tintineante en el móvil le anunció la llegada de un mensaje. ¡Era de Ted! Miró la hora: las cuatro y media. Su avión ya habría aterrizado en el JFK. Contuvo el aliento mientras lo leía: «Ja, ja, qué graciosa. Si esta es tu idea de una inocentada del 1 de abril, te has adelantado casi medio año. Confírmame dónde y cuándo esta noche».

«Oh, Dios», pensó Gina. ¿Era posible que Ted pensara que solo estaba bromeando? Volvió a repasar el texto. Él siempre se despedía con un «Te quiero» o enviándole besos al final. No había nada de eso. Al parecer, Ted albergaba alguna duda o sospecha de si el mensaje iba realmente en serio.

Se lo imaginó bajando del avión, recorriendo los largos pasillos del JFK con la corbata aflojada y un poco caída, una mano tirando de la maleta y la otra sosteniendo el móvil, mirando la pantalla, esperando el mensaje que le dijera que todo estaba bien, que el único problema era que su novia, la mujer con la que quería casarse, tenía un extraño sentido del humor.

Incapaz de soportar la espera, intentaría llamar. En efecto, el móvil de Gina empezó a vibrar sobre la mesa. Había olvidado subir el volumen después de la reunión de esa mañana. Menos de un minuto después sonó el fijo. Gina se llevó las manos a la cabeza mientras oía los timbrazos. Seis largos y estruendosos tonos, con un silencio entre cada uno. Luego el alegre mensaje en el contestador, seguido por un bip.

«Llámame», fue todo lo que dijo Ted antes de colgar.

Decidió que no podía quedarse sola esa noche. Llamó al móvil de Lisa.

—Hola, ¿qué pasa? —respondió su amiga.

—Si no estás ocupada, me iría bien un poco de compañía y diversión.

—Claro, estoy libre. Pero creía que esta noche era tu gran cena con...

—Te lo explicaré luego. ¿En Pedro's a las ocho?

—Hecho.

—Ah, Lisa, una cosa más. Te dije que estaba trabajando en un reportaje sobre REL News.

—Sí. Me comentaste que podría haber algún caso tipo Me Too en la compañía.

—¿Se lo has contado a alguien?

—No.

—Bien. No lo hagas. Nos vemos esta noche.

64

Esta vez Gina encontró mucho más tráfico que en su anterior visita a White Plains. A pesar de todo llegó con tiempo de sobra, así que pasó con el coche de alquiler por delante de las oficinas de Hannon and Ramsey. La agencia de relaciones públicas estaba ubicada en un pequeño complejo de cristal y piedra blanca, junto con varios bufetes legales, firmas de contabilidad y empresas de gestión del patrimonio. Se sintió aliviada al comprobar que el edificio no contaba con un parking subterráneo, lo que impediría que Meg Williamson pudiera salir sin ser vista.

Aparcó un poco más allá, metió algunas monedas en el parquímetro y esperó en la acera a unos diez metros de la entrada principal. No quería arriesgarse a que Meg la viera y decidiera abandonar el edificio por una salida distinta. La cálida temperatura, inusual para la época, hizo la espera más soportable.

A las cinco y veinte, Meg salió por la puerta principal y giró en dirección a Gina. Al verla, se detuvo en seco y la fulminó con la mirada.

—No tengo nada más que hablar contigo. No tienes derecho a acosarme...

—Meg, debes escuchar lo que tengo que decirte. Solo necesitaré unos diez o quince minutos.

—No tengo tiempo. La canguro me está esperando —dijo, y echó a andar con paso vivo.

—Lo entiendo —continuó Gina, que tuvo que apretar el paso para seguir su ritmo—. Te diré lo que podemos hacer. Hablaremos mientras vamos en tu coche. Yo me bajaré en la calle antes de entrar en tu vecindario, y luego cogeré un Uber para volver a por el mío.

—He dicho que no tengo nada más que hablar contigo, y tampoco me interesa nada de lo que puedas decirme. Solo quiero que te vayas y me dejes en paz...

—Cathy Ryan fue asesinada en Aruba. ¿Eso te interesa?

Meg se paró en seco. Su rostro dejó ver una mezcla de miedo y conmoción.

—Oh, Dios mío...

—Venga. Vamos a por tu coche.

Caminaron en silencio las dos manzanas que las separaban del parking. Gina se fijó en que Meg no dejaba de mirar a un lado y a otro, y en que de vez en cuando giraba la cabeza hacia atrás.

Accionó el mando y se encendieron las luces de un BMW último modelo. Gina espero a que pagara al vigilante y estuvieran en la calle para romper el silencio.

—Parecías muy nerviosa mientras íbamos hacia el parking. ¿Te preocupa que pueda seguirte alguien?

—No lo sé —respondió Meg con los puños apretados sobre el volante—. A veces saben cosas sobre mi vida personal que no deberían saber.

—¿A quiénes te refieres? ¿Quién es tu contacto en REL News?

Meg hizo caso omiso de su pregunta.

—Cuéntame qué le pasó a Cathy.

Gina, consciente de que los quince minutos seguían corriendo, le contó rápidamente de lo que había descubierto en Aruba.

—Alguien se tomó muchas molestias para seguir a Cathy

hasta Aruba, averiguar a qué excursión se había apuntado y manipular su moto acuática mientras estaba en el restaurante —concluyó.

Ahora el miedo superó a la conmoción en el bello rostro de Meg.

Gina continuó con delicadeza:

—En su correo electrónico, Cathy me dijo que había sufrido una «terrible experiencia» en REL News. Y sé que a ti también te ocurrió. ¿Puedes contarme qué te pasó?

Meg negó con la cabeza y apartó una mano del volante para enjugarse los ojos. Gina esperó, confiando en que rompiera su silencio. En vano.

Probó a cambiar de estrategia.

—Si me dijeras quién os hizo daño a Cathy y a ti, ¿reconocería su nombre?

—Sí —respondió casi sin querer antes de volver a cerrarse en banda.

«Reconocería su nombre —se dijo Gina—. Tiene que ser alguien que aparece en pantalla o uno de los grandes ejecutivos.»

—Meg, sé que aceptaste un acuerdo para guardar silencio sobre lo que ocurrió. Estás en todo tu derecho de proteger tu seguridad y la de tu hija.

—Ella es todo lo que tengo —replicó con un hilo de voz—. No quiero implicarme en nada de esto.

—Pero ya estás implicada. Te utilizaron para pasarme información falsa, para que me contaras que Cathy era una empleada problemática en la compañía.

—¿No podrías simplemente ir a la policía, explicarles lo que has averiguado sobre Cathy y dejar que ellos se encarguen de todo?

—Ojalá fuera tan sencillo. La policía de Aruba ha cerrado el caso, y no tengo suficientes pruebas para convencer al FBI de que abra una investigación.

—Quiero ayudarte, pero no puedo —afirmó Meg con rotundidad—. El único modo de estar a salvo es hacer lo que me dicen y mantenerme al margen. Ni siquiera debería estar hablando contigo.

Gina se dio cuenta de que ya se estaban acercando a su barrio. Era el momento de sacar la artillería pesada.

—Meg, no estás a salvo, y tampoco lo está tu hija. REL News está preparando su salida a bolsa y todo este asunto es una bomba de relojería. La carrera profesional de mucha gente y cientos de millones de dólares están en juego. Puede que eliminaran a Cathy Ryan porque se negó a llegar a un acuerdo. Pero, aparte de Cathy, cualquier otra persona que conozca sus sucios secretos puede representar un peligro para ellos.

Meg giró por una calle; solo faltaba una manzana para entrar en su vecindario. Se detuvo junto al bordillo y dejó el motor en marcha. Cuando habló, su voz sonó firme y decidida:

—Te ayudaré con una condición: que prometas que nunca más volverás a ponerte en contacto conmigo.

—Pero ¿cómo...?

—¿Lo prometes?

—Sí —respondió Gina, aunque ya estaba pensando en cómo lograr que Meg se retractara de ello.

—Hay una persona en REL News que sabe mucho más que yo sobre las víctimas. Puedo convencerla para que contacte contigo.

—Cumpliré la promesa que te he hecho. Pienso llegar hasta el fondo de lo que está ocurriendo en REL News. Pero si doy con alguna información que apunte a que tú y tu hija podríais estar en peligro, ¿de verdad no quieres que te lo comunique?

Meg se quedó mirando al frente.

—De acuerdo. Pero nada de volver a presentarte por sorpresa en mi lugar de trabajo o en mi casa. Si tienes que contactar conmigo, hazlo por correo electrónico. —Miró el reloj del salpicadero—. Se acabó el tiempo. Por favor, bájate del coche.

65

Ted volvió a leer el correo sin dar crédito a lo que ponía. El día anterior, Gina le había escrito diciéndole que estaba deseando verle. Y ahora esto.

Su novia era una de las personas más centradas que había conocido en su vida. No era en absoluto la clase de mujer que actuaba por impulso.

¿Qué había hecho que cambiara?

¿Quién había hecho que cambiara?

En quince minutos empezaba otra reunión para presentar el proyecto de REL News. Se guardó el móvil en el bolsillo y avanzó a grandes zancadas por el vestíbulo.

Mientras pulsaba el botón de la sexta planta, solo podía pensar en si había dicho o hecho algo que hubiera provocado que Gina cortara con él de esa manera.

66

Gina recobró el aliento mientras recorría a trote lento las pocas manzanas que separaban hacia el oeste Central Park de su apartamento. En lo posible, evitaba correr por el parque cuando ya había oscurecido. Esa noche había tenido suerte. Ocho corredores de un club de atletismo estaban empezando su circuito de diez kilómetros. Se amparó en la seguridad del grupo y corrió detrás de ellos. Dejar que marcaran el ritmo le permitió liberar su mente para pensar.

Estaba a punto de salir del apartamento cuanto recibió una llamada de su padre. Mientras corría, rememoró la conversación.

—Gina, tengo que contarte algo. Ya sabes lo duros que han sido para mí estos seis meses desde que falleció tu madre. Quiero volver a darte las gracias por haberme acompañado en el viaje a Nepal. Fue fantástico no sentirme solo entre las demás parejas.

Hizo una pausa. Gina esperó, temerosa de lo que podría venir a continuación.

—Poco antes de partir hacia Nepal, estaba en el muelle haciendo un poco de limpieza en el barco.

Recordó que había sonreído al pensar en la imagen. Su madre y ella siempre hacían bromas sobre la enorme cantidad de tiempo que dedicaba al cuidado de su pequeña embarcación.

Unos años atrás, la artritis en las rodillas le había obligado a dejar la práctica del tenis. Las recomendaciones de su esposa para que jugara al golf habían caído en saco roto.

—Me llevaría demasiado tiempo —protestaba él.

—Jay —replicaba ella—, pero si estás jubilado. ¡Tiempo es lo único que tienes!

Se había pasado la mayor parte de su carrera en Wall Street, negociando con bonos y obligaciones, y al final acabó en Chubb Insurance. Le encantaba su trabajo, pero cuando la compañía fue vendida decidió jubilarse.

Ese mismo invierno, un amigo les sugirió que alquilaran algo por la zona de Pelican Bay, en Naples. Durante su primer fin de semana allí, mientras paseaban por el vecindario, conocieron a Mike y Jennifer Manley, una pareja de jubilados británicos de unos setenta años.

—¿Habéis ido a la playa para ver la puesta del sol? —les preguntó Jennifer.

Cuando sus padres respondieron que no, el doctor Manley les propuso:

—Os recogeremos a las seis menos cuarto y tomaremos el tranvía juntos.

El tranvía, una especie de carrito de golf enorme que no habría desentonado en Disney World, era el servicio de transporte más habitual para los residentes de Pelican Bay. Tenía varias paradas y atravesaba los magníficos bosques de manglares hasta llegar a las playas vírgenes que se extendían a lo largo de unos cinco kilómetros.

Al cabo de unas semanas, los Manley se pasaron a tomar café.

—En nuestra zona han puesto una casa a la venta —les contó Mike.

Y solo un mes y medio después, los padres de Gina se habían convertido en sus nuevos propietarios.

En un principio se suponía que sería un lugar en el que escapar de los rigurosos inviernos neoyorquinos, pero desde el segundo año los Kane empezaron a hablarle a su hija de lo bien que estaba Naples en otoño, cuando no había tanta gente. En vez de regresar a principios de abril, se quedaron hasta después del puente de los Caídos. Y, siguiendo los consejos de su contable, acabaron por establecer su residencia en Florida. Fue entonces cuando le ofrecieron a Gina que se mudara a su apartamento del Upper West Side y lo considerara como de su propiedad.

Sus padres estaban disfrutando de la vida. Les encantaba vivir en Naples, y algunos amigos de Nueva York también jubilados residían en las cercanas localidades de Bonita Springs y Marco Island. Su padre se aficionó tanto a la navegación que acabó por comprarse un pequeño yate de segunda mano en el que podían dormir dos personas. Siempre había algo que hacer en la embarcación, y a él le gustaba mantenerse ocupado. Con su esposa como primer oficial de cubierta, hacían pequeñas excursiones con otras parejas y durante un par de días navegaban a lo largo y ancho de la costa del Golfo.

Entonces le diagnosticaron la enfermedad a su madre. Lo que deberían haber sido otros veinte años de felicidad se transformaron de repente en sesiones de radioterapia, quimioterapia y cuidados paliativos, hasta que llegó el final.

Y ahora su padre, mientras trajinaba en su pequeño yate, había conocido a alguien. A Gina le habría gustado alegrarse por él, pero es que solo hacía seis meses que su madre había muerto.

Aflojó el ritmo y fue caminando el último trecho hasta su apartamento. Se disponía a cruzar la calle cuando miró hacia el vestíbulo iluminado de su edificio. Miguel negaba con la cabeza mientras hablaba con un hombre visiblemente alterado. ¡Era Ted! En ese preciso momento empezó a dar media vuelta para marcharse.

Si miraba al otro lado de la calle, la vería. Gina retrocedió a toda prisa y se agachó detrás de un Cadillac Escalade aparcado. Atisbando a través de las ventanillas pudo ver cómo giraba hacia el este y se encaminaba en dirección a Broadway.

Quería echar a correr detrás de Ted, tocarle el hombro y, ante su expresión de sorpresa, enlazar su brazo con el de él. Sin embargo, no podía hacerlo. ¿Qué explicación podría darle? No había ninguna. Y era consciente de que, si volvía a verle ahora, ya no habría nada que pudiera apartarla de él.

Un breve escalofrío recorrió su cuerpo mientras el calor acumulado de la carrera empezaba a ceder ante el frío aire nocturno. Segura de que Ted ya no podría verla, cruzó la calle hacia su edificio.

Miguel se acercó a ella en el vestíbulo y empezó a hablarle en voz baja. Aunque Gina ya sabía lo ocurrido, dejó que le explicara la visita sorpresa de Ted. El portero insistió varias veces en que no le había dado ninguna información sobre ella.

De camino hacia el ascensor, sintió que le faltaba el aire. El apartamento de sus padres, el que ahora era su hogar, siempre había sido su santuario, un lugar donde ella tenía todo el control. Nadie entraba allí sin su consentimiento. Entre sus paredes podía disfrutar de la soledad y sentirse segura.

Pero ahora todo eso había quedado comprometido. Si hubiera acabado su carrera un minuto antes, o si hubiera regresado por la otra acera, podría haberse topado de cara con Ted y habría sido incapaz de responder a las preguntas que él tenía todo el derecho a plantearle. ¿Volvería a intentarlo? Probablemente sí. Seguro que lo haría. Ted trabajaba todos los días hasta muy tarde. Pero ¿qué pasaría el fin de semana? Cada vez que Gina saliera del edificio, ¿tendría que mirar a un lado y a otro para asegurarse de no encontrárselo?

Si se lo topaba de frente, ¿acabaría confesándole que la razón por la que no debía verle más era que él podría perder su trabajo?

Una vez en su apartamento, cogió una botella de agua mientras su mente trabajaba a toda velocidad. La persona a la que Meg Williamson iba a pedir que se pusiera en contacto con ella lo haría por teléfono o por correo electrónico, así que no importaba si Gina estaba o no en casa. El viernes por la mañana tenía programada una reunión con Geoff para ponerlo al día de sus avances, pero después no tenía nada en la agenda. Tomó una decisión. Cogió el teléfono y empezó a marcar. Su padre respondió al primer tono.

—Hola, papá. No quiero que pases solo tu cumpleaños. He pensado ir este fin de semana para celebrarlo.

—Es muy considerado por tu parte, pero no tienes por qué hacerlo. Ya hicimos juntos ese fabuloso viaje.

—Sé que no tengo por qué hacerlo, pero quiero hacerlo.

—¿Estás segura de que te va bien cogerte unos días?

—Vamos, papá. Esa es una de las ventajas de ser una trabajadora autónoma. Si llevo mi portátil, puedo trabajar en cualquier sitio. ¿Qué te parece si llego el viernes por la tarde y me quedo hasta el lunes? Quiero llevarte a cenar el sábado.

—Eh... supongo que estaría bien.

—¿Percibo cierta reticencia? Si no quieres que vaya...

—Pues claro que quiero que vengas. Es que me he distraído un momento.

—Muy bien. Quedamos así.

—Envíame un mensaje con la información de tu vuelo e iré a recogerte a Fort Myers. Sé que estás muy ocupada. Ya me encargo yo de hacer la reserva para el sábado.

—Perfecto. Estoy deseando verte.

—Yo también. Te quiero.

67

Las tres de la madrugada. Incapaz de dormir, Carter fue a la cocina y abrió el portátil que utilizaba exclusivamente para comunicarse con Sherman y Junior. No tenía ni idea de cuál sería su reacción al enterarse de que una reportera andaba metiendo las narices donde no debía. ¿Se dejarían llevar por el pánico? ¿Decidirían seguir adelante con la operación como si nada? Todo era posible. Junior fue el primero en responder:

> Vigila de cerca a esa reportera. Si hay novedades, házmelo saber INMEDIATAMENTE.

La respuesta de Sherman fue similar:

> ¿Alguna posibilidad de sobornar a alguien para que la historia no salga a la luz?

Carter sopesó esa posibilidad. ¿Podría impedirse que se publicara el reportaje haciendo llegar la cantidad de dinero apropiada a las manos adecuadas? Era Sherman quien había hecho la propuesta, así que sin duda estaría de acuerdo en proporcionar los fondos necesarios para llevarla a cabo.

Bostezó. Valdría la pena intentarlo.

68

Gina desembarcó y caminó hacia la terminal arrastrando tras de sí su pequeña malcta. Siempre que podía prefería viajar ligera para evitarse la inevitable espera en la cinta de recogida de equipajes. En una bolsa de mano podía llevar todo lo que necesitaba para un fin de semana.

Envió un mensaje a su padre: «Ya he bajado del avión. Estoy saliendo». Sonrió mientras imaginaba a Joseph «Jay» Kane esperando fuera en la zona de recogida de pasajeros. No solo habría llegado puntual, sino con bastante antelación, y estaría leyendo el *Wall Street Journal* mientras aguardaba su mensaje.

Cuando salía de la terminal, el coche de su padre frenó delante de la puerta. Se apresuró a bajar, le dio un rápido abrazo y metió su equipaje en el maletero. Lo primero que pensó Gina al verlo era que tenía un aspecto estupendo. Entonces cayó en la cuenta de que no se trataba solo de algo físico; no era por el atractivo contraste entre la piel bronceada y la espesa cabellera entrecana. Había algo más, un innegable brillo que se traslucía en su mirada y en su voz.

Después de charlar durante un minuto sobre cómo había ido el vuelo, su padre le hizo la pregunta para la que se había estado preparando:

—¿Cómo está mi futuro yerno? Ha sido todo un detalle por su parte enviarme un correo por mi cumpleaños.

Su padre y Ted se caían bien desde el instante en que se conocieron. Los dos eran fans de los Giants y los Yankees de Nueva York. Ambos compartían ideas políticas moderadas y lamentaban que muchos de sus amigos fueran de derechas.

Gina odiaba tener que mentirle a su padre, pero no podía contarle la verdadera razón por la que habían roto. Optó por lo que esperaba que fuera una explicación aceptable... al menos de momento.

—Ted y yo hemos decidido tomarnos un descanso. Antes de dar un paso importante, necesitamos algo de tiempo para pensar.

—¿Más tiempo aún, Gina? Pero si pensar era lo único que hacías cuando estabas en Nepal. Déjame darte un pequeño consejo y te prometo que no volveré a abrir la boca sobre este asunto. Cariño, no te quedes solo en los defectos. Si te dedicas a buscar los aspectos negativos de alguien, siempre acabarás encontrándolos, pero te perderás otros muchos positivos.

Gina guardó silencio mientras asimilaba las palabras de su padre.

—Bueno, basta de hablar de mí —dijo por fin—. ¿Qué novedades hay en tu mundo?

No tuvo que esperar mucho para obtener la explicación a su nuevo estado de ánimo. De los cuarenta minutos que duraba el trayecto de Fort Myers a Naples, su padre se pasó treinta hablándole de Marian Callow.

Había crecido en Los Ángeles. Su padre era ayudante de dirección en uno de los grandes estudios de la ciudad. Se fugó con un hombre cuando tenía veinte años. Rompieron al cabo de diez, cuando ella descubrió que no podía tener hijos. Tras mudarse a Nueva York, empezó a trabajar como interiorista. A los treinta y cinco se casó con un ejecutivo retirado, que murió hacía ocho años. Tenía dos hijastros. Y, tras acabar su exhaustiva descripción, el padre de Gina añadió que esperaba que no le importara que hubiera invitado a Marian a celebrar su cumpleaños con ellos.

Eso explicaba su vacilación cuando Gina le contó su intención de visitarlo, y también que se ofreciera a encargarse él mismo de hacer la reserva para la cena del sábado.

—Gina, tengo que contarte algo. Ya sabes lo mal que lo he pasado desde que murió tu madre. Conocía a Marian antes de marcharnos de viaje a Nepal, y mientras estábamos allí me di cuenta de que no podía dejar de pensar en ella. Cuando volví del viaje, había una nota suya invitándome a una cena de bienvenida en su casa. Y desde entonces nos hemos estado viendo todos los días.

Todos los días durante tres semanas... ¿De qué iba todo eso? Mientras ella trataba de decidir si debía casarse con Ted, con quien llevaba más de dos años saliendo, su padre no había dejado de pensar en una mujer a la que apenas conocía.

—Marian es un poco más joven que yo —añadió.

—¿Cuánto es «un poco»?

—Diecisiete años —respondió un tanto cohibido.

—¡Diecisiete años! —exclamó Gina.

Si esa era su definición de «un poco», ¿qué sería para él una mujer «mucho» más joven? Hizo un rápido cálculo mental: ella tenía treinta y dos años; su padre, sesenta y seis. Marian tenía cuarenta y nueve, así que la diferencia de edad con ella y con su padre era la misma.

—De acuerdo, es más joven que yo —concedió él—, pero no creo que eso importe mucho, ¿no?

—Importar... ¿para qué, papá?

Incluso mientras formulaba la pregunta, temía conocer la respuesta.

—Tal como van las cosas, creo que nuestra relación se está convirtiendo en algo serio.

Su madre había muerto hacía solo seis meses. Después de treinta y cinco años de feliz matrimonio, su padre no podía haberse enamorado tan deprisa. Le vino a la mente un viejo dicho de su abuela en el que no pensaba desde hacía tiempo: «Las viudas desconsoladas encuentran rápido consuelo». ¿Podría aplicarse lo mismo a los viudos?

Gina escogió su respuesta con cuidado:

—Vaya, papá, me alegro por ti. Aunque, por otra parte, me parece un tanto precipitado. En fin, ¿dónde vamos a celebrar tu cumpleaños? —preguntó con los dientes apretados.

—En el club náutico de Naples Bay. Sé que te gusta mucho, así que he reservado para cenar los tres mañana por la noche.

Los tres... Antes, eso significaba papá, mamá y ella. Ahora había otra persona formando parte del trío.

—Sé que cuando mamá y tú os conocisteis en el instituto fue amor a primera vista. Los dos supisteis al momento que habíais encontrado a vuestra media naranja. Desde aquel primer día disfrutasteis de más de cuarenta años de felicidad juntos. Pero recuerda que entonces teníais diecisiete años y os casasteis con veinticinco. Eso os dio ocho años para llegar a conoceros bien.

—Cuando llegas a mi edad sabes muy bien lo que buscas. Puede que los jóvenes tengáis tiempo para cortejar durante ocho años, pero los que ya dependemos de la asistencia sanitaria no nos podemos permitir ese lujo.

Ella le puso una mano sobre el hombro.

—Papá, mamá nos dejó hace solo seis meses. Tuvisteis un matrimonio feliz durante muchos años. Entiendo que añores la compañía y quieras encontrar a alguien cuanto antes, pero elegir a la persona equivocada podría ser aún peor que la soledad.

—Ya has llegado a la conclusión de que es la persona equivocada. ¿Por qué no la conoces primero y le das una oportunidad?

—No he llegado a ninguna conclusión, pero de una cosa

estoy segura. No solo te conservas bien, sino que además eres un hombre apuesto, inteligente y afectuoso. Has trabajado duro toda tu vida y ahora disfrutas de una posición muy acomodada. En otras palabras, eres un buen partido.

—Ah, por favor... —rio él.

—Lo eres, papá, y entiendo perfectamente por qué está ella tan interesada. ¿Por qué estás tú tan encaprichado?

Haciendo gala de su hermosa voz de barítono, empezó a imitar a Dean Martin cantando *That's amore*.

En ese momento enfilaban ya por el camino de entrada.

—Venga, papá, deja de hacer el tonto. Y bien, ¿cuándo voy a conocerla?

—Ahora mismo.

Mientras detenía el coche, la puerta de la casa se abrió y Gina se encontró mirando a la mujer que tan fascinado tenía a su padre.

Lo primero que pensó al ver acercarse a la esbelta mujer es que era muy guapa. Su cabello rubio ceniza enmarcaba un rostro de facciones regulares, dominado por unos grandes ojos marrones que la miraban directamente.

—Hola, Gina. Me alegro de conocerte por fin. Jay me ha hablado mucho de ti.

—Todo bueno, espero —respondió ella, tratando de forzar una sonrisa.

—Por supuesto —repuso Marian con voz afable, seguida por una risa que la joven no secundó.

Se produjo un momento de incómodo silencio. Luego Gina bajó del coche y se dirigió hacia la casa.

Lo primero que notó al entrar es que faltaba la foto de sus padres tomada delante del palacio real de Mónaco. Fue su último viaje antes de que su madre enfermara. Su padre tenía la foto sobre la repisa de la chimenea. Gina se fijó en que ahora estaba en lo alto de una estantería. ¿De quién había sido la idea de cambiarla de sitio?

El mobiliario también había sido redistribuido. Los dos sofás a juego ahora estaban uno frente al otro, y las fundas que su madre había hecho a ganchillo para los cojines no se veían por ninguna parte. De las paredes colgaban algunas acuarelas nuevas con paisajes de Pelican Bay. Gina se preguntó qué habría hecho con su habitación. Se dirigió por el pasillo hacia su cuarto.

Estaba exactamente igual. No había cambiado nada desde que visitó a su padre hacía tres meses. ¿Cuánto tiempo tardaría la fabulosa interiorista en clavarle sus garras a esa habitación? Su padre le había contado todo sobre ella. «Ahora es mi turno. Voy a averiguar todo lo que haya que saber de esta mujer.»

69

El fin de semana transcurrió muy deprisa. El viernes a última hora de la tarde, Gina aceptó la propuesta de su padre de ir a tomar una copa mientras contemplaban la puesta de sol en la playa. Acompañados por Marian, condujeron hasta la parada del tranvía situada a algo menos de un kilómetro y allí tomaron el pintoresco vehículo que los llevó a través de los manglares. A favor de Marian cabía decir que hizo todo lo posible para que el trayecto no resultara demasiado incómodo: en el coche insistió en viajar en el asiento trasero, y en el tranvía, donde los asientos eran de dos plazas, rechazó el ofrecimiento de Gina y se sentó junto a una mujer que iba sola dos filas por detrás de ellos.

Gina notó que empezaba a relajarse. Aunque seguía mostrándose recelosa respecto a Marian, no podía evitar darse cuenta de lo feliz que parecía su padre. Hacía una noche preciosa, así que decidieron quedarse a cenar en un restaurante situado junto a la orilla.

Marian se mostró de lo más encantadora. Se había tomado la molestia de leer el reportaje de *Empire Review* sobre el ritual universitario del marcado a fuego y la felicitó efusivamente. También había oído hablar de Ted, y empezó a hacerle preguntas sobre él. Cuando le respondió que habían decidido darse un tiempo, cambió al instante de tema.

Gina se interesó por el tipo de trabajos que había hecho como interiorista.

—Me dedicaba al diseño escénico —le explicó—. Nuestra compañía se encargaba de crear los decorados y el atrezo para agencias de publicidad y espectáculos de Broadway.

Marian había vuelto a estudiar y, después de graduarse en interiorismo por el FIT, empezó a trabajar en el mundo del diseño. Lo dejó después de casarse con Jack. Cuando lo conoció, era un banquero de inversiones en Goldman Sachs que planeaba jubilarse a los cincuenta y cinco años. Jack le contó que tanto su padre como su abuelo habían fallecido jóvenes, y que él no tenía ninguna intención de desplomarse muerto sobre su escritorio. Ya había conseguido el dinero necesario para llevar la vida que quería durante su jubilación, así que se mudaron a Florida y se dedicaron a viajar.

—Fue una época maravillosa —rememoró Marian—. Hicimos un safari por África y varios cruceros.

Como no podía compaginar su profesión con el ritmo de vida que llevaban, decidió dejar su trabajo como interiorista. Por desgracia, Jack no logró escapar a la dolencia cardíaca que afectaba a los hombres de su familia. Sobrevivió al primer ataque al corazón, pero murió tres meses después.

Su padre le había contado a Gina que su difunto marido tenía descendencia. Decidió preguntarle por ellos.

—Tengo entendido que tienes dos hijastros.

—Sí.

—¿Los ves a menudo?

Marian pareció dudar un poco antes de responder:

—Ellos tienen sus vidas y yo tengo la mía.

A Gina le pareció una manera muy directa de zanjar el tema. Luego Marian señaló hacia el mar y comentó:

—Esta es la parte que más me gusta. Cuando el sol se oculta bajo la línea del horizonte y las nubes empiezan a resplandecer.

Gina miró el rostro de su padre. Las nubes no eran lo único que resplandecía.

A la noche siguiente fueron al club náutico de Naples Bay. La cena tipo bufet estaba tan buena como recordaba. Después de un aperitivo a base de sushi, Gina se sirvió un delicioso plato de ternera. Sabía que su padre insistiría en que tomaran postre para celebrar su cumpleaños, y dio las gracias por haberse acordado de meter sus deportivas en la maleta. Se prometió salir a correr por la mañana para quemarlo.

Varios miembros del club se acercaron a su mesa para saludar. A Gina la sorprendió que muchos de ellos llamaran a su padre y a Marian por sus nombres de pila.

Desde el funeral de su madre no había vuelto a coincidir con Mike y Jennifer Manley, los mejores amigos de sus padres en Naples. Se alegró mucho de verlos, pero la contrarió que se mostraran tan afectuosos con Marian.

Gina pudo hablar un momento a solas con ellos antes de marcharse.

—Parece que mi padre va bastante en serio con Marian —empezó a decir, pero Jennifer la interrumpió:

—Tu padre estaba muy perdido sin tu madre. Marian le está haciendo mucho bien.

No era la respuesta que esperaba. Se preguntó si era la única que tenía dudas.

De camino al aeropuerto a primera hora del lunes, padre e hija intercambiaron algunas banalidades y luego guardaron silencio. Gina no soportaba la sensación de incomodidad que flotaba en el aire. Siempre había podido hablar de todo con su padre: de Ted, de trabajo, de política... tanto de temas trascendentes como de cosas triviales. Le encantaban las conversaciones que solían mantener. Sin embargo, ahora se debatía en su interior en busca de la manera de introducir el tema que era tan importante para ella... para ambos.

Percibiendo su reticencia, su padre rompió el hielo:

—Y bien, ¿ha alcanzado ya el jurado un veredicto sobre Marian?

—Papá, no estoy juzgando a Marian, ni tampoco te estoy juzgando a ti ni a nadie. Solo estoy inquieta. Me preocupa que te estés precipitando para intentar llenar un vacío en tu vida.

—Gina...

—Por favor, papá, escúchame. Me gusta Marian. Creo que es muy agradable, y además es una mujer muy atractiva. Estoy encantada de que lo paséis bien juntos. Pero saber algunos datos de una persona no es lo mismo que conocerla de verdad. Eso lleva su tiempo.

—Creo que no le estás dando suficiente crédito a tu anciano padre. Una cabellera canosa también incluye algo de sabiduría.

Se detuvieron delante de la terminal.

—Papá, ¿recuerdas cuando me contabas lo mucho que te gustaba Ronald Reagan como presidente? ¿Aquello que decía cuando estaba negociando con los rusos...?

—Confía, pero verifica —respondió él con una sonrisa.

—Un consejo excelente. Te quiero, papá.

70

Gina se acomodó en su asiento de pasillo para el vuelo de dos horas y media hasta el aeropuerto LaGuardia. La pareja que iba sentada a su lado tenía más o menos su edad. Gina no pudo evitar escuchar su conversación: estaban planeando su boda. Iban cogidos de las manos y él le comentó a ella que todo sería mucho más fácil si se escapaban a Las Vegas para que los casara un imitador de Elvis. Ella se echó a reír, le dio un suave puñetazo en el brazo y reclinó la cabeza sobre su hombro.

Hacía mucho tiempo que no se sentía tan sola. Muchos de sus amigos envidiaban la libertad de movimientos que conllevaba su trabajo de periodista. Sin duda tenía sus ventajas. Pero también las tenía trabajar en una oficina, esa sensación de familiaridad de ver las mismas caras todos los días. Para bien o para mal, sabían tanto de ti como tú de ellos. La satisfacción de conseguir algo como equipo. Las bromas y chistes que se contaban en la cafetería. Salir a tomar una copa después del trabajo... Gina llevaba tres años como freelance. La mayoría del tiempo estaba sola en su apartamento o en un Starbucks, con la única compañía de su portátil.

No necesitaba ir a un terapeuta para que la ayudara a entender por qué se sentía tan deprimida. Ted... Si las cosas hubieran sido diferentes, él habría sido quien la ayudara a aclarar sus sentimientos. Se moría por verle. Quería hablarle de Marian Callow. Ted era una persona muy intuitiva. Como solía repetir bromeando, «hay muy pocos problemas que no se puedan resolver durante una buena cena con una botella de vino».

La llamó cuando estaba en Naples, pero Gina había dejado que saltara el buzón de voz. Aún no había reunido fuerzas para escuchar sus palabras. El sábado por la noche también le envió un mensaje de texto que hizo que se le saltaran las lágrimas:

> Gina:
> Acepto que lo nuestro ha terminado. Tampoco es que haya tenido mucha más opción. Tú siempre has valorado mucho la buena comunicación que había entre nosotros. Eso hace que me resulte más difícil entender que, cuando ha ocurrido algo tan terrible, ni siquiera podamos hablar de ello. Por favor, quiero que me asegures que estás bien. Espero que hayas encontrado a alguien que te quiera como yo te he querido.
> Ted

No se le escapó que utilizaba el tiempo pasado para hablar de su amor.

Poco antes de que avisaran de que debían apagar los dispositivos electrónicos, Gina encendió su móvil y le envió un mensaje a Lisa: «Por favor, consejera mía, dime que esta noche estás libre para tomar una copa. Necesito tu compañía».

Menos de un minuto después, su móvil vibró anunciando la contestación: «¡Es bueno saber que te necesitan! En DeAngelo's a las 7.30».

71

Lisa ya estaba sentada a la barra cuando Gina entró. Había puesto su abrigo sobre el taburete de al lado para reservárselo. En su cara había una expresión de «¡Socorro!» mientras intentaba mostrarse educada con un hombre mayor que llevaba el peor tinte de pelo que Gina había visto en su vida. El tipo se alejó cuando ella se sentó en el taburete.

—¿Quién era tu nuevo amigo? —bromeó.

—¡Ah, por favor...! Cualquiera que hubiera vendido su compañía por veinte millones de dólares habría encontrado a alguien que le tiñera mejor el pelo. ¡Pero si parece que se haya puesto betún!

Las dos se echaron a reír.

—Bueno, amiga —prosiguió Lisa—. ¿Alguna novedad sobre Ted?

Era la única persona ajena a *Empire Review* a la que Gina le había hablado de su investigación sobre REL News. Cuando le explicó que el abogado de la revista había insistido en que debía romper de inmediato su relación con Ted, Lisa no tuvo más remedio que darle la razón.

—Sigo recibiendo llamadas y mensajes suyos —respondió Gina—. Lo estoy pasando fatal, pero no puedo hacer nada.

—No sabes cuánto lo lamento.

—Lo sé. Gracias. Pero no es de eso de lo que quería hablarte. ¿Recuerdas que te dije que mi padre había conocido a alguien?

Acto seguido le contó su fin de semana en Naples, que había conocido a Marian Callow y que estaba muy preocupada por su padre.

—A nuestra edad, Gina, nos cuesta mucho pensar en nuestros padres como seres sexuales. Yo tenía un tío viudo, mi tío Ken, que con setenta y tantos años salía con muchas mujeres. En una ocasión me dijo: «A mi edad aún sigo sintiendo la llamada de la naturaleza. Puede que no suene tan fuerte, o puede que ya me falle el oído, pero sin duda sigue estando ahí».

Rieron con ganas, y Gina volvió a dar las gracias por tener una amiga como Lisa.

—Verás, quiero que mi padre sea feliz. Yo ya tengo mi vida aquí. Me encanta mi trabajo. Me gusta vivir en Nueva York y me gusta mi apartamento. Si quiere compartir con ella su vida y todo lo que tiene en Naples, ¿quién soy yo para oponerme?

Un gesto de preocupación apareció en el rostro de Lisa.

—Gina, voy a ponerme en el papel de abogada por un momento. Cuando te has referido al apartamento del Upper West Side, has dicho «mi» apartamento. ¿Tus padres lo han puesto legalmente a tu nombre?

Se quedó de piedra.

—Cuando se mudaron a Florida, ellos me lo cedieron. Y estoy viviendo en él. Yo pago el mantenimiento y todos los gastos. Es mío, ¿no?

—En términos legales, no importa quién se haga cargo del mantenimiento o quién pague el arreglo de los electrodomésticos. Si no te ha sido transferido legalmente, con el correspondiente pago del impuesto de donaciones, o si no ha sido incluido en un fideicomiso a tu nombre, el apartamento pertenece a tu padre y puede dejárselo a quien se le antoje.

Un inquietante silencio se cernió entre ambas. Hasta que Lisa lo rompió:

—Es posible que tus padres, o tu padre, pusieran el apartamento a tu nombre sin decírtelo. Puedo acceder a los registros y averiguar el nombre del titular de cualquier propiedad de la ciudad. Lo investigaré y te lo haré saber.

—Eso puede llevarte mucho tiempo. Te pagaré.

Lisa rechazó su ofrecimiento con un gesto de la mano.

—Tú paga las copas y estamos en paz.

72

Después de su fin de semana en Naples, a Gina le hacía falta descansar como es debido. La preocupación porque su padre pudiera comprometerse con una mujer a la que apenas conocía no le había dejado dormir bien. Una noche de sueño reparador en su propia cama sería el antídoto para su sensación de fatiga. Pero estaba claro que hoy tampoco iba a poder ser. La advertencia de Lisa sobre la propiedad del apartamento no había hecho más que aumentar su ansiedad.

A las seis y veinte de la mañana del martes ya estaba despierta. No se sentía descansada, pero sabía que sería incapaz de volverse a dormir. Se puso una bata y fue a la cocina.

Mientras esperaba a que saliera el café de la Keurig, trató de aclarar sus ideas. Había oído multitud de historias acerca de amigos y parientes de amigos que se sentían engañados con respecto a lo que pensaban que heredarían. Recordaba, por ejemplo, el caso de una familia con cuatro hijos; a dos de ellos les iba muy bien la vida, mientras que los otros dos tenían muchos problemas económicos. Los padres les dejaron a estos últimos la mayor parte de su herencia, creyendo que necesitarían más ayuda. Pues bien, los primeros se sintieron estafados, arguyendo que se habían ganado lo que tenían gracias a su trabajo y que ahora era como si los castigaran por todo lo que se habían esforzado en la vida.

Al ser hija única, Gina nunca se había preguntado qué ocurriría cuando sus padres ya no estuvieran. Siempre le decían: «Todo lo nuestro será tuyo algún día». Sería una transición natural, las cosas pasarían de una generación a la otra. Sin la menor complicación.

Aspiró el aroma del café, que ya estaba obrando su magia. Se sentía más despierta incluso antes de haber tomado el primer sorbo.

¿Cómo podría empezar la conversación sin parecer una persona codiciosa y egoísta? «Papá, me preocupa que Marian y tú os vayáis a casar muy pronto. Antes de que lo hagáis, ¿serías tan amable de poner el apartamento de Nueva York a mi nombre, por si a ella le entran ideas raras en la cabeza?»

Se dijo que aquello tal vez sonaba egoísta porque eso era lo que estaba siendo, totalmente egoísta. Miró a su alrededor y pensó que ella no se había ganado todo eso. Sus padres sí. Este apartamento era de ellos, y ahora le pertenecía a él. No tenía ningún derecho sobre este lugar.

Tras tomar varios sorbos de café, notó que poco a poco iba recuperando las fuerzas. Se sentó a la mesa de la cocina, abrió su cuenta de correo y revisó los mensajes nuevos. Uno había llegado a las 6.33 de la mañana, hacía solo siete minutos, e incluía un archivo adjunto. No reconoció al remitente. El asunto constaba de una sola palabra: «REL». Despierta del todo, pulsó una tecla y observó cómo el mensaje se desplegaba en la pantalla.

Señorita Kane:
Hablé con una amiga y me pidió que me pusiera en contacto con usted.
Me afectó mucho enterarme de que Cathy Ryan había muerto. Al igual que usted, no creo que fuera un accidente. Paula Stephenson era otra de las jóvenes que sufrió mucho. Y como Cathy, no creo que se quitara la vida.
Debo tener cuidado. No intente buscarme.

Gina clicó en el archivo adjunto y echó un rápido vistazo al breve artículo que acompañaba al mensaje. Paula Stephenson, de treinta y un años, había sido encontrada colgada de la puerta del cuarto de baño de su apartamento de Durham, Carolina del Norte. Aunque no se había determinado oficialmente la causa de la muerte, la policía lo estaba investigando como un posible caso de suicidio. Gina se preguntó cuánto se estarían esforzando en sus pesquisas.

Había una escueta mención al corto período en que trabajó como chica del tiempo en una cadena de Dayton. No se decía nada de su actual empleo ni de familiares cercanos.

El artículo era del 28 de junio, cuatro meses atrás.

Gina miró la dirección electrónica del remitente. Era una cuenta de Google formada por una mezcolanza de letras y números. Parecía el producto de esas indicaciones que te daba el ordenador para crear una contraseña segura.

Releyó el mensaje. ¿Lo enviaba una cuarta víctima? El remitente se había cuidado mucho de no revelar su sexo. Tampoco quedaba claro si seguía trabajando en REL News en la actualidad. Incluso era posible que nunca hubiera trabajado en la compañía.

Los numerosos errores gramaticales apuntaban a que el inglés no era su idioma materno. O quizá fuera intencionado.

Quienquiera que hubiese mandado el mensaje sabía lo que les había ocurrido a Cathy Ryan y Paula Stephenson, y también conocía a Meg Williamson. Era demasiado pronto para contactar con esta última para pedirle ayuda. Meg había cumplido su palabra. Ahora tenía una nueva pista que seguir. Solo esperaba que la policía de Durham se prestara a colaborar más que sus homólogos de Aruba.

73

«Voy a amortizar bien lo que me costó esta maleta», ironizó Gina mientras metía en ella las últimas prendas y productos de aseo y cerraba la cremallera. Comprobó la hora en su móvil. Su vuelo aterrizaría en Raleigh-Durham a las cuatro y media de la tarde.

En las poco más de veinticuatro horas que había tenido desde que recibió el misterioso mensaje había intentado prepararse a conciencia para su viaje. Envió un correo a Geoff para explicarle la nueva pista que se disponía a seguir. El editor respondió una hora más tarde: «Suena prometedor. Investígalo. Y ten cuidado».

Esperando que la política de acceso informático al Registro Civil hubiera cambiado, entró en la página correspondiente a Durham, Carolina del Norte.

Gina confiaba en descargarse una copia del certificado de defunción de Paula Stephenson. No hubo suerte. A cambio de un pequeño desembolso, podían enviársela por correo electrónico. Decidió que la recogería en persona y anotó la dirección.

Se había pasado la tarde anterior buscando por internet detectives privados en la zona. Tras hablar por teléfono con Wesley Rigler, supo que había encontrado a la persona apropiada para ayudarla. Wes tenía algo más de sesenta años y hacía dos que se había jubilado como teniente del departamento de policía de Durham.

A primera hora de la mañana recibió un mensaje de texto de Andrew, el hermano de Cathy Ryan.

Hola, Gina:

Sé que estás muy ocupada y no es mi intención molestar, pero mi madre no deja de preguntar si hay alguna novedad sobre lo que le ocurrió a Cathy. ¿Hay algo que puedas contarnos? Gracias.

Andrew

No importaba cuántas investigaciones hubiera realizado, aquella siempre era la parte que más conflictos internos le provocaba.

Ya fuera en el caso de los malos tratos en la residencia de ancianos, en el del salvaje ritual de la fraternidad estudiantil o en cualquiera de las otras historias que había investigado, las víctimas o sus familiares siempre le habían confiado información muy privada y confidencial. Le habían abierto sus almas y se habían expuesto a sufrir un dolor mayor para proporcionarle los datos que necesitaba para profundizar en sus indagaciones. Y a cambio, muchos de ellos querían, esperaban o exigían estar al tanto de sus avances.

No obstante, la experiencia le había enseñado que revelárselo todo podía crearles falsas esperanzas y, en algunos casos, poner en riesgo la investigación. Había que guardar siempre un equilibrio.

Gina respondió:

Andrew:

Lamento decirte que no tengo novedades sobre Cathy. He hablado con otra mujer que también sufrió una mala experiencia en REL News y que me ha dado una pista sobre una posible tercera víctima. Agradezco la confianza que tus padres y tú me estáis demostrando.

    Gina

Se puso el abrigo, colocó el bolso encima de la maleta y se encaminó hacia el ascensor.

74

Gina usó la tarjeta electrónica para abrir la puerta de su habitación del hotel Durham, situado en la East Chapel Hill Street. Lisa se lo había recomendado. Le dijo que su familia se había alojado allí cuando asistieron a la graduación de su hermano menor en la Universidad Duke.

En circunstancias normales, Gina habría empleado las dos horas del trayecto en organizar sus ideas y trazar un plan para optimizar su tiempo sobre el terreno. No había peor sensación —ya le había ocurrido con anterioridad— que encontrarse en el vuelo de regreso y darse cuenta de que sus pesquisas no habían servido de nada.

Sin embargo, tenía muchas excusas por las que no podía concentrarse. Por más que temiera recibir un mensaje o un correo de Ted, llevar varios días sin tener noticias de él le producía un tipo de dolor muy distinto. Ahora más que nunca se daba cuenta de lo mucho que lo amaba. Lo imaginaba rodeándola entre sus brazos mientras ella le explicaba que romper de esa manera era lo único que podía hacer para protegerlo. Él le saldría con algún comentario tierno y gracioso: «Gina, hazme un favor. De ahora en adelante, ¡deja de protegerme!».

Y ahora, solo silencio. Deseó que la salida a bolsa de REL News le mantuviera tan ocupado que no tuviera tiempo de seguir con su vida, que no tuviera ocasión de empezar a interesarse por alguien más. Se prometió encontrar un modo de arreglar las cosas.

Alejar a Ted de su mente le proporcionó solo un alivio pasajero. Cuando el avión aterrizó y encendió el móvil, había un mensaje de Lisa: «Gina, siento ser portadora de malas noticias. El apartamento sigue a nombre de tus padres. Hazme saber si puedo ayudarte en algo».

No le sorprendió demasiado. No podía imaginarse a sus padres haciendo algo así sin comunicárselo.

Antes de recibir el mensaje sobre Paula Stephenson, Gina esperaba encontrar tiempo para indagar en el pasado de Marian Callow. Quería sobre todo localizar a sus dos hijastros, los que «tenían sus vidas», y escuchar sus impresiones sobre la mujer que había entrado en su familia al casarse con su padre.

Rezó en silencio para que las cosas en Florida no avanzaran con excesiva celeridad. A veces, el simple hecho de comprometerse hacía que todo se precipitara. Se acordó de lo que le contó una amiga que había tenido un fugaz matrimonio: «Ya teníamos las alianzas. La iglesia y el lugar del banquete estaban reservados. Luego, el vestido y los trajes, repasar la lista de invitados, la comida de ensayo, sesiones de fotos interminables... Todos los planes y preparativos eran como una gran avalancha deslizándose montaña abajo. Y entonces, el mismo día del enlace, supe que me estaba casando con el hombre equivocado. Pero no tuve valor para cancelar la boda».

El sonido del móvil la trajo de vuelta a la realidad. Era Wes Rigler, el detective privado.

—Gina, lo siento mucho. Mi hija se ha puesto de parto con dos semanas de antelación. No podré reunirme contigo esta noche, pero si todo va bien estaré libre mañana por la tarde. ¿Hay algo en lo que pueda ayudarte antes de salir para el hospital?

—Me gustaría hablar con la funeraria que se encargó del cuerpo de Stephenson. ¿Podrías averiguar a cuál lo llevaron?

—No, pero puedo facilitarte la búsqueda. Cuando el forense ha acabado de examinar un cuerpo, lo envían a una funeraria local. Si el fallecido es de fuera de la ciudad, lo preparan y lo disponen todo para enviarlo al lugar que la familia decida. El municipio de Durham trabaja con tres funerarias que proveen ese servicio de traslado. ¿Tienes algo para tomar nota?

Gina apuntó los nombres.

—Gracias, Wes. No quiero robarte más tiempo. Ahora tienes que estar con tu familia.

—No te preocupes. En cuanto vea que todo está bien en el hospital, iré donde tú me digas. Ten el teléfono encendido.

—Descuida. Y que todo vaya bien. ¿El primer nieto?

—La primera. ¡Estoy deseando que llegue ya!

Colgó. La llegada de un nuevo bebé al mundo le hizo pensar en... ¿quién si no? En Ted. E imaginarse a toda la familia reuniéndose en el hospital le trajo a la mente a su padre y... ¿a quién más? A Marian. «Déjalo estar de una vez —se recriminó—. No vas a poder centrarte en lo que has venido a hacer si te pasas todo el rato malhumorada y deprimida.»

75

A la mañana siguiente, Gina llamó a las dos primeras funerarias que tenía anotadas. Ninguna de ellas había hecho los preparativos para el traslado de Paula Stephenson. Se apresuró a llamar a la tercera. Sí, la funeraria se había encargado del cuerpo. Solo había un tanatopractor, el propietario, Vaughn Smith, pero estaba fuera en esos momentos, y no podría recibirla hasta la una del mediodía.

Cambio de planes. Sacó una carpeta de su bolso y la abrió por el obituario de Paula. La dirección de su apartamento era el 415 de Walnut Street. Encendió el portátil y entró en Google Maps. Las imágenes revelaban una construcción relativamente pequeña de unas cuatro plantas que no tendría más de dieciséis apartamentos.

El coche de Uber la dejó enfrente del edificio, que se hallaba un tanto retirado de la calle. Delante había una pequeña zona de aparcamiento, donde un letrero pintado daba la bienvenida a Willow Farms. Unas puertas acristaladas dobles conformaban la entrada principal. Al atisbar por ellas vislumbró un vestíbulo que conducía a un par de ascensores.

En ese momento no se veía a nadie. Intentó abrir una de las puertas pero, como era de esperar, estaba cerrada. Resultaba mucho más fácil en Manhattan. La mayoría de los edificios tenían porteros que, a cambio de una sonrisa y una pequeña propina, estaban encantados de proporcionar información sobre los residentes. Aquí iba a ser cuestión de mucha espera y un poco de suerte.

Al cabo de diez minutos un hombre negro con un maletín salió de uno de los ascensores y se dirigió hacia la puerta principal. Tendría unos cuarenta y tantos años.

—Perdone, señor —le cortó Gina—. ¿No conocería por casualidad a Paula Stephenson, una mujer que residió en este edificio hasta hace unos meses?

—Yo vivo en la segunda planta. Ella vivía en la cuarta. Si ha venido por lo de su apartamento, estoy bastante seguro de que se vendió el mes pasado.

—No, no es por eso. Solo me gustaría hablar con alguien del edificio que la conociera bien. ¿Alguna idea?

—Me temo que no. La primera vez que oí su nombre fue cuando la policía vino después de que... —Hizo una pausa—. Después de que falleciera. Siento no poder ayudarla.

Ahora ya sabía que Paula vivía en la cuarta planta. «Algo es algo», pensó Gina para sus adentros.

Un cuarto de hora más tarde, un taxi se detuvo frente al edificio. Una mujer que rondaría los ochenta años se bajó del vehículo y se encaminó hacia la entrada principal. Miró a Gina con aire receloso.

—Perdone, señora —empezó Gina.

—Supongo que sabe que aquí no se permiten vendedores a domicilio, señorita —le espetó la anciana.

—Le prometo que no estoy aquí para vender nada. ¿Por casualidad conocía usted a una joven llamada Paula Stephenson, que vivía en la cuarta planta?

—Ah, esa... —replicó, casi escupiendo las palabras—. Yo no he probado una gota de alcohol en toda mi vida, pero creo que ella no dejó pasar ni un solo día sin emborracharse.

—¿Así que la conocía?

—Yo no diría tanto. Pero estar un momento con ella en el

ascensor y notar su aliento me hacía sentir como si estuviera borracha. ¿Va usted a la iglesia?

—Pues sí, la verdad es que sí —respondió Gina, sorprendida por la pregunta.

—Si los jóvenes de hoy fueran más a la iglesia, no necesitarían beber o tomar drogas y afrontarían sus problemas en vez de suicidarse.

—Estoy segura de ello —apuntó Gina, tratando de pensar en una manera educada de poner fin a la conversación. A través de las puertas acristaladas había visto a una mujer empujando un carrito de bebé y no quería perder la oportunidad de hablar con ella—. Gracias, señora. Ha sido de mucha ayuda —añadió, sosteniéndole la puerta para que entrara.

—No deje de ir a la iglesia, y preste mucha atención a todo lo que se dice allí —le aconsejó la anciana antes de dirigirse hacia los ascensores.

Gina siguió sosteniendo la puerta abierta mientras se acercaba la mujer con el carrito. Sería más o menos de su edad. El pelo negro le caía sobre los hombros, enmarcando un rostro de facciones agradables.

—Tienes una niña preciosa —saludó Gina, inclinándose hacia el carrito.

La pequeña le devolvió la sonrisa, mostrando dos pequeños dientecitos que sobresalían de la encía inferior.

—Oh, gracias —respondió la madre con un marcado acento sureño.

—No quiero entretenerte mucho, pero ¿por casualidad conociste a una residente del edificio llamada Paula Stephenson?

—Ah, sí, la conocía. Fue una pena lo que le pasó.

—Sus amigos le perdimos el rastro desde que se marchó de Nueva York. ¿Te importa que te haga algunas preguntas sobre ella?

—Claro que no. Voy a dar un paseo con mi pequeña Scarlett. ¿Por qué no nos acompañas?

Tras presentarse, Gina siguió a Abbey hasta la parte de atrás del edificio. Más allá de la piscina comunitaria había un pequeño campo con un sendero pavimentado que corría junto a un riachuelo.

—Scarlett y yo venimos a pasear aquí todas las mañanas, salvo cuando llueve, claro.

—¿Conocías bien a Paula?

—Vivía en la puerta de enfrente de la mía, en el 4A. Yo vivo en el 4B. Paula siempre se mostraba muy cariñosa con Scarlett y le hacía regalitos. Mi marido viaja mucho por trabajo, y cuando Paula salía a comprar siempre me llamaba a la puerta para preguntarme si necesitaba algo.

—Así que llegaste a conocerla bien...

—Sí. A menudo éramos las únicas que estábamos en el edificio y venía a casa a tomar café. Bueno, yo tomaba café y ella se traía su bebida. No soy ninguna tonta. Sé que tenía un problema con el alcohol. Pero aparte de eso, era una persona muy dulce.

—Estoy de acuerdo, y me sorprende que la policía considerase su muerte como un suicidio.

—Sí, yo también lo oí, o lo leí, no sé. Y me extrañó muchísimo.

—¿Por qué?

—Como te he dicho, hablábamos mucho. Estuvo muy deprimida después de que su novio la dejara y perdiera una gran cantidad de dinero. En aquella época yo estaba muy preocupada por ella. Pero la última vez que hablamos parecía mucho más animada y optimista. Me acuerdo muy bien de lo que me dijo: «He encontrado una manera de recuperarme económicamente».

—¿Te contó cómo pensaba hacerlo?

—No. Comentó algo de que la primera vez la habían engañado, pero que esta vez tendrían que pagarle como era debido.

—¿Dijo en algún momento a quiénes se refería?

—No. A menudo Paula solo necesitaba que alguien la escuchara sin hacer demasiadas preguntas.

—¿Cómo te enteraste de su fallecimiento?

—Me olí que algo no iba bien. Hablábamos o nos veíamos casi a diario, y de pronto... nada. Estaba convencida de que si se hubiera ido de viaje me lo habría dicho, y su coche seguía aparcado donde siempre lo dejaba. Me pareció que sería un poco raro avisar a la policía, así que llamé a los administradores de la finca. Son una gente muy agradable. Y cuando vinieron, la encontraron.

—¿Paula tenía trato con otros vecinos del edificio, aparte de ti? ¿Te habló alguna vez de otras amistades?

—No, que yo recuerde. Estoy bastante segura de que yo era la única persona con la que hablaba aquí.

El camino en forma de herradura las conducía ya de vuelta hacia la parte de atrás del edificio. Gina decidió darse prisa.

—Así que te quedaste muy sorprendida cuando te enteraste de que Paula se había suicidado...

—Pues sí. Y sobre todo cuando oí cómo lo había hecho.

—¿Y eso por qué?

—Mi marido es de New Jersey. Su madre compra unos bollitos muy ricos en una pastelería de allí, los congela y nos los envía. Un día le ofrecí uno a Paula, pero lo rechazó. Me contó que una vez, cuando vivía en Nueva York, casi se atragantó con un bollito. Un camarero del restaurante tuvo que hacerle la maniobra esa para que no se asfixiara. Y desde entonces le daba miedo comer cualquier cosa que pudiera hacer que se atragantara.

—Así que alguien que tuviera miedo de asfixiarse...

—... no parece ser el tipo de persona que se ahorcara —concluyó Abbey por ella.

—Después de encontrar a Paula, ¿la policía interrogó a los otros vecinos del inmueble?

—¿Sobre qué?

—¿Alguien vio a alguna persona extraña merodeando alrededor del edificio?

—No. ¿Por qué lo preguntas?

—Solo pensaba en voz alta. Te agradezco mucho tu ayuda. Aquí tienes mi contacto —dijo Gina, pasándole una tarjeta—. Si recuerdas algo más sobre Paula, por favor, llámame o envíame un correo.

—Tú no crees que Paula se suicidara, ¿verdad?

—Ahora mismo no sé bien qué creer. Solo estoy recopilando información.

Gina volvió a darle las gracias, se inclinó sobre el carrito y se despidió de Scarlett.

76

La investigación sobre la muerte de Paula Stephenson guardaba un inquietante parecido con sus intentos de averiguar lo que le había sucedido a Cathy Ryan en Aruba. En ambos casos, Gina había detectado algunas anomalías muy extrañas: una experimentada y cuidadosa conductora de moto acuática se deja llevar por el pánico y muere al estrellarse contra un yate; una mujer que se muestra optimista sobre reconducir su vida decide suicidarse de un modo que escenifica uno de sus peores miedos. Ambas habían sufrido una terrible experiencia cuando trabajaban en REL News, y la compañía estaba intentando llegar a un acuerdo con ellas...

—¡Pero serás idiota! —exclamó en voz alta, mientras miraba por la ventanilla del Uber que la llevaba a la funeraria.

—¿Cómo dice, señora? —dijo el conductor, indignado.

—Perdone —se disculpó Gina—. Estaba hablando conmigo misma.

Había puesto a Paula Stephenson y a Cathy Ryan dentro del mismo saco: antiguas empleadas de REL News a las que la compañía intentaba convencer para que llegaran a un acuerdo. Ahora rememoró lo que le había contado Abbey. Paula había estado deprimida después de perder una gran cantidad de dinero y romper con su novio, pero había encontrado una manera de recuperarse económicamente. La primera vez la habían engañado, pero esta vez le iban a pagar como merecía. ¿Y si, al igual que Meg, Paula ya había firmado con anterioridad el acuerdo con REL News? Eso tendría mucho más sentido.

Gina cogió su iPhone, entró en la página de Zillow y tecleó la dirección del apartamento de Paula. Esta lo había comprado hacía algo más de un año por quinientos veinticinco mil dólares. Eso era mucho dinero para alguien de treinta años, sobre todo si no trabajaba. Al igual que había hecho con Meg, intentaría averiguar si Paula podría haber recibido el dinero de su familia.

Así pues, Cathy Ryan y Paula Stephenson tenían dos cosas en común: ambas habrían puesto objeciones para alcanzar un acuerdo definitivo con REL News, y ambas habrían muerto mientras negociaban.

Un suave tintineo en el móvil anunció la llegada de un mensaje. Era de Wes Rigler: «Ann Marie ha nacido a las nueve de esta mañana. Ha pesado tres kilos seiscientos, y tanto la madre como la niña están bien. He estado reuniendo información. ¿Cuándo podemos vernos?».

Gina le felicitó por la buena nueva y le dijo que iba camino de la funeraria Smith Gardens, donde había quedado con el director a la una. Wes le respondió al momento: «Perfecto. Estoy a diez minutos. Nos vemos allí».

Smith Gardens era un edificio de una sola planta, construido en ladrillo blanco con ventanas de cristales oscuros. El camino de entrada conducía hasta la puerta principal atravesando una zona de césped bien cuidada. A la izquierda había un amplio aparcamiento, prácticamente vacío.

Un accidente de camión había hecho que los diez minutos previstos de trayecto se convirtieran casi en veinte. Gina no quería llegar tarde a su cita y se apresuró en dirección a la entrada. Se detuvo cuando un Ford Explorer blanco frenó en el aparcamiento.

Un hombre de mediana edad cuyo pelo empezaba a clarear se acercó a ella con una afable sonrisa y una carpeta bajo el brazo. La americana hacía lo posible por contener sus anchas espaldas.

—Tú debes de ser Gina —se presentó, tendiéndole una enorme mano.

—Lo soy. Encantada de conocerte, Wes.

—Ya hablaremos después, pero creo que va a gustarte lo que te traigo —le informó mientras le abría la puerta para que pasara.

No había nadie en el vestíbulo, así que avanzaron por un pasillo flanqueado por salas de velatorio. De una de ellas salió un hombre con un traje negro que se dirigió hacia ellos.

—Buenas tardes. ¿Puedo ayudarles en algo?

—Sí, gracias. Me llamo Gina Kane. El señor Rigler y yo venimos a ver al señor Smith.

—Es ahí mismo. Les está esperando.

Vaughn Smith alzó la vista de su escritorio cuando oyó pasos fuera de su despacho. Se levantó, se presentó y estrechó la mano de Gina. Se quedó mirando a Wes y dijo:

—Tu cara me suena, pero ahora mismo no caigo.

Wes sonrió.

—Fui inspector del departamento de policía de Durham. Ahora estoy retirado y trabajo como detective privado. Espero que ambos podamos ayudar a la señorita Kane.

—Yo también. —Señaló dos sillas y añadió—: Tomad asiento y empecemos.

Gina siguió la misma estrategia que había empleado durante la investigación de lo ocurrido a Cathy Ryan. Sin mencionar en ningún momento a REL News, explicó que varias mujeres jóvenes habían sufrido experiencias negativas parecidas mientras trabajaban en una gran compañía. En su opinión, la policía de Aruba se había dado demasiada prisa en cerrar el caso de una de esas jóvenes, atribuyendo la causa de su muerte a un accidente. Ahora se había enterado de que otra de esas mujeres había fallecido y, pese a la existencia de pruebas que apuntaban en otra dirección, su muerte había sido considerada un suicidio.

—¿Recuerda...? —Gina no estaba segura de cómo formular la pregunta—. ¿Recuerda haberse encargado del cuerpo de Paula Stephenson?

—Sí —respondió mientras tecleaba en el portátil de su escritorio—. Después de que la policía de Durham localizara a su familia, la funeraria Swartz, de Xavier, Nebraska, se puso en contacto conmigo. Llevé los documentos con la autorización de la familia a la oficina del forense y me entregaron el cuerpo.

—¿Le pareció que hubiera algo fuera de lo normal en las lesiones que presentaba el cadáver? Tengo entendido que la policía investigó su caso como un suicidio.

—Sí, me acuerdo. Cuando se usa una ligadura para colgarse, en este caso el cinturón de una bata, normalmente causa diversas contusiones y roturas de vasos sanguíneos bajo la piel. Sin embargo, recuerdo que había algo extraño en las marcas dejadas por la ligadura. En mis treinta años de experiencia he tenido que encargarme de bastantes muertes por suicidio, incluidos varios ahorcamientos. Las contusiones de su cuello no se correspondían con lo que suelo encontrarme en estos casos.

—¿Informó de ello a la policía?

—Sí, pero lamento decir que no lo investigaron. La epidemia de opiáceos nos ha tenido muy ocupados.

—¿Y no hicieron nada?

—Que yo sepa no, aunque mirando las fechas puedo entender el porqué. En aquella época la policía no daba abasto. Un numeroso grupo de supremacistas blancos llegó a la ciudad para protestar en contra de la decisión de derribar un monumento confederado. Los partidarios de tirarlo abajo también acudieron en masa. La policía se estaba preparando para una gran confrontación que finalmente, por suerte, no llegó a producirse. En un momento como aquel, es comprensible que un caso así no atrajera la atención. No había familiares armando alboroto ni presionando a la prensa para que se ahondara en la investigación, así que nadie quiso remover las cosas y lo dejaron estar.

—¿Por casualidad tomó alguna foto del cuerpo de Stephenson?

—No.

Rigler intervino por primera vez.

—Uno de mis antiguos colegas me ha pasado esto —dijo, sacando un fajo de fotos en color de un sobre.

—¿Esto ha salido a la luz pública? —preguntó Gina.

—No —respondió—. Le he prometido a mi amigo que mañana se las devolvería. No las he sacado antes, Vaughn, porque primero quería escuchar lo que recordabas.

—No pasa nada, Wes —repuso el otro, agitando una mano—. Vamos a echarles un vistazo.

Rigler extendió sobre la mesa las fotos del cuerpo desnudo de Paula. Él y Gina se situaron junto a Vaughn para poder examinarlas juntos. El director de la funeraria sacó una gran lupa del primer cajón y comenzó a desplazarla lentamente sobre la foto que mostraba la parte superior del torso de la joven, centrándose sobre todo en la zona del cuello.

Rigler extrajo un documento de su carpeta y empezó a hablar haciendo referencias a su contenido:

—La víctima fue encontrada colgando por fuera de la puerta del cuarto de baño. Alrededor del cuello llevaba atado el cinturón de su bata de seda, como podéis ver en esta foto —añadió señalando con un dedo—. El otro extremo del cinturón estaba anudado al pomo de la puerta por dentro del cuarto de baño.

Smith usó un lápiz para reseguir las lividences que mostraba el cuello de Paula cerca de la mandíbula.

—Las contusiones en esta zona son congruentes con lo que cabría esperar en un caso de ahorcamiento.

—Ya sé que soy una novata en esto —intervino Gina—, pero ¿no es la voluntad de vivir un impulso demasiado fuerte, incluso en alguien que intenta suicidarse? Cuando empezara a notar que se asfixiaba, ¿no habría utilizado las manos para tratar de deshacer el nudo y salvarse?

—El proceso de perder la conciencia y la consiguiente muerte es mucho más rápido de lo que la gente se cree —contestó Rigler—. La explicación científica resulta fascinante. La norma general es que, con una compresión de quince kilos sobre las vías respiratorias y con solo cinco kilos de presión sobre la arteria carótida, la víctima pierde la conciencia y muere rápidamente. Cuando la ligadura se tensa debido al peso del cuerpo, la sangre oxigenada deja de llegar al cerebro y la víctima queda inconsciente en muy poco tiempo. En el cine y en la televisión siempre se muestra a una persona saltando de una silla o dándole una patada a un taburete. No tiene necesariamente que ser así. Puedes ahorcarte apoyándote de espalda contra una puerta, atando la cuerda al pomo del otro lado y dejándote caer hacia delante.

—¿No fue así como se suicidó Anthony Bourdain, el célebre chef de la CNN? —preguntó Gina.

—En efecto —respondió Smith—. Tuve otro caso parecido hace solo unas semanas. Echad un vistazo a este surco. —Se giró hacia Gina y señaló con el lápiz una marca más clara en la parte inferior del cuello de Paula Stephenson—. Los surcos son estas líneas horizontales provocadas por la presión del cinturón de la bata. Son más profundos de lo que cabría esperar.

—Si hubiese sido un suicidio, ¿el cinturón no se habría subido un poco más sobre el cuello al dejarse caer hacia delante? —inquirió Gina.

—Probablemente se subió, pero aun así no dejaría marcas

como estas —contestó Rigler, señalando las zonas amoratadas de un azul oscuro.

—Si hubiera visto estas fotos por primera vez —le preguntó Gina al director de la funeraria—, ¿qué diría usted que le ocurrió?

—Wes, te dejo que respondas.

El detective continuaba observando fijamente la imagen.

—Diría que se trata de un homicidio que se ha querido hacer pasar como suicidio. Y creo saber por qué estas marcas de ligaduras no se corresponden con las de una víctima de ahorcamiento. En nuestra labor policial, cuando nos encontramos en el lugar de los hechos, por lo general lo que vemos es el resultado final, y entonces tratamos de imaginar la serie de acontecimientos que se han producido para llegar a ese resultado. A simple vista, este caso presenta todos los rasgos característicos de un suicidio de manual. Pero al examinar estas fotografías más a fondo, me doy cuenta de que no todo encaja.

»¿Qué escenario podría haber provocado esas marcas de ligaduras? Supongamos que se trató de un homicidio. El asesino debió de sorprender a la víctima por detrás. Imaginad la situación. La empujó de bruces sobre la cama. La cara de ella presionada contra el colchón amortiguó cualquier intento de gritar. Luego le arrancó el cinturón de la bata y se lo pasó alrededor del cuello. Con la rodilla clavada en su espalda, tiró con fuerza hacia arriba hasta que la víctima dejó de forcejear. Eso explicaría los profundos surcos horizontales en la parte inferior del cuello. Después, el asesino cogió el cinturón, ató un extremo al pomo interior del baño, lo deslizó por encima de la puerta, se lo volvió a pasar alrededor del cuello y dejó el cuerpo en la posición en que fue encontrado.

—¿Explicaría eso algo más? —preguntó Smith—. Las abrasiones en la parte superior del cuello, más cercanas a la ligadura, son menos severas de lo que cabría esperar en un caso de asfixia por ahorcamiento. ¿Podría haber habido menos sangre en la zona afectada...?

—¿... porque la mujer ya estaba muerta? —concluyó Gina.

—Exacto —confirmó Rigler.

Tras unos instantes de tenso silencio, Gina preguntó:

—¿La víctima dejó alguna nota?

—No —respondió el detective.

—En tu opinión, ¿constituiría eso un factor importante a la hora de determinar si se trató o no de un homicidio?

—En absoluto. Contrariamente a la creencia popular, la mayoría de los suicidas no dejan ninguna nota.

Gina procedió a examinar el resto de las fotografías. La cama estaba sin hacer. Periódicos y revistas aparecían desperdigados sobre la mesita de la sala de estar. Los artículos de aseo se amontonaban en el tocador del cuarto de baño. Los platos se apilaban en el fregadero. Había una bolsa del Kentucky Fried Chicken sobre la mesa de la cocina, junto a una botella mediada de vodka. En un rincón de la encimera había otras cuatro botellas vacías de vodka, una de plástico de agua y tres latas de Pepsi light. A Gina le pareció que estaba preparando el reciclaje para sacarlo.

—¿Ves algo más en las fotos que te haga inclinarte en una dirección o en otra? —le preguntó a Rigler.

Este se quedó pensando un momento.

—Gina, ¿tienes un albornoz de felpa?

—Pues sí —respondió sorprendida—. ¿Por qué me lo preguntas?

—Porque la mayoría de las mujeres lo tienen, y la mayoría son muy cuidadosas a la hora de suicidarse. Eligen un lugar que les resulte confortable, generalmente su propia casa. Y les preocupa mucho qué aspecto tendrán cuando encuentren su cuerpo. Por eso es poco habitual que utilicen una pistola o algo que pueda desfigurarlas. Eso incluye las abrasiones en torno al cuello. Las mujeres que emplean una cuerda o un cable suelen ponerse antes una toalla alrededor del cuello para evitar que queden marcas.

»Si yo hubiera investigado el lugar de los hechos, lo primero que habría hecho sería revisar su armario. El cinturón de un albornoz de felpa habría sido su primera opción, ya que deja menos marcas que uno de seda.

—¿Estamos a tiempo de echar un vistazo a su armario?

—Me temo que no, Gina. Aparte de la bata y el cinturón, y cualquier prenda interior que llevara en el momento de la muerte, la policía habrá entregado todas las pertenencias de la víctima a su familia.

—¿Hay algo que podamos hacer para que la policía reabra el caso?

—Bueno, sigo en contacto con los muchachos de la brigada de homicidios, pero no lo tendremos nada fácil.

—¿Por qué? —preguntó Gina.

—Porque lo que acabamos de hacer es esbozar una hipótesis de lo que creemos que ocurrió —explicó Rigler—. Otra persona que mirase estas fotos podría llegar a la conclusión de que lo que nosotros consideramos como homicidio corresponde a un suicidio.

—Perdona. Estoy un poco confusa.

—Déjame ejercer de abogado del diablo y defender los argumentos de la parte contraria. Nadie forzó la entrada de su apartamento, no hay señales de que ocurriese nada extraño ni tampoco indicios de forcejeo. ¿La víctima era consumidora habitual de algún tipo de sustancia, como drogas o alcohol?

—Una vecina que la conocía bien me contó que tenía un problema con la bebida —respondió Gina con voz débil.

—Eso inclina aún más la balanza hacia la hipótesis del suicidio.

—He visto marcas parecidas en cuellos, aunque no tan severas, que no eran resultado de un homicidio —agregó Smith—.

Hay personas que encuentran un placer perverso en estrangular a sus parejas hasta casi asfixiarlas durante el acto sexual.

—*De omnibus dubitandum* —declaró Rigler.

—Hay que dudar de todo —tradujo Gina.

—Me dejas impresionado —repuso el detective.

—Es lo que tiene ir a un instituto católico femenino con dos años obligatorios de latín.

—Es una frase que me enseñó un inspector veterano durante mi formación. Para enfrentarte a la escena de un crimen como investigador, debes hacerlo con la mente abierta. Si no lo haces, solo encontrarás evidencias que respalden tus nociones preconcebidas. Eso es lo que parece haber ocurrido aquí. Lo barrieron bajo la alfombra.

—¿Cómo dices? —preguntó Gina.

—La policía creyó desde el principio que se trataba de un suicidio y encontró numerosas evidencias para respaldar su hipótesis. Y todo lo que no encajaba con ella, lo barrieron bajo la alfombra.

—Tiene que haber algo. En la bata o en la ropa interior... ¿No podrían obtener muestras de ADN para reabrir la investigación? —planteó Gina.

—Podría hacerse —repuso Rigler—, pero costaría mucho tiempo y dinero. El cuerpo policial de Durham es muy eficiente, pero hay que tener en cuenta que esto no parece la escena de un crimen. Aparentemente, se trata de un suicidio. Y ocurrió hace cuatro meses.

—Me gustaría hablar con la familia —pidió Gina en voz baja.

—Yo puedo ayudarte en eso —repuso Smith, y empezó a teclear en su portátil. Segundos después le entregó la hoja que salió de la impresora—. Este es el contrato firmado con la funeraria de Nebraska. En él figura la información de contacto de la familia.

Rigler insistió en llevar a Gina de vuelta a su hotel.

—Siento haberte hecho trabajar tanto en tu primer día como abuelo —se excusó ella.

—Ah, casi me olvido. —Rigler se llevó la mano al bolsillo y sacó un puro con un lacito rosa anudado en un extremo—. ¿Tú fumas puros?

—No —rio Gina—. Pero si te parece bien se lo llevaré a mi padre.

—Por supuesto —repuso él, y se lo dio.

—Si te has pasado toda la noche en el hospital, debes de estar exhausto.

—No pasa nada —replicó Rigler con una sonrisa—. Ya recuperaré el sueño perdido esta noche. Me encanta mi trabajo. Es como resolver un rompecabezas. Es apasionante descubrir cómo van encajando todas las piezas de un caso.

Sin mencionar en ningún momento el nombre de REL News, Gina le hizo un relato más detallado de la investigación sobre la muerte de Cathy Ryan, y también le habló del mensaje que le sugería que indagara en las causas del fallecimiento de Paula. Rigler escuchó con atención antes de responder:

—Como te he dicho antes, voy a intentar que la policía vuelva a investigar el caso de Stephenson. Te mantendré informada al respecto. Pero, mientras tanto, voy a darte un consejo: ten mucho cuidado. Si estás en lo cierto sobre las dos víctimas, y creo que lo estás, nos enfrentamos a un asesino inteligente y con acceso a muchos recursos. Stephenson habría sido una víctima relativamente fácil de localizar y de matar. En el caso de Cathy Ryan, el asesino, antes de actuar, averiguó su destino de vacaciones, dónde se alojaba y qué actividades iba a realizar. Tú no pareces la clase de persona que cometiera suicidio, pero no me gustaría enterarme de que has sufrido un trágico accidente.

77

Michael Carter se pasó el resto de la tarde delante del ordenador intentando averiguar todo lo que pudiera sobre Gina Kane. En Wikipedia encontró varias referencias y enlaces al reportaje sobre el salvaje ritual con un hierro candente, así como a otros artículos que había escrito para *Empire Review*. Su intención había sido echar un vistazo por encima al reportaje sobre la fraternidad universitaria, pero, totalmente cautivado, acabó leyendo de cabo a rabo sus veintinueve páginas. Aparte de ser una escritora excelente, Gina Kane era una formidable investigadora.

En el apartado sobre su educación, se fijó en los años en que había estudiado en el Boston College. Cathy Ryan también había ido a la misma universidad y debieron de coincidir en el campus durante un par de años. ¿Casualidad? Tal vez no.

Entró en la página de la CBS para ver la entrevista que le hicieron en *60 Minutes*. Si estaba nerviosa, no lo demostró. Irradiaba una total confianza en sí misma mientras respondía a las preguntas de Scott Pelley.

Tras superar su reticencia inicial, Carter decidió llamar a su amigo de la agencia crediticia. Espiar los extractos de ciudadanos normales no suponía mucho problema, pero en el caso de una periodista el riesgo era mucho mayor. Si algo así llegaba a salir a la luz, los medios y la opinión pública pondrían el grito en el cielo y pedirían cabezas. Solo había una manera de impedirlo: evitar filtraciones.

El correo con la información crediticia llegó con varios archivos adjuntos. Carter imprimió el extracto de los últimos meses de las tarjetas MasterCard y American Express. Casi todos los movimientos se habían cargado a la primera. Cogió un fluorescente amarillo y empezó a revisar las distintas transacciones.

«Está hecha una auténtica trotamundos», pensó mientras repasaba los numerosos gastos relacionados con un viaje a Nepal. También se preguntó con quién habría ido.

—Oh, Dios —exclamó en voz alta mientras reseguía la línea en la que aparecía la reserva de un vuelo a Aruba.

Cualquier posibilidad de que se tratara de una simple coincidencia quedó totalmente descartada cuando vio que la periodista se había alojado en el mismo hotel que Cathy Ryan.

El viaje a Naples podría ser relevante o tal vez no. Tomó nota de que debía intentar averiguar de dónde era la familia de Cathy Ryan o, más concretamente, dónde vivían sus padres en la actualidad.

Carter revisó el extracto hasta el final. O bien Kane no había usado su tarjeta en las dos últimas semanas, lo cual era muy improbable ya que la utilizaba en Starbucks casi a diario, o bien su amigo le había enviado el extracto del último mes sin haberlo actualizado hasta la fecha de hoy. Le envió un nuevo mensaje pidiéndole la información que faltaba. Conociendo a su «amigo», seguro que le cobraba un cargo extra por volver a entrar en el sistema y realizar una nueva búsqueda.

Reflexionó sobre la idea de Sherman de intentar sobornar a alguien para que no se publicara la historia. ¿Y si le ofrecía una gran cantidad de dinero a Kane para que abandonara la investigación? Solo tenía treinta y dos años. Un par de millones de dólares podrían marcar una gran diferencia en esa etapa de la vida. Y cabía la posibilidad de que Kane acabara aceptando la oferta, se embolsara el dinero y se olvidara de la historia. No obstante, Carter sabía que era algo bastante improbable y arriesgado. Los milenials eran muy egotistas y solían estar muy centrados en sí mismos, como recordaba de algunos jóvenes soldados con los que había servido, pero al mismo tiempo eran extrañamente idealistas. La vida todavía no les había enseñado que había algunas colinas por las que no merecía la pena morir.

¿Existiría otra manera de impedir que la historia saliera a la luz, o al menos de que se retrasara su publicación? Intrigado por esa posibilidad, entró en la página web de *Empire Review* y buscó el nombre del editor jefe. Cuando lo encontró, investigó un poco su historial.

—Tal vez Geoffrey Whitehurst sea un tipo con el que pueda hacer negocios —dijo en voz alta, tratando de impostar un acento británico.

78

Sentada a la mesa de su habitación con el portátil abierto ante sí, Gina se estiró un poco para desentumecerse. Después de que Rigler la dejara, había almorzado sola en un restaurante irlandés que estaba a escasa distancia del hotel. Las notas que había tomado mientras comía ocupaban ahora tres páginas enteras en su ordenador.

Le había enviado un mensaje a Geoff, que acordó quedar con ella a la mañana siguiente. Una vez más, tendría que ir directamente desde el aeropuerto a las oficinas de *Empire Review*.

Aparte de Geoff, había otra persona a la que quería informar de lo que había averiguado en Durham: el contacto de Meg Williamson que le había sugerido que debería investigar la muerte de Paula Stephenson. Gina le había puesto a su misteriosa fuente el nombre de «Garganta Profunda», tomando prestado el apodo del agente del FBI que ayudó en secreto a los dos jóvenes periodistas del *Washington Post* en las primeras fases de la investigación del Watergate. Abrió el anterior correo de Garganta Profunda y pulsó «Responder».

He encontrado pruebas de que la muerte de Paula Stephenson pudo haber sido un homicidio. Estamos intentando que la policía de Durham reabra el caso. Pero me preocupa no tener todavía suficiente información para convencer a mi editor de que nos enfrentemos a REL News. Necesito los nombres de otras víctimas.

Gina buscó las palabras apropiadas para instar a Garganta Profunda a salir de su escondite.

Las víctimas podrían encontrarse en grave peligro. Si quedamos en persona, podré avanzar más deprisa en mi investigación. Te garantizo que tu identidad permanecerá en secreto.

Sin saber muy bien qué más añadir, pulsó «Enviar».

79

Gina salió del ascensor de *Empire Review* tirando de su maleta. Como de costumbre, Jane Patwell la estaba esperando para recibirla.

—Ya te la guardo yo —le dijo, cogiendo la maleta—. Pasa por mi mesa a recogerla cuando salgas.

En el trayecto en taxi desde el aeropuerto, Gina había leído que uno de los mayores anunciantes de la revista, la cadena de grandes almacenes Friedman's, acababa de declararse en bancarrota.

Jane llamó a la puerta del editor jefe y la abrió ligeramente. Al ver a Gina, Geoff le dedicó una breve sonrisa y le hizo un gesto en dirección a la mesa de juntas. La secretaria cerró la puerta y regresó por el pasillo.

Geoff se sentó frente a Gina y abrió una carpeta que había traído de su escritorio. Observó su contenido durante unos momentos y luego dijo:

—Bien, Gina, ¿fue una buena decisión por mi parte costearte el viaje a Durham?

Gina se quedó desconcertada por la pregunta. Un pasaje de ida y vuelta a Durham y una noche de hotel no podían considerarse un gran dispendio presupuestario. ¿Acaso la pérdida de Friedman's había hecho saltar todas las alarmas? ¿No decían siempre que el contenido editorial de la revista era totalmente independiente de la parte financiera? Se alegró de no tener que justificar ese día su viaje a Aruba, y se preguntó si eso saldría más adelante en la conversación.

—Por lo que respecta a la investigación de REL News, sí, fue una excelente decisión.

Gina le relató sus entrevistas con los vecinos del complejo de apartamentos de Paula Stephenson. Geoff escuchó en silencio, pero luego inició lo que a ella se le antojó una especie de interrogatorio.

—Así que Paula le dijo a la vecina que había encontrado «una manera de recuperarse económicamente». ¿Cómo sabes que no se trataba de un nuevo novio con el que hacer otra inversión descabellada?

—Lo dudo mucho —respondió Gina en tono inexpresivo—. Alguien que acaba de perder una gran cantidad de dinero en una inversión no está en condiciones de volver a invertir.

—Bien visto —concedió Geoff—. Cuando Stephenson dijo que «tendrían que pagarle como era debido», ¿por qué estás tan segura de que se refería a REL News? ¿Cómo sabes que no estaba planeando demandar a su exnovio y a los otros miembros de su compañía? ¿Es posible que se estuviera refiriendo a ellos?

—Posible, pero improbable —repuso Gina, con creciente frustración.

—Ah, yo también me atraganté una vez comiéndome un pepino. Según tú, eso es bueno: nunca se me ocurrirá ahorcarme.

Soltó una carcajada ante su propio chiste. La risa suele ser contagiosa, aunque no en esta ocasión. Cuando el editor se calmó, Gina dijo con cierta frialdad:

—¿Continúo?

Geoff hizo un gesto con la mano para que siguiera.

Consultó de vez en cuando sus notas mientras procedía

a relatar su encuentro con el detective y el director de la funeraria. Casi al mismo tiempo, ya se estaba preparando para las objeciones de Geoff cuando acabara su explicación. Se acordó de lo que su madre solía decirle de adolescente: «Gina, cuando te sientas atrapada en una situación de la que nadie intentará ayudarte a salir, siempre encontrarás la manera de impulsar tus propias velas para seguir adelante».

Pero ahora se sentía vulnerable. Trabajar sola siempre era duro; y aún lo era más cuando un presunto aliado no hacía más que ponerte palos en las ruedas. Se planteó la posibilidad de suavizar u omitir por completo la observación de Wes Rigler de que otro investigador que examinara las pruebas sobre la muerte de Paula Stephenson podría llegar fácilmente a la conclusión de que se había tratado de un suicidio. No obstante, la realidad siempre era obstinada. Cuando empezabas a descartar los hechos que no encajaban con tu hipótesis preconcebida, siempre se avanzaba más deprisa, pero muchas veces en la dirección equivocada.

Al final, Gina decidió concluir su relato del encuentro en la funeraria repitiendo literalmente las palabras de Rigler de que la muerte de Paula también podría haber sido un suicidio. El editor permanecía reclinado en su silla, con los brazos cruzados sobre el pecho. Gina tenía la impresión de que esperaba paciente a que ella acabara, con la decisión ya tomada de antemano. Sus primeras palabras confirmaron sus sospechas.

—Gina, sé lo duro que has estado trabajando en este reportaje de REL News, pero, como periodistas, a veces tenemos que aceptar el hecho de que tal vez estemos viendo noticias donde no las hay. Has planteado una interesante hipótesis sobre que Cathy Ryan podría haber sido asesinada. Pero también es igual de plausible que la joven bebiera demasiado, le entrara el pánico y se estrellara en un desgraciado accidente. Lo mismo ocurre con Paula Stephenson: podría tratarse de un homicidio, pero también de un suicidio. Si estuvieras escribiendo una novela, tendrías una trama muy buena y seguro que muchos editores literarios estarían interesados. Pero nosotros no nos dedicamos al terreno de la ficción.

—¿Y qué hay de Meg Williamson? —objetó Gina—. Sabemos que llegó a un acuerdo.

—Tal vez sea cierto, pero ¿no se trata de la misma Meg Williamson que se ha negado tajantemente a volver a hablar contigo?

—He contactado con la fuente que me instó a investigar la muerte de Paula Stephenson. ¿Y si me proporciona nuevas pistas?

—Te diré lo que vamos a hacer. Como editor jefe, debo asignar nuestros valiosos recursos a reportajes que creo que algún día aparecerán en las páginas de nuestra revista. Sigo confiando en ti, pero no vamos a invertir más tiempo ni esfuerzo en esta historia de REL News.

Gina se preguntó si parecería tan estupefacta como se sentía. ¿Cómo podía haber dado la situación un giro tan radical? ¿Acaso una historia en la que creía tan firmemente iba a ser suprimida por la retirada de un gran anunciante? «Pero si ni siquiera me gusta la ropa que venden», se dijo indignada.

—¿Qué puedo decir? —suspiró Gina—. Supongo que es lo que hay, ¿no?

Geoff se levantó para anunciar que la reunión había finalizado.

—Lamento que la cosa haya acabado así. Ahora mismo no tengo tiempo de explicártelo, pero hay otro proyecto que quiero encargarte. Seguiremos en contacto.

Gina asintió. Sin decir palabra, se levantó y se encaminó hacia la puerta. Por segunda vez en las últimas semanas, salía de aquel despacho totalmente conmocionada. En la anterior ocasión, se encontraba en la fase preliminar de una investigación tan electrizante que había estado dispuesta a renunciar al amor de su vida para llegar hasta el final. Ahora se había quedado sin Ted y sin la historia de REL News.

80

Dick Sherman sentía un fuerte nudo en el estómago. Una de las frases con las que solía aleccionar a sus subordinados era: «Cuando están metidos en un pozo, algunos intentan salir de él; otros piden una pala más grande». Ahora quedaba claro que no había sabido aplicarse su propio consejo. Si pudiera dar marcha atrás, regresaría a la mañana de aquel sábado en el que Carter lo llamó a su casa. ¿Quién sabe? Quizá podría haber salido airoso con una simple disculpa por no haber tomado ninguna medida después de recibir el correo sobre lo que Matthews le había hecho a aquella tal Pomerantz. Pero no, había decidido seguir el plan de Carter y ahora, dos años después, no había marcha atrás.

La noche anterior se había quedado en las oficinas hasta que Matthews acabó el informativo nocturno. El presentador era una criatura de costumbres. Cuando terminaba el programa, volvía a su despacho, se servía un whisky y revisaba la emisión de principio a fin. Los reporteros sobre el terreno y sus editores recibían un correo elogioso cuando habían hecho un buen trabajo. Del mismo modo, Matthews no tenía ningún reparo en recriminar a aquellos corresponsales cuya conexión en directo consideraba decepcionante. También prestaba una atención minuciosa a la labor de los dos cámaras encargados de filmar sus primeros planos. Creía que tenía el deber de dar su mejor imagen ante los millones de estadounidenses que lo veían todas las noches.

Sherman esperó a que la veterana secretaria de Matthews se hubiera marchado. Llamó a la puerta del presentador al tiempo que la abría. Al hacerlo, un perturbador pensamiento lo asaltó: ¿y si en ese preciso momento Matthews estaba acosando a otra joven? Por suerte, no fue así. El presentador se hallaba sentado tras su escritorio, con la corbata aflojada y un whisky en la mano, contemplándose a sí mismo en un gran televisor de pantalla plana. En la pared que había a su espalda colgaban retratos de Edward R. Murrow y Walter Cronkite. Los dos parecían sonreír a su digno sucesor.

Matthews pareció sorprendido y bastante incómodo. Cogió el mando y apagó el televisor.

—¿Te apetece un whisky? —dijo para romper el hielo.

Tomarse una copa con Matthews era lo último que deseaba hacer en ese momento, pero un poco de distensión antes de una conversación difícil tal vez no fuera mala idea.

—¿Por qué no? —respondió, tomando asiento enfrente del presentador e inclinándose sobre la mesa para aceptar el whisky.

En su mente, Sherman había ensayado reiteradas veces su parlamento, aunque era muy consciente de lo que solía decirse en círculos militares: «Los planes mejor trazados saltan por los aires antes de que se dispare la primera bala».

—Brad —empezó—, sin duda ambos debemos atribuirnos gran parte del mérito de haber convertido REL News en lo que es en la actualidad. Hace veinte años este lugar no era más que un páramo, un vertedero de cadenas de televisión por cable poco rentables. Hoy día somos un gigante mediático, la envidia de toda la industria.

—Ha sido un largo viaje —convino Matthews tras dar un sorbo a su whisky.

—Sí, lo ha sido, y durante el camino tú y yo hemos sido

ampliamente recompensados. Pero tal como están las cosas, Brad, esa recompensa puede ser mucho mayor. Si tiene lugar la esperada salida a bolsa de la compañía, obtendremos unos beneficios de lo más lucrativos.

Sherman aguardó su reacción. Al no producirse, continuó:

—Miles de millones de dólares están en juego. Y ahora es de vital importancia evitar cualquier situación que pueda enfriar el entusiasmo de la comunidad de inversores.

—No podría estar más de acuerdo —repuso Matthews en tono afable.

—Brad, voy a hablarte con franqueza. Conseguir el dinero para pagar a las mujeres con las que has tenido... malentendidos está suponiendo un problema mayor de lo que habíamos previsto. Los bancos de inversión están escudriñando hasta el último centavo que gastamos para determinar el grado de rentabilidad de la compañía. Estoy seguro de que te acuerdas de Michael Carter, el hombre con el que nos reunimos en el club. Acaba de comunicarme que necesita otros seis millones para seguir negociando. La pregunta es: ¿de dónde sacamos ese dinero?

Matthews se sirvió otro whisky. Sherman apenas había tocado el suyo y declinó el ofrecimiento de rellenárselo.

—Y dime, Dick, ¿cuál es la respuesta a esa pregunta?

—Los seis millones se utilizarán para resolver los problemas que tú has provocado. Eso, aparte de los doce millones que REL News ya ha tenido que pagar. Así que, en esta ocasión, lo más justo es que ese dinero salga de tu bolsillo.

Matthews esbozó su característica sonrisa de presentador. Tomó un largo trago de whisky y se pasó un dedo por los labios para secárselos.

—No, Dick, me parece a mí que no. Cuando... o debería decir, si... la compañía sale a bolsa, está previsto que tú te embolses más de sesenta millones de dólares. Eso es mucho dinero. De hecho, es más del doble de lo que recibiré yo. Tienes razón: los dos tenemos mucho que perder, pero tú aún más. Muchísimo más. Así que si tú y tus hormiguitas de contabilidad no podéis arreglároslas para sacar ese dinero de las cuentas de la empresa, ya puedes ir extendiendo un cheque a tu nombre.

Sherman se levantó bruscamente. Le hervía la sangre. Ya se dirigía hacia la puerta cuando oyó la voz del presentador a su espalda.

—No tan deprisa, Dick. —Matthews cogió un bolígrafo, garabateó algo en un papel y se lo pasó—. He tenido algo de tiempo para pensar después de la encerrona que me hicisteis en el club de campo. Dile a tu recadero Carton que llegue a un acuerdo con estas dos chicas. Y ahora largo de aquí.

Cuando Sherman se giró para marcharse, el presentador volvió a llamarle.

—Dos cosas más, Dick. Una: asegúrate de cerrar bien la puerta al salir. Y la segunda: la próxima vez que quieras hablar conmigo, pide una cita.

El presidente ejecutivo acató su primera petición dando un portazo tan fuerte que las persianas del despacho de Matthews retemblaron ligeramente.

Sherman se obligó a centrarse en la tarea que debía realizar. Levantó el auricular y marcó la extensión de la secretaria de Ed Myers. Malgastar el tiempo en cortesías nunca había sido su estilo.

—¿Está en su despacho?

—Sí, señor Sherman. ¿Quiere...?

—¿Está con alguien?

—No. ¿Debo...?

—No haga nada. Voy para allá.

Dos minutos más tarde estaba ante la puerta del despacho. Entró sin llamar y cerró tras de sí. Myers estaba hablando por teléfono y pareció sobresaltado al verlo.

—Ha surgido algo de lo que debo ocuparme ahora mismo. Te llamo luego —dijo, y colgó.

—Ed, necesito otros seis millones para Carter & Asociados. ¿Cuándo podrás enviárselos?

Sherman permaneció de pie, clavando la vista en su director financiero.

Myers se reclinó en la silla, se quitó las gafas y empezó a mordisquear una de las patillas.

—Sé muy bien que no debo hacer preguntas. Las cifras de este trimestre han sido bastante buenas. Más vale aprovechar la coyuntura. Empezaré a moverlo mañana.

—Sabía que podía contar contigo, Ed. Gracias.

Se trataba de una rara manifestación de gratitud que Myers habría recibido encantado en otras circunstancias. Cuando Sherman ya se dirigía hacia la puerta, le preguntó:

—Dick, ¿tienes alguna idea de cuánto dinero más van a necesitar esos Carter & Asociados?

El presidente ejecutivo se detuvo, dio media vuelta y lo miró a la cara. Con una voz desprovista de su habitual arrogancia, respondió:

—Espero que este pago sea el último.

Myers aguardó un minuto de reloj antes de levantar el auricular y marcar la extensión de Frederick Carlyle Jr.

81

Gina salió del ascensor con paso mecánico y ausente, buscó a tientas la llave y abrió la puerta de su apartamento. Decir que estaba aturdida sería quedarse corto. Después de su reunión con Geoff, mientras caminaba hacia el metro, se había saltado un semáforo en rojo. Un taxista tuvo que dar un volantazo para esquivarla, haciendo sonar el claxon con fuerza al tiempo que le gritaba algo en un idioma extranjero. Fuera lo que fuese lo que le dijo, no debió de ser nada agradable.

Sacó una botella de agua de la nevera y se dejó caer en una silla de la mesa de la cocina. La abrumadora sensación de fatiga que la invadía tenía poco que ver con haberse levantado temprano para tomar el vuelo de primera hora. Se sentía como una corredora de maratón que se derrumba tras haber recorrido cuarenta y dos extenuantes kilómetros, y puede vislumbrar a lo lejos la línea de meta, de la que solo la separan ciento noventa y cinco metros.

Miró su móvil y vio que habían llegado cinco correos nuevos. Uno era de Andrew Ryan, el hermano de Cathy.

Hola, Gina:
Siento volver a molestarte, pero es que mi madre me llama dos veces a la semana para preguntarme si hay alguna novedad en tu investigación de la muerte de Cathy. Sé que

ya te lo he dicho, pero no sabes lo agradecidos que estamos mis padres y yo por lo que estás haciendo. No importa lo que descubras, será un enorme alivio saber lo que le pasó realmente a mi querida hermana. Tienes nuestra eterna gratitud.

Andrew

Al dar carpetazo al reportaje de REL News, Geoff la había privado de la emoción de profundizar en la investigación, de la euforia que se experimenta al ser la primera en ver lo que nadie más ha visto, del privilegio de arrojar luz sobre una verdad que estaba pudriéndose en una tumba anónima y oscura. Ya había imaginado los elogios que le lloverían cuando se publicara la historia de REL News. Más de una vez había fantaseado incluso con un premio Pulitzer. Sin embargo, el mensaje de Andrew era un sobrio recordatorio de las jóvenes mujeres cuyas vidas habían sido injustamente arrebatadas o irreparablemente alteradas por un monstruo amparado y protegido por una gran corporación, unas mujeres a las que tal vez ahora nunca se les haría justicia.

Echó un vistazo alrededor de la pequeña cocina. Los electrodomésticos nuevos, la encimera de cuarzo y el reluciente revestimiento de alicatado vidriado habían dado a la estancia un aspecto más moderno y diáfano. Además, el cuarto de baño principal había quedado estupendo con su amplio plato de ducha abierto y sus nuevos azulejos. Todas esas reformas no habían salido baratas. Sin duda habían revalorizado el apartamento, pero también habían diezmado considerablemente sus ahorros.

Geoff había dicho que tenía «otro proyecto» para ella. ¿Cuándo empezaría? ¿La próxima semana? ¿Al mes siguiente? ¿Dentro de tres meses? Era la primera vez que cancelaban uno de sus reportajes en plena investigación. No sabía muy bien cuánto cobraría por el trabajo que había realizado. Y estaba claro que, con todo el revuelo provocado por la bancarrota de Friedman's, no era el momento de preguntar al respecto. Aún le quedaba parte del adelanto que había recibido, pero ese dinero estaba destinado a la investigación de REL News. El resto tendría que devolverlo.

Pero *Empire Review* no era la única revista de la ciudad. Había otras que también publicaban periodismo de investigación, algunas de las cuales habían contactado con ella en el pasado. No obstante, seguir adelante con la investigación no iba a resultar nada fácil. De entrada, tendría que revelar que había empezado a trabajar en la historia para *Empire Review*. ¿Y por qué habían acabado rechazándola? Era muy probable que otros editores compartieran la opinión de Geoff, que se había tratado de un accidente y de un suicidio, punto.

Se le ocurrió otra cuestión que podría enturbiar aún más la situación. *Empire Review* le había dado un adelanto por la historia. Aunque la revista hubiera rechazado finalmente proseguir con la investigación, ¿conservaría algún derecho de propiedad intelectual? Gina estuvo tentada de llamar a Bruce Brady, el abogado, para pedirle que le aclarara la situación. Brady parecía un buen tipo, pero al fin y al cabo trabajaba para la revista, y su trabajo era proteger los intereses de su cliente.

Suponiendo que la historia de REL News le perteneciera por derecho propio, ¿podría seguir adelante por su cuenta? Al reflexionar sobre ello, llegó a la conclusión de que solo había una pista cuyo seguimiento le costaría dinero. ¿Tendrían los padres de Paula Stephenson alguna información que pudiera serle de ayuda? Según la documentación de la funeraria de Durham, el cuerpo de Paula había sido enviado a Xavier, Nebraska. Una rápida búsqueda en su móvil reveló que se trataba de una comunidad agrícola situada a unos ciento diez kilómetros de Omaha, la ciudad más próxima. En total, sería un billete de avión, un coche de alquiler y tal vez una noche de hotel. ¿Por qué resultaba tan fácil gastar el dinero de los demás y tan difícil desprenderse del propio?

Gina sabía que su padre no dudaría en prestarle algo de dinero, pero no quería recurrir a eso. Ahora que dispondría de más tiempo tenía intención de husmear en el pasado de Marian Callow, y no se sentiría bien utilizando el dinero prestado por su padre para investigar a la mujer de la que estaba enamorado.

—Dios, cómo echo de menos hablar contigo... —exclamó, mirando el pequeño y solitario imán redondo pegado en la puerta de la nevera.

Mostraba una fotografía que la madre de Ted le había regalado cuando fueron a visitar a la familia de él a la casa de vacaciones en Cape Cod. La mujer la había tomado mientras ellos se encontraban de pie en el muelle que dominaba la bahía, observando la puesta de sol. Y aunque Ted ya no estaba con ella, la imagen le ofrecía una vaga esperanza. A pesar de todo lo que había ocurrido entre ellos, en algún momento del futuro volverían a estar cogidos de la mano, contemplando cómo el sol se ocultaba lentamente bajo la línea del horizonte.

82

No había vuelos directos a Omaha. Reservó uno de Delta que partía de Newark y hacía una escala de ochenta y tres minutos en el aeropuerto O'Hare de Chicago. Salía a las ocho y media de la mañana y aterrizaría en Omaha a las tres y media. Después de alquilar un coche y recorrer los ciento diez kilómetros que la separaban de Xavier, llegaría a su destino sobre las cinco de la tarde. Eso le daría un margen de una media hora antes de reunirse con la madre de Paula Stephenson, con la que había quedado a las cinco y media. Pensó que tendría que darse mucha prisa para poder coger el vuelo de regreso el mismo día. Aun así, decidió no reservar una habitación en Omaha. No sabía muy bien lo que se encontraría, así que prefería no alejarse demasiado de la zona de Xavier.

—Espero que no sea una pérdida de tiempo y dinero —murmuró en voz alta mientras acababa de introducir los datos de su tarjeta de crédito.

Se quedó mirando el recuadro azul que la instaba a finalizar la compra. De perdidos, al río, se dijo mientras pulsaba en el recuadro y la página de *Expedia* procesaba la reserva de ochocientos treinta y un dólares. «Siempre he querido ver Nebraska antes de morirme», comentó para sus adentros con cierta ironía.

Veinte minutos antes había hablado con Lucinda Stephenson. Al principio, la madre de Paula se mostró dubitativa cuando Gina le dijo que era periodista. Su disposición mejoró considerablemente cuando utilizó la palabra «reportera». Sí, respondió Lucinda a la pregunta de Gina, los objetos personales de Paula, incluidos su ropa y sus papeles, habían sido guardados en cajas y enviados a Xavier. Ella no había ido a Durham. Un sobrino suyo del Cuerpo de Marines, destinado en la cercana base de Camp Lejeune, se había encargado de vaciar el apartamento y prepararlo para su venta. No, continuó Lucinda, no había tenido ocasión de revisar las cajas que le había enviado su sobrino, y tampoco tenía ningún problema en que Gina lo hiciera. Quedaron en que esta la recogería en su casa e irían a cenar algo.

Miró la hora en su móvil: las siete y media de la tarde. Después del bajón anímico que había sufrido por la mañana sentada a la mesa de la cocina, había conseguido recuperarse y aprovechar muy bien el día. Había recopilado todas las facturas de los gastos de sus viajes a Aruba y Durham, así como las de los coches alquilados para ir a ver a Meg Williamson, y los había enviado por correo a la revista. Dentro del sobre había incluido también un cheque por la cantidad de dinero que no había gastado del adelanto recibido.

Sin pararse a pensar en las posibles consecuencias, decidió enviarle un nuevo correo electrónico a Garganta Profunda. Algunos confidentes tenían que ser cuidados y mimados, pero en este caso ya no había tiempo para eso.

Empire Review ha dejado de respaldar mi investigación sobre REL News. Según ellos, las pruebas de que Cathy Ryan y Paula Stephenson fueron asesinadas no son lo bastante contundentes. Yo no me he dado por vencida y sigo investigando por mi cuenta. Si tienes alguna información que pueda serme de ayuda, la necesito YA. Confío en ti y espero que tú también confíes en mí. Es de crucial importancia que quedemos en persona.

Si Garganta Profunda no respondía, siempre podría volver a intentar contactar con Meg Williamson.

También había dedicado tiempo a documentarse para su discreta investigación sobre el pasado de Marian Callow. Según el obituario de Jack Callow aparecido en el *New York Times*, le habían sobrevivido su amada esposa, Marian, y sus dos hijos, Philip y Thomas. No se hacía ninguna referencia a padres ni hermanos. En el momento de su fallecimiento, Jack y Marian residían en Short Hills, New Jersey.

Jack murió con sesenta y tres años. Sus hijos debían de rondar la treintena, pero dar con su paradero no iba a resultar fácil. Una búsqueda en las Páginas Blancas de internet no dio ningún resultado. La mayoría de la gente joven ya no tenía teléfono fijo. Y el contacto de Gina en el Departamento de Vehículos Motorizados de New Jersey se había jubilado recientemente. Si los hijastros de Marian tuvieran un permiso de conducir tramitado en ese estado, su informante podría haberla ayudado.

Se convenció a sí misma de que lo peor que podría pasarle era que le colgara el teléfono, así que llamó a un amigo de Ted que trabajaba como banquero de inversión en Goldman Sachs. Tras intercambiar algunas incómodas palabras de cortesía que no incluyeron ninguna mención a Ted, Gina le pidió un favor. Él le devolvió la llamada veinte minutos después. El expediente personal de Jack Callow cuando trabajaba en Goldman Sachs incluía dos contactos de emergencia, Marian y Philip Callow. Le dio los dos números de teléfono.

A última hora de la tarde salió a correr por Central Park, lo que la ayudó a despejar la mente. Estuvo tentada de pedirle a Lisa que quedaran para cenar, pero al final decidió no llamarla. Ya empezaba a notar los efectos de haberse levantado tan temprano esa mañana, y al día siguiente le esperaba otra larga jornada, que empezaría cuando sonara la alarma del despertador a las cinco y media. Fue a su habitación, sacó de la maleta las prendas que había utilizado en Durham y metió ropa limpia. Después de un plato de pasta y una copa de chardonnay, por fin se acostó.

83

Maíz, ganado vacuno, maíz, vacas lecheras, maíz, y luego más campos de maíz. Ese fue el paisaje que recibió a Gina mientras circulaba hacia el oeste por la llanísima interestatal 80. Sus vuelos habían salido con puntualidad y había podido dormir un poco durante el trayecto hasta Chicago. Tampoco había tenido que esperar para alquilar el coche. Y ahora disfrutaba de conducir ajustándose al límite de velocidad de ciento diez kilómetros por hora, una absoluta rareza en las carreteras del Nordeste. Cada pocos minutos echaba un vistazo al móvil para asegurarse de que la aplicación Waze funcionaba correctamente. En efecto; el mensaje silencioso del navegador era el de «Siga recto».

En cierto modo, era una suerte que la madre de Paula Stephenson no hubiera abierto aún las cajas enviadas desde Durham. Por una parte, supondría más trabajo para Gina pero, por otra, reduciría la posibilidad de que la mujer hubiese tirado alguna prueba que pudiera resultar clave. ¿Qué esperaba encontrar? No tenía ni idea. Si Paula estaba negociando con alguien para obtener un aumento de su acuerdo con REL News, cruzaba los dedos para que al menos hubiera quedado alguna evidencia.

Salió de la interestatal y avanzó hasta encontrar un letrero que le daba la bienvenida a Xavier, población de mil cuatrocientos noventa y nueve habitantes. Al cabo de un kilómetro y medio llegó al centro del pueblo, formado por un restaurante, algunos silos, dos gasolineras y un pequeño colmado. Al detenerse ante el que parecía ser el único semáforo del lugar, miró el edificio de dos plantas que quedaba a su izquierda. Bajo un mismo techo coexistían pacíficamente dos doctores, dos abogados, un dentista, un contable y una agencia de seguros.

Miró la hora en su móvil: faltaban unos minutos para las cinco. Decidió recorrer el kilómetro que la separaba de la casa de Lucinda Stephenson. Pensó que estaría bien echarle un vistazo antes de dar media vuelta para tomar un café en el restaurante. Quería estar despejada cuando hablara con la madre de Paula.

El centro del pueblo acababa de forma casi tan abrupta como empezaba. Pequeñas casas, la mayoría necesitadas de una buena mano de pintura, se iban espaciando cada vez más a lo largo de la carretera. Camionetas de distintos tamaños estaban aparcadas en los caminos de entrada sin asfaltar.

La voz del sistema de navegación anunció: «Ha llegado a su destino». Detuvo el coche y miró a su derecha. A unos veinte metros de la carretera se alzaba una casita que semejaba más bien una caja de gran tamaño. Tres escalones irregulares conducían a un porche cubierto que abarcaba toda la fachada de la casa. El jardín delantero, si podía llamarse así, parecía no haber visto un cortacésped en meses. A la derecha de la puerta, el número 8 colgaba recto mientras que el 2 se inclinaba en un ángulo extraño. Una vieja camioneta, con la herrumbre recubriendo su abollado guardabarros trasero, hibernaba al final del camino de entrada de gravilla.

La puerta se abrió y una mujer rechoncha de pelo lacio y gris salió al porche.

—¿Eres Gina? —gritó mientras esta bajaba la ventanilla del lado del pasajero.

—Sí —respondió, apagando el motor.

—Llegas pronto —volvió a gritar la mujer. Antes de que Gina pudiera disculparse, añadió—: Dame diez minutos.

Y desapareció en el interior de la casa.

Convencida de que se había quedado sin café, pulsó el botón para volver a subir la ventanilla.

Un cuarto de hora después Lucinda Stephenson bajó por el camino de entrada y abrió la puerta del pasajero. Tras cerrar, se acomodó en el asiento y estiró el cinturón todo lo que pudo para ajustarlo a su rotunda constitución. El lacio pelo gris le colgaba suelto por los hombros. A pesar del frío que hacía, no llevaba abrigo, tan solo una desvaída sudadera de los Cornhuskers adornada con el logo de la Universidad de Nebraska, unos tejanos manchados y unas deportivas negras muy gastadas. Fueran cuales fuesen las tareas que la habían mantenido ocupada quince minutos dentro de la casa, maquillarse no había sido una de ellas.

—Espero que no te importe conducir —fueron sus primeras palabras.

—No, para nada —respondió Gina, tratando de ignorar el tufo a alcohol que le llegaba cada vez que su pasajera exhalaba.

—¿Conoces el asador Barney's?

—Me temo que no. Es la primera vez que vengo por esta zona.

—No pasa nada. Está a solo diez minutos. Yo te indicaré. Gira por aquí.

Barney's era un cobertizo reconvertido, con unas diez mesas repartidas por el comedor sin apenas ventanas. A la izquierda había una barra con seis taburetes. Una canción de Hank Williams sonaba muy suave en una antigua gramola.

Cuando se sentaron, una camarera se acercó, saludó a Lucinda por su nombre y les pasó las cartas.

—¿Os traigo algo de beber?

Lucinda miró a Gina.

—Invitas tú, ¿no?

—Sí —respondió, y deseó una vez más que la revista se hiciera cargo de los gastos.

Lucinda pidió un whisky mientras que Gina se conformó con una copa de pinot grigio, el único vino blanco que tenían.

—Yo ya sé lo que quiero —dijo Lucinda—. ¿Por qué no echas un vistazo a los platos para pedir cuando nos traigan las bebidas?

Gina miró la carta por encima y luego la dejó sobre la mesa.

—Señora Stephenson, quiero darle las gracias una vez más por haber accedido a quedar conmigo avisándola con tan poco tiempo...

—Llámame Lucinda. Todo el mundo me llama así. Mi padre me lo puso porque le encantaba tocar *El vals de Lucinda* con su acordeón. Era la única canción que se sabía —añadió, estallando en una estruendosa carcajada.

—Muy bien, Lucinda. Ayer hablamos brevemente por teléfono. ¿Estás familiarizada con el movimiento Me Too?

—Sale todo el rato en la televisión.

—Así es. Durante muchos años, las mujeres que eran víctimas de discriminación o abusos sexuales en sus puestos de trabajo tenían que sufrir en silencio o dejar el empleo sin poder contarle a nadie lo que les había ocurrido. Callaban porque pensaban, y con razón, que lo tenían todo en su contra y nadie las creería.

—¿Eso es lo que le pasó a mi Paula? —preguntó la madre con una voz teñida de tristeza.

En ese momento la camarera regresó con las bebidas. Gina pidió el filete de doscientos gramos; Lucinda, el solomillo de ochocientos. Cuando la camarera se hubo marchado, siguieron hablando.

—Estoy casi segura de que eso es lo que le pasó. Pero gracias al Me Too, las mujeres han dado un paso al frente para alzar su voz. Ahora empiezan a ser escuchadas, y en la mayoría de los casos sus acusaciones son tomadas en serio. A las grandes compañías no les interesa tener mala publicidad, y por eso muchas deciden llegar a acuerdos económicos con las víctimas para que callen y el escándalo no salga a la luz pública.

—Esos acuerdos económicos... ¿son de más de cien mil dólares?

—Sí.

—Eso lo explica todo.

—¿El qué?

Lucinda se giró para captar la atención de la camarera, agitó su vaso de whisky vacío y volvió a mirar a Gina.

—Mi hijo Jordan, tres años menor que Paula, fue víctima de toda esa porquería de los opiáceos.

—Lo siento mucho. ¿Está... —hizo una pausa— bien?

—Sí, está mucho mejor. Pero el tratamiento, en el caso de que puedas conseguirlo, es carísimo, mucho más de lo que podría permitirme en la vida.

—¿Cuándo ocurrió eso?

—El año pasado.

—¿Le pediste ayuda a Paula?

—Sí, aunque no enseguida. Mi hija y yo nos queríamos mucho a nuestra manera, pero no siempre nos llevábamos bien. Paula era doña perfecta, y yo soy todo lo contrario. Ya con doce o trece años empezó a echarme en cara que bebía demasiado y teníamos unas broncas tremendas. Tal vez debería haberle hecho más caso.

—No has mencionado en ningún momento al padre de Paula...

Lucinda dio un largo trago a su whisky y dejó el vaso muy despacio sobre la mesa.

—Ya no está entre nosotros, gracias a Dios. Hace dos años su camión se salió de la carretera y cayó por un barranco. Por supuesto, no llevaba puesto el cinturón e iba borracho, como siempre. Paula y yo dejamos de hablarnos por su culpa.

—¿Qué sucedió?

—Paula era lista como ella sola. Consiguió una beca completa para ir a la Universidad de Nebraska en Lincoln. Era una chica muy guapa y trabajaba en la cadena de televisión universitaria. En su último año vino a casa para las vacaciones de Navidad. Ya hacía tiempo que su padre y yo habíamos dejado de... —buscó las palabras apropiadas— hacer vida conyugal. Una noche, Lloyd llegó tarde a casa, borracho como una cuba, entró en el cuarto de Paula e intentó meterse en su cama. Hubo muchos gritos y pelea. Gracias a Dios, no pasó nada malo.

—¿Tú qué hiciste?

—Lloyd dijo que se había equivocado de cuarto.

—¿Y le creíste?

—No es fácil tomar partido cuando un padre y una hija que se odian te piden cada uno que te pongas de su parte.

—¿Qué hizo Paula?

—Se marchó a la mañana siguiente. Regresó a Lincoln para acabar sus estudios. Me dejó una nota diciendo que no volvería a casa nunca más. Y que no me molestara en buscarla.

—¿Volviste a verla después de aquello?

—No, pero cuando su hermano empezó a tener problemas serios con las drogas traté de localizarla. Confiaba en que tal vez Jordan la escucharía a ella. Una amiga que estaba visitando a unos familiares en Dayton la vio por televisión. Sabía que no me cogería el teléfono ni respondería a mis mensajes, así que le envié una larga carta contándole la situación de su hermano.

—¿Y finalmente lograste ponerte en contacto con ella?

—Sí y no. Al poco tiempo, un abogado de la ciudad se presentó en casa para hablar conmigo y con Jordan. Paula le había enviado un cheque por cien mil dólares. El dinero solo podía utilizarse para que Jordan ingresara en un centro de rehabilitación y se desintoxicara.

—¿Lo consiguió?

Lucinda sonrió.

—Lo consiguió. Ya te he dicho que mi Paula era muy lista. Puso como condición que, si Jordan permanecía limpio durante un año entero, podría quedarse con el resto del dinero. Y Jordy lo hizo. Ahora trabaja y está acabando la carrera por las noches.

La camarera llegó con los platos. Lucinda señaló su vaso vacío.

—Estoy lista para otro. ¿Y tú?

Consciente de que le quedaba mucho trabajo por delante, Gina optó por un refresco.

—En Nueva York te cobran unos cuarenta o cincuenta dólares por un filete como este —aseguró tras saborear el primer bocado de su filete.

—¡Anda ya! —replicó Lucinda.

—No estoy bromeando. Bueno, cuéntame. ¿Te criaste por aquí?

Durante los siguientes veinte minutos, Lucinda le contó detalles de su vida: creció en una granja, se casó a los dieciocho y tuvo a Paula un año más tarde. Los primeros años de maternidad fueron una experiencia feliz: reuniones del club 4H para una vida sana, funciones escolares y bailes comunitarios. Todo eran buenos recuerdos. El pueblo al completo acudía a los partidos de fútbol americano y Jordy era quarterback, la estrella del equipo.

Apenas hablaron durante buena parte del trayecto de vuelta. Al final, Lucinda rompió el silencio:

—Sé que te lo pregunté ayer, pero ¿qué esperas encontrar en esas cajas?

—A ser posible, me gustaría averiguar quién era la persona con la que Paula negoció el acuerdo. Y más importante aún, quiero confirmar una hipótesis: que estaba intentando renegociar ese primer acuerdo y, si es así, con quién estaba tratando.

—Mi Paula era una buena chica —aseguró Lucinda, más para sí misma que para Gina—. Le salvó la vida a su hermano. Al poco tiempo de morir, el mismo abogado volvió a presentarse en mi casa. Después de vender el apartamento habían quedado limpios casi doscientos mil dólares. En su testamento, Paula dejó la mitad de ese dinero al fondo fiduciario que había establecido a nombre de su hermano. La otra mitad la puso en un fondo a mi nombre, pero con la misma condición que le había puesto a Jordan: solo podré cobrarlo si recibo tratamiento y permanezco sobria durante un año.

—¿Y qué piensas hacer?

—Tal vez no me creas después de haberme visto hoy, pero creo que debo intentarlo. Por mi pequeña —respondió, secándose una lágrima.

Al enfilar el camino de entrada, Lucinda comentó:

—Cuando llegaron esas cajas, me limité a guardarlas en el cuarto de Paula. Después de que llamaras ayer, las abrí y miré por encima. En la mayoría de ellas hay ropa, libros, platos y cosas así. Separé las que contienen papeles y documentos y las dejé junto a la puerta. Te invitaría a entrar, pero me da un poco de vergüenza. No soy muy buena ama de casa.

—No pasa nada. Prefiero llevarme las cajas a la habitación del hotel, donde tendré espacio para esparcir los papeles y revisarlos bien. Te las devolveré por la mañana.

—Si no estoy en casa, déjalas en el porche.

Cinco minutos más tarde, cuatro cajas se apilaban en el maletero y el asiento trasero de su coche de alquiler. Tras despedirse de Lucinda, Gina tecleó en su móvil e hizo una reserva en un hotel situado a unos veinticinco kilómetros, junto a la interestatal 80.

84

Rosalee Blanco volvió a leer la carta que le había enviado su madre. «Mi pobre familia —pensó para sus adentros—. Mi pobre gente.»

Acababa de cumplir los treinta cuando emigró de Venezuela, hacía casi quince años. Aquello fue antes de que las cosas empezaran a ponerse feas, antes de que los dictadores Chávez y Maduro destruyeran el país que había disfrutado del nivel de vida más alto de toda Sudamérica. Sus padres habían regentado un próspero colmado en Coro, una ciudad que antiguamente fue la capital del país, antes de ceder el testigo a Caracas.

La tienda de comestibles, junto con la mayoría de los negocios de Coro, se vio obligada a cerrar. Después de que el gobierno les ordenara vender sus productos a un precio menor al que los habían adquirido, no tardaron mucho en quedarse sin dinero para reponer inventario. Pero en vez de compadecerse ante la situación, las autoridades arrestaron al padre de Rosalee. Lo acusaron de que, al cerrar su colmado, demostraba trabajar al servicio de las potencias extranjeras que estaban en contra del gobierno.

Gracias a los valiosos dólares americanos que Rosalee les enviaba, su madre logró sacarlo bajo fianza. Sus padres hacían todo lo posible para conseguir lo esencial para subsistir, pero todos sus conciudadanos estaban pasando por los mismos apuros, así que era muy difícil encontrar algo que llevarse a la boca. Podrían haberse permitido comprar más comida, pero preferían usar la mayor parte del dinero para pagar la medicación para el asma del hermano de Rosalee.

Formada como peluquera en Venezuela, Rosalee no había tardado en encontrar empleo en Nueva York. Trabajaba seis días a la semana y por las noches repartía su tiempo entre recibir clases de inglés y asistir a cursos de maquillaje. Soñaba con mudarse a Hollywood algún día para peinar y maquillar a las estrellas de cine.

El salón de belleza donde trabajaba estaba en el Upper East Side. Gracias a las recomendaciones boca a boca, contaba entre sus clientas con varias empleadas de la cadena REL News. Un día, una mujer de unos cuarenta años acudió al salón por primera vez. Cuando Rosalee acabó de arreglarla, la señora le dio su tarjeta con un número escrito al dorso. «Este es mi número de móvil. Llámame cuando acabes el turno.»

Una semana más tarde fue a realizar una entrevista con esa mujer, que resultó ser directora adjunta de Recursos Humanos en REL News. Al cabo de dos semanas estaba trabajando como peluquera y maquilladora para la compañía. «La gente para la que trabajo no sale en películas, pero sí en la televisión», le escribió orgullosa a su madre.

Rosalee no se encargaba solo de la gente que aparecía en pantalla, aunque por supuesto eran su prioridad. Cuando no estaba ocupada, otras jóvenes empleadas de la cadena pasaban a verla al acabar sus turnos para que las arreglara un poco antes de salir a divertirse. A Rosalee le encantaba estar con ellas. Eran como las hijas que nunca tendría.

Ya hacía casi dos años que el Mal había empezado. Veía a esas jóvenes mujeres, a esas chicas tan lindas, pasar sonrientes en dirección a la zona de ejecutivos. Cuando volvían, las lágrimas habían reemplazado a las sonrisas, llevaban el maquillaje corrido y las blusas mal abrochadas. A esas horas Rosalee solía estar sola, y las llamaba y las abrazaba mientras las chicas no paraban de sollozar, acunándolas en su regazo hasta que se calmaban. Luego les arreglaba un poco el pelo y el maquillaje, tratando de que recuperaran algo de su dignidad.

Muchas de ellas dejaban la compañía con el alma herida, con la alegría y el optimismo propios de la juventud arrebatados prematuramente de sus vidas.

Había estado tentada de quedar con aquella reportera, incluso le había enviado un correo, pero últimamente el Mal había dejado de actuar. Rosalee daba gracias a Dios porque hubiera acabado por fin con el problema y porque no la hubiera obligado a poner en riesgo la subsistencia de su familia.

85

Tras registrarse en recepción, Gina condujo su coche hasta la fachada lateral del hotel, donde tuvo la suerte de encontrar una plaza de aparcamiento justo enfrente de su habitación situada en la planta baja. Con la maleta rodando tras de sí, usó la tarjeta electrónica para abrir la puerta y encendió la luz. Un primer vistazo le reveló que le habían dado lo que había pedido: dos camas dobles. Quería disponer de la máxima superficie posible para extender los papeles y poder revisarlos bien. Tardó unos minutos en deshacer la maleta y colocar los productos de aseo en el cuarto de baño, antes de dar cuatro viajes al coche para descargar las cajas.

Un exagerado bostezo le recordó lo pronto que se había levantado esa mañana. Se felicitó por haber tenido la previsión de reservar el vuelo de regreso a Nueva York a última hora de la tarde del día siguiente. Aunque cayera agotada esa noche, dispondría de varias horas por la mañana para acabar de examinar todo el papeleo.

Se sentó en la cama y se frotó los ojos. No había conocido a Paula Stephenson, pero eso no impedía que sintiera una pena sincera por la vida que había llevado. Gracias a su fuerza de voluntad y su determinación, Paula no solo había sobrevivido, sino que había logrado salir adelante en un entorno familiar con dos progenitores alcohólicos, del cual había acabado escapando tras un intento de agresión sexual por parte de su padre. Y tras cruzar medio país para empezar una nueva vida en Nueva York, ¿qué le había deparado el destino? Ser agredida sexualmente. No le extrañó que Paula sucumbiera a la enfermedad que había destrozado a su familia.

La pregunta que se hacía siempre sobre cuánta información podía compartir con la familia volvió a pesarle con fuerza. Durante su conversación con Lucinda habían hablado de la muerte de Paula, pero ninguna de las dos había mencionado en ningún momento la palabra «suicidio» ni que la joven se hubiera quitado la vida. Aunque Gina se había visto tentada de hacerlo, al final se contuvo. A su manera, Lucinda había aceptado la pérdida de su hija. ¿De qué habría servido reabrir la herida y generar nuevas incertidumbres introduciendo la posibilidad de que Paula podría haber sido asesinada? No tenía derecho a hacerlo, y menos en un momento en el que carecía de respuestas para ella y ni siquiera estaba segura de poder seguir con la investigación.

Gina miró a su alrededor en la anodina habitación de hotel, con sus persianas baratas, su ajada moqueta pasada de moda, sus vasos desechables envueltos en celofán sobre la mesa. «La glamurosa vida de una periodista», se dijo con cierta ironía mientras acercaba una silla a una de las camas, abría la primera caja y esparcía su contenido sobre la gastada colcha.

A las siete y media de la mañana, Gina se puso de nuevo manos a la obra. La noche anterior había conseguido revisar dos cajas antes de caer rendida. Con fuerzas renovadas después de ocho horas de sueño reparador, fue al gimnasio del hotel para ejercitarse en una cinta de correr y, tras ducharse, tomó un desayuno continental en un salón situado junto al vestíbulo.

Paula podría haber sido «doña perfecta» en su juventud,

pero era algo que no había aplicado a su sistema de archivar documentos. Las cajas que había revisado incluían carpetas de tres anillas y documentos encuadernados y firmados relativos a su inversión en Capriana Solutions, que debía de ser la compañía de su exnovio. Entre las páginas había algunas facturas de servicios y viejos números de teléfono garabateados al azar. Paula tenía la costumbre de anotar mensajes aleatorios en los márgenes y el dorso de los documentos. Gina no quería que se le pasara nada por alto, de modo que examinó todas y cada una de las páginas por delante y por detrás. La caligrafía enmarañada y difícil de descifrar le impedía avanzar a buen ritmo.

A las nueve menos cuarto, Gina se puso en pie y se desperezó. «Tres revisadas, falta una», se dijo mirando las cajas.

En ese momento le sonó el móvil. En la pantalla apareció el nombre de *Empire Review*. Sorprendida, respondió.

—Hola, Gina, espero no llamar demasiado pronto. ¿Estás en casa?

Era Jane Patwell.

—De hecho, no. Estoy en Xavier, Nebraska, viendo crecer el maíz. ¿Qué ocurre?

—Qué excitante —repuso la secretaria—. Dos cosas. La primera, he recibido tu resumen de gastos. Lo he aprobado y lo he enviado a contabilidad. Pero no te llamo por eso. ¿Te has enterado de la noticia?

—No, pero soy toda oídos —respondió Gina, sonriendo.

—Geoffrey Whitehurst dimitió ayer.

—¡Cielo santo! No tenía ni idea —exclamó, preguntándose si sería una consecuencia más de la pérdida de Friedman's como anunciante.

—Nadie sabía nada. Nos ha pillado a todos por sorpresa. Ya ha vaciado su despacho y se ha ido.

—¿Alguna idea de quién se encargará de todo hasta que encuentren a alguien que lo sustituya?

—No. En teoría debería haber sido Marianne Hartig, pero está de baja por maternidad.

Gina conocía a la editora adjunta de la época en que trabajaron juntas en la historia del salvaje ritual universitario.

—Gracias por llamarme, Jane. Estoy tan sorprendida como tú. Por curiosidad, ¿sabes si Geoff se ha ido a trabajar a algún sitio?

—No se lo ha dicho a nadie, pero yo sí lo sé. Fui a dejarle una nota en su escritorio y, accidentalmente, rocé el teclado y la pantalla de su ordenador salió del modo hibernación.

Gina esbozó una amplia sonrisa al imaginarse a Jane leyendo «accidentalmente» un mensaje enviado a su jefe.

—Al parecer es una de esas personas que no cree que haya mucho futuro en la prensa escrita. Ha aceptado un puesto en la filial de REL News en Londres. Tengo que colgar. Dale recuerdos a Nebraska de mi parte.

Gina se sentó en la cama, con la cabeza dándole vueltas a toda velocidad. Tenía que centrarse. ¿Podía ser una coincidencia que Geoff dejara la revista para trabajar en REL News? En absoluto. Alguien había contactado con él y le había ofrecido un puesto en la filial londinense a cambio de que abandonara la investigación. Pero ¿no habría sido mejor que Geoff continuara en la revista? Cuando Gina se enterara de que trabajaba para REL News, habría sospechado enseguida que... Se detuvo a medio pensamiento. Ella no tenía por qué saber que el editor jefe iba a marcharse con ellos. Había sido una simple casualidad que Jane lo viera en su ordenador y luego se lo mencionara.

Se preguntó cómo se habrían enterado de que los estaba investigando. ¿La estarían vigilando? La respuesta se le hizo evidente al momento. Casi con toda seguridad, las víctimas que habían firmado el acuerdo también se habrían comprometido a avisarles si algún periodista empezaba a meter las narices. Recordó las palabras de Brady, el abogado de *Empire*

Review, al comentar que le sorprendía que Meg Williamson hubiera accedido a quedar con ella. Meg no actuaba por su cuenta: le habían dicho que lo hiciera.

Se sintió abrumada por la sensación de estar totalmente sola. ¿Qué debería hacer? Cogió el móvil, buscó el nombre de Ted en la agenda y tecleó rápidamente un mensaje de cinco palabras. Pulsó «Enviar» antes de que le diera tiempo a convencerse de que estaba cometiendo un error.

Gina respiró hondo varias veces, tratando de calmarse. ¿Qué le habría dicho Ted si estuviera sentado a su lado? Sus ojos se posaron sobre la única caja que aún no había revisado. Le habría dicho: «Ponte a trabajar».

86

Gina miró la hora en su reloj: las 9.45. Debía dejar la habitación a las once, aunque la mayoría de los hoteles te permitían quedarte un poco más si lo pedías. Sin embargo, no quería ir muy justa de tiempo. Cuando terminara, aún tenía que llevar las cajas a casa de Lucinda, ir al aeropuerto y devolver el coche alquilado. Si perdía el vuelo, eso implicaría un sustancial cambio de tarifa y una nueva noche de hotel.

Media hora más tarde empezó a encontrar las primeras evidencias de lo que andaba buscando. Repartidos en varios sobres de papel de Manila había una serie de artículos sobre víctimas de abusos que habían recibido compensaciones de grandes compañías. Paula había imprimido uno sobre una reportera de Fox News que había percibido diez millones. «Cinco veces más que yo. ¡¡La próxima vez un abogado!!», había garabateado al margen. También había rodeado con un círculo el nombre de la letrada que defendió a la mujer. ¿Cabía la posibilidad de que hubiera contactado con ella? Gina introdujo el nombre de la abogada en el buscador.

Para descansar un poco la vista, Gina se preparó un café en la máquina que había en la habitación. Estaba tibio, flojo y, como era de esperar, sabía fatal.

Empezó a cavilar: Paula llegó a un acuerdo por dos millones de dólares sin recurrir a asistencia legal. Más adelante perdió la mayor parte de ese dinero a raíz de una fallida inversión en la compañía de su novio. Si Meg Williamson había recibido una cantidad similar, eso explicaría que hubiera podido comprar una casa al contado en Rye con un modesto salario. Cathy Ryan procedía de una familia adinerada. Tal vez habría resultado más difícil o imposible tentarla con dinero.

Gina volvió a sentarse y siguió examinando el papeleo. Revisó algunos documentos relacionados con la adquisición del apartamento. En la siguiente carpeta había una serie de notificaciones de impago: tarjetas de crédito, servicios, el préstamo del coche y facturas telefónicas. También había varias cartas de un bufete que representaba a la junta de propietarios amenazando con emprender acciones legales. Los últimos días de Paula debieron de ser bastante angustiosos. Tenía motivos más que de sobra para intentar conseguir más dinero de REL News.

Lo último que había en la caja era un sobre blanco tamaño folio. En él solo aparecía escrita una palabra: «Judas». Gina abrió el broche metálico y extrajo un documento de tres páginas. El membrete correspondía al grupo Carter & Asociados. Curiosamente, no había ninguna dirección comercial, tan solo un número de teléfono. Tratando de contener la emoción, Gina leyó el acuerdo que Paula había firmado hacía un año y medio. No se mencionaba a ningún representante legal por parte de ella. Los únicos nombres que aparecían en la página de firmantes eran el de Paula, el de Michael Carter y el de una notaria.

Gina revisó el dorso del documento y volvió a reconocer la enmarañada caligrafía de Paula: «24/6: mensaje enviado»; «27/6: a las 11.00 en 123 Meridian Parkway». Aquellas fechas le resultaban familiares. Abrió el portátil y buscó el informe policial que había escaneado. El cuerpo de Paula había sido encontrado el lunes 27 de junio. Sabía que la policía había buscado indicios en su apartamento para determinar el momento aproximado de su fallecimiento. Según el informe de la investigación, «en la encimera de la cocina se encontró una circular con fecha del viernes 24 de junio, informando sobre una reunión de la junta de propietarios que tendría lugar el miércoles 29 de junio. El presidente de dicha junta afirma que las circulares se repartieron puerta por puerta a todos los residentes en la tarde del domingo 26 de junio».

Así que, si Paula recogió la circular, aún estaba viva el domingo por la tarde. Quienquiera que hubiera quedado con ella en Meridian Parkway el lunes a las once podría haberla matado el domingo por la noche o a primera hora del lunes. Averiguar dónde vivía habría sido fácil: Paula había comprado el apartamento a su nombre, y la información estaba en una base de datos de acceso público.

Gina introdujo la dirección de Meridian Parkway en el buscador. Se trataba de un edificio que ofrecía espacios de trabajo temporal. Tenía que encontrar a alguien que pudiera informarle de qué personas o compañías alquilaron alguna oficina el 27 de junio.

Supuso que Michael Carter sería abogado, así que entró en la web del Colegio de Abogados de Nueva York para intentar averiguar algo sobre él. No obstante, solo los miembros tenían acceso a esa información. Le envió un correo a Lisa para pedirle que le hiciera ese favor.

Gina sostuvo el documento en la mano mientras sopesaba qué debería hacer. Si sus suposiciones eran ciertas, aquel acuerdo sería una pieza clave en un juicio por asesinato. Usó la cámara del móvil para tomar fotografías de las tres páginas y también del dorso en el que Paula había escrito sus anotaciones. Luego las envió por correo electrónico a su propia dirección para asegurarse de que podría recuperarlas en el caso de que le ocurriera algo a su móvil.

Se dirigió a toda prisa al vestíbulo, donde le informaron

de que no había una sala de trabajo en el hotel. El recepcionista accedió a hacerle una copia del documento, aunque le extrañó que Gina insistiera en acompañarle a la fotocopiadora situada en un cuarto detrás de la recepción. No quería que se produjera ninguna irregularidad en la cadena de custodia. El recepcionista también le dejó un rollo de cinta americana, aunque rechazó los diez dólares que ella le ofreció.

De vuelta en su habitación, metió el documento original en su sobre, cerró las cajas con la cinta americana y volvió a cargarlas en el coche. Tras dejarlas en el porche de Lucinda, tomó la interestatal 80 en dirección este rumbo a Omaha.

Mientras contemplaba los infinitos campos de maíz que se extendían a ambos lados de la carretera, Gina pensaba: «Estoy a punto de conseguir una gran historia, pero aún no sé quién va a publicarla».

87

Theodore «Ted» Wilson acabó de afeitarse en el cuarto de baño de su habitación del hotel Beverly Wilshire. Se secó la cara con una toalla mientras se dirigía al dormitorio, luego se puso una camisa blanca almidonada y escogió una corbata. La gira para promocionar la salida a bolsa de REL News era una experiencia de lo más estimulante, pero también agotadora. La presentación en PowerPoint ante los grupos inversores de capital de riesgo y fondos de pensiones de Chicago había ido muy bien, pero la ronda posterior de preguntas y respuestas se había alargado más de lo previsto. Eran muchos los que querían saber hasta qué punto la rentabilidad de REL News dependía de su presentador estrella, Brad Matthews. ¿Y si sufría un ataque al corazón? ¿Y si decidía retirarse? ¿Había otra figura con suficiente carisma y entidad que pudiera reemplazarlo llegado el caso?

Tras perder el vuelo programado a Los Ángeles, el equipo de Ted había tenido que repartirse como había podido en otros vuelos. Y, en vez de viajar en primera clase, Ted se había visto embutido entre un joven que debería plantearse seriamente una carrera como luchador de sumo y una mujer con un revoltoso niño de dos años en el regazo. Cuando por fin llegó a su hotel, era ya la una de la madrugada.

Los demás miembros del equipo deseaban que acabara

aquella extenuante gira para volver a estar con sus cónyuges, hijos y demás seres queridos. Y aunque a Ted le iría muy bien recuperar unas cuantas horas de sueño, una parte de él tenía miedo de retornar a la normalidad. Durante las últimas semanas, el trabajo había llenado el enorme vacío que la ruptura con Gina había dejado en su alma y en su vida. La mera idea de intentar buscar a alguien que pudiera reemplazarla le resultaba aún más turbadora que la propia soledad.

El retraso en la hora de llegada al hotel no había alterado los planes. Desayuno a las siete, y a las diez, presentación del proyecto ante CalPERS, el Sistema de Jubilación de Empleados Públicos de California, considerado el mayor fondo de pensiones públicas de todo el país, que gestionaba los activos de más de un millón y medio de funcionarios, jubilados y sus familias. CalPERS era uno de los grupos líderes del sector, y conseguir que se comprometiera a realizar una sustanciosa inversión en REL News arrastraría sin duda a otros fondos de pensiones.

En la televisión estaba puesta la CNBC. Las investigaciones federales sobre el presunto monopolio de Google, Amazon, Apple y Facebook avanzaban muy despacio. Las cuatro compañías se encontraban entre los principales clientes del banco de Ted.

Acababa de anudarse la corbata cuando su móvil lanzó la señal que anunciaba la llegada de un mensaje nuevo. Se acercó y, al echar un vistazo a la pantalla, sintió que casi se le paraba el corazón. Era de Gina: «Por favor, confía en mí».

Pulsó para abrir el mensaje completo. Aquella tenía que ser la primera línea de un texto mucho más largo. Pero no, era todo lo que ponía: «Por favor, confía en mí».

Se sentó en la cama lentamente. La alarma del despertador marcaba las 6.53. Tendría que bajar dentro de unos minutos.

«¿Qué me está queriendo decir?», se preguntó. Por un momento, se sintió furioso. No tenía derecho a hacerle aquello.

Desaparecer sin más y luego enviarle un mensaje críptico para jugar con sus sentimientos. Pero la ira se esfumó casi tan rápido como había aparecido. Cualquier contacto con Gina, incluso aquellas cinco escuetas palabras, era preferible a su desgarrador silencio. En los primeros días de su ruptura saltaba como un resorte ante la llegada de cualquier mensaje, creyendo que aquel sería el de ella, el que le ofrecía una explicación de lo que había ocurrido y una senda que los devolvería al punto en el que habían estado antes de todo aquello. Pero las decepciones tenían un límite. La esperanza era lo último que se perdía, pero también podía hacerte sentir como un tonto y actuar como tal.

«¿Por qué me habrá pedido que confíe en ella? ¿Es posible que exista una razón por la que ha roto conmigo, pero no pueda contármela?»

Ted retrocedió mentalmente al tiempo en el que habían estado juntos, tratando de encontrar alguna pista de lo que Gina intentaba comunicarle. Recordó una cena de empresa a la cual la había llevado en los primeros días de su relación. Gina le confió que estaba trabajando en una historia sobre una institución benéfica del área de Nueva York que ayudaba a los veteranos de guerra heridos en combate. Su carismático fundador, que había perdido una pierna en Afganistán, había sido muy elogiado por su gran labor humanitaria recaudando dinero para la causa. No obstante, tenía una faceta oscura. Dos antiguos empleados de la fundación habían confirmado a Gina que el hombre guardaba pornografía infantil en su ordenador. Las discretas quejas de los trabajadores ante la junta de la institución no habían servido de nada. El artículo de Gina serviría para sacar a la luz su infamia y lo obligaría a dimitir.

—No digas una palabra a nadie de todo esto —le advirtió a Ted varias veces antes de la cena, ya que uno de los socios de su banco pertenecía a la junta de la institución benéfica.

En ese momento, fue como si se encendiera una bombilla en su cerebro.

—Pues claro, tiene que ser eso —dijo en voz alta.

Solo había una historia en la que Gina podía estar trabajando y de la cual no podía contarle nada. ¿Por qué? Porque si él supiera lo que investigaba, eso le pondría en una situación muy comprometida. Estaba más claro que el agua. ¡Gina trataba de ocultarle los actos ilícitos que estaba investigando en su propio banco!

88

Gina se puso una bata y unas zapatillas y, todavía medio ador-
milada, se dirigió a la cocina. El vuelo a Nueva York se había
retrasado cuatro horas. La climatología adversa en la costa
Este, unida a varios problemas mecánicos en tierra, habían
provocado que su avión aterrizara en Newark a las dos de la
madrugada. Eran las tres y media cuando por fin se quedó dormida.

Más por costumbre que por necesidad, el día anterior había utilizado el navegador de su móvil durante el trayecto a
Omaha y se había quedado sin batería. Resistió la tentación
de utilizar un punto de recarga del aeropuerto. Durante una
cena a la que había asistido recientemente, un experto en ci-
berseguridad le advirtió de que los hackers podrían haber
implantado en ellos dispositivos para descargar toda la información almacenada en el móvil. También hizo mucho hinca-
pié en que, por la misma razón, nunca aceptara el ofrecimiento de un conductor de Uber de cargarle el teléfono.

En condiciones normales, Gina habría estado ansiosa por
llegar cuanto antes a la reunión con su editor en *Empire Review*. Había conseguido lo que consideraba una prueba feha-
ciente de que Paula Stephenson había contactado con REL
News para renegociar el acuerdo al que había llegado ante-
riormente con ellos. Y su vida había acabado justo cuando

había quedado para reunirse con alguien de la firma Carter &
Asociados.

Ahora sería el momento en que ella y su editor hablarían
acerca de la estrategia a seguir. ¿En qué punto deberían co-
municar a la policía todo lo que habían descubierto? Tenía un
número de teléfono para contactar con Michael Carter. Así
pues, Gina llamaría y le contaría parte de lo que había averiguado, y mientras ambos escuchaban por el altavoz tratarían
de calibrar la reacción de la persona al otro extremo de la línea. Pero también deberían contemplar otro posible escenario:
cómo responder en el caso de que Michael Carter contactara
antes con ella. Gina había utilizado su móvil para comunicarse con Meg Williamson. Sin duda esta le habría pasado el número a Carter.

Pero ahora, cuando más ayuda necesitaba, la silla del editor de *Empire Review* estaba vacía. Tuvo una idea: podría llamar a Charlie Maynard, el antiguo editor jefe, para pedirle
consejo. Miró el reloj de la nevera: las 8.45. En la costa Oeste
serían las 5.45, demasiado pronto para llamar, sobre todo a
alguien recién jubilado.

Sacó el móvil del bolsillo de la bata y lo enchufó en el cargador que se hallaba sobre la mesa de la cocina. Una pequeña
línea roja indicó que la batería estaba volviendo a la vida. Poco
después, una suave vibración anunció la descarga de un mensaje de texto. ¡Era de Ted! ¿Cómo habría respondido a su críptico mensaje de «Por favor, confía en mí»? Al leer su respuesta, la inundó una inmensa oleada de alivio.

—Gracias, Dios mío —pronunció en voz alta mientras contemplaba su mensaje, maravillándose de cómo siete letras podían despejar todas las sombras que se habían cernido sobre
ella en las últimas semanas.

Su respuesta había sido: «Siempre».

89

Michael Carter dio las gracias por haberse acordado de coger un paraguas. Lo que había empezado como una ligera llovizna se había convertido rápidamente en un potente aguacero. Su mujer y su hijo se habían acostado y dormido pronto, así que no tuvo que dar explicación alguna de por qué salía del apartamento a las 11.25 de la noche.

Junior había tardado menos de diez minutos en responder a su mensaje: «11.30 esta noche. Mismo lugar». Carter ya estaba tentado de regresar caminando bajo el toldo de su edificio cuando en ese momento vio girar en la esquina un Lincoln Navigator negro que frenó junto a la acera de enfrente. Oscar bajó del coche y atisbó en su dirección hasta vislumbrar bajo el paraguas la cara de Carter. Satisfecho, el conductor abrió la puerta trasera. Carter se acercó, cerró el paraguas y entró en el asiento de atrás. Oscar cerró la puerta tras él y desapareció.

—Siento haberle hecho salir en una noche como esta, señor Carlyle.

—Soy yo quien debería disculparse. Eres tú el que ha tenido que esperar bajo la lluvia. Ah, y llámame Fred.

—Muy bien, Fred. Iré directo al grano. Tres meses atrás, mientras Paula Stephenson trataba de renegociar su acuerdo con nosotros, de repente decidió suicidarse.

—Lo sé. He leído tu mensaje.

—Y Cathy Ryan, que se negaba a llegar a un acuerdo con nosotros, murió en un accidente.

—Dos tragedias terribles —dijo Junior con voz sombría.

—Tragedias que tienen algo en común. Las dos víctimas de Matthews que se negaron a colaborar han muerto de forma prematura. A las que firmaron y han guardado silencio no les ha ocurrido nada. En cambio, no llegar a un acuerdo o no ajustarse a sus condiciones parece ser muy malo para la salud.

Junior exhaló audiblemente y hundió la cara entre las manos.

—¡Qué desastre! —suspiró—. Michael, debo confesarte algo. Hasta esta noche, me preocupaba que tú tuvieras algo que ver con la muerte de Paula Stephenson...

La respuesta de Carter fue inmediata y vehemente:

—Te aseguro que no tengo absolutamente nada que ver con eso. Puedo demostrar que...

Junior levantó una mano para interrumpirlo.

—Lo sé. No tienes que convencerme. No tendría que haberle hecho caso a Sherman.

—Ahora que lo mencionas, deberías preguntarle por qué está haciendo todo esto. Tú y yo sabemos que esas dos muertes no son una coincidencia. ¿Qué ocurrirá si alguien lo descubre?

—No lo sé —respondió Junior—. Tengo que reflexionar sobre ello. Mientras tanto, ten mucho cuidado. Sé que Sherman ha contratado a alguien para investigarte. No me sorprendería que te estuvieran siguiendo.

—Fred, quiero mantenerme al margen de todo esto durante un tiempo. Con Cathy Ryan... —vaciló, buscando la palabra apropiada— desaparecida, ya hemos atado todos los cabos sueltos de los que tenemos conocimiento. Queda otra mujer en Sudáfrica, pero no creo que cause problemas. Seguiré haciendo las entregas de dinero...

—Aún no hemos acabado con las víctimas —añadió Junior en voz baja.

Carter se volvió hacia él.

—¿Ah, no?

—Hace unos días, Brad Matthews me llamó. Dijo que quería ir a visitar a mi padre y me preguntó si podría estar en casa cuando él fuera. Al parecer, hasta Matthews tiene conciencia. Cuando nos quedamos a solas, se abrió a mí y pidió disculpas por lo que había hecho. No quería tratar con Sherman ni contigo, así que me dio los nombres de otras dos mujeres que deberían recibir compensaciones.

»Y lo más sorprendente: me dijo que se había puesto en contacto personalmente con ellas. Aceptaron sus disculpas y se prestaron a llegar a un acuerdo. Todo lo que tienes que hacer es reunirte con ambas para que firmen los documentos. No hay que negociar nada —añadió, entregándole una hoja—. Aquí está la información de contacto.

—Muy bien, lo haré. Pero después habré acabado.

—De acuerdo. Y una advertencia: no le cuentes nada de esto a Sherman. Ya hay bastante veneno entre él y Matthews.

—Pero otras dos víctimas son cuatro millones más. ¿Cómo voy a...?

—Recibirás el dinero por transferencia. Yo me encargo de eso.

—Vale.

—Michael, lamento que estés metido en medio de todo esto. Sé que tienes una familia. Ten mucho cuidado.

Carter abrió la puerta y bajó del coche. La lluvia había arreciado, pero no se molestó en abrir el paraguas mientras caminaba con paso abatido de vuelta a su edificio.

90

Compuesta y sin novio, así era como se sentía Gina mientras sopesaba su siguiente movimiento. No le cabía la menor duda de que tanto Paula Stephenson como Cathy Ryan habían sido víctimas de un juego muy sucio. Lo que estaba ocurriendo en REL News iba más allá del simple abuso sexual. ¡Había mujeres que estaban siendo asesinadas!

Consideró la posibilidad de ponerse en contacto con Carter & Asociados, pero la desechó. Como investigadora solitaria era mucho más vulnerable que si contara con el respaldo de una prestigiosa revista de ámbito nacional. Había hablado con Jane Patwell, quien le contó que no se había producido ningún avance para nombrar al sucesor de Geoff. Una comisión *ad hoc* estaba trabajando a marchas forzadas para intentar sacar adelante el número del próximo mes. Jane había prometido llamarla si había alguna novedad.

El correo electrónico que le había enviado a su fuente misteriosa, Garganta Profunda, no había obtenido respuesta. Gina recordó que su implicación en el caso había comenzado cuando Cathy Ryan le envió un mensaje y, tras responderle, no volvió a tener noticias suyas. Se estremeció al pensar que Garganta Profunda pudiera haber sufrido un destino similar al de Cathy.

Había una pequeña ventaja en el hecho de que la investigación sobre REL News estuviera estancada. Abrió el portátil y encontró el número que buscaba. Era algo que tenía que hacer, aunque eso no impidió que sintiera una punzada de culpa mientras marcaba. Descolgaron al tercer tono.

—Hola. Me llamo Gina Kane y me gustaría hablar con Philip Callow.

—Yo mismo.

Le había dado muchas vueltas a lo que debería decir a continuación. Una parte de ella quería soltarle con total franqueza: «Tu madrastra cazafortunas ha puesto el punto de mira sobre mi padre, ya jubilado y mucho mayor que ella. ¿Tengo motivos para estar preocupada?». Pero la situación requería ser abordada con cierta sutileza.

—Mi padre es viudo y vive retirado en Florida. Él y tu madrastra, Marian, han iniciado una relación muy estrecha. Cuando conocí a Marian me habló de ti y de tu hermano, Thomas. Me gustaría mucho conoceros.

—¿Por qué?

Era una pregunta que ya había previsto y tenía la respuesta preparada.

—Porque, tal como están las cosas, creo que van a casarse. Y si eso es lo que ocurre finalmente, me gustaría conocer de antemano a los nuevos miembros de la familia en vez de tener que esperar al día de la boda.

Se produjo un silencio.

—Me parece bien.

—Estupendo —dijo Gina—. Estaré encantada de ir donde me digas. ¿Dónde vives?

—En Buffalo.

—Muy bien. ¿Tu hermano también vive en Buffalo?

—Vivimos juntos. ¿Cuándo quieres que nos veamos?

—Cuando queráis, donde os vaya bien a ti y a tu hermano.

—¿Mañana a la una y media?

—Perfecto.

Philip le dio el nombre de un restaurante.

Cuando Gina colgó, tenía dos pensamientos en la cabeza. Si Philip y su hermano podían quedar para almorzar a la una y media, debían de tener un horario laboral bastante flexible. Se preguntó si ellos pensarían lo mismo de ella. La otra cosa que le rondaba por la cabeza era cuánto tardaría en llegar a Buffalo y cuánto le costaría el vuelo de ida y vuelta.

Las respuestas eran unos noventa minutos y trescientos cincuenta y un dólares.

Al día siguiente, Gina llegó en un coche de Uber al restaurante. En un principio se había planteado tomar el primer vuelo a Buffalo y hacer el trayecto de quince minutos desde el aeropuerto hasta las cataratas del Niágara, pero al final cambió de idea. En una ocasión, Ted y ella hablaron de hacer un viaje allí. Esperaría a que pudieran ir juntos.

Maria's, el restaurante que Philip había escogido, era más bien una cafetería, y además bastante sórdida. Una larga barra recorría prácticamente todo el local, punteada por viejos taburetes con asientos de un rojo desvaído. Había varias mesas a ambos lados de la entrada y algunos reservados al fondo.

Una camarera que llevaba varios menús en la mano se acercó a ella.

—¿Vienes sola?

—No, he quedado aquí con dos personas.

—Si te refieres a Phil y Tom, están allí al fondo —le indicó, señalando hacia la parte izquierda del local.

Gina se dirigió a donde estaban sentados, ambos en el mismo lado de un reservado.

—¿Sois Philip y Thomas? —preguntó.

—Lo somos —respondió uno.

—Siéntate —la invitó el otro.

Ninguno de los dos se levantó para saludarla. Los cafés a medio tomar que tenían delante indicaban que llevaban allí un buen rato.

Los dos hermanos, de unos treinta y tantos años, eran algo mayores que Gina. Ambos eran panzones y no se habían molestado en afeitarse esa mañana, o más probablemente desde hacía varios días. A pesar del frío exterior, llevaban camisas de manga corta bastante ajadas. Uno tenía la muñeca vendada y los dos mostraban unas ojeras muy marcadas y profundas.

Gina tomó asiento frente a ellos, preguntándose cómo iniciar la conversación. Antes de poder decir nada, la camarera se acercó y dejó dos platos delante de los hermanos.

—Teníamos hambre, así que hemos pedido. Espero que no te importe —explicó Philip.

—Claro que no —respondió Gina, aunque se quedó un tanto perpleja por su mala educación.

—¿Y tú qué, cariño, ya sabes lo que quieres? —le preguntó la camarera.

—De momento un té helado. Todavía no he mirado la carta.

Echó un vistazo a los platos de los hermanos. Ambos habían pedido una generosa ración de tortitas, huevos y beicon, acompañada por una abundante guarnición de patatas fritas. Eso era lo menos parecido a su dieta habitual.

—Una hamburguesa estará bien —decidió al fin.

Ante la insistencia de la camarera, pidió la *deluxe*.

—Os agradezco que os hayáis tomado la molestia de quedar conmigo —empezó.

—No pasa nada —murmuró Philip.

—Espero que no hayáis tenido que perder mucho tiempo de trabajo.

—No, tranquila —dijo Thomas.

—¿Y a qué os dedicáis?

—Somos empresarios.

—Del sector del juego.

—¿Juego? —preguntó Gina—. No sé muy bien a qué os referís.

—Las competiciones de videojuegos constituyen una gran industria que está creciendo como la espuma en todo el mundo —explicó Philip—. Tom y yo teníamos una empresa de mucho éxito, hasta que Mami Querida convenció a nuestro padre de que nos retirara los fondos.

—Supongo que, con lo de Mami Querida, te refieres a Marian.

—La única e inigualable Marian —espetó Thomas con un tono despectivo, limpiándose un trozo de tortita del mentón.

—Lamento oír eso. ¿Y cómo os las arregláis ahora que no disponéis de fondos?

—Estamos tratando de encontrar otros patrocinadores —dijo Thomas—. Pero es un proceso lento.

—¿Seguís viéndoos con Marian?

—Alguna que otra vez —respondió Philip.

—¿Y habláis con ella?

—Muy de vez en cuando —repuso Thomas.

«Me va a costar mucho sacarles algo a estos dos —pensó Gina—. No voy a llegar a ninguna parte andándome con chiquitas.» Así pues, decidió plantearles una pregunta directa para conseguir que se abrieran.

—Vosotros la conocéis mejor que yo y está claro que guardáis mucho resentimiento hacia ella. ¿Qué impresión os dio cuando la conocisteis y qué ocurrió después?

Aquello hizo sin duda que se les soltara la lengua. Durante la siguiente media hora, los dos hermanos se fueron quitando la palabra uno a otro para describir a una mujer que al principio parecía muy dulce, pero que con el tiempo había llegado a dominar por completo la vida de su padre. El patrimonio familiar, y era muy importante que lo recalcaran, debería haber sido para ellos. Sin embargo, antes de que su padre muriera, Marian lo había convencido para que se lo dejara todo a ella.

—No nos ha quedado nada —dijo Philip, al tiempo que Thomas asentía.

Cuando llegó la cuenta, ninguno de ellos hizo ademán de cogerla, ni tampoco le dieron las gracias a Gina por haberles invitado. De camino al aeropuerto, se le ocurrió pensar que ninguno de los hermanos había hecho ni una sola pregunta acerca de ella.

91

Michael Carter estaba de regreso en su despacho después de haber realizado un par de viajes relámpago. A principios de semana cogió un vuelo exprés de ida y vuelta a Portland, Maine. Al día siguiente voló de Nueva York a Phoenix, donde pasó la noche. Se reclinó en su asiento y repasó el correo que le había escrito a Junior explicándole el resultado de sus viajes. Satisfecho, pulsó «Enviar». Al hacerlo, cayó en la cuenta de que era la primera vez que le mandaba un mensaje a Junior, pero no a Sherman.

Las mujeres a las que había ido a ver a Portland y Phoenix eran las dos cuyos nombres le había pasado Junior, las que Matthews le había revelado. Le costaba mucho imaginarse al presentador confesándose ante Junior. Cuando Carter, Sherman y Matthews se reunieron en el club de campo, este último no había mostrado el menor atisbo de remordimiento por lo que había hecho. Incluso había mentido por omisión al no mencionar a Meg Williamson como una de sus víctimas. Y, por lo que él sabía, el presentador podría estar añadiendo nuevos nombres a la lista.

Junior le había dicho que Matthews había contactado en persona con esas dos últimas víctimas y las había convencido para que firmaran el acuerdo. Fuera lo que fuese lo que les dijo, había sido muy efectivo. Las dos mujeres se presentaron en el espacio de oficina alquilado sin hacer preguntas y, tras leer por encima el acuerdo, habían firmado y se habían marchado a toda prisa.

La segunda vez que se reunieron en el coche de Junior, Carter le había dicho que necesitaba alejarse un tiempo de todo aquello. Junior había aceptado a cambio de que negociase los últimos acuerdos con esas dos mujeres. Sin embargo, desmarcarse de la situación no iba a resultar tan fácil. Ni de lejos.

92

Cuando Gina volvió de correr a primera hora de la mañana, su móvil estaba sonando sobre la mesa de la cocina. Echó un vistazo a la pantalla y comprobó que se trataba de su padre.

—Hola. Solo llamo para ver cómo le va a mi pequeña.

«Si tú supieras...», pensó Gina para sus adentros.

—Como siempre, papá. Todavía estoy trabajando en esa historia para *Empire Review*. El editor ha dejado su puesto y mientras encuentran quien lo sustituya las cosas van un poco lentas.

—Estoy seguro de que todo se arreglará.

—¿Y cómo va todo por Naples? —preguntó Gina casi a regañadientes.

—Mañana me voy unos días con unos amigos a pescar macabíes en las Bahamas. No te preocupes: vamos solo hombres. No estoy pensando en fugarme.

—Vale. Ya lo pillo. ¿Cómo está Marian?

—Está bien. De hecho, ahora vas a tenerla por allí cerca. Esta mañana la he llevado al aeropuerto. Tiene que ocuparse de algunos asuntos en Nueva York.

«Seguramente arreglar el papeleo para poner este apartamento a su nombre», se dijo Gina para sus adentros, aunque al momento se recriminó a sí misma por pensarlo.

—Papá, si Marian dispone de tiempo libre, no me importaría quedar con ella para cenar o tomar algo mientras esté en la ciudad.

—Eso sería estupendo. Sé que va a estar allí unos cuantos días —dijo, y acto seguido le dio el número de móvil de Marian. Gina no le contó que ya lo había conseguido a través del amigo de Ted en Goldman Sachs—. Espero de verdad que puedas llegar a conocerla mejor.

—Te lo prometo, papá. De eso no te quepa duda. ¡Y que pesques muchos peces!

93

Gina pensó que la vida era muy curiosa. En el transcurso de su carrera había entrevistado a un montón de personas poderosas, muchas de las cuales se mostraban reacias a hablar debido a las circunstancias que las habían obligado a sentarse ante ella para responder a sus preguntas. Era normal estar un poco nerviosa momentos antes de iniciar esas entrevistas. «Todos sentimos mariposas en el estómago —le había dicho un veterano periodista—. Si consigues que las tuyas vuelen en formación, todo irá bien.»

Sin embargo, esa noche era muy diferente. Las consecuencias eran totalmente impredecibles. Si conseguía desenmascarar a Marian como una depredadora oportunista a la caza de hombres mayores, sería todo un triunfo. Pero ¿sería una victoria pírrica? Si, a fin de proteger a su padre, y a sí misma, acababa rompiéndole el corazón...

Sus cavilaciones se vieron interrumpidas por la llegada de Marian, quien, tras verla, saludó con la mano y se acercó a su mesa. Gina había escogido un pequeño restaurante italiano en el Upper West Side. A diferencia de la mayoría de los locales de Nueva York, las mesas estaban bastante separadas unas de otras. Gina no quería verse obligada a alzar la voz, y tampoco deseaba que los comensales de las mesas cercanas escucharan su conversación.

—Qué sitio tan encantador —alabó Marian mientras el encargado de sala retiraba la silla para que se sentara—. ¿Cómo lo encontraste?

Llevaba un traje de chaqueta azul marino de aspecto muy caro y un pañuelo azul y rojo anudado al cuello. Gina volvió a reparar una vez más en lo atractiva que era.

—Me lo recomendó un amigo —respondió.

Ese amigo era Ted, pero no quería que la conversación se desviara hacia su propia vida amorosa. Ese no era el motivo por el que estaban allí.

Gina pidió una botella de pinot noir, y Marian insistió en que también se encargara de escoger los entrantes para las dos. Mientras tomaban la primera copa de vino, le habló un poco de los motivos que la habían traído a Nueva York. Se estaba alojando en casa de una vieja amiga con la que había trabajado en la empresa de interiorismo. La noche anterior habían ido a ver *Matar a un ruiseñor* y le había encantado. Al día siguiente iba a comer con los dos agentes de bolsa que gestionaban su dinero. Habían sido amigos de su difunto marido en Goldman Sachs antes de instalarse por su cuenta.

—Por supuesto, podríamos haberlo hecho por teléfono, pero de vez en cuando está bien mirar a los ojos de la gente a la que has confiado tu dinero.

Gina, que estaba totalmente de acuerdo, trataba de no delatar sus intenciones mirando fijamente a Marian a los ojos.

A diferencia de sus hijastros, la mujer demostró un interés sincero por Gina. Le preguntó en qué reportaje estaba trabajando en esos momentos, pero se mostró respetuosa cuando ella se disculpó por no poder comentar ningún detalle al respecto. También quiso saber si había alguna novedad sobre Ted, y cuando le dijo que esperaba que pudiera ir a Naples más a menudo, pareció decirlo en serio.

La comida estaba tan deliciosa como de costumbre. Poco a poco, Gina empezó a notar que Marian desprendía un aura de cercanía y calidez que no había percibido durante su visita a Naples. No le costaba entender por qué su padre se sentía tan atraído por ella, por qué los hombres la encontraban tan fascinante.

Cuando acabaron sus platos, Gina introdujo con delicadeza el tema que realmente le interesaba, el motivo por el que había quedado con ella.

—Después de la muerte de mi madre, mi padre se sintió totalmente perdido. Habían estado juntos desde que eran casi unos críos. Yo estaba muy preocupada por él. Por eso, cuando me enteré de que había conocido a alguien tan pronto... No voy a mentirte, tuve sentimientos encontrados.

—Lo entiendo. Si yo estuviera en tu lugar, también estaría haciendo preguntas.

—Marian, eres una persona muy agradable. Me siento fatal por estar teniendo siquiera esta conversación, pero ahora que mi madre ya no está, mi padre es la única familia que me queda. Y me siento en la obligación de...

Se interrumpió, buscando la palabra apropiada.

—¿Cuidarlo? —sugirió Marian.

—A falta de un término mejor, sí.

Marian sonrió.

—Eres una mujer muy afortunada, y tu padre también lo es. Es un hombre maravilloso. Los dos tenéis la suerte de tener a alguien que os cuide. —Tomó un sorbo de vino—. Al igual que tú, yo también soy hija única, pero mis padres ya no viven. Pasé ocho años fabulosos con Jack. Era un ser humano estupendo. —Guardó silencio unos momentos—. Jack era mayor que yo. Era consciente de que muy probablemente le sobreviviría, pero pensé que disfrutaríamos de más tiempo del que tuvimos.

—Siento mucho tu pérdida —dijo Gina con sinceridad.

—Gracias —respondió Marian—. Estoy segura de que sabes lo que se siente al perder a alguien tan cercano.

No tenía muy claro si se refería a su madre, a Ted, o a ambos.

—Me caes muy bien, Gina. Independientemente de lo que haya entre tu padre y yo, me gustaría que tuviéramos una buena relación. Sé que tienes muchas preguntas para mí. Estoy preparada. Adelante.

—Te agradezco mucho que me lo estés poniendo tan fácil. Voy a poner las cartas sobre la mesa. Cuando estuve en Naples, te pregunté con qué frecuencia veías a tus hijastros. Me respondiste: «Ellos tienen sus vidas». Te seré sincera, aquello hizo saltar todas las alarmas.

—¿Quieres hablar con ellos?

—Ya lo he hecho.

—¿Cómo los encontraste? Bueno, teniendo en cuenta a lo que te dedicas, no me sorprende que pudieras localizarlos.

—No solo hablé con ellos. Viajé hasta Buffalo y comimos juntos.

—Por lo visto te va mejor que a mí.

—No sé muy bien a qué te refieres —dijo Gina.

—A mí no quieren ni verme. Seguro que te dijeron que soy la Malvada Bruja del Oeste. Que volví a su padre contra ellos. Que les robé todo el dinero que debería haber sido suyo. ¿Me dejo algo?

—Me contaron que convenciste a su padre para que dejara de financiar la compañía que habían fundado.

Marian sonrió y suspiró al mismo tiempo.

—A ver, por dónde empiezo. Esos chicos le rompieron el corazón a su padre. Desde muy joven, Jack siempre se buscó la vida, siempre tuvo espíritu de lucha. En el instituto practicaba deportes, pero también sacaba tiempo para trabajar en lo que fuera. Sus padres no tenían dinero, así que él mismo se costeó los estudios en la Estatal de Buffalo. No sé muy bien cómo consiguió una entrevista para entrar en Goldman Sachs en una época en que solo les interesaban los graduados de la

Ivy League. Una vez que logró entrar, se fue abriendo paso gracias a su esfuerzo. Salía pronto de casa, llegaba muy tarde y viajaba muchísimo.

—Así que no tendría demasiado tiempo para estar con sus hijos mientras crecían.

—No, y eso es algo que siempre lamentó y lo acompañó hasta el día de su muerte. Su esposa era una buena mujer, pero era una persona débil que no sabía imponerse. Le decía a Jack que le apoyaba en su plan de ponerse más duros con los chicos para que espabilaran, pero en cuanto él se marchaba les dejaba hacer lo que se les antojaba. No quería presionarlos demasiado. Según ella, era mejor que estuvieran encerrados en su cuarto jugando a videojuegos que en las calles tomando drogas. No pensaba que eso fuera nada malo.

—Debió de ser duro.

—Lo fue. Al final se divorciaron. Jack ganaba mucho dinero, así que ella se llevó una buena parte en concepto de pensión alimenticia y manutención de los chicos. Él les pagó los estudios en la Estatal de Buffalo, pero ninguno acabó la carrera. De hecho, rara vez iban a clase. Siempre estaban metidos en su cuarto, jugando a videojuegos.

—Suena bastante enfermizo, casi como una adicción.

—Coincido contigo, salvo por el «casi».

—¿Su madre sigue con ellos?

—No. Era una mujer con tendencia a la depresión y la cosa empeoró al llegar a la mediana edad. Al final tuvo que ingresar en un centro asistido. Todavía sigue allí.

—¿Y qué pasó con los chicos?

—Para entonces ya eran adultos, tenían veintitantos años. Su madre les dejó todo su dinero a ellos, que fue lo peor que podría haber hecho. Se las daban de grandes competidores en el circuito de videojuegos. En menos de tres años perdieron unos cinco millones de dólares.

—Menudo desperdicio —comentó Gina.

—De dinero y de vidas —convino Marian—. Cuando se quedaron sin blanca, Jack intentó retomar el control de la situación. Les suplicó que fueran a terapia. Cada vez son más los expertos que aseguran que la adicción a los videojuegos es igual de destructiva que la adicción al juego. Evidentemente, no fueron a terapia. ¿Para qué iban a ir? Insistían en que no tenían ningún problema.

—¿Y Jack qué hizo?

—Se negaron incluso a hablar con él. Cuando perdieron la mansión de New Jersey, su padre les consiguió un sitio para vivir en Buffalo. Quería que estuvieran cerca de sus abuelos. La casa formaba parte de un fideicomiso que además se encargaba de pagar todos los gastos, incluyendo una conexión a internet de alta velocidad para sus videojuegos. También les proporcionó un coche para cada uno, una paga mensual y asistencia sanitaria. Y si alguna vez decidían ir a terapia, él correría con todos los gastos.

—Me parece tan triste...

—Lo es. Además, ese fideicomiso fue lo único por lo que Jack y yo llegamos a discutir.

—¿Estabas en contra?

—Al contrario. Estaba totalmente de acuerdo en que, dadas las circunstancias, era lo único que podía hacer. Ninguno de los dos queríamos que acabaran tirados en la calle.

—Y entonces ¿por qué discutisteis?

—Los abuelos se estaban haciendo muy mayores. Jack insistió en que yo fuera la albacea. Y me negué.

—Pero acabaste aceptando, ¿no?

—Al principio, no. Cuando Jack gozaba de buena salud, no había ninguna urgencia por resolver el conflicto. Pero cuando enfermó —calló un momento, mientras unas lágrimas afloraban a sus ojos—, supe que no descansaría en paz hasta que tuviera la certeza de que alguien de confianza se encargaría de velar por sus hijos. Yo no quería que el fideicomiso se añadiera a todas las preocupaciones que ya tenía, de modo que acepté.

—¿Cómo reaccionaron Philip y Thomas?

—Como era de esperar. Jack ya no estaba para culparle de todos sus problemas, así que me convertí en la nueva mala de la película.

—Parece un trabajo de lo más ingrato.

—«Ingrato» se queda corto.

—Ellos me contaron que tú convenciste a Jack de que dejara de financiar la compañía que habían fundado.

Marian soltó una risa amarga.

—Su proyecto era formar un equipo para participar en competiciones de videojuegos por todo el mundo. Yo no convencí a Jack para que les retirara la financiación, porque nunca la hubo. Él nunca habría puesto un centavo para algo así.

—Marian, ¿serviría de algo decirte lo mal que me siento por haberte prejuzgado?

—Solo intentabas proteger a alguien a quien quieres. No tienes nada de que disculparte.

—Me alegro mucho de que hayamos podido aclarar todo esto.

—Hay algo más de lo que tenemos que hablar.

—¿De qué? —preguntó Gina, con un deje de preocupación en su voz.

—Me muero por tomarme un amaretto y odio beber sola.

—Yo también. Que sean dos.

94

Gina entró en su apartamento, dejó el bolso y las llaves sobre la mesa de la cocina y cogió una botella de agua de la nevera. Sentía como si se hubiera quitado un enorme peso de encima. El propósito de la cena había sido averiguar qué clase de persona era Marian, y ya tenía la respuesta. Ahora lo que realmente deseaba era que la relación entre ella y su padre funcionara lo mejor posible.

Abrió el móvil por enésima vez para leer el mensaje que Ted le había enviado. Una sola palabra: «Siempre». Cada vez que la leía, la inundaba una sensación de alivio y consuelo, de pertenencia. Luchó contra la tentación de llamarlo solo para oír su voz. «Pero aún no puedo hacerlo porque...»

No sabía bien cómo acabar la frase. «¿Porque mi investigación es más importante?»

Se sentó, apoyó los codos sobre la mesa y se cogió la cabeza entre las manos. «Solo quiero que esto acabe —se dijo para sus adentros—. Quiero recuperar mi vida. Quiero recuperar a Ted.»

Con aire abstraído, tecleó en su portátil y contempló cómo la pantalla volvía a la vida. Entró en su cuenta de correo y clicó para ver los mensajes nuevos. Garganta Profunda había respondido.

Señorita Kane:

Siento no haber contestado más antes. Tengo mucho miedo.

No puedo perder mi trabajo. Mi familia depende del dinero que les envío.

Les hicieron cosas terribles a esas chicas. Usted puede hacer que pare.

Podemos quedar. Pero prométame que no saldrá mi nombre.

Gina miró la hora. El correo había sido enviado hacía algo más de media hora. Quería responderle cuanto antes para evitar que la remitente —estaba convencida de que era una mujer— pudiera cambiar de opinión, y hacerlo con palabras que ella pudiera entender fácilmente.

Le prometo que no le diré su nombre a nadie. Nos encontraremos en cualquier lugar donde se sienta a salvo. Pero tenemos que hablar YA.

Tenía razón sobre Paula Stephenson. No se suicidó. Necesito que me diga los nombres de las otras chicas que sufrieron acoso en REL News.

Gracias por ser tan valiente. Con su ayuda, podremos pararlo.

Gina

Número de móvil 212-555-1212

Lo de recuperar su vida y a Ted tendría que esperar un poco. Corrió hacia su habitación. Pensaba llegar al fondo de todo aquel asunto.

95

Michael Carter estaba considerando seriamente buscarse un nuevo despacho. Había puesto fin a su aventura con Beatrice. Sin dramas, sin peleas ni discursos de ruptura. Tan solo había dejado de quedar con ella. Cuando la joven le sugería que podrían hacer algo juntos, él siempre le respondía que estaba muy ocupado. Durante dos semanas, Beatrice estuvo de morros. Después, su táctica fue ignorarlo por completo. Esa mañana, Carter se había pasado por su mesa para decirle que una de las luces de su despacho se había fundido. Ella ni siquiera levantó la vista y fingió no oírlo. «No necesito esto para nada», pensó Carter para sus adentros.

Abrió el móvil. Había activado una alerta de Google para avisarle de cualquier noticia relacionada con REL News. El titular captó su atención en el acto: «Ejecutivo de REL News encontrado muerto». Clicó en el enlace, y la mandíbula se le fue desencajando mientras leía:

> Edward Myers ha sido declarado muerto después de que la policía rescatara su cuerpo del río Harlem a primera hora de esta mañana. Myers, de cincuenta y tres años, pasó toda su carrera profesional en REL News, donde actualmente ocupaba el puesto de director financiero de la compañía.

Un corredor no identificado llamó a la policía para informar de que el cuerpo de un hombre estaba flotando en el agua. Según una fuente policial, se procedió a la identificación inicial gracias a una cartera encontrada en la ropa del fallecido. Un miembro de la familia, presumiblemente su esposa, confirmó que el cuerpo pertenecía a Myers.

Una fuente anónima de REL News reveló que existía cierta preocupación entre los altos ejecutivos de la compañía porque Myers parecía bastante alicaído en las últimas semanas. La misma fuente mencionó que una de las razones podrían haber sido las extenuantes horas de trabajo que estaba dedicando a preparar la salida a bolsa de la empresa.

Myers fue visto por última vez la noche anterior saliendo de la sede de REL News, situada en el centro de Manhattan. La policía está revisando las grabaciones de las cámaras de seguridad de los edificios circundantes. Un portavoz del departamento ha declarado que la manera en que perdió la vida y la causa de su fallecimiento están aún pendientes de investigación.

A lo largo de los años, muchos analistas de la industria han ensalzado la labor de Myers como director financiero de REL News, especialmente durante los primeros años, cuando ayudó a sentar las bases para el meteórico ascenso de la compañía. No está claro si su muerte afectará de algún modo a la salida a bolsa o a la decisión final sobre el valor que los inversores institucionales asignarán a las acciones.

Aparte de su esposa, Myers deja una hija en edad universitaria.

Un portavoz de REL News ha informado de que la compañía emitirá un comunicado en las próximas horas.

Carter se levantó, se acercó a la ventana y contempló a los transeúntes y los vehículos que circulaban dieciséis pisos más abajo. «Cuando llegue mi hora, ¿parecerá un accidente o un suicidio?» Por su mente cruzó una imagen de su cuerpo estampado contra la acera. Se apartó de la ventana, luchando contra el vértigo y la sensación de náusea que tenía en la boca del estómago.

¿Por qué Myers?, se preguntó, pero enseguida todo cobró sentido de forma aterradora. Un presidente ejecutivo, ni siquiera uno tan poderoso como Sherman, no podía desviar sin más doce millones de la compañía a una entidad como Carter & Asociados. Las cuentas, los cheques y los extractos estaban para evitar que pudiera hacerse algo así. Sherman necesitaba que Myers firmara y enviara la transferencia. A saber lo que le habría dicho el presidente para que lo hiciera, o tal vez no le dijo nada y simplemente lo amenazó.

Qué muerte tan conveniente para Sherman. Sin duda habría tenido mucho cuidado en asegurarse de que no quedara ningún rastro que lo relacionara con ese dinero. Y el cuerpo ahogado e hinchado de Myers ya no podría revelar nada. Por lo que Carter sabía, Sherman no tenía ni idea de que Junior estaba al corriente de todo. Si aquello salía a la luz, los investigadores descubrirían que el dinero había sido enviado a Carter & Asociados sin que quedara ninguna constancia de su vinculación con Sherman. ¿Y quién sería la única persona aún viva y coleando que estaría al tanto de su implicación?

—*Moi*—se respondió, clavándose de manera inconsciente un dedo en el pecho.

Por segunda vez consideró muy seriamente contactar con un abogado penalista. Estaba seguro de que podría explicarle —y de que un jurado le creería— que, cuando enviaba correos a Sherman sobre Cathy Ryan y Paula Stephenson, era para informarle de los avances en las negociaciones para llegar a un acuerdo, y no para pasarle la localización de las jóvenes a fin de que pudiera asesinarlas. Además, por si servía de algo, era la pura verdad.

¿Habría algún modo de convencer a Sherman de que él había mantenido la boca cerrada en todo momento y de que no pensaba traicionarlo? Lo descabellado de la idea se le hizo evidente mientras trataba de imaginarse la conversación: «Hey, Dick, no te lo tomes a mal, pero si estás pensando en maneras de deshacerte de mí, no tienes por qué hacerlo. Puedes confiar en mí: siempre he sido un buen soldado».

En ese momento le vino a la mente un viejo proverbio árabe: «Los enemigos de mis enemigos son mis amigos». Rebuscó entre sus papeles hasta dar con el número que le había proporcionado Meg, el de aquella reportera metomentodo, Gina Kane.

96

Brad Matthews estaba en su despacho, dando buena cuenta de su tercer whisky mientras se contemplaba a sí mismo presentando las noticias del informativo nocturno. Era casi medianoche. Y no estaba nada contento. En absoluto. Quienquiera que se hubiera encargado de la iluminación había hecho que la parte superior de su frente brillara en exceso. «Parezco Joe Biden», se lamentó. En la página seis del *New York Post* ya se burlaban bastante de él llamándole «Brad Botox». Se temió que aquello les diera aún más munición.

Tampoco le gustaba lo que les había dejado que le hicieran en el pelo. Durante años se había hecho la raya a la izquierda y se había peinado los largos mechones hacia la derecha para que le cubrieran la calvicie galopante. Ese día le habían convencido de que, si se echaba todo el pelo hacia atrás, parecería «más distinguido». En su opinión, solo le hacía parecer más viejo.

Estaba volviendo a sentir el impulso. En los últimos meses había conseguido reprimirlo yéndose pronto a casa, o al gimnasio, o quedando con algún amigo en un restaurante. Pero, por alguna razón, esa noche el impulso era muy poderoso. Por lo general podía confiar en que el whisky lo atenuara, que apagara el fuego. Sin embargo, esta vez lo había avivado.

Abrió la puerta de su despacho y echó un vistazo. Su secretaria hacía mucho que se había ido y las otras oficinas estaban vacías. Al final del pasillo divisó la sala de maquillaje. Rosalee, la estilista de turno, estaba leyendo una revista. A esas horas nadie solía requerir sus servicios. Matthews cerró la puerta y regresó a su escritorio.

Se había fijado en ella unas semanas atrás. La habían ascendido desde un puesto administrativo en redifusión a asistente de producción en el informativo nocturno. Abrió el cajón de arriba y sacó su expediente laboral: de Athens, Georgia, graduada en periodismo por Vanderbilt. Sally Naylor era menuda, con una melena de un castaño rojizo oscuro, labios gruesos y una brillante dentadura blanca resaltada por su piel ligeramente olivácea.

Levantó el auricular y se detuvo unos instantes, repasando en su mente la miríada de razones por las que hacer aquello sería una pésima idea. «El espíritu está dispuesto, pero la carne es débil», se dijo en voz alta, citando el Evangelio de san Mateo, mientras marcaba la extensión de la joven.

—Hola, Sally, soy Brad Matthews. Me alegro de que aún no te hayas marchado. Necesito comprobar algunos datos de uno de los reportajes que hemos emitido esta noche. ¿Podrías venir a mi despacho un momento?

—Claro, voy ahora mismo.

Matthews sonrió y apuró su whisky. Había algo en las chicas guapas con acento sureño que le ponía mucho.

Un minuto más tarde oyó tres suaves golpecitos en su puerta.

97

Rosalee oyó el sonido de pasos acercándose presurosos por el pasillo, seguido por un intento infructuoso de reprimir un sollozo.

—Sally, aquí, ven —la llamó, mezclando inglés y español como hacía siempre que se alteraba.

Rodeó entre sus brazos a la joven, que empezó a llorar y a sacudirse de forma incontrolable.

—Bastardos —susurró para sí misma en español, mientras le acariciaba el pelo a la chica y sentía las lágrimas humedeciendo su hombro—. Mi linda niña pequeña. Lo siento. No he podido protegerte —dijo con ternura.

Rosalee sostuvo a Sally entre sus brazos, la meció suavemente y le pasó la mano por la espalda.

—Querido Jesús, dime qué puedo hacer.

El Mal había vuelto, pero esta vez iba a hacer algo para detenerlo.

98

Michael Carter estaba cada vez más distraído y empezaba a notársele. Se había pasado la mañana en la toma de declaración de uno de sus clientes, Sam Cortland, acusado de infringir un acuerdo de no competencia después de dejar su antiguo trabajo. Durante el interrogatorio tuvo que consultar dos veces sus notas para recordar el nombre del jefe de Sam en su anterior compañía. Y aún más bochornoso fue cuando se equivocó en el apellido de su propio cliente y lo llamó Sam «Kirkland».

—¿Te encuentras bien? —le preguntó Sam, preocupado, durante un receso.

—Sí, no pasa nada.

Aunque, a decir verdad, Carter estaba de todo menos bien. Todo el asunto de REL News le estaba pasando factura. La noche anterior había quedado en un Starbucks con una administrativa de la oficina del fiscal general del estado de Nueva York. A cambio de un sustancioso pago, esta le había entregado un pendrive que contenía transcripciones de lo que supuestamente eran testimonios secretos para el gran jurado... después de haber llegado tarde y tenerlo esperando durante tres horas dándole vueltas a la cabeza.

¿Cómo renuncias a un trabajo que no ejerces de manera oficial? ¿Enviándole una carta a Junior para decirle que dejaba de hacer los pagos a las fuentes confidenciales de REL News? ¿Mandándole una carta a Sherman para informarle de que dejaba de ser su negociador de acuerdos secretos?

Todavía quedaba un millón y medio de dólares procedentes de REL News en su cuenta fiduciaria de la firma. Si los devolvía, ¿suscitaría eso más preguntas incómodas? Si los empleaba para costear sus gastos, ¿sería acusado de apropiación indebida, aparte de todo lo demás? Tal vez lo mejor sería dejarlo en la cuenta hasta... ¿Hasta cuándo?

La idea de haber estado tratando estrechamente con un asesino le resultaba cada vez más aterradora. Sherman tenía acceso a su expediente personal en REL News. Sabía dónde vivían él y su familia. En cualquier momento podría... Carter no pudo acabar el pensamiento.

Había vuelto a recurrir a los servicios de su amigo de la agencia crediticia. Esta vez la factura había ascendido al doble de lo habitual. En el correo que le envió le explicó el porqué: «Sherman tiene cuatro tarjetas a su nombre y dos con su mujer. No te he cargado nada por la información adicional sobre Gina Kane».

Fluorescente en mano, Carter se dedicó ahora a repasar uno por uno los extractos bancarios de los gastos de Sherman de los últimos dieciocho meses. A su pesar, se rio para sus adentros al encontrar una nutrida serie de pagos en Madelyn's, un inocuo nombre para un lujoso club de striptease en el Midtown.

Cuando acabó, se levantó, se estiró y cerró los ojos. Se sentía extenuado después de una larga noche de insomnio. No había encontrado ningún cargo que situara a Sherman ni en el lugar ni en el momento en que fueron asesinadas Ryan y Stephenson, aunque aquello no le supuso un gran alivio. Si quería verlas muertas, Sherman tenía los recursos y probablemente la sensatez de contratar a alguien para que se encargara del trabajo sucio.

Volvió a sentarse y clicó en el archivo adjunto que contenía el extracto de la MasterCard de Gina Kane de las tres últimas semanas.

Se sobresaltó al ver el pago efectuado a American Airlines. Gina había volado de LaGuardia al RDU, unas siglas que por lo que recordaba correspondían al aeropuerto de Raleigh-Durham. Se había alojado una noche en un hotel y había dos cargos a Uber.

Dos semanas y media más tarde voló de Newark al ORD, que reconoció como el O'Hare de Chicago, y de allí al OMA, que debía de ser el aeropuerto de Omaha. Alquiló un coche y comió en un restaurante. Al día siguiente pagó una noche de hotel y puso gasolina.

Abrió el expediente personal de Paula Stephenson para confirmar lo que ya sabía: se había graduado en la Universidad de Nebraska.

Después de viajar a Aruba para investigar la muerte de Cathy Ryan, Gina Kane se había desplazado a Durham para hacer lo propio con Paula Stephenson. Y luego fue a Omaha, presumiblemente para hablar con la familia de esta.

«Es la compañía de Junior —se dijo en tono airado—. Que él decida lo que debemos hacer.» Cogió su bolsa de viaje y sacó el portátil que utilizaba exclusivamente para comunicarse con Junior y Sherman. Fueron suficientes tres palabras: «Tenemos que vernos».

99

—Muy bien. ¿Puede decirle que Gina Kane ha llamado?
—Deletreó su apellido—. He estado investigando una historia y creo que *American Nation* estará interesada en saber más al respecto.

—Nuestra política es que antes debe enviar un correo, incluyendo una sinopsis...

—No quiero ser grosera al interrumpirle, pero esa no es mi política. Por favor, pídale al señor Randolph que se ponga en contacto conmigo en cuanto vuelva de sus vacaciones.

Gina colgó. Tal vez fuera un error haberse limitado a trabajar solo para *Empire Review*, pero no creyó que le resultaría tan difícil que otra publicación se interesara por la historia.

«Anímate —se dijo—. Tan solo han pasado veinticuatro horas.»

Salir a correr a primera hora por el parque la había ayudado a despejarse la cabeza. Estaba a punto de llamar a otra de las revistas que tenía en la lista cuando sintió vibrar su móvil. En la pantalla apareció el nombre de Charlie Maynard, su antiguo editor.

—¡Charlie, menuda sorpresa! —Miró el reloj—. Aún no son las diez en Nueva York, así que en Los Ángeles no son ni las siete. Creía que lo mejor de estar jubilado era que podías dormir hasta tarde.

—Ya llevo en pie un buen rato. Gina, no tengo mucho tiempo. Me están llamando para embarcar. *Empire* me ha pedido que vuelva hasta que encuentren un nuevo editor, y he aceptado. Estaba revisando los reportajes que están en marcha y me ha sorprendido leer que decidiste abandonar tu investigación sobre REL News.

—Yo no lo decidí.

—Ya me lo imaginaba. ¿Te sigue gustando el pollo con salsa de ajo?

—Sí, y la sopa china de huevo —replicó Gina, riendo al recordar sus comidas improvisadas con Charlie.

—Llegaré a las tres y media, y luego tengo una serie de reuniones a partir de las cinco. Pásate por mi despacho a las siete y media. Cenaremos algo y me cuentas qué está pasando en REL News.

—Allí estaré. Es fantástico tenerte de vuelta.

—No se lo digas a Shirley —dijo, refiriéndose a su esposa—, pero yo también estoy encantado de volver al trabajo. Ahora tengo que dejarte. Nos vemos esta noche.

100

Charlie Maynard, el editor jefe interino, recibió a Gina con un gran abrazo cuando esta entró en su despacho. Dedicaron cinco minutos a ponerse al día de sus vidas antes de que Jane Patwell les trajera la comida china, y durante los siguientes veinte minutos Gina le hizo un resumen de su investigación sobre el caso REL News. Charlie escuchó atentamente, haciéndole de vez en cuando alguna pregunta.

—El director financiero, el que sacaron del río, ¿cómo encaja en toda esta historia?

—No tengo ni idea —respondió Gina—. Hipótesis número uno: él era el agresor sexual; le preocupaba que su identidad saliera a la luz y se suicidó para evitar el escarnio público. Hipótesis número dos: no era el agresor, pero era uno de los que lo encubrían, y se quitó la vida por la misma razón.

—Hipótesis número tres —intervino Charlie—: la misma persona o personas que se deshicieron de Ryan y Stephenson orquestaron su suicidio porque sabía demasiado.

—Créeme, lo he pensado, pero intento evitar ver una conspiración detrás de cualquier suceso relacionado con este asunto.

—¿Has sabido algo más de tu misteriosa fuente, la persona a la que te refieres como Garganta Profunda?

—En mi último mensaje le dejé muy claro que era el momento de dar un paso al frente. Pero hasta hoy, nada.

—¿Y la única víctima con la que puedes hablar es Meg Williamson?

—Bueno, es la única víctima viva que conocemos. Y no estoy muy segura de que quiera hablar conmigo.

—Entonces ¿qué podemos hacer ahora?

—Me pregunto si tendremos información suficiente para acudir a la policía.

—Yo estaba pensando lo mismo —reconoció Charlie—. La cuestión es por dónde empezar.

—Nuestro caso más claro es el de Paula Stephenson, alguien que, justo cuando intentaba renegociar su acuerdo con REL News, fallece en un suicidio bastante dudoso.

—Sigues en contacto con ese detective, Wes Rigler, ¿no? Si él te acompaña para presentar el caso ante la policía de Durham, las cosas irán mucho más deprisa. Si intentas hacerlo tú sola, acabarás teniendo que tratar con algún sargento escéptico y aburrido.

—Estoy de acuerdo. Pero ¿cómo conseguiremos que reabran el caso de Cathy Ryan?

—Si la policía de Durham cree que la muerte de Stephenson merece ser investigada, cuando se enteren de lo ocurrido a Cathy Ryan tendrán un nuevo indicio de que hay algo extraño en lo que les sucedió a esas mujeres que trabajaron para REL News. Un caso apoyaría al otro. Y si la policía de Durham plantea el caso al FBI, estos al menos escucharán a sus colegas. Los federales son los únicos que tienen potestad para reabrir la investigación en Aruba.

—No sé, Charlie —dijo Gina—. Creo que necesitamos algo más.

—Así es —convino el editor—, y además por otra razón. Siento un enorme respeto por el FBI y por el trabajo que hacen. Pero su decisión, justificada o no, de investigar a una gran cadena de noticias podría ser muy arriesgada y exponerlos a un aluvión de críticas.

—No había pensado en eso —suspiró Gina—. Está claro que necesitamos algo más contundente.

Charlie trató de reprimir un bostezo.

—Debes de estar exhausto.

—Ha sido un día muy largo —reconoció el editor—. Carga a la revista los gastos de tu viaje a Nebraska y nosotros los pagaremos. Sigue así, Gina, pero ten mucho cuidado.

101

Gina salió de la estación de metro y empezó a caminar las cuatro manzanas que la separaban de su apartamento. Mientras estaba reunida con Charlie, Lisa le había enviado un mensaje. Había quedado con unos amigos para tomar algo en el Sugar Factory, y la animaba a unirse a ellos.

Se prometió a sí misma que esta vez iba a comportarse. Había decidido limitar el consumo de alcohol a una sola copa de vino.

Giró para salir de Broadway. Estaba a solo unos cien metros de su edificio cuando le sonó el móvil. La llamada era de un número que no reconoció. Estuvo tentada de ignorarla, consciente de que muy probablemente se trataría de otra irritante llamada para venderte algo. A pesar de sus reticencias, acabó respondiendo.

—¿Señorita Kane? —dijo una voz con un fuerte acento.

—Sí, soy Gina Kane —respondió, obligándose a mostrar cierta educación.

—Soy amiga de Meg Williamson. Le envié un correo sobre Paula Stephenson.

Gina se detuvo en seco. Le dio al botón del altavoz para poder escuchar mejor y sostuvo el móvil delante de su cara.

—Gracias por llamarme. No voy a preguntarle su nombre. ¿Está lista para quedar conmigo?

—Me temo que... —empezó en español, antes de cambiar al inglés—. Lo siento. Me temo que no. Si se enteraran...

—No pasa nada —dijo Gina para tranquilizarla—. No tenemos por qué quedar en persona, tan solo hablemos. Conozco los nombres de tres de las víctimas: Cathy Ryan, Paula Stephenson y Meg Williamson. Pero necesito más nombres. Si son varias las mujeres que se deciden a denunciar la situación, nos será más fácil pararlos.

—No les diga a las chicas que hablé con usted.

—No lo haré, de verdad. Se lo prometo. Por favor, deme los nombres.

Gina no quería hacerla esperar mientras buscaba algo para anotar. Pulsó el botón de «Grabar» de su iPhone y observó cómo se encendía la luz roja. Escuchó mientras la mujer hablaba muy despacio para darle siete nombres y apellidos.

—Ayer le hizo daño a otra de esas lindas chiquillas —dijo, mezclando de nuevo español e inglés. Parecía al borde de las lágrimas.

—Deme un nombre para que pueda dirigirme a usted.

—Martina, es el nombre de mi madre.

—De acuerdo, Martina. Vamos a poner fin a esto. Necesito saber quién les está haciendo daño.

—Es ese cerdo... Brad Matthews.

Gina sintió que se tambaleaba mientras se quedaba mirando el móvil totalmente estupefacta. El presentador con mayor credibilidad de todo el país, el Walter Cronkite de la nueva generación, era un acosador sexual en serie. Estaba tratando de asimilar la revelación de Martina cuando oyó a su espalda el ruido de alguien que se acercaba corriendo. De pronto, una mano impactó contra la suya y le arrebató el teléfono. Al mismo tiempo, el agresor le golpeó en la espalda con el hombro, derribándola de bruces al suelo. Gina soltó un fuerte gemido mientras usaba las manos para frenar la caída.

—¡Alto! —gritó—. ¡Socorro!

Lo único que pudo ver fue una figura alta con capucha y tejanos huyendo a la carrera.

Rosalee oyó el gemido y los gritos.

—¡Gina, Gina! ¿Está bien?

Al cabo de unos diez segundos, la llamada se cortó. Rosalee se sentó muy despacio en el sofá de su apartamento del sur del Bronx. Hundió la cara entre las manos y rompió a llorar.

—El Mal ha vuelto a atacar a otra chica —sollozó—, y ha sido por mi culpa.

102

Un agente se ofreció a llevar a Gina a su apartamento en el coche patrulla. Alguien la había oído gritar pidiendo auxilio y había llamado al 911. La policía llegó en cuestión de minutos. Gina dijo que no era necesario que la llevaran a urgencias, de modo que la acompañaron a la comisaría del distrito 20, en la calle Ochenta y dos Oeste, para presentar la denuncia. Era casi la una de la madrugada cuando entró en su apartamento.

Mientras esperaba en la comisaría anotó tres de los nombres de las víctimas que Martina le había dado. Se devanó los sesos tratando de recordar los demás, pero fue en vano.

La policía le dijo que era muy improbable que recuperara su móvil. En el peor de los casos, el ladrón descargaría la información y se la vendería a un hacker. Lo más probable era que borraran todo lo que contenía el móvil. El suyo era un iPhone de última generación, que podría venderse fácilmente en el mercado negro por unos trescientos cincuenta dólares.

Aunque resultaría un tanto engorroso, Gina sabía que era posible recuperar los contactos de su móvil, ya que estaban almacenados en la nube. De lo que no estaba tan segura era de si podría rescatar la grabación de su conversación con Martina. Estaba convencida de que podría recuperar el número desde el que la había llamado, pero no tenía ninguna garantía de que ella respondiera. Gina tecleó en su portátil. La tienda de Verizon que estaba a cinco manzanas abría a las nueve de la mañana. Sería su primera clienta.

103

Cuando Gina se levantó por la mañana, sentía la espalda rígida a consecuencia del violento empujón. Las muñecas aún le dolían debido a que había usado las manos para frenar la caída. Por suerte, los rasguños de las palmas y la rodilla derecha no eran muy profundos.

Su visita a la tienda de Verizon cumplió sus expectativas solo a medias. Tras dar su número de teléfono y el número secreto, compró un móvil nuevo. Fue un alivio comprobar que, en efecto, sus contactos estaban almacenados en la nube. En cuestión de minutos, el empleado que la atendió pudo descargar toda la información y, como por arte de magia, vio aparecer en el nuevo teléfono todos sus correos y mensajes.

Luego Gina le preguntó si podría recuperar la conversación que estaba manteniendo y grabando en el momento del robo. El empleado no supo bien qué contestarle.

—No sé si las conversaciones se almacenan en tiempo real. Voy a preguntarle a la supervisora.

Esta vino y se presentó. Era una mujer negra muy guapa de unos cuarenta años.

—Llevo trabajando doce años aquí y nunca me habían planteado esta cuestión. Vamos a ver. La conversación grabada debe almacenarse como copia de seguridad antes de ser enviada a la nube. Esto suele ocurrir generalmente cuando el móvil se está cargando y conectado a una red wifi. Si el ladrón ha sido tan estúpido de cargar el móvil en una zona wifi, puede que tengas suerte. Cuando llegues a casa, comprueba tu cuenta iCloud de Apple. Si la grabación no aparece en un par de días, me temo que se habrá perdido.

Lo primero que hizo al llegar a su apartamento fue entrar en la cuenta iCloud: no había ninguna grabación. Luego llamó a Charlie, pero no respondió. Gina le dejó un mensaje contándole su conversación con Martina y el incidente del robo. A continuación marcó el número desde el que Martina la había telefoneado. Una voz electrónica respondió: «Ha llamado al...». Tras esperar a que acabara, Gina le dejó un detallado mensaje de voz explicándole lo ocurrido la noche anterior e implorándole que se pusiera de nuevo en contacto con ella. Le hizo llegar la misma súplica en un mensaje de texto y en un correo electrónico. Ahora la pelota estaba en su tejado. Se preguntaba si alguna vez volvería a tener noticias de la asustada mujer.

Empezó a asumir que nunca recuperaría esa grabación. La única opción que le quedaba era trabajar con los nombres que tenía.

Echó un vistazo a la lista que había confeccionado mientras esperaba en la comisaría: «Laura Pomerantz, Christina Newman, Mel Carroll». Cada uno de los nombres presentaba problemas que dificultarían su búsqueda. No estaba segura de si el nombre de pila de Pomerantz era «Laura» o «Lauren». El apellido «Newman» podía transcribirse de varias maneras. «Carroll» podía escribirse con C o con K, y Mel no parecía un nombre que pudiera aparecer en un certificado de nacimiento. ¿Un diminutivo de Melissa? ¿De Melanie? ¿De Carmela? No había manera de saberlo.

Otra complicación adicional era el marcado acento español de la mujer que le pidió que la llamara Martina. ¿Había dicho Christina Newman o Christine Anaman?, se preguntó

Gina mientras abría en su portátil la aplicación de Facebook e iniciaba la búsqueda.

Tras pasarse todo el día investigando, había llenado cuatro páginas de su cuaderno con una serie de posibles pistas. Como había pensado desde el principio, cualquier mujer que hubiera sufrido acoso sexual en REL News habría omitido toda referencia a la compañía en su página de Facebook. Ninguno de los nombres de la lista de Gina tenía ninguna relación con REL News.

Salió a correr a última hora de la tarde por Central Park y logró aliviar un tanto la rigidez de su espalda. Se duchó, preparó algo de pasta, y estaba tratando de obligarse a seguir con la búsqueda cuando Charlie Maynard la llamó al móvil. Tras preguntarle si se encontraba bien, se disculpó por no haberla telefoneado antes. Después de una serie de juntas editoriales que le habían ocupado toda la tarde, ahora tenía que reunirse con el director de la revista.

Charlie le contó que había estado haciendo algunas indagaciones. Después de poner fin a la investigación de Gina, Geoffrey Whitehurst había aceptado un trabajo en una cadena de Londres propiedad de REL News.

—Detesto a los periodistas que se venden —masculló Charlie—. Mira bien lo que te digo: cuando tu reportaje salga a la luz, voy a encargarme de que lo más parecido que ese tipo vuelva a hacer en el mundo de la comunicación sea repartir periódicos.

Luego mostró su inquietud acerca del robo del móvil.

—¿Estás segura de que no tiene nada que ver con tu investigación?

—Tuve tiempo de echarle un breve vistazo al ladrón. No era más que un muchacho —le tranquilizó Gina—. Llevaba semanas esperando con ansia a que mi misteriosa fuente, Garganta Profunda, me llamara. No había manera de que nadie supiera que lo haría esa noche.

—De acuerdo, pero ten mucho cuidado. Y mantenme informado de cualquier novedad.

104

Michael Carter estaba esperando plantado en la calzada delante de su edificio. A diferencia de las anteriores ocasiones en las que había quedado con Junior, no había sitio para aparcar junto a la acera. A las nueve en punto, el Lincoln Navigator negro se detuvo justo donde él estaba. Oscar bajó, le abrió la puerta de atrás y Carter entró.

—Oscar, busca un sitio donde podamos parar —le ordenó Junior. Luego se giró hacia Carter y dijo—: Entonces hablaremos.

Condujeron en silencio durante dos manzanas. Junior miraba al frente. Carter calculó que esa era la tercera vez que se montaba en ese coche, pero la primera en que se movían.

Oscar detuvo el vehículo en la zona de PROHIBIDO APARCAR situada delante de una iglesia. Sin mediar palabra, dejó el motor en marcha, bajó del coche, cerró la puerta y se alejó caminando.

En Japón, reflexionó Carter, los subordinados muestran deferencia dejando que hable primero la persona de mayor estatus. Aunque se encontraban muy lejos del país nipón, tal vez no fuera tan mala idea...

—¿Cómo hemos llegado a esto? —preguntó Junior, con una voz llena de angustia y los ojos enrojecidos al borde de las lágrimas—. ¡Carter, has creado un monstruo! —añadió casi vociferando—. ¡Y yo fui lo bastante estúpido como para involucrarme en tu plan!

Carter se quedó sin palabras. No sabía que la gente tan rica pudiera llegar a albergar tanta ira. Decidió que, de momento, sería mejor dejar que se desfogara.

—Mi padre dedicó toda su vida a levantar REL News. En el fondo, una parte de mí se siente aliviada de que esté demasiado enfermo para ver lo que ocurre en su compañía. Y para honrarlo como merece, me propuse convertir REL News no ya en la mejor cadena de noticias del país, sino en la mejor del mundo. Y ahora, gracias a ti y a tus... planes —hizo una mueca al pronunciar la palabra—, la compañía de mi familia se verá abocada al escándalo. Y todo porque deposité mi confianza en un abogaducho laboralista de tres al cuarto.

Para entonces Carter ya había tenido suficiente. En el ejército se había visto obligado a soportar cómo los sargentos insultaban y humillaban a los soldados de menor rango, recriminándoles hasta el más mínimo defecto. Pero ahora no estaban en el ejército, y no pensaba aguantar nada que viniera de aquel capullo cuyo único logro en la vida había sido nacer en la familia apropiada.

—¿Sabes algo, Junior? Tienes razón. Menuda organización de mierda construyó tu padre. La cara visible de la compañía es un maníaco sexual descontrolado que no puede apartar sus sucias manos de sus empleadas jovencitas. El presidente ejecutivo, cuando no está demasiado ocupado llevando las riendas de la empresa, es un asesino entre cuyas víctimas se encuentra el mismísimo director financiero de la compañía. Yo solo estuve en REL News una corta temporada. Siento no haber llegado a conocer al resto de la maravillosa gente que trabaja allí.

»Vamos a dejar las cosas claras: yo no creé el lodazal en el que se ha visto enfangado tu negocio familiar. Yo solo ideé un plan para sacaros del fango, un plan que Sherman apoyó y que tú mismo respaldaste en cuanto te enteraste de lo que estaba ocurriendo.

—¿De verdad crees que Sherman tuvo algo que ver en la muerte de Myers? —preguntó Junior.

—Y tanto que lo estoy. Utilizó la información que le proporcioné para deshacerse de esas mujeres que estaban causando problemas. Y ahora está eliminando a cualquiera que pueda relacionarlo con la negociación de los acuerdos. Si mi cuerpo aparece flotando en el río, el único que sabrá de su implicación será Matthews, y está más que claro que ese mantendrá la boca cerrada.

Junior guardó silencio un momento y luego habló muy despacio:

—Me temo que tienes razón sobre Sherman. Fui a la sala de Seguridad y revisé las grabaciones de las cámaras de vigilancia de la noche en que murió Myers. Lo vi saliendo del edificio cinco minutos antes de que lo hiciera Myers.

—Así que podría haber estado esperándolo fuera.

—Exacto. Y si Sherman le pidió que fueran a dar una vuelta o se montara en su coche, él no habría sospechado nada.

—Hasta que fue demasiado tarde.

—Eso fue justo lo que pensé.

—Muy bien, Fred. Por lo visto te las quieres dar de gran jefe. Pues ahora tienes la oportunidad. ¡Toma las riendas! Dime qué hacemos.

Junior se quedó callado unos instantes. Luego dijo con voz calmada:

—Tienes razón. Ya tendremos tiempo más adelante de decidir a quién culpar de todo esto, pero por ahora... —Se detuvo. Haciendo un esfuerzo por encontrar las palabras apropiadas, preguntó—: ¿Existe alguna posibilidad de impedir que todo este asunto salga a la luz?

—No lo creo. Dudo mucho de que esa reportera, Gina Kane, viajara hasta Nebraska solo para comerse un buen filete. Y si ha tenido acceso a los papeles de Paula Stephenson, ya lo sabrá todo sobre el acuerdo de confidencialidad y sobre Carter & Asociados. También se ha visto con Meg Williamson. Si la presiona lo suficiente, esta puede acabar derrumbándose. Por otra parte, si Cathy Ryan y Paula Stephenson estaban en contacto con otras víctimas, no sabemos si Kane ya las habrá localizado y hablado con ellas. Otro factor que desconocemos es todo lo relacionado con el difunto Ed Myers. ¿Habló con su mujer o con alguien de la compañía acerca de las transferencias? Ni siquiera sabemos si hay ya una investigación interna en marcha.

—Estoy en la junta directiva. Si se hubiera abierto una investigación interna, yo lo sabría. Pero tienes razón, tarde o temprano todo esto acabará saliendo a la luz. Nuestra mejor opción es adelantarnos a la publicación del reportaje.

—Es un poco tarde para eso. ¿Cómo sugieres que lo hagamos?

—Tenemos que quedar con esa reportera, Gina Kane, y dejarle claro que tus acciones y las mías se han limitado a llegar a acuerdos con las víctimas. Que no hemos tenido nada que ver con... —hizo una pausa— lo que Sherman les hizo a Ryan, Stephenson y Myers.

«Lo que Sherman les hizo...», repitió Carter para sus adentros. Junior todavía no se atrevía a pronunciar la palabra «asesinato».

—Es nuestra mejor opción, y además la única —convino Carter. Y una vez más se encontró pensando en quién sería el mejor abogado penalista al que recurrir—. Me encargaré de arreglar el encuentro.

—Puede que haya una mejor manera de hacer esto —dijo Junior—. El nombre de mi familia todavía tiene mucho peso. Organiza el encuentro con la reportera. Yo acudiré a la reunión en tu lugar y le aseguraré que las más altas instancias de REL News se están ocupando de esclarecer la verdad y de solucionar el problema. Luego te presentas tú y le explicas todos los esfuerzos que hemos hecho para alcanzar unos acuerdos con las víctimas de forma amistosa.

—Fred, cuando todo esto acabe, las costas legales ascenderán a unas cifras de siete dígitos. Tal vez eso no suponga una carga excesiva para ti, pero para mí...

—Tienes razón, Michael. Ayúdame a resolver esta crisis y yo me ocuparé de pagar todas tus costas.

Carter sintió un enorme alivio. No sabía cómo acabaría saliendo de todo aquello, pero al menos no lo haría arruinado.

—Averigua dónde vive —continuó Junior—. Dile que pasarás a buscarla dentro de una hora. Oscar y yo nos presentaremos en tu lugar, luego volveremos aquí y te recogeremos. Después los tres iremos al edificio de REL News, nos sentaremos en una sala de juntas y... haremos lo que tengamos que hacer.

Por primera vez, el abogado sintió admiración por Junior.

—Fred, si sirve de algo que lo diga, estás haciendo lo correcto.

Carter activó el altavoz y marcó el número de Gina Kane que le había dado Meg Williamson. La periodista reconoció su nombre al instante. Tras explicarle que él y un miembro de la junta directiva de REL News querían reunirse con ella, Kane accedió en el acto y le dio su dirección.

105

Minutos después de que Gina acabara de hablar con Charlie, su móvil volvió a sonar. Trató de contener la emoción y el nerviosismo mientras hablaba con el mismísimo Michael Carter, de Carter & Asociados. Al principio la desconcertó bastante que le pidiera que se vieran dentro de una hora, pero al final aceptó y le dio su dirección. Acto seguido, llamó al móvil de Charlie, pero este no lo cogió. Seguramente lo tendría en silencio durante su reunión con el director de la revista, así que le dejó un mensaje explicándole que había quedado con Carter.

Se disponía a hacer una lista de las preguntas que le plantearía al abogado cuando sonó el teléfono fijo. El identificador del aparato mostró que llamaban del departamento de policía de Nueva York.

—¿Con Gina Kane, por favor?

—Soy yo.

—Soy el sargento Kevin Shea, de la comisaría del distrito 20. Señorita Kane, hemos recuperado su móvil...

—¿Lo tiene ahí ahora?

—Sí, está en mi mesa.

Gina echó un rápido vistazo al reloj de la nevera. Apenas disponía de tiempo, pero si recuperaba el móvil podría comprobar si contenía la grabación con los siete nombres. Si contaba con esa información, tendría mejores cartas para enfrentarse a Carter.

—Sargento Shea, voy para allí ahora mismo.

—De acuerdo, pero...

El policía oyó un clic al cortarse la comunicación. «Qué rara es la gente», pensó mientras miraba el móvil. Ahora ya estaba seco. Un transeúnte lo había encontrado tirado en un charco y se lo había entregado a un agente de un coche patrulla. En el dorso del teléfono había una tarjeta con los números de Gina Kane. ¿Por qué tanta prisa para venir a recoger un móvil inservible?

Se levantó de su mesa, llevó el aparato hasta el mostrador de la entrada de comisaría y dijo que la propietaria iba a venir a buscarlo.

Gina notaba el corazón desbocado en el pecho después de haber corrido las siete manzanas de vuelta desde la comisaría hasta su edificio. Faltaban dos minutos para las diez. Quería comprobar si la grabación había quedado registrada en el móvil, pero también quería estar esperando fuera cuando Carter llegara. Trató de encender el teléfono, pero fue en vano. Si el modo grabación había seguido activado, habría agotado la batería.

Divisó al portero en la recepción y se acercó a él a toda prisa.

—Miguel, tú tienes un iPhone, ¿verdad?

—Sí.

—¿Tienes un cargador a mano?

—Aquí mismo —dijo, sacándolo de un cajón. Lo enchufó y le acercó la clavija.

Gina lo conectó al móvil y esperó. Nada. Lo desconectó y volvió a probar. Idéntico resultado.

Miró la tarjeta pegada al dorso. Una parte de la tinta estaba emborronada. «Debe de haber estado metido en el agua», pensó. Siniestro total.

Tratando de no sucumbir a la frustración, se guardó el móvil en el bolsillo de la chaqueta y salió a la calle a esperar.

106

Gina miró la hora en su teléfono nuevo: las diez en punto. Si hubiera tenido más tiempo para reflexionar sobre la situación, habría puesto algunas condiciones para aceptar aquel encuentro. Quedar en una mesa tranquila de algún lugar público como un Barnes & Noble, o tal vez insistir en que alguien la acompañara. Sin embargo, sentía con cada fibra de su ser que debía llegar al fondo de aquel asunto cuanto antes. Quería impedir que Brad Matthews volviera a poner sus sucias manos sobre otra de aquellas jóvenes. Pero tuvo que reconocerse a sí misma que existía otra razón, una de índole personal. Cuando todo aquello saliera a la luz y acabara por fin, volvería a recuperar a Ted, y esta vez para siempre.

Un Lincoln Navigator negro avanzó lentamente hasta detenerse delante de su edificio. El conductor, un hombre de color que parecía un jugador de fútbol americano, bajó y se acercó a ella.

—¿Gina Kane?

Ella asintió.

El afroamericano abrió la puerta trasera, le hizo un gesto para que entrara y luego cerró.

Una consola central a modo de reposabrazos separaba a Gina del pasajero sentado al otro lado, un hombre de unos cuarenta y tantos años. Llevaba una camisa blanca con la corbata aflojada y sostenía en sus manos un cuaderno que reposaba sobre una carpeta. Los ojos de Gina se fijaron en el gemelo del puño derecho. Incluso con aquella luz tan escasa, pudo ver que las iniciales eran una F minúscula, una C mayúscula y una V minúscula. La C podría corresponder a Carter, pero las otras letras no encajaban.

Gina notó que el coche empezaba a moverse. La sensación de que algo no estaba bien crecía por momentos, pero se obligó a mantener la calma. «Seguramente nos dirigimos a la sede de REL News para hablar allí», se tranquilizó.

Estaba claro que, si alguien tenía que romper el silencio, le correspondía a ella hacerlo.

—Señor Carter, le agradezco mucho que se haya puesto en contacto conmigo. Quiero que el reportaje que voy a escribir sea lo más fidedigno y veraz posible, y estoy segura de que nuestra conversación contribuirá enormemente a ello.

Por primera vez, el hombre se giró hacia ella y la miró de frente. No estaba muy segura, pero su rostro le resultaba familiar.

—Antes de hablar, establezcamos las reglas del juego. Nada de grabaciones —dijo con sequedad—. Entrégueme su móvil.

Y extendió la palma de la mano por encima de la consola.

Las alarmas sonaron con más fuerza en el cerebro de Gina. El Michael Carter con el que había hablado por teléfono tenía una voz fina y nasal, con un inconfundible acento neoyorquino. El hombre que estaba con ella en el coche tenía una voz cultivada, casi de barítono.

—De acuerdo —dijo Gina.

Había empezado a girarse un poco en el asiento para llevarse la mano al bolsillo trasero del pantalón cuando de pronto se detuvo. En su lugar, metió la mano en el bolsillo de la chaqueta, sacó el móvil que había recogido en la comisaría y se lo entregó. Exhaló un silencioso suspiro de alivio cuando vio que el hombre lo guardaba en una bolsa que tenía a sus pies.

—Muy bien, nada de grabaciones —prosiguió Gina, confiando en que su voz sonara calmada—. Me gustaría empezar preguntándole...

—¡Lo que intentan hacerle a mi compañía es una abominación! —saltó el hombre, tratando visiblemente de contener la ira que se iba acumulando en su interior.

«¿"Mi" compañía?», se repitió Gina. Las siguientes palabras confirmaron sus sospechas.

—Mi padre trabajó toda su vida para fundar el imperio de REL News. Y mi destino es guiar a la compañía para convertirla en una de las grandes cadenas de noticias a nivel mundial. ¿Es que nadie puede entender por qué eso es algo tan importante?

El hombre que estaba sentado a su lado era Frederick Carlyle Jr. Mientras hablaba, no la miró en ningún momento. Tenía el aire de un actor shakespeariano declamando un soliloquio, tratando de dirimir un conflicto interno que lo consumía.

Gina miró por la ventanilla. Circulaban hacia el este, en dirección a Central Park. Estaba claro que aquella no era la ruta más directa para ir al edificio de REL News.

—Señor Carlyle —empezó Gina. El hombre no mostró la menor reacción ante el hecho de que ella ya hubiera descubierto su identidad—. Nadie duda de que la compañía que su padre... —hizo una pausa y, en un intento de apaciguarlo, añadió— y usted han levantado constituye un extraordinario logro empresarial. Y es natural que quiera que se reconozcan sus méritos. Pero también debe arrojarse luz sobre los terribles hechos que han estado ocurriendo en su empresa. Unas mujeres jóvenes e inocentes...

—Esas mujeres han recibido un trato justo —espetó—. Han sido compensadas con generosidad, incluidas aquellas que ni siquiera pidieron dinero. Ninguna de las mujeres que cumplió las condiciones del acuerdo ha sufrido ningún daño.

Gina no daba crédito a lo que oía. Carlyle estaba justificando la negociación de aquellos acuerdos. ¿Y ese era el hombre que, según se rumoreaba, ocuparía la presidencia de REL News dentro de unos pocos años? Decidió que era el momento de atacar de frente.

—Dígame, señor Carlyle. ¿Qué le ocurrió a Cathy Ryan? ¿Se negó a llegar a un acuerdo? ¿Y a Paula Stephenson, que quería renegociar el que ya había firmado? ¿Acaso ellas recibieron un trato justo?

—Paula Stephenson era una borracha, un desperdicio de ser humano —escupió con absoluto desprecio, apretando los puños—, que se limitaba a quejarse mientras vivía del dinero de los demás, y que ahora quería más porque lo había perdido todo por culpa de sus malas decisiones. ¿Qué se podía hacer con una mujer así, que estaba siempre dándole al vodka? —comentó con aire abstraído, con la cabeza girada hacia la ventanilla.

Gina se quedó petrificada. Recordó la foto de la botella de vodka sobre la mesa de la cocina de Paula, la de las botellas vacías sobre la encimera, y la insistencia de Wes Rigler en que ninguna de las fotos tomadas en el lugar de los hechos se había hecho pública.

—¿Conoció a Stephenson cuando trabajaba en REL News? —preguntó Gina, tratando de que su voz no delatara su inquietud ni despertara ninguna sospecha en el hombre.

—No. Me alegra decir que nunca tuve el placer.

«¡Esto lo confirma!», pensó Gina, esforzándose por controlar su nerviosismo. La única manera que tenía Carlyle de conocer la predilección de Paula por el vodka era que hubiera estado en su apartamento.

Aprovechando que la consola central le proporcionaba una pequeña barrera visual, Gina se inclinó ligeramente hacia delante para sacar el móvil del bolsillo trasero derecho. Al ver que Carlyle volvía a girarse hacia ella, lo deslizó bajo su muslo izquierdo y entrelazó las manos delante de sí.

—Y bien, Gina, ¿qué crees que vas a sacar de todo esto?

Era crucial conseguir que Carlyle siguiera hablando.

—No estoy muy segura de entender la pregunta.

—Bueno, te lo diré en términos más sencillos, de modo que incluso una mujer pueda entenderlo.

Gina giró la cabeza, asqueada por su comentario machista. Aprovechó el gesto para bajar la vista de soslayo a su móvil. Deslizó el dedo por la pantalla y vio fugazmente cómo se iluminaba la pantalla de llamadas recientes. ¿Quién había sido el último en llamarla? Su número aparecería el primero. ¿Había sido Charlie Maynard o Michael Carter? Visualizando la pantalla del móvil en su cabeza, usó el índice izquierdo para pulsar el que esperaba que fuera el número de Charlie.

107

Michael Carter estaba sentado en la sala de estar de su apartamento, agradecido porque no hubiera nadie en casa. Su mujer se había llevado a su hijo y a un amigo de este a ver la última película de Disney. Supuso que los chicos la convencerían para ir a tomar un helado después del cine.

Mientras esperaba a que Junior pasara a recogerlo, se encontró envidiando a la gente corriente que llevaba vidas normales, preocupados solo por unos jefes gruñones, unas esposas irritantes, unos parientes políticos de lo más pesado y unos hijos que aprobaban por los pelos. Sus preocupaciones eran más profundas.

«No importa cómo termine todo esto —se dijo—, casi con toda seguridad voy a acabar en prisión.» Miró a su alrededor en la sala de estar y trató de imaginar cómo sería de grande una celda y cómo se sentiría al tener que compartirla con un desconocido. Y cómo haría sus necesidades sin ninguna intimidad. Prefería no pensar en ello.

En ese momento le sonó el móvil. Había puesto a Gina Kane en sus contactos, y fue su nombre el que apareció en pantalla. Contestó «¿Diga?», pero no hubo respuesta. Insistió: «¿Hola?». Al fondo se oía claramente a Junior y a Kane hablando.

Carter pensó que una periodista debería tener más cuidado para no hacer una de esas típicas llamadas involuntarias. Entonces decidió escuchar su conversación. Tal vez eso le proporcionara información que le ayudara a responder mejor a las preguntas de Kane.

108

—¿Qué pensabas que iba a suceder, Gina? ¿Que ibas a publicar un reportaje en tu revista tirando a mi compañía por los suelos y destruyéndome a mí y cualquier posibilidad de convertirme en el sucesor de mi padre? ¿Y que mientras REL News saltaba por los aires, tú ibas a jactarte de ello en otra entrevista en *60 Minutes*?

—Señor Carlyle, no soy yo quien va a destruir su compañía, porque ya está podrida desde sus mismas entrañas. Yo solo he percibido que algo olía muy mal ahí dentro, y ahora pienso publicar un reportaje para airearlo todo. ¿No es el propio Brad Matthews al que le gusta decir que «la luz del sol es el mejor desinfectante»?

—No me malinterpretes, pero en cierto sentido te admiro: sigues mostrando coraje hasta el final. No sé si Cathy Ryan fue tan valiente. Yo estaba en el otro muelle, observando con unos prismáticos mientras ella emprendía su último viaje en la moto acuática. No pude verle la cara. Y Paula Stephenson también estaba de espaldas a mí cuando nos dejó para marcharse a la gran destilería del paraíso. —Se giró y miró directamente a Gina con sus ojos de un azul muy claro, gélidos e inertes—. Debe de ser fascinante mirar a alguien en los momentos finales de su vida y tratar de imaginar en qué estará pensando.

Luchando contra el terror que sentía, Gina respondió con una voz deliberadamente tranquila:

—Lo que a mí me fascina es que sea tan estúpido de creer que podrá hacerme algo y salir impune. En *Empire Review* están al corriente de la historia en la que he estado trabajando y acabarán publicándola. Y además, saben que iba a reunirme con usted esta noche.

Sonriendo con aire de condescendencia, Junior replicó:

—Por una parte tienes razón, y por otra te equivocas. Tu revista acabará publicando la historia, cuento con ello, pero no podrán implicarme de ningún modo. Está claro que el difunto Ed Myers guardará silencio para siempre. Y todas las pruebas apuntan a Dick Sherman, que hará un patético e infructuoso intento de involucrarme. Y no olvides que esta noche no ibas a reunirte conmigo, sino con Michael Carter.

—¿Tan seguro está de que Carter mantendrá la boca cerrada?

—He quedado con él más tarde. Y, respondiendo a tu pregunta, estoy cien por cien seguro de que Carter no abrirá la boca sobre este asunto. Después de esta noche, no volverá a abrir la boca nunca más —concluyó con voz calmada y letal.

109

Michael Carter permaneció totalmente petrificado mientras escuchaba la conversación entre Junior y Gina Kane. Estaba convencido de que no podrían atribuirle ninguna responsabilidad en los asesinatos de Cathy Ryan y Paula Stephenson. Cuando proporcionó información sobre el paradero de las mujeres, no tenía ni la menor idea de que estuviera tratando con un asesino.

Desde el instante en que empezó a sospechar que Sherman podría estar detrás de esas muertes, Junior había echado más leña al fuego para confirmar sus sospechas. ¿Cómo podía haber sido tan ingenuo? Había aceptado sin más la historia de que Sherman había salido del edificio poco antes de que lo hiciera Myers la noche en que este murió. Había tratado de vincular a Sherman con los crímenes revisando los movimientos de sus tarjetas de crédito. No se le había ocurrido en ningún momento hacer lo mismo con los extractos bancarios de Junior.

Sintió que le faltaba el aire cuando Junior reveló los planes que tenía para él: «Después de esta noche, no volverá a abrir la boca nunca más».

Gotas de sudor empezaron a humedecerle la frente. Carter se levantó y comenzó a pasear nervioso por la pequeña estancia. Unos minutos antes había considerado la posibilidad de salir por piernas, de huir inmediatamente del país. En la cuenta fiduciaria de la firma quedaba algo más de un millón de dólares, y algo menos en la que tenía a su nombre. Podía transferir dinero a una nueva cuenta que abriría en las islas Caimán. Buscaría información en Google sobre los países que no tenían tratados de extradición con Estados Unidos y luego reservaría el primer vuelo directo que saliera del JFK o de Newark con rumbo a alguno de esos destinos.

Pero mientras su mente trabajaba a toda velocidad, la realidad se encargó de arrojar un jarro de agua fría sobre su plan de huida. Transferir el dinero llevaría tiempo, como mínimo unas cuarenta y ocho horas, sobre todo si antes tenía que abrir la cuenta. ¿Y dónde estaban los pasaportes de Beverly y Zack, en el apartamento o en la caja de seguridad del banco? En este último caso, no podría ir a buscarlos hasta las nueve de la mañana. ¿Se prestaría su esposa a huir con él? De no ser así, ¿sería capaz de marcharse sin su hijo?

Cuando la policía descubriera el cuerpo sin vida de Gina Kane, lo primero que haría sería examinar su móvil. Si no encontraban el aparato, acudirían a su compañía telefónica y obtendrían un registro de sus llamadas. Y en él aparecería la que Carter le había hecho esa misma noche desde un móvil registrado a su nombre. ¡Incluso aparecería la que estaba escuchando en ese mismo momento! No tardarían en considerarlo como posible sospechoso y lo incluirían en una lista de personas vigiladas. Cualquier intento de utilizar su pasaporte suscitaría numerosas preguntas y su consiguiente arresto.

«Pero aún puedo convertirme en el bueno de la película —decidió—. Puedo ser el hombre que le salvó la vida a la reportera. Quizá incluso me retraten como a un héroe. En cuanto descubrí que la vida de una mujer estaba en peligro, no pensé en las consecuencias que aquello podría tener para mí. No lo dudé y llamé a la policía.»

Satisfecho con su nuevo plan, y más que orgulloso de sí mismo, marcó el 911.

Cuatro minutos después se envió un aviso a todas las unidades de la policía de Manhattan: «Se busca un Lincoln Navigator negro, matrícula...».

110

La angustia y la desesperación se apoderaron de Gina. ¿Dónde estaban las sirenas que deberían oírse si realmente había conseguido marcar el número de Charlie? La policía debería haber sido capaz de rastrear sus movimientos a través de la señal del móvil. Pero... ¿quién sabía lo que Michael Carter podría hacer si era él quien estaba escuchando esa llamada? ¿O acaso se habría confabulado con Junior para hacerla subir al coche?

En su fuero interno lloraba al pensar en la vida que ya nunca tendría con Ted, en los hijos que ya nunca nacerían. Se preguntó si su padre sobreviviría a la pérdida de otro ser querido. Al menos, Marian estaría ahí para ayudarle.

«¡Basta de lamentarse! —se ordenó—. ¡Si tengo que caer, lo haré luchando!»

—Bueno, señor Carlyle. ¿Y qué tiene pensado para mí, un accidente o un suicidio?

Junior sonrió.

—Ah, Gina, no es algo tan creativo. —Se inclinó hacia la bolsa que tenía a los pies, sacó una pistola y le apuntó con ella—. Cuando encuentren tu cuerpo en el parque, la única pregunta que se plantearán es si Dick Sherman está detrás de tu muerte o si has sido víctima de un atraco absurdo.

Junior miró hacia el asiento del conductor.

—Oscar —dijo—, dentro de algo menos de un kilómetro, gira a la derecha.

«El tiempo se acaba», pensó Gina. ¿Qué podría usar como arma? Llevaba un bolígrafo en el bolso que tenía a su lado, en el suelo del coche, pero resultaría muy obvio si intentaba cogerlo. Cabía otra posibilidad.

Los ojos de Junior se desplazaban alternativamente de ella al lugar que había elegido, un poco más adelante. Sostenía el arma con la mano derecha, como a un metro de donde estaba sentada. Gina metió la mano bajo el muslo izquierdo y palpó hasta dar con el móvil. Se inclinó ligeramente hacia delante y lo deslizó hasta colocarlo detrás de ella. Luego lo fue empujando por detrás de la espalda hasta que pudo agarrarlo con fuerza con la mano derecha.

Se oyó el leve ulular de una sirena en la distancia. Junior la apuntaba con la pistola mientras miraba a un lado y a otro, tratando de averiguar de dónde procedía el sonido.

Gina vio su oportunidad. Se abalanzó hacia él, agarró el cañón de la pistola con la mano izquierda y lo apartó de ella. Acto seguido, con la mano que blandía el móvil, intentó asestarle un golpe en la cara con todas sus fuerzas. Acertó de pleno. Oyó un aullido de dolor cuando el duro filo del aparato impactó contra la nariz de Junior. La sangre los salpicó a ambos.

Junior forcejeó para recuperar el control de la pistola y trató de bajar el cañón para volver a apuntar a Gina. Esta se resistió, procurando mantener el arma alejada de ella. En ese momento, la pistola se disparó. Un estruendo ensordecedor llenó el interior de la cabina.

De repente, el vehículo empezó a acelerar. Gina miró hacia delante y vio la cabeza de Oscar desplomada hacia un lado. Aún sentía un intenso dolor en las muñecas por haber intentado frenar la caída la noche anterior.

Junior empezaba a imponer su fuerza. Ella notó cómo el

vehículo se sacudía bruscamente al arrollar un obstáculo. El hombre fue venciendo poco a poco la resistencia de Gina hasta que el cañón de la pistola prácticamente le apuntaba al pecho.

Entonces se produjo el choque. Los dos se vieron lanzados hacia los asientos delanteros cuando el Lincoln Navigator se detuvo abruptamente al estrellarse contra el tronco de un árbol.

Gina quedó semiinconsciente. En un primer momento fue incapaz de moverse. Le dolía todo el cuerpo. Entonces vio que Junior se removía en el asiento, se inclinaba hacia delante y buscaba a tientas en el suelo del coche. Sin fuerzas para seguir luchando, Gina trató desesperadamente de abrir la puerta del vehículo, y a punto estuvo de caerse al conseguirlo. Cuando giró la cabeza hacia Junior, lo vio levantar de nuevo la pistola en su dirección. En ese instante notó una fuerte mano que tiraba de ella y la sacaba del coche, y vio el cuerpo de un hombre que se interponía entre ella y el interior del vehículo.

—¡Policía! ¡No se mueva! —gritó el agente, apuntando a Junior con su arma.

Gina se alejó tambaleante hacia otro policía que venía corriendo en dirección al lugar del siniestro. Se llevó las manos a la cabeza para intentar acallar el zumbido de sus oídos. «Estoy a salvo. Gracias a Dios, estoy a salvo.»

Epílogo

Cuatro meses después

Cogidos de la mano, Gina y Ted bajaron del tranvía que los había llevado a través de los manglares hasta el bar de la playa de Pelican Bay. Al verlos, Marian les hizo señas para que se acercaran a la mesa que ella y el padre de Gina habían reservado.

—Quiero ver ese fabuloso anillo del que tanto me ha hablado tu padre —pidió Marian tras los abrazos y apretones de manos.

Gina extendió la mano ante ella, mostrando orgullosa el anillo de compromiso que Ted le había regalado en Nochevieja.

—Hemos estado siguiendo el asunto por los periódicos —dijo el padre de Gina cuando estuvieron sentados y pidieron las copas—, pero quiero que nos pongáis al día de lo que ha ocurrido con esos canallas de REL News.

Gina se echó a reír.

—A ver, por dónde empiezo. Como ya sabéis, Brad Matthews fue despedido el día en que todo el asunto salió a la luz. Aunque perder el trabajo es el menor de sus problemas. Catorce mujeres han presentado denuncias por acoso sexual contra él y contra la compañía.

—Fred Carlyle Jr. se enfrenta a problemas aún más graves —siguió Ted—. Ha sido acusado formalmente de tres homicidios, que está intentando cargarle a su chófer. Y también, por supuesto —añadió mirando a Gina—, de intento de asesinato.

—Oscar, el chófer, no llegó con vida al hospital —explicó Gina—, así que no puede defenderse.

—Dick Sherman, el presidente ejecutivo, también fue despedido —añadió Ted—. Insiste en que tiene derecho a una enorme indemnización, pero la junta directiva de REL News se niega rotundamente. Los abogados se lo van a pasar en grande con este caso.

—¿Y qué va a pasarle al tipo que intimidaba a las mujeres para que firmaran los acuerdos? —preguntó Marian.

—Te refieres a Michael Carter —respondió Gina—. Por lo que tengo entendido, está intentando llegar a todo tipo de tratos con la justicia. Entre otros, ha aceptado testificar contra Carlyle.

—Espero que el editor que intentó poner fin a tu investigación recibiera lo que se merece —intervino su padre.

—REL News lo despidió en cuanto se enteró de que había aceptado un soborno para impedir la publicación del reportaje. También ha interpuesto una demanda, claro, y el caso llegará a los tribunales.

En ese momento, oyeron decir a una mujer de una mesa cercana:

—Ya empieza.

Se giraron todos hacia la playa y un silencio sobrecogedor flotó en el ambiente mientras ellos y los demás clientes contemplaban extasiados la maravillosa puesta de sol sobre el golfo de México. El disco solar fue hundiéndose despacio bajo la línea del horizonte y el fulgor anaranjado comenzó a teñir las nubes en la distancia.

Gina miró de soslayo y vio la mano de su padre cubriendo la de Marian. En ese mismo instante, sintió la cálida caricia de Ted en la nuca. El mágico momento se vio remarcado por las palabras de una canción que había sido escrita hacía casi cien años:

> Hay alguien a quien anhelo ver.
> Espero que acabe siendo
> alguien que cuide de mí.

Descubre tu próxima lectura

Si quieres formar parte de nuestra comunidad,
regístrate en **libros.megustaleer.club**
y recibirás recomendaciones personalizadas

Penguin
Random House
Grupo Editorial

 megustaleer